김의
나라

김의 나라

초판 1쇄 발행 2020년 4월 15일
초판 7쇄 발행 2022년 6월 20일

지은이 이상훈
펴낸이 정해종
편 집 정명효
디자인 유혜현

펴낸곳 ㈜파람북
출판등록 2018년 4월 30일 제2018-000126호
주소 서울특별시 마포구 토정로 222 한국출판콘텐츠센터 303호
전자우편 info@parambook.co.kr **인스타그램** @param.book
페이스북 www.facebook.com/parambook/ **네이버 포스트** m.post.naver.com/parambook
대표전화 (편집) 02-2038-2633 (마케팅) 070-4353-0561

ISBN 979-11-90052-28-3 03810
책값은 뒤표지에 있습니다.

마의태자의 진실

金의 나라

이상훈 장편소설

파람북

기록이 곧 역사는 아니므로,
그 이면의 진실에 귀 기울여야 한다

마지막 탈고를 하고 몸살을 앓았다. 10여 년을 머릿속에서 떠나지 않던 덩어리가 떨어져 나간 것 같았다. 하고 싶은 이야기는 많은데 자료는 부족했다. 수많은 벽에 부딪히면서 도중에 그만두고 싶다는 생각이 마음 한 구석에 파고들기도 했다. 그럴 때마다 좌절감을 극복하기 위해 다른 작품에 열정을 쏟아부었다. 그러나 절대로 포기할 수가 없었다. 마의태자의 얼굴이 떠올랐기 때문이다. 마의태자의 한을 풀어주고 싶었다.

《삼국사기》에 묘사된 마의태자의 진실을 밝히고 싶었다. 역사적 기록만이 진실이 아니듯 기록 이면에 숨어있는 또 다른 진실을 찾아내고 싶었다. 역사는 승자의 기록일 뿐이다. 고려의 입장에서는 신라의 부흥운동을 《삼국사기》에 남기기가 당연히 싫었을 것이다. 따라서 나는 《삼국사기》 이면에 숨어있는 역사적인 실체를 밝히는 것이 출발점이라고 생각했다.

신라는 무능하게 그냥 항복한 것이 아니라, 마의태자를 중심으로 끊임없이 부흥운동을 펼쳤다. 기록으로는 남겨지지 않았지만, 유물과 유적으로 전해오고 있었던 것이다. 《삼국사기》에 나와 있는 기록의 행간을 찾아내기 위해 수백 번 《삼국사기》 경순왕 편을 읽었다. 《삼국사기》 속에 나타난 의문점을 다음과 같은 기록에서 찾았다.

마의태자는 항복하려는 아버지 경순왕에게 귀족들이 보는 앞에서 끝까지 싸우자고 했던 기록이 나온다. 그러나 바로 그다음 구절에 개골산에 들어가 삼베옷을 입은 채 조용히 일생을 마쳤다는 기록이 따른다.

> 태자는 말했다. 충신(忠臣), 의사(義士)와 함께 민심을 수습해 스스로 지키다가 목숨이 다한 후에 그만두어도 늦지 않습니다. 어떻게 천년의 사직(社稷)을 하루아침에 가볍게 남에게 줄 수 있단 말입니까?
>
> 王子曰, 只合與忠臣義士, 收合民心自固, 力盡而後已, 豈宜以一千年社稷, 一旦輕以與人
>
> 신라 왕은 고려 태조에게 편지를 보내 항복을 청하였다. 태자는 통곡하면서 왕에게 하직 인사를 하고 산길을 따라 개골산으로 들어갔다. 그는 바위 아래에 집을 짓고, 삼베옷을 입고 풀잎을 먹으며 일생을 마쳤다.
>
> 書請**降**於太祖, 王子哭泣辭王, 徑歸皆骨山, 倚巖爲屋, 麻衣草食, 以終其身
>
> _《삼국사기》, 新羅本紀 第十二 (신라본기 제12)

고려 왕건도 마의태자의 마음을 얻기 위해서 신라를 방문한 기록이 나온다.

경순왕 5년, 931년 왕건이 오십여 기의 기마병과 군사를 이끌고 신라를 방문했다.

五年 春二月 太祖率五十餘騎 至京畿通謁 王與百官郊迎 入宮相對

_《삼국사기》 신라본기 경순왕편

　　그리고 《삼국사기》에 경순왕이 왕건의 맏딸 낙랑공주와 결혼했다는 기록이 있다.

　　왕건은 경순왕에게 궁궐 동쪽에 가장 좋은 집 한 채를 내려주고 그에게 맏딸 낙랑공주를 시집보냈다.

太祖出郊迎努, 賜宮東甲第一區, 以長女樂浪公主妻之

_《삼국사기》 신라본기 경순왕편

　　기록을 종합해 볼 때 이런 의문점이 들었다.

　　"모든 귀족들이 보는 앞에서 목숨을 걸고 싸우자고 했던 마의태자가 허무하게 금강산으로 들어가서 순종하며 살았을까? 과연 경순왕이 마의태자와 결혼하려 했던 낙랑공주와 진심으로 결혼했을까? 아무리 파렴치한 인간이라도 아들의 여자와 결혼할 수는 없는 법이다. 그러면 경순왕이 딸보다도 어린 낙랑공주와 결혼할 수밖에 없는 이유가 있었던 것은 아닐까?"

　　이 소설은 이러한 기본적인 역사적 기록 위에 역사에서 감춰진 이야기를 가능한 상상력을 동원해서 합리적인 추론으로 써 내려갔다. 오히려 역사 이면의 합리적인 추론이 진실이지 않을까 하는 자만심이 용기를 불러일으켰다.

　　기록이 없다고, 역사가 사라지는 것은 아니다. 우리의 몸이 역사이고 기록이다. 우리 조상들의 흔적이 우리 몸속에 존재하고 있다. 우리의 조상은 신석기시대(BC 5000~1000)와 청동기시대(BC 1000~300)에 북방 초원에서 한반도로 이주했던 북방 유목민족으로 중앙아시아와 우랄 인근, 알타이지역이 한민족의 기원이 시작된 장소다. 한민족 시원지를 바이칼 호·몽골 지방 또는 파미르 고원·천산 지역으로 보는 것이 다수의 견해다. 한국 고대문명은 한반도 북부와 시베리아·만주·몽골·알타이·중앙아시아에서 활약한 북방 기마민족과 연결되며, 한민족은 흉노·선비·돌궐·거란·몽골·여진 등 북방 기마유목민들과 깊은 관련이 있다는 연구도 많다. 따라서 한국인은 북방 초원을 호령하던 기마민족의 유전자를 이어가고 있다. 북방 기마민족의 피를 이어받은 마의태자의 모습이 우리 한국인의 모습일 것이다.

아버지의 모습이 그대로 나에게 남아있고 아버지의 정신이 내 영혼 속에 살아있다면 아버지는 돌아가신 것이 아니라 내 속에 존재하는 것이다. 아들도 마찬가지다. 내가 죽더라도 나는 아들과 딸의 몸속에서 영원히 존재하는 것이다. 그래서 현재 대한민국에 살고 있는 우리 모두의 몸속에는 우리의 뿌리인 조상들이 우리 속에서 살아있고, 이어지고 있는 것이다. 우리 가운데 마의태자의 모습을 간직한 후손들이 많이 있다. 마의태자의 진실을 밝혀야만 하는 이유가 여기에 있다. 역사는 그냥 흘러간 과거가 아니라 현재의 이야기다. 미국 역사학자 칼 베커(Carl Becker, 1873~1945)는 말했다.

"역사는 늘 새롭게 쓰여야 하며, 따라서 모든 지난 역사는 현재의 역사다."

마의태자의 흔적을 찾아서 발로 헤맨 지 10여 년의 세월이 흘렀다. 그의 흔적은 강원도 인제 곳곳에서 나타났으며, 그의 후손이 마의태자의 뜻을 이어서 발해의 땅에서 김(金)의 나라를 만든 것을 찾아냈다. 금나라 역사서 《금사(金史)》에는 분명히 그들의 조상이 신라 왕족에서 왔다고 밝히고 있다. 금나라를 세운 아골타는 완안여진의 수장으로 '완안'이라는 의미는 신라 왕족이라는 의미였다. 아골타의 본명은 김민이었다. 강화도 마니산에는 오래전부터 우리 민족의 뿌리와 정기를 숭상하는 사람들이 모여들곤 했다. 마니산의 개천각은 민족운동가였던 이유립 선생이 설립해 우리나라 위인 24분을 모시고 있다. 단군왕검, 고주몽, 대조영 등을 모시고 봄과 가을 두 번 제사를 올린다. 그런데 뜻밖에도 이곳엔 금태조 아골타가 모셔져 있다. 여진족인 아골타가 왜 우리나라 위인들과 나란히 모셔져 있을까? 이는 아골타를 우리의 조상으로 인정하는 증표였다. 아골타의 얼굴을 쳐다볼수록 그에게서 신라의 마지막 태자, 마의태자의 얼굴이 겹쳐졌다.

한 곳에 10년 이상을 집중하면 그것밖에 눈에 들어오지 않는다. 청나라 황제의 성이 애신각라(愛新覺羅)였다. '신라를 사랑하고 신라를 생각해라.' 눈이 번쩍 띄었다. 애신각라는 마의태자가 죽을 때까지 가슴에 품었던 꿈이요, 신념이었다. 마의태자의 꿈이 청나라에서 이루어진 것이다. 청나라는 금나라를 이은 후금이었다. 아골타의 후손인 누루하치가 후금을 세웠다. 청나라의 역사서에도 황실의 뿌리가 신라에서 왔다고 밝히고 있다. 역사서에서 사라졌던 모든 미스터리의 퍼즐 조각들이 들어맞는 느낌이었다.

더욱더 나를 놀라게 했던 것은 지금 청 황실의 후손들이 애신각라와 더불어 김(金)을 성씨로 사용하고 있다는 사실이다. 우리나라에 제일 많은 성씨인 김씨는 신라 왕족의 성씨였다. 박혁거세가 만든 신라에 갑자기 알에서 태어난 김알지가 등장하고, 김씨들이 신라의 왕을 이어온 것이다. 예수님보다도 늦은 시기에 사람이 알에서 태어났다는 황당한 이야기와 함께 김씨의 시조가 김알지라고 우리의 역사서에 등장한다. 그러나 신라 왕실에서는 묘비명에 자신의 조상을 당당히 밝히고 있었다. 그들의 뿌리는 알에서 태어난 김알지가 아니라 중국 역사서에 등장하는 투후 김일제였다. 그가 김씨 성을 사용한 최초의 인물이었다. 이야기는 날개를 달고 하늘로 비상하고 있었다. 김일제의 후손들이 어떻게 신라로 오게 되었는지 자료들을 뒤지며 중국으로 수십 차례 드나들었다. 신라 왕실, 김의 뿌리는 사라지지 않았다. 마의태자의 신라 부흥운동이 '김의 나라'로 이어진 이야기를 두고, 역사적 고증을 바탕으로 한 상상력의 날개를 달았다. 그러나 발을 땅에 딛고 하나하나 글을 써 내려갔다. 쓰면서 고치고 또 고치면서 매일 밤 역사의 여행을 글로 표현했다. 나는 주인공 마의태자의 심정으로 글을 써 내려갔다.

나는 먼저 마의태자의 조상인 투후 김일제의 후손이 북방 초원에서 어떻게 한반도의 남쪽 신라로 오게 되었는지 중국의 역사서와 현재 중국에 남아있는 유적들을 통해 추적했다. 투후 김일제의 후손이 세운 신(新)나라는 한나라를 멸망시키고 짧은 시기였지만 중국을 지배했다. 후한 광무제에게 멸망당한 후에 피비린내 나는 숙청을 피하기 위해, 김일제의 후손은 한반도의 남쪽 끝 신라에 이르렀다. 김일제의 후손은 왕망의 신나라를 거쳐 신라로 이어져서 천년을 지속하다가 신라가 멸망한 지 150년 후에 금나라로 이어져서 송나라를 몰아내고 중원을 지배했다. 금나라가 멸

망한 후에는 후금으로 이어져서 지금의 중국을 만든 '김의 나라' 청나라
가 탄생한 것이다. '김의 나라'는 우리의 역사이자 세계를 바꾼 역사이며,
그 '김의 나라'의 뿌리는 신라의 마지막 태자 마의태자인 것이다.

나에게 작은 꿈이 있다면, 우리의 뿌리를 바로 잡는 것이다. 역사는 단
순한 과거가 아니다. 역사는 과거와 현재를 이어주는 다리다. 그 다리가
바르고 튼튼해야 미래로 나아갈 수 있다. 역사는 개인에게도 자신의 정체
성을 심어준다. 해외로 입양된 아이는 성인이 되어서 부모와 형제를 찾기
위해 피눈물 나는 노력을 한다. 이것은 자신의 정체성을 찾기 위한 본능
적인 몸부림이다. 역사는 뿌리를 튼튼하게 찾아냄으로써 우리 삶의 미래
를 밝히는 등불이 된다. 우리 역사의 뿌리가 외부 세력에 의해 흔들리면
그 나무는 자랄 수가 없다. 우리의 뿌리를 우리가 보존해야 하는 이유가
여기에 있었던 것이다.

이념이나 사상보다도 중요한 우리의 역사 교육이 뿌리를 잃어버린 채
표류하고 있는 것이 안타깝다. 뿌리 깊은 나무는 바람에 흔들리지 않는다.
우리의 뿌리를 튼튼하게 하고 후손들에게 왜곡된 역사에 길들여지지 않
고, 한반도 안에 우리의 뿌리를 가두려는 일제 식민사학과 중국의 동북공
정 속에서 북방 초원을 호령하던 우리 조상의 이야기는 남의 나라 이야기
가 되고 있는 것이다.

사람은 어떤 일에 막히면 근본으로 돌아가라 한다. 지금의 대한민국
에서 우리의 근본부터 다시 세운다면, 우리는 미국에 의존하고, 중국의 눈
치를 보며, 일본과 각을 세우고, 러시아에게 무시당하는 나라가 되지는 않
을 것이다. 역사학자 아놀드 토인비(Arnold Joseph Toynbee)가 한 말이 현재

대한민국에 경종을 울리고 있는 것 같다.

"인류에게 가장 큰 비극이 지난 역사에서 어떤 교훈도 얻지 못한 것이다."

역사적 진실 앞에 냉정해져야 한다. 그 역사적 뿌리의 진실 추적의 시작이 마의태자가 되는 것이다. 마의태자의 정신이 금나라와 청나라에 이어져 세계에서 가장 강력한 대제국을 만들었다. 금나라 역사서에 그들의 조상이 신라에서 왔다는 사실을 명확하게 밝히고 있음에도 우리는 금나라를 우리의 역사에서 배제시키고 있다. 발해의 역사를 우리의 역사로 인정한 것도 오래되지 않았다.

단재 신채호 선생처럼 금나라의 역사를 우리 역사로 편입하자는 주장도 있었으나, 일제 식민사학이 장악하고 있는 우리의 역사학자들은 이를 끝까지 배척하고 있다. 일제 식민사학은 신라가 고려에 나라를 갖다 바친 것을 미화하고, 그것으로 식민지 지배의 정당성을 찾으려 했다. 한반도 안으로만 가두려고 하는 일제 식민사학이 아직도 우리 역사의 주류를 이루고 있는 상황이 그저 안타깝다. 국수주의로 역사를 왜곡하자는 것이 아니라, 역사 이면에 숨어있는 역사적 진실을 우리 후손들에게 전해주고 싶은 것이다. 이제 발해 다음에, 신라의 지도층과 발해 유민이 세운 '김의 나라' 금나라를 우리의 역사에 편입시키는데 이 책이 자그마한 역할이라도 할 수 있기를 간절히 소망한다

책을 마무리하면서 10여 년 동안 따라다니던 무거운 짐을 벗어버리듯이 감사한 마음을 전하기 위해 성당을 찾았다. 역사적 진실을 찾아 헤맨 지 10여 년, 그렇게 목말라 하던 역사적 진실을 밝히는 원고가 완성된 오늘, 나의 마음은 비어버린 것처럼 허전했다. 미사 중, 제1독서에서 흘러나오는 성경 구절만이 나의 텅 빈 마음을 채워주었다. 내가 만든 이 모든 작

업은 결코 나 혼자 만든 일이 아니라는 것을 깨닫는 순간이기도 했다. 역사적 진실은 누가 파헤치는 것이 아니라, 항상 그 자리에서 진실을 말하고 있었던 것이다. 역사는 누가 아무리 감추려 해도 도도하게 흘러가는 것이다. 펼쳐 든 성경의 글귀가 나의 텅 빈 가슴에 밀물처럼 쳐들어왔다.

한 세대는 가고 한 세대는 오되, 땅은 영원히 있도다.

해는 뜨고 해는 지되, 그 떴던 곳으로 되돌아가고

바람은 남으로 불다가 북으로 돌아가며 이리 돌며 저리 돌아

바람은 그 불던 곳으로 돌아가고

모든 강물은 다 바다로 흐르지만, 바다를 채우지 못한다.

이미 있던 것이 후에 다시 있겠고, 이미 한 일을 후에 다시 할지라

태양 아래에는 새로운 것이 없나니, 무엇을 가리켜 이르기를,

보라, 이것이 새로운 것이라 할 것이 있으랴

우리가 있기 오래 전 세대들에도 이미 있었느니라.

이전 세대들이 기억됨이 없으니 장래 세대도 그 후 세대들과 함께 기억됨이 없으리라.

_구약성서 코헬렛(전도서) 1장 3~11절 중에서

2020년 4월 이상훈

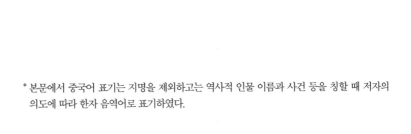

* 본문에서 중국어 표기는 지명을 제외하고는 역사적 인물 이름과 사건 등을 칭할 때 저자의
  의도에 따라 한자 음역어로 표기하였다.

4

5

1

애신각라 - 신라를 사랑하고 신라를 생각하라

진국은 무엇에 쫓기는 듯 잠에서 깼다. 새벽 3시였다. 옆에서 작은 소리로 코를 골며 자고 있는 아내를 깨우지 않으려고 까치발로 침대를 내려왔다. 그리고 불 꺼진 거실에 앉아 머릿속에 휘날리는 생각의 파편들을 그냥 춤 추게 놔두었다.

그를 새벽에 깨게 만든 것은 무엇이었을까? 10년 동안 숙제를 하지 못한 학생처럼 진국은 누군가의 혼령이 그를 붙잡고 있는 것만 같았다. 진국은 거실을 가득 메운 어둠 속에서 컴퓨터 화면을 켰다. 어제 밤늦게 까지 보다가 잠들었던 영화 《마지막 황제》가 다시 플레이되어 나왔다. 컴 퓨터 모니터의 희미한 빛이 거실을 푸르게 뒤덮었다. 어제 종일 《마지막 황제》의 한 부분을 반복적으로 틀어놓은 채 진국의 머릿속에는 수만 갈 래 혼란이 떠돌았다. 청나라의 마지막 황제 푸이. 그가 인민재판에 넘겨진 이후에 그의 이름이 호명되는 순간, 진국은 심한 전류가 몸을 타고 흐르 듯 짜릿한 전율을 느꼈다. 그의 이름은 '애신각라 부의(愛新覺羅 傅儀)'였 다. 그의 성이 애신각라였던 것이다. 영화에서 '애신각라'라는 소리를 들 을 때마다 진국은 머리카락이 뾰쪽 서는 듯했다.

애신각라의 한자를 풀이하면 '신라를 사랑하고 신라를 생각하라'는 의미다. 진국은 역사에서 사라진 마의태자(麻衣太子)의 흔적을 찾는데 인생을 걸었다고 해도 지나친 말이 아닐 것이다. 신라 멸망에 관한 다큐멘터리를 제작하면서 시작된 마의태자에 대한 의문은 기존의 역사학자들도 자료가 없어서 포기한 상태였다. 역사의 기록이 모두 진실만으로 이루어져 있지는 않은 것처럼 마의태자가 금강산에 들어가서 한스럽게 죽었다는 《삼국사기》의 기록은 믿을 수가 없는 대목이었다. 마의태자가 인제의 한계산성에서 신라의 복귀를 위해 그를 따르는 사람들을 모아 끝까지 항쟁했다는 기록과 흔적이 곳곳에서 발견되기 때문이었다. 진국은 마의태자의 흔적을 추적하는 다큐멘터리를 제작하는 가운데, 역사적 고증과 기록에서 번번이 발목이 잡히곤 했다. 풀지 못한 숙제를 쥐고 끙끙거리던 그에게 오래전에 봤던 영화 《마지막 황제》는 한 줄기 빛을 안겨다 주었다.

"청나라가 왜 신라를 생각하고 잊지 말자는 의미로 황족의 성을 '애신각라'로 했을까? 여진족이 세운 청나라가 한반도 남쪽의 나라 신라와 무슨 관계가 있을까?"

진국은 다큐멘터리의 구성을 잡기 시작한 것이 햇수로 10년을 넘기고 있었다. 우리 민족의 뿌리를 뒤흔드는 역사적 사건을 철저한 고증에 의해 파헤치는 것은 다큐멘터리 프로듀서의 의무였다.

"아직도 포기하지 않았어?"

숙진은 눈을 흘기며 진국에게 쏘아붙였다. 아내 숙진은 처음에 진국과 이 다큐멘터리를 준비하면서 만난 작가였다. 처음에는 이 고지식한 다큐멘터리 피디를 그저 괴팍한 사람 정도로 생각해서 위의 국장에게 퇴짜를 당하면 그만 포기할 줄 알았다. 그런데 몇 년이 지나도 거기에서 빠져나오지 못하는 것을 보고 숙진은 질렸다는 표정을 짓곤 했다. 그러나 이 끈질긴 사내가 믿음직스러워 4년 전에 둘은 결혼식을 올렸다.

"당신 집념이 대단한 건 알겠는데, 정확한 역사적 팩트와 데이터가 없으면 다큐멘터리 제작은 불가능해. 그렇게 하고 싶으면 다큐를 포기하고 드라마로 만들어 보는 게 어때?"

숙진은 살짝 비꼬는 투로 진국에게 말했다.

"당신, 결혼할 때 다큐멘터리 제작을 도와준다고 약속했잖아?"

"당신이 10년 동안 다큐로 풀지 못하는 건, 역사적 고증에 한계가 있는 거야. 당신이 역사학자도 못한 일을 어떻게 할 수 있겠어?"

숙진의 말을 듣자 진국은 은근히 오기가 생겨 마음에도 없는 말을 뱉었다.

"역사학자들은 책상머리에만 앉아서 연구하니까, 진실에 접근할 수 없는 거야. 나처럼 발로 뛰는 다큐멘터리 피디만이 할 수 있는 일이야."

숙진은 진국의 우직한 마음을 알기에 남편을 더 좋아하는지도 몰랐다. 어떤 때는 다큐 팀의 작가 동료로서, 어떤 때는 인생의 동반자로서 진국을 인정하고 있었다. 그렇기 때문에 그를 더욱 돕고 싶었다.

"역사적 고증이 부족할 때는 상상력으로 부족한 역사적 사실을 채울 수도 있는 거야. 다큐멘터리는 상상력을 허용하지 않지만, 드라마는 가능성 있는 상상력으로 채워 나갈 수가 있잖아."

진국은 아내의 의견에 한편으로 공감하면서도, 자존심 때문에 숙진의 의견에 동의할 수 없었다. 그는 컴퓨터 화면에 정지되어 있는 《마지막 황제》의 한 장면을 다시 돌려댔다. 영화 속의 장면이 진국의 기억과 함께 물결처럼 조용히 흘러나왔다.

재판장은 모두가 숨을 멈춘 듯이 한 남자를 주목하고 있었다. 침묵을 깨며 판사가 먼저 이름을 부른다.

"아이신쥐에러 푸이."

한자로 하면 '애신각라 부의'였다.

판사는 석방서를 주면서 말했다.

"아이신쥐에러 푸이는 10년형을 마치고 완전히 교화되어 석방한다."

석방서에는 마지막 황제의 이름이 정확하게 쓰여 있었다.

"애신각라 부의(愛新覺羅 傳儀)."

영화에서 청나라 마지막 황제 푸이가 재판을 받고 풀려나는 장면이었다. 한족(漢族)인 판사가 듣기엔 청나라 황제의 성 애신각라(愛新覺羅)가 이상하게만 들렸을 것이다. 영화에서는 판사의 이상한 표정으로 그냥 흘러 지나쳤지만, 진국은 그 장면이 뇌리에 뿌리 박혀 계속 주위를 맴돌았다. 어떻게 해서 청나라 황제의 성이 애신각라였을까? 청나라와 신라의 관계는 어땠을까? 의문들이 계속 진국을 괴롭혔다. 그 어떤 귀신이 진국에게 붙어있는 것처럼 애신각라가 그 주위를 떠나지 않았다. 청나라와 신라는 무슨 관계일까? 이 역사적 미스터리를 어떻게 풀어야 할까? 진국은 10년째 이 숙제를 풀지 못한 채 속을 끓이고 있었다.

진국이 계속 모니터를 응시하고 있을 때, 카카오 보이스톡으로 전화벨이 울렸다. 발신자는 중국에 피디 특파원으로 나가 있는 조명대 선배였다.

"야, 내가 건수 하나 올렸어. 이거 맨입으로는 안 되겠는데, 좋은 술 한 병 사 들고 중국으로 건너와."

다짜고짜 술타령하는 선배가 무슨 특종을 하나 잡았나 보다 라고 생각하면서 진국은 퉁명스럽게 대답했다.

"아니 선배님이 좋은 건수를 잡았는데, 왜 제가 술을 삽니까?"

"너 술 사 들고 중국 올 거야, 말 거야? 안 오면 후회할 텐데!"

"무슨 일인지 말씀을 해주셔야 제가 소주를 들고 갈지 양주를 들고 갈지 결정할 거 아닙니까?"

"와 보면 알아. 양주 등급에 따라서 정보 등급도 결정된다는 것쯤은 알고 있겠지?"

순간 진국은 멈칫했다. 유달리 큰소리치는 선배의 목소리에서 자신이 그토록 찾고 있던 정보를 알아냈다는 사실을 직감했던 것이다. 조명대 선배에게 술만 마시면 푸념처럼 애신각라의 미스터리에 관해 주절거렸던 기억이 스쳐 지나갔다.

"선배, 내일 당장 비행기 티켓 끊고 가겠습니다. 양주 좋은 놈으로 사들고 가겠습니다!"

비행기는 베이징공항의 착륙장으로 다가가고 있었다. 애신각라의 비밀을 풀기 위해 중국의 곳곳을 찾아 헤맨 일이 수십 차례였다. 중국에서는 동북공정(東北工程) 때문인지 한국에서 온 역사 다큐멘터리 프로듀서라고 하면 경계부터 하면서 자료를 제공하지 않았다. 진국은 역사적 진실만을 찾는 것이지 정치적인 의도가 전혀 없다고 설명했지만, 중국 역사학자들의 경계심을 풀 수는 없었다. 공항에서 내려 택시를 타고 조명대 선배의 아파트로 향했다. 조명대 선배는 한국인이 많이 사는 왕징(望京)에 살고 있었다. 택시를 통해 바라보는 베이징 시내는 하루가 다르게 변하고 있었다. 베이징은 올 때마다 다른 모습이었다. 왕징에 들어서자 거의 모든 간판이 한국어로 되어있어서 이곳이 한국인지 중국인지 헷갈릴 정도였다. 한국 주재원들이 모여 사는 아파트 단지로 접어들었다. 다닥다닥 붙어있는 아파트의 엘리베이터를 타고 올라갔다. 엘리베이터의 CCTV 카메라가 진국을 감시하듯 깜빡였다. 아파트 초인종을 누르자 조명대 선배는 기다렸다는 듯이 문을 열었다. 퀴퀴한 홀아비 냄새와 담배 냄새에 찌든 아파트 안으로 들어갔다.

"야 오랜만이다. 너는 내가 전화하지 않으면 연락도 안 하냐? 방송은 내가 없어도 잘 돌아가고 있지?"

덥수룩한 수염에 며칠째 감지 않은 머리가 선배의 성격을 표현하듯 자유스럽게 솟아있었다.

"선배는 외출도 안 해요?"

"특파원 좋다는 게 뭐야? 이렇게 자유를 누릴 수 있다는 특권 아니겠니? 마누라 간섭 없지, 회사 간부들 간섭 없지, 이렇게 쭉 특파원만 하다가 정년퇴직했으면 좋겠다. 김 피디 너는 프로도 잘 만들고 출세 지향적이니까, 네가 사장이 돼라. 그러면 나는 쭉 특파원 할래."

"선배, 말 같지 않은 소리 그만하세요. 방송국 사장이 실력으로 되는 자리면 벌써 선배님이 하고도 남았죠? 방송국 사장은 정치적인 자리라서 프로 잘하는 놈이 아니라 로비 잘하는 놈이 되잖아요. 우리는 프로나 잘 만들자구요."

"야, 너는 선배들 비위도 잘 맞추고 로비도 잘하잖아."

"선배님, 왜 이러세요? 선배가 나를 그렇게 보고 있었어요?"

"애가 뽀로통 하는 것 보니까 사장에 관심이 있기는 있는 모양이구나."

"선배는 나 놀리는 재미가 없으면 무슨 낙으로 살아요. 여기 술이나 받아요."

"봐라, 너는 뇌물도 잘 주잖아, 하하하."

"선배, 이 술 도로 가져간다."

"아, 미안해 미안해. 내가 술에는 약하잖아. 그래 이 뇌물에 맞는 정보가 될지 모르겠다."

"아니 선배는 얼마나 대단한 정보를 찾았다고 그렇게 허풍을 떠셨어요?"

"야, 내가 허풍을 떨다니. 너 그 말 취소하지 않으면 말 안 한다."

그렇게 둘은 허물없는 인사를 나누고 자리를 잡았다. 안주라 봐야 중국식 냉동만두를 기름에 튀긴 것이 전부였다. 양주를 글라스에 따른 후에 명대는 한 잔을 쭉 들이켰다.

"중국은 가짜 양주가 많아서 양주를 먹을 수가 없어. 아 목구멍이 시원하다."

"선배, 무슨 일인지 이제 말씀해주세요."

"너 아직도 마의태자의 진실에 목말라하고 있지?"

마의태자의 이야기가 나오자 진국은 머리카락이 쭈뼛 서는 듯했다.

"중국에서 마의태자의 흔적을 찾았습니까?"

"신라 마지막 태자의 후손을 찾았다. 청나라 황제의 후손이다."

마의태자의 후손이 청나라 황제의 후손이라니, 진국은 입술이 바짝바짝 타올랐다. 명대는 그런 진국을 놀리듯 다시 술을 한 모금 마셨다.

"안주는 한국에서 안 가져왔니? 야, 이거 여기까지만 하고 내일 할까?"

진국은 명대 옆에 바싹 다가앉으며 말했다.

"선배 무엇이든지 드릴 테니 빨리 말씀해주세요."

"그렇게 서둘러서 큰일을 하겠니? 밥도 뜸을 잘 들여야 맛있듯이 급하게 서두르면 큰 걸 놓친다."

선배의 경륜이 묻어나는 충고였다. 엄청난 역사의 진실을 파헤치기 위해서는 끝없는 기다림을 알아야 하고, 수많은 좌절도 겪어야 진실의 문에 도달할 수 있었다. 진국은 선배의 속마음을 알아차리고는 다소 경솔했던 자신이 부끄러웠다.

"선배님 고맙습니다. 저에게 피디의 길을 이끌어주시고 가르쳐 주신 은혜를 잠시나마 잊었습니다. 모두가 제가 잘난 것으로 착각하며 살아온 나를 질타하는 것 같습니다."

"애가 왜 갑자기 심각하게 나오는 거야. 야 진국아, 본래대로 해라."

"아닙니다. 선배님 아직도 선배님의 경륜을 따라가려면 저는 멀었다는 것을 깨달았습니다."

"정년 몇 년 남겨놓은 선배가 뭐 그렇게 대단하다고, 갑자기 추켜세우냐? 이제 진국이 너도 마흔다섯 정도 되었지? 한창 일할 때다. 나는 너의 정열이 부러워."

요즘 한국 방송사에서는 50세를 넘기면 연출 현장에서 손을 떼고 뒤로 물러앉는 추세였다. 방송이 젊은이 위주로 흘러가다 보니, 제대로 일할 나이인 50이 넘어가면 일을 하고 싶어도 후배들 눈치 보느라고 뒤로 물러앉았다. 진국은 이것이 큰 낭비라고 생각해왔다. 이런 내공과 경륜이 있어야 성숙한 방송을 만들 수 있는데, 기본이 되지 않은 표피적인 방송이 난무하는 요즘의 방송 현실을 보면 안타까울 때가 한두 번이 아니었다. 조명대 선배의 이런 행동도 결국은 초월했다거나 방송 현장을 포기한 쓸쓸함의 표현일 것이다. 진국은 이 프로젝트에 선배의 연륜과 지혜를 넣고 싶었다. 진국은 명대 앞에 무릎을 꿇었다.

"선배님 도와주십시오. 선배님과 함께 이 프로젝트를 끝내고 싶습니다."

무릎을 꿇은 진국을 보고 명대는 당황하며 먹던 술잔을 내려놓고 진국을 일으켜세웠다.

"너 왜 이래? 내가 농담 몇 마디 한 걸 가지고 이러면, 내가 이상한 놈이 되잖아."

"선배님의 마음과 열정을 저는 다 알고 있습니다. 선배님 도와주십시오"

후배의 진지함에 놀란 선배는 웃으며 말했다.

"이건 너의 프로젝트야. 네가 몇 년간 매달린 것을 모르는 사람이 없을 거야. 여기에 내가 숟가락을 놓는다면 다른 사람들이 다 나를 욕할 거야. 나는 나대로 끝까지 너를 도울 거니까 너는 안심하고 이 프로젝트를 목숨 걸고 마치기를 바란다. 이것이 이 선배의 진심이다."

"선배님 고맙습니다. 저도 이 프로젝트를 제 개인의 영달이나 욕심을 배제하고 역사적 진실을 밝히는 작은 촛불이 되겠다고 오늘 선배님 앞에서 약속드립니다."

둘은 술을 가득 글라스에 따른 후에 한입에 털어 넣었다. 뜨거운 양주가 진국의 목구멍을 타고 넘어 심장으로 향했다. 심장이 두근두근 뛰었다. 역사의 진실이 심장의 고동과 함께 뛰고 있는 것 같았다.

이튿날 진국이 조명대 선배와 향한 곳은 베이징 왕푸징(王府井) 거리에 있는 고급 레스토랑이었다. 창가를 등지고 앉아 있던 70세 정도의 고운 할머니가 그들을 지켜보고 일어섰다. 그녀는 은색 백발로 한국의 부유층 할머니처럼 보였다. 그녀의 다정한 미소가 진국의 긴장을 풀어주었다. 먼저 진국이 인사를 건넸다.

"저는 한국의 다큐멘터리 피디 김진국입니다."

"아 피디님도 저와 같은 김씨시네요. 저는 베이징 수도대학에서 명예

교수로 있는 김술(金術)입니다. 정년퇴직을 했는데 그냥 타이틀만 명예교수로 있습니다. 저는 청나라 건륭황제의 7대손입니다."

청나라 건륭황제의 7대손이 지금 진국의 눈앞에서 같은 김씨라 이야기하고 있다. 진국은 입을 열 수가 없었다. 옆에 있던 명대가 유창한 중국어로 어색한 분위기를 정리했다.

"이 친구는 역사 속에서 사라진 마의태자에게 미쳐서 다른 일을 못하고 있습니다. 너무 미쳐서 사람들이 놀릴 정도라니까요."

마의태자 이야기를 듣자 김술은 마의태자를 모르는 듯 물었다. 마의태자라는 이름은 역사서에 등장하는 이름이 아니라, 소설가 이광수가 처음으로 지어 붙인 이름이었다. 우리나라에서는 마의태자로 알려져 있지만, 중국 사람들은 모르는 것이 당연했다.

"마의태자는 신라의 마지막 태자 김일을 말하는 것입니다."

김술 교수는 김일의 이야기가 나오자 호흡이 가빠지기 시작했다. 김술의 표정을 살피고 진국은 조심스럽게 물었다.

"마의태자 김일을 아십니까?"

"우리의 성이 무엇인지 아십니까? 우리의 성은 애신각라(愛新覺羅)였습니다. 애신각라는 신라를 사랑하고 신라를 생각하라는 의미로 김(金)과 같이 사용하고 있습니다. 얼마나 신라를 사랑했으면 그 이름 속에서 애신각라로 각인시켰을까요?"

진국과 명대는 김술의 이야기 속으로 빨려 들어가고 있었다. 그들의 모든 지식들이 하나의 심장으로 몰려들고 있었다. 김술은 그들의 표정을 읽고는 담담하게 말을 이었다.

"애신각라의 시조는 신라의 마지막 태자 김일이십니다. 우리 청나라 황실 가문에서는 모두가 알고 있는 비밀입니다. 오늘날에도 비밀인 것은 청나라 황실이 신라의 후손이라면 지금 중국에서 추진하고 있는 동북공정에 역행하는 것이기 때문입니다."

한국에서도 마의태자는 부안 김씨의 시조로 부안 김씨의 족보에 나타나 있다. 청나라 황실의 후손인 김술도 그녀의 시조를 마의태자라고 한다면 부안 김씨와 청나라 황실은 어떤 관계인 것일까? 진국의 머리는 복잡해졌다. 진국은 물 한 잔을 들이키고 잠시 호흡을 가다듬은 후 김술에게 물었다.

"혹시 한국에 마의태자 김일을 시조로 모시는 부안 김씨에 대해서 들은 적이 있습니까?"

"아닙니다. 김일은 우리의 조상입니다."

김술은 마의태자 김일을 아주 자랑스럽게 생각하는 것 같았다.

"그러면 신라의 마의태자 김일이 조상이라는 족보나 문서가 있습니까?"

"청나라 황실의 문서이니까 당연히 존재하고 있죠. 그러나 청 황실의 시조가 신라의 태자라고 되어있는 족보 책이 사라졌습니다. 지금 중국 정부는 그 책을 찾으려고 혈안이 되어 있습니다. 동북공정에 역행하는 모든 자료들이 사라졌습니다."

"최초의 김씨 성은 흉노 우현왕의 태자인 김일제라고 알고 있습니다. 한무제가 흉노를 정벌한 후에 김일제의 공적을 인정하여 '투후(秺侯)'라는 직위를 내리며 제천금인(祭天金人)[1]의 금인을 보고 김씨 성을 하사한 것이 최초의 김씨라고 알고 있습니다."

"맞습니다. 그러나 김일제의 후손들은 중국에 남아있지 않습니다. 흉

---

1 흉노가 하늘에 제사 지내는 황금으로 된 신상.

노족 김일제의 후손들은 잠시 한무제에게 충성하는 듯한 모습을 보였지만 살아남기 위한 수단이었습니다. 김일제의 후손들은 세력을 키워서 결국은 흉노를 멸망시킨 한나라에게 복수를 합니다. 그것이 신(新)나라[2]의 건설이었습니다. 신나라를 세운 왕망은 원래 김일제의 후손이었습니다. 그의 이름은 왕망이 아니라 김망이었습니다. 후세 중국 역사가들이 한나라가 흉노인에게 멸망했다는 것을 감추기 위해 김망을 왕망으로 바꾼 것입니다."

"우리가 역사에서 배운 것과 많이 다르네요. 우리는 왕망의 신나라 건설이 아주 먼 나라의 이야기인 줄 알았는데 우리 조상들의 이야기였네요."

"한나라가 흉노의 신나라를 없애고 등장한 것이 후한입니다. 이때 후한은 흉노 김씨의 씨를 말리기 위해서 김씨에 대한 피비린내 나는 살육을 자행했습니다. 신나라가 멸망한 후에 김일제의 후손들은 살아남기 위해서 머나먼 피난의 길을 떠나야 했습니다. 이미 북쪽은 길이 막혀서 갈 수 없었고, 그들이 찾은 곳이 한반도 남쪽의 진한과 변한 땅이었습니다. 김일제의 후손들이 두 갈래로 이동했는데 그 한 갈래가 신라로 이동했고, 나머지 한 갈래는 가야 쪽으로 이동했습니다."

"신라의 김씨가 김일제의 후손이라는 것은 문무왕의 비문을 통해서 한국에서도 알려지게 되었지요. 그러면 가야의 김수로왕이나 신라의 김씨 왕족은 같은 뿌리겠네요."

"그렇습니다. 몇 개월 전, 한중 역사포럼에서 한국의 어떤 교수님이 하신 말씀이 생각납니다. '신라라는 이름도 김씨들이 세운 이상형의 나라

---

2 신(新, 8~23년)은 왕망이 한나라의 뒤를 이어 창건한 왕조였다.

신(新)나라를 다시 재건한다는 의미로 신라라고 했다. 신라(新羅)를 한자로 풀이하면 신(新)은 신나라이고, 라(羅)는 펼칠 라(羅)이다. 신라는 신나라를 다시 펼친다는 의미가 있다.' 저는 그분의 의견에 전적으로 공감합니다."

김술은 거침이 없었다. 진국이 만나본 어느 역사학자들보다 확신에 차 있었고, 그녀의 논리에는 조금의 흐트러짐도 없어 보였다. 신라가 신나라를 계승했다는 그녀의 주장에 진국은 뒤통수를 한 대 얻어맞은 기분이었다.

"신라가 신나라를 이었다는 역사적인 기록이 있습니까?"

"피디님은 역사적인 기록이 있어야 믿습니까? 역사적인 기록보다 더 중요한 것이 역사적 진실 아니겠습니까? 역사적 진실은 기록에 있다고 보지 않습니다. 중국 중심의 중화사상이 얼마나 역사를 왜곡했는지 학자들은 다 알고 있습니다. 국수주의와 국가관에 갇혀서 역사적 진실의 문을 닫아버리고 있는 것입니다. 지금 현재의 국가 틀에서는 역사적 진실을 찾기가 힘듭니다. 모두들 자기 나라에 유리하게 역사를 바꾸는 기술이 뛰어나거든요. 저는 중국 사람이지만 우리 조상들의 뿌리를 바르게 찾고 싶은 것뿐입니다."

진국은 김술의 말에서 같은 핏줄의 진한 진동을 느꼈다.

"저도 김술 교수님과 같은 김씨입니다. 김술 교수님을 만나니 마의태자님을 뵌 것처럼 반갑습니다. 저의 할아버님도 입버릇처럼 김씨의 뿌리를 찾고 싶다고 말씀하셨습니다. 실례가 되지 않으시다면 김술 교수님의 가족에 대해서 조금이라도 이야기해주실 수 있겠습니까?"

진국은 조심스럽게 물었다. 김술은 잠시 생각에 잠겼다가 입을 열었다.

"제 할아버지 성함은 헝쉬입니다. 아이신쥐에러(愛新覺羅, 애신각라) 헝쉬요. 형 항렬입니다. 그는 당시에 직업을 구하거나 학교에 다닐 때 김광평이라고 불렸습니다. 아버님 함자는 김계종, 청 건륭제 6대손이셨고, 저는 건륭제의 7대손이 되는 것입니다."

"어떨 때 애신각라를 사용하고 어떨 때 김이라는 용어를 사용하셨나요?"

"황족 안에서 우리 성은 아이신쥐에러입니다. 아이신쥐에러는 청 황실에서 사용하는 것이고 한어로 바꾸면 김이 됩니다. 우리 청 황실에서는 아이신쥐에러와 김을 같이 사용하였는데 지금에는 거의 다 김으로 사용하고 있습니다."

애신각라(愛新覺羅)와 김(金)의 떼려야 뗄 수 없는 숙명적인 관계가 천년을 이어왔다는 사실이 진국의 몸을 오싹하게 만들었다. 김술은 증조부의 사진을 비롯해 건륭제 후손들의 글씨 등을 보관하고 있었다. 여진족의 후예들이 세운 중국 마지막 왕조 청나라 제6대 황제 건륭제는 60여 년 동안이나 재위한 황제로 유명하다. 건륭제는 티베트와 신장 위구르 지역까지 장악했다. 지금의 중국 영토는 청 건륭제가 이룬 것이다. 한족의 나라 명나라를 무너뜨리고 만주족이 세운 청 황실의 성은 애신각라였다. 그런데 그녀는 자신의 성이 김씨라고 자랑스럽게 말했다. 진국은 김술과 자신도 무엇인지 모르지만, 천년 동안의 단절을 이어주는 어떤 고리가 있는 것처럼 느꼈다. 진국이 혼자 상상의 날개를 펴고 있을 때, 김술은 진국에게 뜻밖의 이야기를 꺼냈다.

"청나라 황실은 아직도 유지되고 있습니다. 마지막 황제 푸이가 자식이 없이 돌아가신 후에 그의 동생 진유즈(金友之, 김우지)가 청 제국과 만주족 황실의 상속권을 승계받았습니다. 진유즈의 만주식 이름은 아이신쥐에러 푸런(愛新覺羅 溥任, 애신각라 부임)이었습니다. 그는 2015년 4월 10일에 96

세를 일기로 베이징에서 폐렴으로 사망하여, 그 아들인 진위장(金毓嶂,김육장)이 만주국의 황위 요구자로 계승하게 되어 지금까지 이어오고 있습니다."

청나라 황실이 아직까지 명목상으로 김씨의 이름으로 이어져 오고 있다는 것이 진국에게는 진한 형제의 정을 느끼게 했다. 청나라 황실과 나를 이어주는 연결고리는 무엇일까? 그것은 다름 아닌 신라의 마지막 태자 마의태자 김일에 있었다. 김술 교수는 주위의 눈치를 살피더니 조심스럽게 입술을 떼었다.

"김 피디님에게 부탁이 하나 있습니다. 우리 청 황실에서 금나라 때부터 이어오던 우리의 상징과도 같았던 금인(金人)이 사라졌습니다. 제 생각에는 그 금인이 모든 것을 밝혀줄 것입니다. 중국 공안 당국에서도 금인을 찾기 위해 온 나라를 수색했지만 찾지 못하고 있습니다. 그 금인은 제천금인(祭天金人)의 상징으로[3] 우리의 시조이신 투후 김일제께서 후손들에게 세상 끝날 때까지 잘 보존하라고 명하신 물품입니다. 그 금인으로 인해서 우리의 성이 김씨가 된 것입니다. 금인의 행방을 찾으면 김 피디님이 찾고 계시는 모든 의문이 풀릴 것입니다."

진국은 금인의 이야기를 듣자 흥분하기 시작했다.

"그 금인이 아직도 보존되고 있다는 이야기입니까?"

"저도 저의 아버님께 들은 이야기입니다. 청 황실의 후손은 모두 알고 있습니다. 그래서 제가 피디님에게 사라진 금인의 미스터리를 밝혀달라

3　《사기(史記)》흉노(匈奴)열전과 《한서(漢書)》 표기(驃騎)열전은 한 무제(武帝) 때 흉노의 휴저왕(休屠王)을 정벌한 후, 휴저왕을 죽이고 그가 사용하던 제천금인(祭天金人)을 거두었다. 제천금인은 '금으로 사람 형상을 만들어 하늘에 제사 지내는 것(作金人以爲祭天主)'이라고 설명하고 있다. 그만큼 흉노족은 금을 숭상했다.

고 부탁드리는 것입니다. 저도 그 금인을 계속 찾고 있습니다. 제가 찾으면 피디님께 바로 연락드리겠습니다."

"감사합니다. 찾으시면 제일 먼저 연락을 주시기 바랍니다."

진국은 김술 교수의 손을 꼭 부여잡았다. 김술의 따뜻한 손을 따라 2000년 전의 금인이 자석처럼 자신을 끌어당기는 것 같았다.

왕징의 아파트로 돌아온 진국과 명대는 남은 양주를 안주도 없이 마시면서 흥분을 가라앉혔다. 먼저 진국이 입을 열었다.

"선배님, 왜 우리나라에서는 금(金)씨로 발음하지 않고 김(金)씨로 발음하고 있을까요?"

"신라 왕족의 성씨인 김(金)은 원래 금(金)씨로 되어있었는데 조선시대에 와서 김(金)으로 발음하도록 했다고 기록되어 있어. 음양오행설에 의해, 쇠 금(金)을 김으로 발음하게 했던 거야. 이씨의 나라인 조선에서 이(李)씨의 나무 목을 금(金)이 누른다는 이유로 금을 김으로 바꿔 불렀다는 것이지."

진국은 명대의 해박한 지식에 놀랐다.

"선배님, 고맙습니다."

"나는 중국 쪽의 상황과 네가 필요한 자료를 챙겨줄 테니까, 너는 네가 하고 싶은 것을 마음껏 펼쳐봐라. 내가 계속 김술 교수와 연락해서 다음에 한국으로 모셔가서 너의 다큐멘터리에 자료를 가지고 출연하도록 내가 책임질게."

"선배님, 은혜는 잊지 않겠습니다."

진국은 술김에 명대를 꼭 껴안았다.

"너 왜 이러냐? 벌써 취했어?"

명대는 진국의 아픔을 알기에 가볍게 그의 등을 두드려 주었다.

숙소에 돌아온 진국은 수첩에 다음과 같이 써 내려갔다.

이 역사적인 미스터리를 통해 신라의 마지막 태자인 마의태자는 지금 우리 후손들에게 무엇을 말하고 싶은 것일까? 마의태자의 숨겨진 이야기를 밝히는 것이 후손의 도리이고, 조상에 대한 후손의 존재 이유다. 마의태자의 한을 풀어줘야 우리의 뿌리가 튼튼하게 자랄 수 있을 것이다. 마의태자의 한이 신라의 한이 되어, 김씨의 나라인 신라가 금나라로 다시 태어난 것이다. 금나라는 김의 나라인 것이다.

포석정의 눈물

927년 포석정(鮑石亭)에서 연회가 베풀어지고 있었다. 왕건의 그늘 아래 천년 신라의 사직을 맡기고 있던 경애왕은 포석정에서 향락의 파티를 열었다. 마약에 취한 사람처럼 미래에 희망이 없을 때, 그저 현재의 쾌락만을 추구하는 퇴폐주의가 신라를 휩쓸고 있었다. 포석정의 술은 춤을 추듯 돌아가고 있었다. 11월의 바람은 차가웠다. 햇볕이 드는 곳에 왕비와 궁녀들이 자리를 깔고 곧 다가올 죽음을 모른 채 웃으며 담소를 나누고 있었다. 여자들이 양지바른 곳에 자리 잡고 잡담을 나누는 동안, 포석정 주위에는 상대등 김성, 시중 언옹은 술이 몇 잔 돈 후에 약간 취기가 올랐다. 김성이 경애왕에게 말했다.

"폐하, 고려와 후백제가 피 터지게 싸우는 동안 우리는 굿이나 보고 떡을 먹으면 됩니다. 그 두 놈이 싸우다가 한 놈이 이기면 우리는 이긴 놈의 편이 되면 됩니다. 걱정하지 마옵시고 편하게 한잔 드시옵소서."

경애왕은 마음이 한시도 편한 날이 없었다. 견훤이 수시로 국경 부근을 침범하더니 이제는 노골적으로 쳐들어온다는 소문이 자자했다. 불안한 경애왕은 왕건에게 도움을 청하는 사신을 보냈는데 답장을 가지고 왕건의 사신이 서라벌에 도착한 것이다. 경애왕은 고려 사신을 위하여 날씨가 차갑지만, 포석정에서 대연회를 개최했던 것이다. 고려왕 왕건을 대신한 사신은 깍듯하게 경애왕을 안심시키며 말했다.

"폐하, 조금도 걱정하지 마시옵소서. 고려왕께서 폐하를 안전하게 보필하기 위하여 1만의 군사를 이리로 보내셨나이다. 후백제의 견훤은 겁이 나서 절대 쳐들어오지 못할 것이옵니다."

사람은 자기 편한 쪽으로만 생각하는 본능을 가진 동물로 경애왕은 사신의 말을 듣고는 안심하고 포석정에 떠내려오는 술잔을 잡고 단숨에 들이켰다.

"술이 짐의 위로가 되는도다. 이 술을 마시면 모든 시름과 걱정이 사라진다. 술이 나를 지켜주는 유일한 벗이로다. 경들의 생각은 어떠하오?"

사람이 체념하면, 마음이 편해진다 했던가? 경애왕은 이미 체념과 포기의 상태로 스스로 자신을 학대하고 있었다. 타락은 체념 속에서 피어나는 더러운 꽃이다. 포석정에 모인 경애왕 주변의 신하들은 똥파리처럼 그 더러운 꽃에서 단물을 빨아먹고 있는 족속들이었다. 시중 언옹이 경애왕에게 잔을 따르며 비굴한 모습으로 말했다.

"폐하, 때로는 술이 좋은 친구가 될 수도 있습니다. 오늘도 이 좋은 친구로 괴로움을 떨쳐버리옵소서."

"그래, 풍악을 울려라. 어차피 한평생 살다가는 인생, 시름 속에서 보낼 필요가 뭐 있겠나? 바람이 불면 바람을 맞고 비가 오면 비를 맞으며 그저 하늘의 섭리에 순응하며 사는 것이 제일이야? 지금은 하늘의 뜻이 고려에 있기에, 고려에 의탁하여 저들이 싸우는 동안 우리는 즐기면서 사는 것도 나쁘지가 않구료."

모두 신하들이 머리를 조아리며 말했다.

"폐하, 지당하신 말씀이옵니다."

경애왕은 술에 취해 비틀거리면서 풍악에 맞춰 덩실덩실 춤을 추기 시작했다. 그 즐거움이란 고통에 찌든 거짓 즐거움이었다. 춤을 추면 출수록 경애왕의 가슴에는 패배주의의 절망감이 엄습해 왔다. 신하들도 경애왕과 함께 춤을 추었다. 분위기가 무르익어갈 무렵 급하게 말을 탄 사자가 호위병에게 다급하게 소리쳤다.

"후백제의 견훤이 반월성[4] 십 리까지 다다렀다고 합니다. 외곽 성을 지키는 군사는 모두 무기를 버리고 도망가고 견훤은 아무 저항 없이 이곳 포석정으로 향하고 있다고 하옵니다."

경애왕의 근위 무사는 춤을 추고 있는 경애왕 발밑에 꿇어앉아 눈물을 흘렸다.

"폐하, 빨리 이곳을 피하시옵소서. 견훤의 군사가 말을 타고 진격하면 시간이 없사옵니다. 저희들이 목숨을 걸고 시간을 끌겠사오니 폐하께서는 피신하시옵소서."

경애왕은 황망해하며 아직도 술이 덜 깬 듯 말했다.

"고려의 군사가 있지 않느냐? 고려의 왕건이 바로 견훤을 무찌르기 위해서 도착할 것이다. 우리의 뒤에는 고려의 왕건이 있다."

겁에 질려 횡설수설하는 경애왕의 모습에, 왕비와 궁녀들이 하나둘 울음을 터뜨리기 시작했다. 그사이에 고려 사신과 경애왕의 비위를 맞추던 신하들은 삼베바지에 방구 빠져나가듯이, 모두 소리 없이 사라졌다. 그 아수라장 속에서 근위 무사가 다시 경애왕을 재촉했다.

"폐하 빨리 피난하시어 옥체를 보존하시옵소서."

---

4 서기 101년 파사왕 22년에 신라의 왕성으로 축성되어 신라가 망하는 서기 935년까지 사용했던 신라의 궁궐. 지형이 초승달처럼 생겼다 하여 신월성(新月城) 또는 월성(城)이라 불렸으며, 임금이 사는 성이라 하여 재성(在城)이라고도 했다. 조선시대부터 반월성(半月城)이라 불려 오늘에 이른다.

그리고 궁녀들에게 말했다.

"빨리 폐하를 모시거라."

궁녀들과 내관들은 비틀거리는 경애왕을 모시고 포석정을 빠져나가는데 이미 후백제의 선두병이 포석정을 들이닥치고 있었다. 남아있던 신하들마저도 쥐새끼처럼 쥐구멍으로 빠져나갔다. 근위대장이 후백제의 군사들과 마지막까지 싸웠지만 이미 초반부터 승세는 결정지어졌다. 피투성이가 되어 죽어가는 호위병들의 모습을 보자 경애왕은 더이상 도망가지 않고 스스로 후백제 군사들 앞으로 나아갔다. 후백제의 군사들은 경애왕을 포위한 채 견훤이 오기를 기다렸다. 잠시 후에 견훤은 대장 말을 타고 거드름을 피우며 포석정에 나타났다. 견훤은 벌벌 떨고 있는 경애왕을 보자 분에 못 참는 듯 말을 뱉어냈다.

"어찌 폐하는 우리 후백제를 믿지 않고 왕건의 편만 들면서 내가 베푼 은혜를 원수로 갚을 수가 있다는 말이오?"

경애왕은 벌벌 떨면서 천년 신라 왕으로서의 체면을 지키기 위해서 노력했으나 그의 말은 비굴하게 목숨을 구걸하는 옷 잘 입은 거지와 다름이 없었다.

"정말 잘못했소이다. 앞으로는 절대로 왕건의 편에 서지 않고 후백제의 편에 서서 모든 것을 후백제와 의논하겠소. 나의 허물을 용서해주오."

왕이 어떻게 신하 된 자에게 이렇게 비굴할 수 있을까? 견훤의 얼굴 가득히 비웃음이 퍼져나갔다.

"이제는 왕을 믿을 수가 없소. 이제까지 의리를 생각해서 신라 사직을 지켜주려 했는데 왕건과 함께 후백제를 침략하고 이렇게 뒤통수를 칠 수 있다는 말이오?"

견훤은 모든 사람이 보는 앞에서 경애왕을 신하 다루듯 무시하면서 모멸감을 주었다. 그러나 경애왕은 살아남기 위해서 모든 것을 참을 각오가 되어있었다. 그때 왕비가 옆에서 지켜보다가 견훤에게 말했다.

"우리 폐하의 잘못을 한 번만 용서해주소서. 앞으로는 절대로 고려 편에 서지 않기로 내가 혈서라도 쓰겠소."

왕비의 모습을 보자 견훤은 야릇한 미소를 지었다. 60세가 다 된 견훤이었지만, 아름다운 왕비를 보자 흑심이 생기기 시작했다.

"그러면 왕비가 이리 와서 나에게 술을 한잔 따르시오."

치욕적인 도전이었다. 신하들이 보고 있는 앞에서 천년 신라의 황후가 반란군 수괴에게 술을 따른다는 것은 죽음보다도 못한 치욕이었다. 왕비는 근엄하게 꾸짖었다.

"이 무슨 망발의 말이오. 아무리 근본 없는 도적의 무리라도 예를 갖추어야 할 것 아니냐? 금수만도 못한 짓을 하다니 하늘이 무섭지도 않느냐?"

왕비의 도발적인 모습을 본 견훤은 왕비의 손을 잡고 강제로 술병이 왕비의 손에 쥐어지도록 했다. 왕비는 소리를 지르며 술병을 집어던졌다. 술병이 깨어지며 파편이 견훤의 얼굴에 튀었다. 견훤은 얼굴에 묻은 피를 손으로 찍어 입에 넣으며 왕비의 옷을 벗기기 시작했다. 모든 신하들이 보는 앞에서 왕비의 옷은 찢겨졌다. 왕비는 견훤의 턱수염을 잡으며 견훤의 뺨을 갈겼다. 견훤은 왕비를 잡고 왕비의 옷을 마저 벗겼다. 말리는 궁녀는 단칼에 목이 날아갔다. 궁녀의 피가 왕비의 가슴에 뿌려졌다. 보다 못한 경애왕이 소리쳤다.

"네 이놈 짐승만도 못한 개 같은 견훤 놈아, 어서 나를 죽여라. 내가 귀신이 되어서라도 너를 저주하리다."

견훤은 달려드는 경애왕을 밀치며 조롱하듯 말했다.

"내가 왜 폐하를 죽이나이까. 저는 점잖게 대하려 했는데 아녀자가 내

뺨을 때리며 대드니까 손 좀 봐주고 있는 것이외다. 나는 내 손에 피를 묻히기 싫소이다."

"그럼 나보고 어떻게 하라는 이야기냐?"

"그건 왕께서 알아서 하시우. 나는 다만 왕건과 작당하여 우리 후백제를 없애려 하는 무리를 손보고 있을 뿐이오."

그러면서 견훤은 알몸이 되어있는 왕비를 일으켜 세우며 그녀의 알몸을 군사들에게 보여주며 외쳤다.

"실컷 보아라, 천년 신라의 음탕한 맛을. 신라는 이 음탕함 때문에 망한 것이다."

경애왕이 칼을 빼 들고 뛰어들자, 견훤의 군사들은 경애왕을 붙잡았다. 견훤은 웃으면서 말했다.

"왕을 포박해라. 그리고 왕이 보는 앞에서 왕의 여자들을 모두 하나씩 옷을 벗겨라."

견훤의 군사들은 왕이 보는 앞에서 궁녀들의 옷을 벗기기 시작했다. 경애왕의 눈에는 피눈물이 가득 찼다.

'이 모든 것이 나의 업보로다. 천년 사직을 지키지 못한 나에게 이런 형벌을 내리시는구나.'

경애왕은 이성을 잃고 눈동자가 흐려졌다. 견훤의 군사들은 경애왕이 보는 앞에서 궁녀들을 농락하기 시작했다. 울부짖으며 혀를 깨무는 궁녀도 있고, 벌거벗은 채 도망가다가 군사들에게 겁탈당하는 궁녀도 있었다. 견훤은 실신한 왕비를 껴안고 왕비의 몸을 더듬기 시작했다. 경애왕은 마귀 같은 목소리로 소리쳤다.

"그만해라. 내 이 한 목숨으로 모든 것을 끝낼 터이니, 제발 그만해다오. 나를 명예롭게 죽게 해다오. 왕으로서 부끄럽지 않은 죽음을 허락해주시오"

견훤은 경애왕을 쳐다보고는 비웃었다.

"죽을 용기는 있소?"

견훤은 자신의 손에 피를 묻히기 싫어했다. 자신이 신라왕을 죽였다고 하면 민심의 역풍을 받을 수 있기 때문에 경애왕이 스스로 자결하기를 원했다. 견훤의 술책에 넘어간 경애왕은 견훤에게 말했다.

"명예롭게 죽게 해달라."

명예롭게 죽는다는 의미도 정확히 모른 채, 경애왕은 자신을 합리화시키고 있었다. 이미 그의 명예는 땅에 떨어졌으며, 왕비가 알몸인 채 절규하는 모습을 보자 그의 비겁함을 숨길 수가 없었다. 사람의 운명이란 이렇게도 알 수 없는 것인가? 반복되는 역사 속에서 자신만은 예외라는 착각 속에서 살아가는 것이 어리석은 인생들의 표본이라고 했던가? 경애왕은 이제 죽기로 각오하니까 지금까지의 인생이 그렇게 허무하게 느껴질 수가 없었다.

'왜 이렇게 진작 죽기로 각오하고 싸우지 못했던가.'

회한이 가슴 속에 파고들었다. 견훤은 비웃음을 띄며 비단 한 필과 칼을 경애왕에게 가져오게 했다. 비단 위에서 자결하는 것이 명예롭게 죽는 것이라는 야유를 보내면서 견훤은 경애왕이 자신 때문에 죽었다는 이야기를 피하기 위해 군사를 물리고 철수시켰다. 비단 위에 앉은 경애왕은 하늘을 한번 쳐다보고는 미련 없이 가슴에 칼을 꽂았다. 비단 위에 검붉은 피가 그림 그리듯이 펼쳐졌다. 이렇게 신라 55대 경애왕은 비참한 역사의 한 페이지를 남기며 역사 속에서 사라졌다. 그러나 그의 죽음으로 그가 역사 속에서 완전히 사라진 것은 아니었다. 천년 신라의 얼굴에 마

지막에 수치를 안겨준 비겁한 왕으로 역사책에 오르내리고 있다.[5]

경애왕이 자결하고 난 다음날, 견훤은 상대등 이하 문무백관이 모여 있는 곳에서 말했다.

"신라의 대왕께서 스스로 목숨을 끊으셨다고 하니 안타까울 따름이오. 나는 신라의 왕실을 지키고 싶은 사람이오. 신라 왕실이 우리 후백제와 힘을 합하여 북쪽의 사악한 무리 왕건을 없애야 하는데 창끝은 우리 후백제에 돌려 후백제를 죽이려 하고 있소. 나는 신라에 원한이 없소. 어떻게 은혜를 원수로 갚는다는 말씀이오? 천년 신라의 왕실은 내가 책임지겠소."

신라의 귀족들은 견훤의 위세에 눌려서 감히 말 한마디 하는 사람이 없었다. 경애왕이 자살한 후에 견훤은 왕건 편에 가담한 신라의 귀족들을 무참히 살해했다. 고려 왕건파가 제거된 이후의 세력은 자주독립파가 다수를 차지했다. 견훤을 지지하는 친후백제파는 극소수에 불과한 실정이었다. 견훤은 자주독립파를 왕건을 지지하지 않았다는 이유로 자신의 편으로 끌어들일 수 있다는 오판을 했다. 그래서 그는 자주독립파인 효종랑(孝宗郎)의 아들 김부를 신라의 왕으로 추대했다. 소수의 친후백제파도 우유부단한 학자풍의 김부가 자신들에게 유리하다고 판단해서 자주 독립파 효종랑의 아들 김부를 만장일치로 왕에 추대하게 된 것이다.

견훤은 고려 왕건이 군사를 이끌고 서라벌로 내려오고 있다는 사실을 알고 있었다. 서라벌에서 고려의 군사를 막기에 지형적으로나 군사적으

---

5 《삼국사기(三國史記)》 신라본기 제12
逼令王自盡(핍령왕자진) 强淫王妃(강음왕비) 縱其下亂其妃妾(종기하란기비첩) : 견훤은 왕을 협박하여 자살하게 하고, 왕비를 강간하고, 그의 부하들로 하여금 비첩들을 강간하게 하였다.

로 불리했다. 그래서 견훤은 후백제에 우호적인 신라왕을 옹립한 후에 왕건이 도착하기 전에 후백제로 돌아가는 작전을 취하고 있었다. 우유부단하고 학문에만 전념하는 김부를 신라왕으로 추대를 했지만 사실상 김부는 효종랑의 아들로서 친후백제파가 아니라 고려와 후백제 어디에도 치우치지 않는 중립 독립파라는 말이 옳을 것이다. 그러나 견훤은 유약한 김부를 신라의 왕위에 앉힘으로써 신라의 종말을 앞당긴 사람 중의 하나로 기록될 것이다.

경순왕 김부는 아버지 효종랑의 반대에도 불구하고 왕의 자리를 받게 되었다. 이런 와중에 신라의 귀족들은 피비린내 나는 싸움 속에서 패배의식에 젖어 모두 자신의 살 궁리만 찾고 있었다. 몇몇 충절과 용기로 뭉친 화랑의 후예들만이 견훤의 군사와 목숨을 걸고 싸우면서 끝까지 항복하지 않고 목숨을 바쳤다. 경순왕의 아들 김일은 나이가 너무 어렸고, 효종랑은 병석에 누워서 싸움터에 나갈 수가 없었다. 권력을 잡은 친후백제파는 견훤의 대리인처럼, 경순왕의 말보다 견훤의 말에 더 따르는 웃지 못할 일들을 벌였다. 그 가운데 시랑 김봉휴(金封休)는 견훤이 신라를 침략했을 때 고려 왕건에게 구원병을 보내달라고 고려에 갔다가 온 인물이었다. 시랑(侍郎) 김봉휴는 왕건을 경순왕보다 더 섬기는 친고려파였다. 이렇게 신라 조정은 견훤을 따르는 친후백제파와 왕건을 따르는 친고려파로 나누어져. 어떻게 힘을 길러서 신라를 다시 살릴 궁리를 하는 것이 아니라, 쥐새끼처럼 여기 붙고 저기 붙어가며 비겁하게 살아남으려는 자들만 반월성을 채우고 있었다. 견훤과 왕건의 싸움 속에서 힘이 센 쪽에 붙으려는 눈치만 늘어가고 있었다.

견훤이 왕건과의 싸움에서 이기면 친후백제파가 득세하여 친고려파를 숙청하고, 왕건이 전쟁에서 견훤의 군사를 무찌르면 친고려파가 득세하여 친후백제파를 숙청하는 물고 물리는 비겁한 싸움이 신라 조정 내에 계속되고 있었다. 호랑이가 빠지면 쥐새끼들이 모여서 썩은 고기를 먹으려 싸우는 것처럼 태자 김일이 보기에는 신라 귀족들이 쥐새끼들보다 더 추잡하게 보였다. 자신들이 힘을 길러서 싸울 생각은 전혀 하지 않고 남의 눈치만 보는 무력한 신라의 모습이 태자 김일에게는 구역질날 정도로 싫었다.

마의태자 김일의 할아버지 효종랑

태자 김일은 화랑의 책임을 맡은 할아버지 효종랑의 영향을 가장 많이 받고 자랐다. 효종랑(孝宗郎) 김효종(金孝宗)은 문성왕의 후손으로 서발한(舒發翰: 이벌찬의 별칭)[6] 인경(仁慶)의 아들로 1000명이나 되는 화랑도(花郎徒)의 우두머리였다. 태자 김일은 할아버지의 영향으로 화랑의 기질을 뼛속 깊이 간직하고 있었다. 그는 어릴 때부터 화랑의 무리 속에서 무예 훈련을 게을리하지 않았다. 김유신 장군처럼 군사를 호령하는 대장군이 되고 싶었다. 그런데 경애왕이 죽은 후에 아버지 김부가 갑자기 왕으로 등극하자, 그는 장남으로서 태자의 자리에 오른 것이다. 그는 화랑도 시절 아직 어려서 전쟁에 나가지는 않았지만, 화랑 선배들이 후백제 견훤과의 전쟁으로 죽어 나가는 모습을 피눈물로 지켜보았다. 16세의 화랑도 김일은 태자가 되던 날, 경주 석굴암에서 그의 의지를 부처님께 맹약했다

  '반드시 신라 천년의 사직을 지켜내겠나이다. 김알지 할아버지가 만드시고 문무왕 할아버지가 이룩하신 삼국통일의 정신을 바탕으로 새로운

---

6 이벌찬(伊伐飡)은 신라의 17관등(官等)의 제1등으로 이찬의 위이다. 이벌간(伊罰干), 우벌찬(于伐飡), 각간(角干), 각찬(角粲), 서발한(舒發翰), 서불감(舒弗邯), 일벌찬(一伐飡)이라고도 한다.

신라를 만들어내겠나이다.'

고려 왕건과 후백제 견훤 사이에서 자꾸만 약한 모습을 보이는 아버지 김부의 모습을 보면서 김일은 반드시 신라를 새롭게 건설하겠다는 다짐을 화랑의 정신으로 약속했다. 할아버지 효종랑은 김일에게 말하곤 했다.

"화랑의 기본 정신을 잃어버리는 순간, 천년 신라는 위험해진다. 우리가 어떻게 이 지경까지 오게 되었는가? 김유신 장군과 화랑 관창이 지하에서 울고 계시다. 우리가 힘을 길러야 한다. 힘이 있어야 우리를 얕보지 않는다. 지금 귀족 세력들은 대륙을 호령하던 선조들의 기상을 잃고 향락의 노예가 되어 허우적대고 있다."

효종랑은 몇 번이나 죽을 고비를 넘기면서 쓰러져 가는 신라를 위기에서 구했다. 그러나 그의 나이 이제 65세, 전쟁의 상처가 깊어져 싸움터에 나가지 못하는 것이 한스러웠다. 견훤이 쳐들어왔을 때, 병든 몸을 이끌고 나가서 싸우려 했으나, 이미 군사들은 싸워보지도 않고 도망가고 항복해버린 상황에서 가슴의 병까지 깊어졌다. 그러나 그에게 유일한 희망이 있었으니 그것이 손자 김일이었다. 어려서부터 김일은 아버지 김부를 닮지 않고 할아버지를 쏙 빼닮았다. 효종랑은 글공부만 하는 아들 김부를 마음에 들어 하지 않았다. 유약하고 용기가 없는 아들 대신에 신라를 지킬 장수로 손자를 점찍고 있었다. 그런데 견훤이 경애왕을 죽인 후, 약하고 자신의 말을 잘 듣는 김부를 신라의 왕으로 앉히려 하고 있었다. 효종랑은 병석에서 아들을 불러 이렇게 말했다.

"너는 절대 왕의 재목이 아니다. 왕의 자리에 앉지 마라. 네가 왕위에 앉는 순간, 너는 독이 든 술잔을 받는 것이다. 나는 너를 잘 안다. 너는 그냥 편하게 글공부나 하면서 지낼 유약한 서생이다. 네가 어찌 왕의 자리에 앉아서 쓰러져 가는 신라를 구할 수 있다는 말이냐? 욕심이 화를 부른다. 구렁이가 자기 덩치보다 큰 사슴을 삼키다가 둘 다 죽을 수가 있는 것이니라. 명심하거라."

김부 역시 아버지의 말씀이 맞는 말이라는 것을 알았다. 하지만 아버지에게 직접 들으니 속이 뒤틀리고 받아들일 수가 없었다. 그 자신의 그릇을 누구보다도 잘 알고 있지만, 정작 아버지의 입에서 그런 말이 쏟아지니 자존감 때문에 반발감이 생겼다.

"아버님은 어찌 아들을 이렇게 못난 놈으로 만드시나이까? 소자가 아무리 용렬하기로소니 아버님에게 졸장부 취급을 받는 것은 참을 수가 없나이다. 소자가 아버님에게 보란 듯이 신라를 다시 살려서 떳떳한 아들이 되겠나이다."

아버지에 대한 반발심으로 김부는 덥석 신라왕의 자리를 물렸다. 김부가 왕위에 오르는 순간 신라도 죽고 김부도 죽을 운명 속으로 빠져들고 있었다. 그가 신라의 마지막 왕 비운의 경순왕이었다. 그가 왕위를 물려받는 순간 그와 아들 김일의 운명은 이미 불행의 씨앗을 잉태하고 있었다. 태자 김일은 아버지 경순왕의 약한 모습을 보며, 자신이 신라를 지켜야겠다는 다짐을 했다. 자연스럽게 신라 부흥의 세력들은 태자 김일을 중심으로 은밀하게 뭉치게 되었다. 김일은 할아버지의 강직함과 온유함을 모두 가지고 있었다. 김일은 할아버지의 화랑도 시절 이야기를 주위 사람들에게 귀가 아프도록 들었다. 그중에 김일의 가슴에 남은 이야기가 할아버지 효종랑과 효녀 지은의 이야기였다.[7]

897년 젊은 화랑 효종랑이 무예 연습을 하고 돌아가는 길에 한 처녀

---

7 《삼국사절요(三國史節要)》 본기 권13 정사년.

를 보고는 말을 세웠다. 이 처녀는 남루한 차림새인 눈먼 노모를 부둥켜 안고 길게 통곡을 하고 있었다. 이 광경이 너무나 딱하기도 하고 궁금하게 여겨 효종랑은 주위 사람들에게 물어보았다. 이웃 사람이 효종랑에게 말했다.

"울고 있는 처녀의 이름은 지은이라 하는데, 집이 너무나 가난해서 매일매일 구걸을 해서, 눈먼 어머니를 봉양한 지도 여러 해가 되었습니다. 그런데 올해는 흉년이 들어서 문전걸식으로 얻어먹고 살기가 너무나 어렵고 힘이 들어서 어머니 몰래 그 동네 부잣집에 종으로 들어가기로 하고, 일 년치 새경으로 곡식 30석을 받아 주인집에 맡겨놓고, 온종일 그 집에서 종노릇하다가, 날이 저물어 일이 끝나면 그 집에 맡겨둔 새경 쌀을 한 바가지 자루에 퍼 담아서 집으로 가지고 와, 밥을 지어 어머니와 같이 먹고 함께 잠을 자고 새벽이 되면 또다시 주인집으로 가서 일했습니다. 딸은 딸대로 힘들게 종노릇하고, 어머니는 어머니대로 딸이 없는 집에서 혼자 외롭게 며칠을 보냈습니다. 그러던 어느 날, 아침 일을 하러 막 떠나려는 딸에게 어머니가 말했습니다.

'전에 네가 집집마다 밥 구걸을 다니면서 한술 두술 얻어 모은 거칠은 밥을 먹을 때는 마음이 편안하고, 소화도 잘 되었는데, 요사이는 네가 해준 기름진 쌀밥을 먹는데도 창자를 찌르는 것 같아 마음이 편안하지 않구나, 어쩐 일인지 모르겠다.'

지은은 그 말을 듣고는 몸을 팔아 종이 된 것을 사실대로 어머니에게 말씀드렸습니다. 딸이 남의 집 종이 되었다는 이야기를 들은 어머니는 통곡을 한 후에 기절하였고, 효녀는 기절한 어머니를 부여잡고 저렇게 서러워서 오열을 하고 있는 것입니다."

이 이야기를 들은 효종랑은 마음에 크나큰 감동을 받고 자기도 모르는 사이에 눈시울이 뜨거워졌다. 그는 벼 100석을 주었고, 또 처녀의 몸값도 갚아주어 종살이를 면하게 했다. 효종랑에게 그 소문을 듣고 1000명에 가까운 화랑 무리가 각기 1석씩 벼를 내어주었다. 그때 임금님이던 진성왕(眞聖王)에게까지 알려지게 되어 이를 갸륵하게 여긴 왕도 뜻을 같이하여 벼 500석과 집 1채를 내려주었고, 그 마을에 정문(旌門)을 세워 효양방(孝養坊)이라 이름하였으며 그 집에는 호역(戶役)을 면제해주었다. 왕은 또 효종을 가상히 여겨 헌강왕(憲康王)의 딸로 아내를 삼게 했다.[8]

마의태자 김일의 할아버지 효종랑은 어릴 때부터 백성들에게 존경받고 왕에게서도 인정받는 진골 귀족으로서 백성들과 아픔을 함께하며 쓰러져 가는 신라를 구하고 화랑을 재건하기 위해서 한평생을 바친 신라의 마지막 화랑이었다. 김일은 그 할아버지를 이어받기 위해 화랑 무술훈련을 게을리하지 않았으며 아버지 김부의 몫까지 짊어지며 살아야 했다. 할아버지 효종랑도 유약한 아들 김부에게 보이지 않던 희망을 김일에게서 발견하고 손자를 강하게 키우려 했다.

---

8 《삼국사기》48권과《삼국유사》5권 효선(孝善)편에 수록되어 있다.

태자 김일의 꿈

김일은 어릴 때부터 북쪽 저 멀리 선조의 땅에 가고 싶은 꿈을 키워왔다. 빨리 어른이 되면 조상들의 땅을 되찾고, 그곳에서 광활한 대제국을 호령하던 조상들의 뜻을 이어가고 싶었다. 할아버지의 세뇌 교육이 태자 김일의 머리 깊숙이 박혀 있었다. 김일의 가슴속에는 말 못할 응어리가 자리 잡기 시작했다. 조상의 대제국을 찾기는커녕 지금 신라가 갈수록 쪼그라져 가는 위기감을 느꼈기 때문이다.

김일은 울적할 때마다 호위무사인 한돌이를 데리고 화랑의 수련장인 단석산으로 올라갔다. 한돌이는 태자가 어릴 때부터 함께 자란 형제 같은 친구로 한시도 태자의 곁을 떠나지 않았다. 키가 8척이나 되고 힘이 장사인지라 큰 바위라는 의미로 사람들이 그를 한돌이라고 부르기 시작했다. 태자가 그에게 정식으로 이름을 지어주려 했지만, 그는 한돌이가 좋다고 끝까지 이름 받는 것을 사양했다. 어릴 때 전쟁으로 부모를 잃은 한돌이를 할아버지 효종랑이 손자 김일의 친구 겸 호위무사로 키웠기 때문이다. 그의 무술 실력은 화랑의 누구와도 겨루어서 뒤지지 않았으며, 그의 힘을 당해낼 사람은 아무도 없었다. 한돌이 태자에게 물었다.

"태자마마, 우리 신라가 이렇게 당하는 모습을 지켜만 보고 계실 것입니까? 귀족들은 자기 살 궁리만 하고 쥐새끼처럼 빠져나가고 있습니다. 아직도 목숨을 걸고 신라를 지키겠다는 화랑의 무리가 태자마마의 명을 기다리고 있습니다."

"알고 있다. 패배의식에 빠져있는 썩은 무리를 도려내어야 하는데 아바마마의 인정이 백성들을 더 혼란스럽게 만드는구나. 죽기를 각오하고 싸운다면 백성들의 마음도 돌아설 것이야. 가장 중요한 것은 민심이야. 지금 신라의 민심은 귀족과 왕실에 대한 분노로 가득 차 있어. 이것을 어떻게 바로 잡느냐가 중요한 것이야."

"왕실의 타락과 부도덕이 정점에 달해서 백성들은 왕건에게 넘어가는 자가 수도 없이 많다고 하옵니다. 태자마마께서 먼저 백성들에게 용서를 구하시고 민심을 돌려야 하옵니다."

태자 김일은 백성의 마음이 돌아선 것도 이해가 되었다. 진성여왕 이후 각관 위홍이 관직을 사고팔며 백성들에게 감당 못할 부역을 지게 만들었다. 그때 살기 힘든 백성은 부역을 피하기 위해 산으로 들어가서 도적이 되었으며, 그 도적들의 무리가 커지면서 지금의 견훤과 왕건이 생겨난 것이다. 백성들의 눈은 무서운 것이다.

진성여왕이 각관 위홍과 대궐에서 버젓이 불륜을 저지르고, 위홍은 진성여왕의 성 노리개가 되어서 백성들의 피와 땀을 짜내기 시작했다. 거기에 맞서는 사람은 모두 죽음으로 몰아갔다. 귀족들의 권력 싸움은 백성들이 안중에도 없었다. 모두 자신의 권력 잡기에만 힘을 쏟다 보니 명분 없는 권력 싸움에 악마와도 손잡을 자세가 되어있었다. 그들은 권력을 잡기 위해 왕건이나 견훤을 서로 이용했다. 그 사이에 왕건과 견훤의 세력은 날로 커져만 갔고, 신라는 이 두 세력에 빌붙어서 눈치를 보는 불쌍한 신세가 되어있었다. 지금의 상황을 타파할 사람은 이제 때 묻지 않은 젊은 화랑도밖에 없었다. 태자 김일은 한돌이와 함께 은밀하게 그 세력들을 모으고 있었다. 경순왕이 왕위에 오른 후에 태자가 된 김일은 아버지께 청했다.

"아바마마, 백성들이 아바마마를 비웃고 있사옵니다. 견훤이 경애왕을 죽이고 아바마마를 허수아비 신라의 왕으로 앉혔다고 수군대고 있사옵니다."

경순왕은 조용히 답했다.

"백성이 뭐라고 말하든 신경 쓰지 마라. 중요한 것은 사직을 지키는 것이다."

"아바마마, 백성이 먼저 있고, 사직이 있사옵니다. 먼저 백성의 마음을 얻지 못하면 천년 사직이 물거품으로 사라질 수 있습니다. 소자가 백성의 마음을 되돌리기 위해서 서라벌을 쑥대밭으로 만든 견훤의 목을 베어오겠습니다. 소자에게 군사 오천을 주시옵소서. 소자가 선봉에 서서 후백제 견훤에게 따끔한 맛을 보여주고 오겠나이다."

경순왕은 깜짝 놀라며 손을 내저었다.

"무슨 소리를 하는 것이냐? 군사 오천으로 어떻게 오만의 후백제 군사를 대적할 수 있다는 말이냐? 계란으로 바위 치기이다. 젊은 기분으로 무모한 짓은 하지 마라."

"아바마마, 백성들은 왕실의 피를 요구하고 있사옵니다. 제 한 목숨 죽어서 백성들의 마음을 되돌릴 수 있다면 제 한 몸 기꺼이 바치겠나이다. 서서히 무너져 가고 있는 신라가 부끄럽사옵니다. 비겁하게 살아남기보다도 영광스럽게 죽을 수 있는 기회를 저에게 주시옵소서."

"이놈 태자야, 아비 앞에서 못하는 소리가 없구나. 너 하나 죽는다고 끝나는 일이 아니지 않느냐? 너는 아비의 마음을 이리도 모르느냐?"

"아바마마, 부자의 관계 이전에 신라의 대왕과 태자이옵니다. 왕실에서 모범을 보이지 아니하면 백성들은 목숨을 걸고 싸우지 않을 것입니다. 소자의 피가 천년 신라의 부활에 희망이 되게 하소서."

태자의 애끓는 흐느낌이 경순왕의 가슴을 파고들었다. 경순왕은 아버지 효종랑의 말대로 독이 든 잔을 들고 있었다. 그 자신이 왕이 되면 아버지 효종랑에게 보란 듯이 잘하고 싶었다. 그러나 신라는 천천히 가라앉고 있는 배였다. 그들은 신라 왕의 피를 요구했다. 죽을 용기가 없으면 왕의 자리를 앉지 말라던 아버지의 말씀이 자꾸 귓가에 울렸다. 자신이 전생에 무슨 죄를 많이 지었기에 부처님께서 이렇게 가혹한 형벌을 내리시는지 부처님을 원망하고 하늘을 원망했다. 그러나 원망은 원망으로 메아리쳐 돌아올 뿐, 용기없는 자는 항상 하늘을 원망하고 운명을 순명으로 받아들이는 법이다. 죽을 용기가 없는 자신이 더 부끄러웠다. 경순왕은 하루에도 수십 번 자신의 배를 가르는 상상을 했다. 그러나 용기가 없었다. 죽음 뒤가 두려웠고, 죽고 싶지도 않았다. 누구보다도 그 자신은 그 자신이 제일 잘 알고 있었다. 서라벌의 달밤은 그렇게 깊어만 갔다.

견훤파와 왕건파의 분열

왕건의 힘이 세어지자, 서라벌에서는 왕건파에 매수된 귀족들이 세력을 잡고 있었다. 그들은 왕건과의 밀약으로 이미 자리와 재물을 보장받고 귀족회의를 움직였다. 그들의 명분은 신라가 살기 위해 고려에 귀속해야 한다는 주장이었다. 그들은 돈과 재물로 신라 사회의 민심을 조작해나가고 있었다. 그럴듯한 외교 명분을 내세우지만, 실상은 고려 왕건의 치밀한 계획 아래 움직이고 있었다. 친후백제파는 힘의 논리로 지배했지만, 친고려파는 교묘한 술책으로 온화한 왕건의 인심을 배경으로 신라를 꼼짝할 수 없을 정도로 마비시키고 있었다.

친고려파의 수장은 김봉휴였다. 그는 육두품 계열로 견훤이 포석정에서 경애왕을 죽일 때 고려에 사신으로 파견 가 있었기 때문에 죽음을 면했다. 그는 고려 군사를 신라 보호의 명목으로 이끌고 들어와서 신라의 권력을 잡게 되었다. 김봉휴의 가족은 후백제 군사에 의해 처참하게 살해되었으며 그가 고려 군사를 이끌고 신라로 들어온 순간, 피비린내 나는 복수가 시작되었다. 김봉휴는 나약한 경순왕을 반협박하면서 친후백제 계열의 숙청을 시작했다. 신라인들이 힘을 합쳐 싸워도 부족한데도 내부의 전쟁이 더욱 치열했다. 김봉휴는 경순왕에게 말했다.

"폐하, 후백제 견훤이 우리 신라의 후백제 세력을 이용하여 언제 다시 쳐들어올지도 모릅니다. 하루빨리 저 역적 세력들을 처단하셔야 합니다."

후백제 견훤이 경주에 쳐들어 왔을 때도 똑같은 말을 경순왕은 들었다.

'저들은 무엇을 위해서 서로를 죽이고 있는 것인가?'

경순왕은 김봉휴에게 말했다.

"그러면 경은 짐도 죽이고 싶은가?"

"폐하 무슨 말씀이시옵니까?"

"짐도 후백제 견훤이 왕으로 내세웠다. 나도 친후백제인가?"

"폐하 아니옵니다. 폐하께서는 왕위 계승 순위에 따라서 자연스럽게 왕위에 오르셨습니다. 무슨 천부당만부당 말씀이시옵니까? 그 말씀을 거두어 주시옵소서. 누가 들을까 염려되옵니다."

그 누구도 쓰러져 가는 신라를 위해 목숨을 바칠 귀족은 이미 없었다. 정의감 있는 똑똑한 귀족들은 견훤에 의해 죽거나 왕건에 의해 숙청되었다. 이제 남은 것은 회색주의자뿐이었다. 신라의 귀족들은 왕건과 견훤의 패권싸움에 누가 최후의 승자가 될 것인가에만 몰두하고 있었다. 왕건과 견훤도 이러한 신라의 내부 사정을 너무나 잘 알기에 둘 가운데 승자가 신라를 먹을 수 있다는 계산을 갖고 있었다. 그 계산의 방법만 다를 뿐이었다.

견훤은 무력으로 신라를 짓밟을 생각이지만 왕건은 협박과 회유로 신라를 먹을 생각이었다. 경애왕을 죽이고 유리한 고지에 오른 견훤은 고려를 소백산맥 북쪽으로 완전히 몰아내 후삼국 간 패권 경쟁에 쐐기를 박고자 했다. 왕건은 수세를 극복하기 위해 낙동강 너머 남쪽으로 진출할 수 있는 거점을 확보해야 하는 절박한 상황이었다. 그런 가운데 929년 고창

(古昌, 안동)전투를 분기점으로 고려와 후백제 간의 전세는 역전되었다. 견훤이 고창에서 고려군 3000명을 포위하자, 왕건은 직접 구원병을 이끌고 고창에 이르렀다. 견훤은 이미 고려군의 퇴로를 차단하기 위해 죽령을 봉쇄한 상태였다. 왕건은 3년 전 대구 공산(公山)의 동수(桐藪)전투에서 견훤에게 참패한 이후 계속 수세에 몰리는 상황이었다. 그만큼 고창전투가 갖는 의미가 컸다.

고려와 후백제 군사들이 서로 마주 보며 진을 치고 대치하고 있을 때, 왕건은 의외의 원군을 얻었다. 현지 지리에 밝은 고창군 성주 김선평(金宣平) 등이 향군(鄕軍)을 이끌고 고려군에 합세한 것이다. 이들은 견훤이 927년 경애왕을 죽인 것에 대한 복수를 위해 왕건의 군사에 합류했다. 격전 끝에 후백제 군사들은 퇴각을 거듭했다. 이 과정에서 후백제의 시랑 김악(金渥)이 고려군에게 생포되고, 8000여 명의 후백제군이 목숨을 잃었다. 왕건이 고창전투에서 승리하면서 후삼국의 정세는 급변하기 시작했다.

마의태자의 어머니 죽방부인 박씨

경순왕의 왕후인 죽방부인 박씨(竹房夫人 朴氏)[9]는 예부시랑(禮部侍郎) 박광우(朴光佑)의 딸로 아버지를 닮아 강직한 성품과 온화한 성품을 두루 지닌 여인이었다. 그녀는 이 난세에 남편이 왕이 되고 아들이 태자가 됨으로써 굴곡진 인생의 험로에 들어서게 되었다. 남자로 태어났으면 나라를 구했을 만큼 그녀는 강한 여장부였으나, 여자로서의 한계에서 남편의 유약함과 아들의 절망과 분노를 지켜보면서 왕후의 자리를 버거워하고 있었다. 그녀가 가장 가슴 아픈 일은 자기 속으로 낳은 아들 태자 김일이었다. 어머니 입장에서 그냥 편하게 살라고 하고 싶었지만, 일국의 왕후로서 태자인 아들에게는 그런 모습을 보이기 싫었다. 아들의 강직한 성격과 우유부단한 남편 사이에서 죽방부인의 근심은 깊어만 갔다. 한편으로는 남편의 심정을 이해하지만, 아들 생각만 하면 밤에 잠을 이룰 수가 없었다.

어느 날 죽방부인이 잠 못 이루면서 기울어가는 그믐달을 쳐다보고 있는데, 술에 취한 경순왕이 들어왔다.

---

9 죽방부인(竹房夫人)은 신라 제56대 마지막 왕인 경순왕 김부(金傅)의 왕후(王后)로 《삼국사기》·《동국여지승람》에 그녀는 신라왕 김부와 사이에 두 왕자를 두었다고 기록되어 있다.

"왕비, 이제 어떻게 하면 좋겠소? 나를 좀 도와주시구려."

경순왕은 어린애처럼 죽방부인의 품에 안기면서 괴로워했다. 그녀는 지아비이면서 천년 신라의 왕인 경순왕이 한편으로는 안쓰럽고 또 한편으로는 부끄러웠다.

'저 사람이 그냥 평범한 남편으로 살았다면 착하고 좋은 남편으로 남겠지만, 왕으로서는 후세 사람들에게 비웃음을 받을 불쌍한 왕으로 남겠구나.'

그녀는 그렇게 생각하면서 경순왕의 머리를 어린애처럼 쓰다듬었다.

"폐하, 너무 괴로워 마소서, 약해지는 모습을 절대로 신하에게 보이지 마시옵소서. 소첩은 죽을 때까지 폐하와 함께하겠사옵니다. 신하들의 얄팍한 소리를 듣지 마시고 가슴속에서 우러나오는 소리에 귀를 기울이소서."

"왕비도 나를 비겁하다고 생각하시오?"

죽방부인은 잠시 남편 경순왕의 눈을 지그시 바라보았다. 자신의 속마음을 누구에게도 말할 수 없는 괴로움을 가슴에 안고 살아야 하는 숙명이지만, 그를 감당하기에 그릇이 너무 작고 유약한 남편이 애처로웠다. 하지만 일국의 왕인 그를 이대로 무력하게 내버려 둘 수도 없는 노릇이었다.

"폐하, 용기와 비겁함은 종이 한 장의 차이이옵니다. 죽을 각오로 대처하는 것이 용기이고, 살아남을 방법으로 대처하는 것이 비겁함이옵니다."

경순왕은 항상 순종하던 왕비의 입에서 이런 소리가 나올 줄은 꿈에도 생각하지 못했기에 뒤통수를 한 대 맞은 기분이었다.

"왕비는 지금 태자 때문에 나한테 이렇게 말을 함부로 하는 것이오? 태자는 용감하고 이 아비는 비겁하다는 말씀 아니겠소?"

"폐하, 소첩은 아들 편도 아니고, 지아비 편도 아니옵니다. 그저 제 뱃속으로 나왔지만, 아들의 용기에 에미는 그 용기를 말릴 수 없는 것이 한스러울 뿐이옵니다.”

“왕비, 나도 죽고 싶소. 그러나 질 것을 뻔히 알면서 전쟁을 한다는 것은 온 백성의 목숨을 담보로 백성들을 사지로 몰아넣는 짓이요. 나는 불쌍한 백성들의 목숨을 살리고 싶소.”

“사람의 목숨은 하늘에 달려 있사옵니다. 백성들의 목숨이 아까워 전쟁을 피한다면, 나라가 죽는 것은 괜찮다는 것이옵니까? 천년 신라의 자존심을 잃고 살아남은 자들의 자괴감과 후회는 평생에 가슴에 남을 것이옵니다. 피할 수 없는 전쟁이라면 목숨을 걸고 덤벼들어야 하옵니다. 쥐새끼도 막다른 골목에서는 고양이에게 덤빈다고 하지 않습니까?”

“왕비는 지금 전쟁을 하라는 말씀이오?”

“목숨을 걸고 천년 사직을 지키기 위해 싸우겠다는 태자가 불쌍해서 드리는 말씀이옵니다. 고려나 후백제에게 목숨을 걸고 전쟁을 하겠다는 강한 의지를 보이면, 그들도 생각을 달리할 것이옵니다. 부디 태자의 생각을 헤아려주시옵소서.”

경순왕은 한편으로 왕비가 부러웠다. 부드러움을 간직한 여인으로서 죽음을 무서워하지 않는 용기가 어디에서 나오는지 그저 부러울 따름이었다.

“태자의 강직함과 용기는 그대에게서 나온 것이구료. 나는 누구를 닮아서 이런 약한 모습을 보이는지 당신에게도 부끄러울 뿐이오.”

“폐하의 착하고 여린 마음을 저는 다 알고 있사옵니다. 폐하의 마음을 알기에 옆에서 지켜보는 제 마음은 더욱 찢어지옵니다.”

경순왕은 죽방부인의 손을 잡았다. 죽방부인의 손은 떨리고 있었다. 경순왕은 술의 힘을 빌려서 이 순간을 벗어나고 싶었다. 연거푸 술을 마신 왕은 죽방부인의 품속에서 잠이 들었다. 잠이 든 남편을 지켜보는 죽방부인의 눈에는 눈물이 고여있었다.

효종랑 역시 며느리 죽방부인이 남자로 태어났으면 신라를 구할 장수였다고 말할 만큼 그녀의 기개를 높이 평가하고 있었다. 그런 시아버지와 며느리가 서로 의지하며 태자 김일에게 기대를 걸고 있었다. 죽방부인은 힘들 때마다 시아버지 효종랑에게 찾아가 태자의 일을 의논했다. 효종랑은 죽방부인에게 이렇게 말하곤 했다.

"왕후는 태자를 아비처럼 키우지 말거라. 신라의 운명은 태자에게 달려 있다. 태자를 강하게 키워야 한다. 내가 죽더라도 태자를 왕후에게 맡길 것이야."

죽방부인은 남편이 왕이 된 후 왕비의 신분이 되었으나, 백성들은 왕비를 죽방부인이라고 부르며 대쪽 같은 그녀의 충절과 의리를 존경하고 있었다. 경순왕은 왕이 된 후에 후궁을 두었지만, 죽방부인은 전혀 개의치 않으며 왕이 된 남편의 힘들어하는 모습을 지켜보면서 안타까워할 뿐이었다. 그녀는 어릴 때부터 태자를 할아버지에게 보내서 화랑의 정신과 천년 신라의 사직을 몸에 배게 했다. 이 어지러운 세상에서 신라가 살아남기 위해 무엇보다도 힘을 길러야 한다고 그녀는 태자에게 항상 주문했다.

경순왕의 고민

왕건의 삼국통일 전략은 한쪽은 치고 한쪽은 달래는 전략이었다. 삼국통일을 위해서는 먼저 명분이 중요했다. 모든 싸움에 명분이 있으면 민심은 따라오게 되어있다는 것을 왕건은 누구보다 잘 알고 있었다. 그 명분을 위해서는 천년 신라의 정통성을 고려가 이어가야 했다. 신라의 정통성을 얻기 위해서는 먼저 신라 왕의 마음을 얻어야만 했다. 서서히 신라를 옥죄면서 싸우지 않고 항복을 받아내는 것이 최선의 전략이었다. 전략을 행하기 위해서 그는 끈질기게 신라에 대한 구애 작전에 돌입했다. 먼저 신라의 귀족들을 포섭하고 신라 백성들의 민심을 얻은 다음, 자연스럽게 신라 왕을 고립시키는 방법을 선택했다. 겉으로는 신라 왕에 대한 유화정책을 쓰지만, 속으로는 시퍼런 칼을 숨기고 있었다. 신라의 항복만 자연스럽게 받아내면 민심은 고려에게 돌아올 것이고, 후백제는 그 명분에 힘입어 언제든지 정복할 수가 있었다. 그리고 신라의 정통성을 얻기 위해서는 신라 왕실과 혈연으로 맺어지는 것이 필요했다. 왕건은 신라의 태자가 끝까지 싸울 것을 알고, 그가 가장 사랑하는 큰딸 낙랑공주[10]를 불러놓고 말했다.

---

10 낙랑공주(樂浪公主)는 고려 태조 왕건의 맏딸이며, 고려에 항복한 신라 경순왕의 부인으로《삼국사기》

"공주는 이 아비의 마음을 이해하기 바란다. 살생을 없애기 위해 신라 태자의 마음을 얻어야 한다. 그가 끝까지 싸우겠다고 하면, 죄 없는 신라 백성들이 목숨을 잃을 것이니 공주는 부처님의 마음으로 신라 태자의 마음을 얻도록 하라."

낙랑공주는 불심이 깊은 소녀였다. 아버지의 뜻을 알기에 낙랑공주는 말없이 고개를 숙이며 들릴 듯 말 듯 대답했다.

"소녀, 아버님의 뜻에 따르겠나이다. 그러나 신라의 태자가 저를 싫어하면 어찌 하오리까?"

"너같이 아름다운 공주를 누가 싫어한다는 말이야?"

"고슴도치도 제 자식은 이쁘다고 하나이다."

"너는 고슴도치가 아니고 대고려의 공주이니라. 모든 귀족 청년들이 너에게 장가오고 싶어서 죽음도 불사한다고 들었다. 너의 아름다움보다는 착한 마음으로 태자의 마음을 돌려놓기를 바란다."

"저의 진심을 신라의 태자마마에게 보여드리겠습니다."

"고맙다. 공주야, 너에게 몹쓸 일을 시키는 것 같구나."

"아니옵니다. 아바마마, 소녀도 강직하고 신념이 있는 신라 태자마마의 이야기를 들었습니다. 소녀의 간절한 마음이 신라의 태자에게 닿기를 부처님께 기도드리겠습니다."

낙랑공주도 신라의 태자에 대해서 들어서 알고 있었다. 공주는 그런 태자가 불쌍하기도 하고, 존경스럽기도 했다. 쓰러져 가는 신라를 목숨 바쳐 구하겠다고 발버둥 치는 신라 태자의 모습에서 낙랑공주는 묘한 끌림

에 기록되어 있다. 일명 신란궁부인(神鸞宮夫人)이라고도 하며, 혼인 전에는 안정숙의공주(安貞淑義公主)라 불렸다.

을 느꼈다. 낙랑공주가 물러난 후에 왕건은 깊은 생각에 잠겼다.

'신라 태자만 마음을 돌린다면 삼국통일의 정통성을 얻을 수 있다. 신라만 고려에 합병해준다면 이미 삼국통일은 이루어진 것이나 마찬가지다. 먼저 신라의 평화스러운 항복을 받아내는 것이 급하다. 그러면 싸우지 않고 삼국을 통일할 수가 있다. 신라를 합병한 후에 후백제를 멸망시키자.'

결심이 확고해지자 그의 눈에서는 빛이 났다.

반월성의 을씨년스러운 날씨는 경순왕의 마음을 더욱 어지럽히고 있었다. 전쟁을 하자니 힘이 없고, 나라를 넘기자니 조상 볼 면목이 서지 않고…… 경순왕은 오늘도 결정을 하지 못한 채 떨어지는 낙엽을 쳐다보고 있었다.

"왜 저에게 이런 큰 짐을 지우시는 것입니까?"

원망을 해보았지만, 힘없는 신라의 왕에게 불쌍한 메아리로 다시 들려올 뿐이었다.

"천년을 이어온 신라가 어찌 이 지경이 되었다는 말이냐?"

이미 신라의 귀족들은 앞다투어 고려에 투항하는 자가 늘고, 신라 왕실에서도 귀부하자는 이의 숫자가 늘어나고 있었다. 경순왕은 피가 끓는 심정이었다. 선왕이 후백제 견훤의 칼날 아래 죽어가던 모습이 눈에 선했다.

'어찌하여 천년의 신라가 이렇게 처절하게 무너졌다는 말인가? 내가 왕의 자리에 오르지 말아야 했는데 무슨 영광을 보겠다고 이 독배를 들었다는 말인가? 사람의 그릇을 자신이 제일 잘 알건만, 제 그릇은 보지 않고 욕심만 보고 왕의 자리를 차지하다니, 내가 스스로 화를 불러들인 것이구나. 그 조그만 욕심 때문에 나를 죽이고 천년 신라도 죽이는구나. 아무것도 할 수 없는 이 바보 같은 몸뚱이를 찢어버리고 싶구나.'

경순왕은 자신의 무능함과 비겁함을 죽이고 싶도록 싫었다. 그러나 그 자신을 파고드는 비겁이 틈만 나면 그를 휘감고 있었다. 하루에도 수십 번 명예와 실리 사이에 결정을 내리지 못하고, 자기도 모르는 사이에 살기 위한 비겁한 명분 찾기에 몰두하고 있는 자신을 보면 부끄러워 견딜 수가 없었다. 마음 한편에서 명예롭게 싸우다가 죽자는 생각이 들면, 곧 다른 한편에서는 죽음의 두려움이 그를 붙잡았다. 매일 결정을 내리지 못하고 있는 사이에 천년 신라의 배는 더욱 깊은 암흑 속으로 침몰하고 있었다.

경순왕이 결정을 내리지 못하고 우왕좌왕하는 사이에 천년 신라의 단물만 빨아먹은 귀족들은 앞다투어 고려 왕건에게 잘 보이기 위해 추태를 부리기 시작했다. 귀족을 대표하는 김봉휴는 고려 조정의 사주를 받아 이미 고려의 신하인 것처럼 공공연하게 고려에 투항하자고 주장했다. 귀족회의를 지켜보는 태자 김일은 피가 거꾸로 솟구쳐 오르는 역겨움을 느꼈다. 저 귀족들의 선조들은 피를 흘려 신라를 만들어 왔는데, 지금 저들의 모습은 패배의식에 사로잡힌 비겁함의 극치를 보여주고 있었다. 경순왕은 아무 말 없이 무거운 표정으로 귀족들의 말을 듣고 있었다. 먼저 시랑 김봉휴가 목소리를 높였다.

"폐하, 시간이 없사옵니다. 이렇게 우물쭈물 시간을 끌었다가는 고려에게 분명히 약점을 잡힐 것이옵니다. 우리가 먼저 결단을 내려 사직을 보호해야만 하옵니다."

"사직을 보존하는 것이 아니라 경의 안위를 보존하자는 것이 아니오?"

경순왕은 신경질적으로 내뱉었다.

"폐하 무슨 말씀이시옵니까? 신 김봉휴 목숨이 아깝지 않사옵니다. 그러나 이미 서라벌을 제외하고 모든 지역이 고려에 투항하였고, 우리 서라벌만 고립되어 있사옵니다. 고려와의 좋은 협상을 위해서도 빨리 결단을 내리심이 백성을 살리는 길이옵니다."

구석에 있던 화랑의 대장인 병부 시랑 김율이 울부짖으며 소리쳤다.

"우리 신라가 아무리 힘이 없기로서니 천년을 이어온 대제국이옵니다. 어찌 싸워보지도 않고 나라를 넘긴다는 말씀이옵니까? 신 병부 시랑은 화랑의 정신으로 끝까지 싸우겠습니다."

"병부 시랑 그대의 목숨 하나 죽는 것으로 끝난다면 나도 끝까지 싸울 것이오. 그러나 질 것이 뻔한 싸움에서 왜 명분만 가지고 개죽음을 당한단 말이오? 병부 시랑 혼자만 절개가 있고 우리 모두는 나라를 팔아먹는 배신자란 말이오?"

"비겁한 자들이 말이 많은 법이옵니다. 목숨을 내어놓고 싸우려고 한다면, 우리 귀족들이 먼저 모든 것을 내려놓고 싸우려 한다면 백성들이 우리를 따를 것이옵니다."

김봉휴가 병부 시랑에게 길길이 날뛰고 있는 가운데, 경순왕이 조용하게 물었다.

"병부 시랑은 고려를 물리칠 방책이 있으시오? 군사를 모으면 몇이나 모을 수 있으시오?"

"오천의 군사를 모을 수가 있사옵니다. 오천의 군사가 시간을 끌어서 산성을 지키면 흩어졌던 백성들이 돌아올 것입니다."

"어찌 오천의 병사로 고려의 군사 오만을 막을 수가 있겠소?"

옆에 있던 태자 김일이 끼어들었다.

"아바마마 오천의 군사가 죽기를 각오하고 싸우면 서라벌을 지킬 수가 있사옵니다. 고려에 천년 신라를 갖다 바친다는 말씀만은 거두어 주시옵소서."

회의가 깊어지는 가운데, 경순왕은 결정을 내리지 못했다. 침묵만이 흐르고 있었다. 잠시 후 그 침묵을 깨는 소리가 밖에서 들렸다. 왕건에게 매수된 백성이 반월성 밖에서 햇불 시위를 벌이고 있었다. 햇불 시위에 힘을 얻은 김봉휴는 더욱 강하게 이야기했다.

"전쟁을 하면 모두 죽습니다. 아무리 비겁한 평화라도 전쟁보다는 더 이롭습니다."

태자 김일은 도저히 참지 못하고 자리를 박차고 일어나며 외쳤다.

"모두 겁쟁이가 되려고 작정을 하셨군요. 비겁하게 오래오래 사십시오."

"태자마마는 무슨 말씀을 그리 하십니까? 이것이 모두 신라 백성을 위한 일임을 모르십니까?"

"백성을 그만 파세요. 필요할 때만 꼭 갖다 붙이는 백성, 진정한 백성의 소리를 들어보셨습니까? 진정한 백성의 소리는 백성들의 마음속에 있습니다. 그 마음은 쉽게 표출되지 않지만 한 번 폭발하면 걷잡을 수가 없습니다. 겉으로는 신라를 위하고 백성을 위하는 척 이야기하지만, 속으로는 자신만을 위해서 표리부동하게 말하는 것을 백성들은 모두 알고 있습니다. 자신들만 잘나고 똑똑한 줄 아십니까? 고려 왕건과 후백제 견훤의 세력이 왜 저렇게 커졌습니까? 민심이 그들을 향해서 떠났기 때문입니다. 그런데도 아직도 아닌 척하고 위선적으로 표리부동하고 계십니까? 가증스럽습니다. 역사가 당신들을 평가할 것입니다. 제발 백성을 팔지 마십시오."

태자의 말에 모두 아무 소리도 못 하고 경순왕의 눈치만 살피고 있었다. 무거운 침묵을 깨고 경순왕이 입을 열었다.

"모두 물러가라. 똑같은 회의가 짐을 더욱 화나게 하고 있다."

경순왕의 가슴은 찢어졌다.

'왜 하필 나에게 이런 큰 짐을 지우시는 건가요?'

경순왕은 조상이 원망스럽고 자신이 미워졌다. 태자 김일은 피를 토하는 심정으로 말했다.

"볍씨가 썩지 않으면 많은 벼가 나올 수 없습니다. 제가 죽어서라도 천년 신라의 사직을 지키겠나이다. 비겁하게 사는 것보다 정의롭게 죽는 것이 사람의 도리이옵니다. 언젠가는 모두 죽는 인간이 수십 년 비겁하게 산다고 의미가 있겠습니까? 바른 일을 위해 목숨 바치는 것이 저에게는 영광이옵니다."

태자의 피 끓는 목소리가 궁 안을 용틀임 치듯이 뒤덮고 있었다. 경순왕은 아들을 쳐다보면서 마음속으로 몇 번이고 외쳤다.

'아들아 이 불쌍하고 비겁한 아비를 용서하거라.'

덕주공주

덕주공주[11]는 태자 김일의 여동생으로 어릴 때부터 어머니 죽방부인과 오빠 김일의 이야기를 귀가 아프도록 옆에서 듣고 자랐다. 덕주공주는 자연스럽게 오빠와 동화되어서 자신도 신라를 지켜야 한다는 사명감과 신념이 어린 가슴에 깊이 박혀 있었다. 덕주공주는 오빠를 도와야 한다는 어머니 말씀에 그녀가 오빠를 위해 무엇을 할 수 있을지 고민했다. 덕주공주는 오늘도 부처님께 기도드렸다. 오빠 김일의 마음을 돌릴 수 있으면 그냥 함께 행복하게 살 수 있기를 마음속으로 빌었지만, 그 마음을 돌릴 수가 없다는 것도 덕주공주는 잘 알고 있었다.

어릴 때부터 마음이 착하고 심성이 곧은 덕주공주는 아버지 경순왕의 사랑을 받으면서 남부러울 것 없이 자랐다. 그러나 철이 들면서 신라가 기울어가는 모습을 바라보면서 그녀의 마음은 온통 오라버니 걱정뿐이었다. 형제 중에서 덕주공주가 태자 김일을 유난히 좋아하고 따랐다. 만약에 덕주공주가 남자로 태어났으면 그녀도 오빠를 도와 군사를 일으켜 끝까

---

11 경순왕의 딸인 덕주공주는 신라가 패망한 후, 덕주사(德周寺)의 마애불이 되었다고 하는 불상조성담이 전해지고 있다. 한수면 송계리에는 덕주사와 보물 제406호로 지정된 제천 덕주사 마애여래입상(磨崖如來立像)이 자리하고 있다. (출처) 한국학중앙연구원《한국향토문화전자대전》

지 고려에 항쟁하고 싶었다. 덕주공주는 여자로 태어난 것이 한스러웠다. 그런 덕주공주를 항상 가까이서 지켜주는 시녀 오월이는 어릴 때부터 덕주공주를 지켜온 자매 같은 사이였다. 오월이는 덕주공주의 마음을 누구보다도 잘 알고 있었다. 그리고 옆에서 지켜보는 동안 공주의 마음과 중첩되면서 그녀 역시 태자 김일에게 끌리고 있었다. 감히 뛰어넘을 수 없는 신분의 차이에 그저 태자에 대한 연모의 마음을 속으로 삭이면서도 그의 인품에 더욱 빠져들고 있었다.

"아무리 모든 사람이 결혼하라고 해도, 오라버니가 결혼할 생각을 하고 있지 않으니 걱정이다."

덕주공주는 혼잣말로 푸념처럼 던졌다.

"나라 걱정 때문에 결혼을 안 하시는 것이 아닐까요?"

오월이는 태자 김일의 결혼 이야기가 나올 때마다 괜히 가슴이 뛰는 것을 억제할 수 없었다.

"오라버니는 분명히 다른 생각이 계신 거야. 끝까지 싸우다가 죽으려는 결심이 있기에 결혼을 하지 않는 거야."

공주의 입에서 태자가 죽는다는 말을 듣자 오월이는 자신도 태자와 함께 죽으면 얼마나 행복할까 하고 생각했다. 상상하는 것만으로도 가슴이 찌릿했다.

"공주마마께서 잘 설득해 보심이 어떠하신지요, 태자마마는 다른 사람의 말은 듣지 않지만, 공주마마의 말은 들어주지 않을까요?"

"나도 오라버니를 따를 거야. 오라버니가 어떤 선택을 하든 나는 오라버니를 따라갈 거야. 그 길이 어떤 가시밭길이 되든 나는 따라갈 거다."

"저도 공주마마를 따라가겠나이다."

덕주공주는 오월이의 마음을 헤아리지 못하고 말했다.

"네게 대단히 신라를 사랑하는 신념이 있는 것도 아니고, 일부러 사서 고생할 필요가 무엇이 있겠느냐?"

"아니옵니다. 공주마마, 저는 죽을 때까지 마마를 따라가겠나이다."

오월이는 덕주공주를 따라가고 싶은 마음도 있었지만, 태자가 가는 길이라면 지옥이라도 따르고 싶은 마음에서 큰 소리로 말했다. 공주는 오월이의 말에 감동받은 듯, 그녀의 손을 잡았다.

"신라의 귀족들이 너보다도 못하구나. 모두가 너 같은 마음이라면 천 년 사직의 신라는 절대로 망하지 않을 것이야."

오월이는 신라보다도 태자 김일이 좋았다. 그저 바라보는 것만으로 그녀는 행복했다. 15살 소녀의 마음은 어느 장군의 마음보다도 강하고 깊었다. 그런데 그때 갑자기 바람이 일더니 태자가 앞에 서 있었다. 공주와 오월이는 일어서며 인사를 했다. 오월이는 태자를 보자 다리가 후들거렸다.

"다과상을 준비하겠습니다."

그녀는 들릴 듯 말 듯 입안으로 중얼거리며 자리를 피했다. 태자 김일이 자리를 잡고 덕주공주에게 말했다.

"네가 나를 찾았다고 들었다."

덕주공주는 태자 김일을 보자 오빠지만 가슴이 뛰었다. 아버지보다도 더 듬직한 오빠, 오빠도 인간이거늘 왜 편하고 좋은 길을 택하지 않을까? 오빠의 신념이 강한 것을 알기에 덕주는 오빠를 말릴 수가 없었다.

'오라버니 같은 사람이 100명만 궁궐에 있어도 신라를 지켜낼 수 있을 것인데.'

태자 김일을 보자 덕주는 꿈에 젖은 듯 허망한 상상을 해보았다. 덕주공주가 불러놓고 말없이 태자를 쳐다보자, 태자 김일이 먼저 공주에게 물었다.

"무슨 생각을 그리도 깊이 하느냐?"

"오라버니, 신라 귀족들의 마음이 바람에 일렁이는 낙엽보다 못한 것 같습니다. 세상이 이리도 허망하고 헛된 일인지 소녀는 잠을 이룰 수가 없습니다."

김일은 예쁜 동생을 쳐다보면서 마음이 답답해졌다.

"네가 무슨 말을 하려는지 이 오래비는 다 알고 있다. 이 오래비는 아바마마도 원망하지 않고 신라를 팔아넘기려는 귀족들도 원망하지 않는다. 다만 세상이 원망스럽다."

"그렇지만 오라버니, 세상의 인심이 어찌 이리 야박할 수 있단 말입니까? 모두가 자기만 살겠다고 위선을 떠는 모습이 소녀는 너무나 추잡해서 쳐다볼 수가 없을 지경입니다. 모두가 백성을 위한다고 말을 하지만 실상은 모두 자기들 살기 위한 핑계일 뿐입니다."

덕주공주의 강한 어조를 들으니 태자는 더욱 가슴이 아팠다.

'덕주가 남자로 태어났으면, 나와 함께 신라를 살릴 수 있을 것인데.'

태자 김일은 덕주공주가 예쁘고 행복하게 살기를 바랐다. 고려 왕실과 결혼하면 그녀는 편안하게 자식을 낳고 살 수 있을 것이다. 그러나 덕주공주는 끝까지 고려 왕실과의 결혼을 반대하면서 계속 결혼을 강요하면 자결하겠다는 말까지 하자, 경순왕도 포기를 하고 있는 실정이었다. 태자 김일은 그런 동생이 더욱 애처롭고 가슴에 밟혔다.

"덕주야, 너는 왜 편안한 삶을 포기하고 굳이 가시밭길을 가려고 하느냐? 네가 고려 왕실에 시집가더라도 아무도 여자인 너를 비방하지는 않을 것이야."

"그러시면 오라버님은 왜 죽음을 무릅쓰고 싸우려 하십니까?"

"나는 역사에 부끄러움을 남기지 않으려고 함이야. 우리 신라가 고려

를 이길 수 없음은 삼척동자도 다 아는 일이야. 대세는 이미 결정지어졌
어. 그러나 나는 신라의 태자다. 내 한 목숨을 바쳐서라도 천년 신라 사직
에 떳떳하고 싶은 마음이야. 내가 비록 지금 당장은 고려를 쳐부술 힘은
없지만, 조상 대대로 물려온 천년 신라의 꿈을 이 몸을 바쳐서라도 지키
고 싶은 것이야."

"오라버니 저도 데리고 가 주시옵소서. 천년 신라의 꿈에 조그만 보탬
이 되고 싶습니다."

"너는 안 된다. 여자의 몸으로 어떻게 그 험난한 길을 버틸 수 있단 말
인가?"

"오라버니와 함께라면 언제까지라도 기다리겠습니다."

김일은 일어나면서 덕주의 손을 꼭 잡았다. 덕주의 손이 따뜻했다.

할아버지 효종랑 김효종의 유언

서라벌의 밤은 깊어만 가고 있었다. 태자는 할아버지 효종랑을 찾았다.

"할아버지, 제가 혼자서 감당하기에는 너무 벅차고 힘듭니다. 사리사욕에 눈이 먼 귀족들은 자기들 실속 차리기에 바쁘고, 군사들의 사기는 갈수록 땅에 떨어지니 저는 어떻게 하면 좋겠습니까?"

효종랑은 손자가 안타까운 듯이 쳐다보다가 입을 열었다.

"맹자께서 이렇게 말씀하셨다. '하늘이 장차 그 사람에게 큰일을 맡기려고 하면, 반드시 먼저 그 마음과 뜻을 괴롭히고, 근육과 뼈를 깎는 고통을 주고, 몸을 굶주리게 하고, 생활은 빈궁에 빠뜨려, 하는 일마다 어지럽게 하느니라. 그 이유는 그의 마음을 흔들어 참을성을 기르게 하기 위함이며, 지금까지 할 수 없었던 그 어떤 사명도 감당할 수 있게 하기 위함이라.'[12]"

태자는 맹자의 가르침을 이미 알고 있었다.

---

12 맹자(孟子)의 '고자장(告子章)',
天將降大任於斯人也(천장강대임어사인야) 必先勞其心志(필선노기심지) 苦其筋骨(고기근골) 餓其體膚(아기체부) 窮乏其身行(궁핍기신행) 拂亂其所爲(불란기소위) 是故動心忍性(시고동심인성) 增益其所不能(증익기소불능).

"알고 있사옵니다. 할아버지."

"너에게 이 큰 시련을 주는 것은 하늘에서 너에게 더 큰 일을 맡기려는 것이야. 명심하거라. 이 할아비는 너가 반드시 이루어낼 것이라 믿고 있다."

"할아버님 믿음에 실망시켜 드리지 않겠사옵니다."

효종랑은 애처롭게 손자를 쳐다보고는 다짐하듯이 말했다.

"뜻있는 젊은이가 많이 모이고 있다고 들었다. 각별히 보안에 신경 쓰도록 하여라. 왕건과 견훤이 심어놓고 간 귀족들이 눈을 벌겋게 뜨고 너의 일거수일투족을 그들에게 보고하고 있다."

"네, 잘 알고 있사옵니다."

효종랑은 손자의 손을 꼭 잡았다.

"힘이 있은 다음에 정의가 있는 것이다. 힘이 없는 정의는 비겁함보다도 못한 것이다. 어느 때이고 전쟁이 없었던 적은 없다. 전쟁을 무서워하면 나라가 바로 설 수 없다. 전쟁을 할 수밖에 없을 때는 두려워하지 말고 전쟁을 해야 한다. 백성들의 믿음과 명분이 있으면, 이길 수 있는 것이다. 한 번 더 명심하여라. 힘이 있은 다음에 윤리가 있고, 정의가 있다."

"할아버지 제가 목숨을 바쳐서 신라의 힘을 키우겠습니다."

신라는 이미 패배주의에 물들어서 귀족들이 언제라도 나라를 팔아먹을 준비가 되어있었다. 김효종은 그것 때문에 죽을 수 없었다. 죽어서도 조상들을 뵐 낯이 없는 것이었다. 조상들의 피로서 지켜온 신라가 이렇게 허무하게 무너질 수 있다는 말인가? 그런데 세월은 그에게 많은 시간을 허락하지 않았다. 김효종은 장롱 속에 깊이 숨겨두었던 금궤를 꺼내었다. 그는 이것을 아들에게 건네지 않고 손자인 김일에게 넘기는 것이다.

"이것은 우리 조상 대대로 내려오는 가보이다."

비단에 곱게 싸인 것은 금으로 만든 사람의 형상이었다.

"이것이 무엇이옵니까?"

"이것은 금인(金人)이니라. 우리 조상은 옛날부터 이 금인을 만들어서 하늘에 제사를 지냈다고 한다. 그래서 제천금인이라고 하여 김씨의 성이 만들어진 것이다."

효종랑은 금인을 김일에게 건네며 힘겹게 말을 이어갔다.

"이 금인은 이천년을 이어온 소중한 우리 김씨 가문의 상징이야. 이것을 네가 잘 보관하거라. 조상님들이 너를 보살펴주실 것이다. 우리 신라의 뿌리가 이 금인에 있는 것이다."

김일은 금인을 조심스럽게 집어 들었다. 금으로 만든 사람의 모형이었다. 금인을 집어 드는 순간 김일의 가슴에는 충격의 파장이 퍼져 나갔다. 금으로 새겨진 금인의 얼굴에는 따뜻한 미소가 보이는가 하면 한편으로는 서릿발 같은 무서운 표정도 깃들여 있었다.

'이 금인이 무엇이길래 나의 마음이 이렇게 요동치고 있는 것인가?'

손자의 표정을 보면서 효종랑은 마지막 힘을 모아서 또렷하게 이야기했다.

"우리 조상은 전 세계를 주름잡았던 대제국의 황제였다. 우리 조상의 비밀은 왕실에서 은밀하게 내려져 오는 것이다. 우리의 조상이 삼한으로 건너온 후에 삼한의 토속민들과 함께 어울리기 위해서 비밀로 하고 있던 것이다."

"그러면 우리의 조상은 단군조선의 후예가 아니옵니까?"

"단군조선과는 같은 핏줄이라고 할 수 있지. 단군조선과 우리 조상은 형제의 나라로 광활한 대초원의 유목민족이었지. 말을 타면서 수만 리를 이동하는 대제국이었어. 우리 조상의 나라가 훈제국이었어. 한나라 유방이 우리 훈제국과 전쟁에서 패한 후에 엄청난 수모를 겪고, 우리 훈제국에 무릎을 꿇고 딸을 바치고 조공을 바치는 굴욕적인 조약을 맺었어. 그만큼 중국 한나라에서는 우리 훈제국을 무서워했고 훈제국의 말발굽 소리만 들어도 울던 아이가 울음을 그칠 정도로 우리 조상을 두려워했어. 그래서 한나라는 우리 조상인 훈제국을 무서워해서 흉노라는 이름을 지었던 것이야. 그런데 우리의 제국이 황제 자리다툼으로 분열하고 있을 때, 한나라 무제는 아버지 유방의 치욕을 씻고자 훈제국을 정벌하기 시작한 것이야. 훈제국이 멸망하고 20년 후에 조선[13]도 한나라에 멸망하고, 훈제국은 서쪽으로 이동하면서 조선의 자리에 대방과 낙랑을 설치한 것이야."

"할아버지, 그러하오시면, 훈제국이 저의 조상이라는 말씀인가요?"

"우리의 조상은 훈족의 황제였다. 훈제국의 마지막 왕인 휴저왕은 끝까지 한나라 무제와 싸우다가 장렬하게 전사하고, 그의 어린 아들 김일제(金日磾)와 김륜(金倫)이 포로로 잡혀서 한나라에서 살게 된 것이다. 김일제는 어떻게 해서든 살아남아서 해야 할 일이 있었다. 김일제는 한무제를 암살하려는 무리를 물리치고 한무제의 목숨을 구해주게 되었어. 한무제는 김일제 때문에 목숨을 건졌는데 그 공로로 김일제를 투후(秺侯)로 임명하고 그에게 김씨 성을 하사하게 된 것이야. 김씨의 성은 금인을 받들어 하늘에 제사를 지내던 김일제의 모습을 보고 제천금인이라 하여 김씨를 하사하게 된 것이다. 이분이 최초로 김씨 성을 쓰게 된 우리의 뿌리이니라."

광활한 대륙을 주름잡던 훈족이 자신의 뿌리라는 이야기를 듣자 김일의 가슴은 큰 우물에 돌을 던진 것처럼 적지 않은 파장이 전달되었다. 신라의 시조인 투후 김일제에 대해서 처음 듣는 이야기였다. 할아버지 효종

---

13 고조선

랑은 이제까지 김일이 알지 못했던 비밀을 더이상 숨길 수 없다고 느꼈는지 그에게 모든 것을 이야기했다.

"우리가 흉노의 후손이라는 것을 꺼려서 김일제 조상의 이야기는 금기시했다. 그러나 나는 그렇게 생각하지 않는다. 흉노는 대제국이었다."

조상 김일제의 이야기를 할 때 효종랑의 눈에는 빛이 돌았다.

"우리의 조상은 북쪽의 광활한 대륙을 호령하던 대제국의 지배자였다. 끝없는 초원을 달리며 세상 끝까지 문화와 이상을 실현시킨 훈제국의 후손들이다. 한족들이 우리 조상에게 조공을 바치고 서역의 여러 나라가 조공을 바치러 몰려 들어왔다. 우리 조상들의 말발굽 소리가 온 세상을 진동시켰으며, 동양과 서양을 하나로 연결시켜 줬다."

할아버지 효종랑은 조상 대대로 내려오던 가보인 작은 금인을 가르키며 태자 김일에게 말을 이었다.

"너는 이 금인을 간직하여 항상 대륙을 호령하던 조상의 기개를 잊지 말도록 하여라."

태자 김일이 금인의 동상을 받는 순간, 사당에 모신 시조 투후 김일제의 초상화가 자신을 쳐다보는 느낌을 받았다. 이 금인을 가슴에 품고, 저 넓은 대륙을 호령하던 조상들의 모습이 그 앞에 스쳐갔다.

"이 금인은 우리 조상의 상징이므로 소중하게 간직하고 후손들에게 잘 전달하여 우리 조상들의 꿈을 잊지 말아야 할 것이다. 천년의 사직을 이어온 신라는 이 금인이 지켜줄 것이야. 신라는 절대로 쉽게 사라질 나라가 아니다. 네가 천년 사직의 신라를 지켜야 한다."

"할아버지, 소자 목숨을 걸고 천년 사직의 신라를 지켜내겠나이다."

"이 할아비는 네가 있어서 편하게 갈 수 있을 것 같다."

"할아버지 무슨 말씀이십니까? 오래 사셔서 이 손자가 신라를 지켜내는 모습을 보셔야 하옵니다."

"아니다. 사람의 목숨은 하늘이 정해주는 것이야. 목숨보다 소중한 것이 있다. 너는 우리의 뿌리를 지켜야 한다. 그것이 하늘이 너에게 맡긴 큰 뜻이라는 것을 명심해라."

할아버지 효종랑은 그가 못 이룬 꿈을 손자에게 이루게 하고픈 욕망이 큰 나머지 마지막 순간까지 손자에게 자신의 모든 것을 쏟아붓고 있었다. 김일은 할아버지가 오늘 갑자기 조상들의 이야기를 왜 하는지 그리고 그렇게 소중한 금인을 아버지 경순왕에게 주지 않고 자신에게 건네는지 그 이유를 어렴풋하게나마 짐작하고 있었다. 그는 소중한 금인을 가슴에 품고 할아버지의 방에서 나왔다. 서라벌의 어둠은 무겁게 내려앉고 있었다.

태자 김일에게 조상의 가보 금인에 관한 이야기를 전달하고 일주일 후에 효종랑은 숨을 거두었다. 그가 신라의 왕이 되었으면 신라가 이렇게 허무하게 쓰러지지는 않았을 것이다. 영웅은 시대를 잘 타고나야 한다. 효종랑은 시대를 잘못 타고난 영웅이었다. 할아버지를 잃은 태자 김일의 마음은 하늘이 무너지는 느낌이었다. 할아버지가 마지막으로 전해주신 금인이 태자 김일에게 무엇인가 이야기하고 있었다. 경순왕은 아버지 효종랑을 사후에 신흥대왕[14]으로 추존하고 대왕의 반열에 올렸다.

---

14 《삼국사기》 경순왕편 '元年 十一月 追尊考爲神興大王 母爲王太后'.

2

세계의 역사를 바꾼 흉노제국

진국은 다큐멘터리의 시작을 신라 왕족 김씨의 뿌리가 어디인가를 추적하는 것으로 잡고 구성을 하고 있었다. 저명한 역사학자를 만나서 수차례 인터뷰를 했지만, 그때마다 역사학자들은 자신의 이름을 드러내고 신라의 뿌리에 대한 비밀을 밝히기를 꺼려했다. 그들은 한결같이 국민적인 감정 때문이라며 말끝을 흐렸다. 그러나 아무리 천한 것도 우리의 진실한 자취라면 역사 속에 넣어야 할 것이다. 그렇다면 역사적인 진실은 과연 무엇일까? 신라 문무왕릉비(文武王陵碑)[15]에 당당히 투후 김일제의 후손이라고 밝히고 있지만, 그가 흉노족이라는 이유만으로 역사에서 왜곡되고 감추어지고 있는 현실이 진국의 가슴을 아프게 했다.

흉노제국은 북방 유목민족이 이룬 최초의 대제국으로서 돌궐제국, 금나라, 몽골제국, 그리고 청나라로 이어졌다. 흉노족은 중국과는 근본적으로 달랐지만, 그들은 우리와 같은 우랄·알타이 북방 유목민족이었다. 중국의 농경민족과는 완전히 씨가 다른 민족이었다. 현재 터키와 카자흐스

---

15 경주 국립경주박물관에 소장된 삼국시대 신라의 제30대 문무왕의 능비. 이 비석의 앞면 제4행 말에서 부터 제6행에 걸친 부분으로 '十五代祖成漢王(십오대조성한왕)'·'祭天之胤傳七葉(제천지윤전칠엽)'이라는 구절은 신라 김씨의 내력, 즉 신라인의 조상에 대한 인식을 엿볼 수 있는 귀중한 자료다.

탄, 키르기스스탄, 몽골, 한국, 일본 등이 그 후손인 것이다. 이 나라들은 언어 구조가 똑같고 생김새도 비슷하다. 진국은 이 문제를 어떻게 다큐멘터리로 녹일지에 대해서 고민을 계속해오고 있었다. 그가 찾은 자료만 해도 어느 역사학자 못지않았다. 진국의 다큐멘터리에 뒤늦게 합류한 우리 역사문제 연구소의 차경일 박사는 진국에게 농담조로 이렇게 이야기한 적이 있다.

"김 피디님, 박사학위 논문을 써도 통과되겠는데요. 정말 대단하십니다. 우리 역사학계를 발칵 뒤집을 논문을 하나 쓰세요."

진국은 차 박사에게 차분히 대답했다.

"다큐멘터리 피디는 지식을 쫓는 것이 아니라, 진실을 찾는 사람입니다. 저는 역사학자들이 숨기고 있는 진실을 반드시 찾아낼 것입니다."

우리 고대사 연구에 집중하고 있는 차 박사는 금나라 연구로 박사학위를 받았을 만큼 이 분야의 최고 권위자이지만, 역사학계에서는 이단아로 취급받고 있었다. 그는 중국 중심의 역사관에서 한 번만 비틀어보면 올바른 역사가 나온다고 강조했다. 그가 쓴 책 《거꾸로 보는 중국사》에서 그는 말하고 있다.

"중국의 역사를 뒤집어서 보면 진실이 나옵니다. 고대부터 중국 북방의 실크로드를 이룩한 대제국은 훈제국(흉노제국)이었습니다. 세계의 역사를 바꾼 민족은 중화민족이 아니라, 실크로드를 누비던 북방 유목민족이었던 것입니다. 우리의 조상도 북방 유목민족에서 왔습니다. 우리가 우리의 조상을 버리고 중화민족을 숭상한 것은 조선시대부터 시작되었습니다. 조선은 '소중화(小中華)'를 부르짖으며 중국에 종속되기를 바라는 성리학의 수렁에 빠지고 만 것입니다."

진국은 차 박사에게 평소 궁금하던 질문을 풀어내기로 했다.

"교수님, 흉노에 대해서 좀 더 자세히 알고 싶습니다."

"흉노의 역사는 중국에서도 거의 의도적으로 잘 다루지 않았습니다. 흉노는 글자가 없었기 때문에 기록으로 남기지를 못했어요. 그래서 한족과의 투쟁에서 한족 중심의 기록만 남아있지요. 그나마 중국 역사학자들도 양심은 있었기 때문에, 흉노족에게 당한 수모를 간간이 기록해 놓은 정도입니다. 후세에 경계하라는 의미로 말이죠."

"중국 사람들이 흉노를 그렇게 무서워했습니까?"

"그럼요, 중국 사람들이 얼마나 무서웠으면 훈(Hun)제국을 한자로 음차하면서, 흉할 흉(凶)자에다 노예 노(奴)자를 사용했을까요!"

진국은 글자에서 무섭게 느껴졌던 흉노가 형제처럼 다정하게 느껴졌다. 차 박사는 진국의 표정을 읽으면서 계속 이야기를 이었다.

"흉노는 진시황이 중국을 통일하기 이전에 최초의 대제국을 이룬 나라입니다. 그리고 세계사의 흐름을 바꾼 민족입니다. 세계를 바꾼 것은 농경민족이 아니라 유목민족이었습니다. 유라시아 대륙을 말발굽으로 누린 초원의 북방 기마민족이었습니다. 우리나라의 언어가 우랄·알타이 계통인 것은 알고 계시죠? 우리의 뿌리가 우랄산맥과 알타이산맥에서 나왔다는 이야기입니다. 흉노족의 뿌리가 바로 우랄·알타이산맥입니다. 황허문명(黃河文明, 황하문명)의 주인공도 중국 농경민족이 아니라, 북방 기마민족인 흉노족이었습니다. 세계 최초로 청동기문화와 철기문화를 만든 것도 흉노족이었죠. 황허문명 이전에 이미 홍산문화(紅山文化)가 존재했다고 중국의 학자들도 인정하고 있습니다. 기록을 남기지 않았다고 부정할 수는 없는 것 아닙니까? 농경민족과 달리 유목민족들은 이동하면서 생활하기 때문에 기록을 많이 남기지 못했습니다. 그래서 기록을 남긴 중국 중심의 역사로 점철되어 이렇게 무시되는 것이 과연 정의라고 할 수 있을까요?"

차 박사의 말에 진국은 자신도 모르게 흥분해서 목소리가 높아졌다.

"교수님, 우리나라 사람들 가운데도 이직도 흉노를 미개인으로 생각하는 사람이 많이 있는데, 그 인식을 바꿔놓을 계기가 필요하다고 봅니다. 다큐의 접근을 먼저 우리 민족의 뿌리인 흉노의 실체를 밝히는 것으로 시작했으면 합니다."

얼굴이 상기된 진국을 보고, 차 박사는 조심스럽게 이야기했다.

"다큐멘터리를 감정적으로 접근하면 안 됩니다. 냉철한 이성으로 사실에 입각한 제작이 되어야 합니다."

"그래서 저는 기록에 숨어있는 이면을 밝히고자 합니다. 우리의 뿌리를 밝혀야만 우리가 더 크게 자랄 수 있을 것입니다. 우리 뿌리가 이렇게 튼튼하다는 것을 밝히고 싶습니다."

"우리의 뿌리는 단군(檀君) 조선입니다. 단군 조선을 부정하는 것은 아니겠죠?"

"단군 조선은 기록된 우리의 뿌리가 맞습니다. 그러나 단군 조선의 뿌리도 북방 유목민족에서 온 것입니다. 단군이 나라를 다스렸던 고조선(古朝鮮) 때는 흉노와 고조선은 형제처럼 사이좋게 지냈습니다. 흉노의 역사부터 정확히 살펴야 할 것 같습니다."

진국은 우리가 모르는 흉노의 역사가 궁금해졌다. 남의 이야기가 아니기 때문이었다. 차 박사는 기다렸다는 듯이 속사포처럼 이야기를 밀어넣었다.

"흉노가 세계사에 미친 영향을 일목요연하게 정리해보겠습니다. 황허 강 이북의 대영토를 중심으로 한나라 유방을 굴복시키고, 서역과의 실크로드를 장악한 흉노는 차츰 사치와 향락에 빠지기 시작했습니다. 이 틈을 노려 항상 흉노에게 굴욕적인 외교를 당했던 한(漢)나라 무제(武帝, 기원전 141~87년)는 아버지 유방의 복수를 다짐하면서 대규모 군사원정을 감행하죠. 결국 기원전 129년경에 북방의 흉노를 공격해 흉노의 본거지를 고비사막 이북으로 격퇴했습니다. 기원전 57년 흉노는 서흉노와 동흉노로 분열되었고, 뿔뿔이 흩어진 서흉노의 무리 집단들은 계속 서쪽으로 이동해 아랄 해 지역에 도착하는데, 이들이 서유럽 지역에서 흉노의 대제국을 건설하는 시발점이 되는 것입니다. 그 후로도 계속 4차에 걸쳐 서쪽으로 이동한 흉노족은 서기 349년 이미 1~3차 서천(西遷) 때 서유럽에 도착해서 이곳에 정착하고 있던 흉노족과 합류합니다. 이들이 합류하여 375년 서유럽을 공격했던 것입니다. 흉노족의 공격으로 게르만 민족의 대이동이 시작되었고, 유럽은 격변기를 맞이하게 되었습니다. 우리가 역사에서 배웠던 게르만 민족의 대이동이 흉노족 때문에 발생했다는 것입니다. 그러니까 흉노족이 아시아뿐 아니라 유럽 역사도 바꿔놓았다는 이야기입니다."

진국이 침을 삼키면서 몰입하자, 차 박사는 무당이 신들린 듯 게르만족의 대이동을 이어나갔다.

"아랄 해 북부 초원에 거주하던 흉노 후예들은 374년경 유럽을 향해 파죽지세로 진격했습니다. 그들의 놀라운 기동성과 뛰어난 기마 전술은 당시 유럽인들에게는 '신의 징벌'이라 불릴 정도로 공포의 대상이었습니다. 그래서인지 당시 역사가들은 훈족에 대한 기록을 무엇보다 극도의 공포와 증오로 생생하게 가득 채웠습니다. 476년 서로마제국은 흉노족의 이동으로 멸망하게 된 것입니다. 흉노족의 침입으로 게르만 민족을 포함하여 유럽 각 민족의 대이동이 이루어졌고 유럽의 여러 민족이 이동해 새로운 곳에 정착하게 되는데, 이로써 지금의 유럽 국가들의 국경선이 생기게 된 것입니다."

"그러면 동유럽에 진출한 흉노족은 그 후 어떻게 되었습니까?"

진국의 질문에 차 박사의 대답은 거침이 없었다.

"동유럽에 뿔뿔이 흩어져 있던 흉노족들은 아틸라(Attila) 왕이 통치하던 450년경에 최대의 제국을 건설하게 됩니다. 아틸라 왕이 지배한 지역은 남쪽으로는 발칸 반도, 북쪽으로는 발트 해안, 동쪽으로는 우랄산맥, 서쪽으로는 알프스에 이르는 광대한 영토였는데, 436년 2만 명의 부르군트[16] 군대가 흉노의 아틸라군에 전멸당한 전쟁이 영웅서사시 '니벨룽겐의 노래'[17]의 주제가 되었습니다. 그만큼 흉노족은 유럽에 강한 인상을 남겼습니다. 453년 아틸라가 갑자기 사망하고 난 후, 동유럽의 흉노제국은 붕괴하기 시작하는데, 흉노의 후손들이 유럽에 만든 국가가 지금의 헝가리죠. 헝가리는 흉노의 유럽식 표현인 훈족의 나라라는 의미로 헝가리라고 이름 짓고 흉노의 후손들이 유럽에서 이어지고 있는 것입니다. 헝가리는 흉노족의 자취를 고스란히 간직하고 있습니다. 우선 언어적으로 우랄·알타이어인 한글과 유사한 점이 많고, 생활 풍습에서도 몽골과 한국과 유사한 점이 많이 남아있습니다."

진국은 차 박사의 흉노에 대한 열의에 감탄하면서 질문을 더했다.

"우랄·알타이 서쪽으로 쫓겨간 서흉노는 로마를 멸망시키고 아직도 유럽에 헝가리라는 이름으로 남아있는데, 동쪽으로 이동한 동흉노는 어

---

16 부르군트 자유백국(Freigrafschaft Burgund)은 신성로마제국의 하나였다. 오늘날의 프랑스 부르고뉴프랑슈콩테 레지옹 동부에 위치했다.

17 니벨룽겐의 노래는 독일어로 쓰인 서사시로, 게르만족의 대이동 시대인 5~6세기경부터 전승되다 1200년경에 궁정 서사시로 정리되어 현재까지 전해진 것으로 추정된다. 영웅 지크프리트와 부르군트 왕의 누이동생 크림힐트의 결혼, 브로군트 왕과 브륀힐트의 결혼, 하겐의 배반에 의한 지크프리트의 암살이 화려한 정경 묘사로서 표현되어 있다. 흉노국(匈奴國)에 초청된 부르군트 사람들과 훈족 사이에 사투가 벌어져 마침내는 두 민족이 모두 멸망한다는 것이다. 바그너의 가극《니벨룽의 반지》원전이다.

떻게 되었습니까?"

차 박사는 꽃을 만난 나비처럼 춤을 추듯 리듬을 타고 말을 이었다.

"한무제에 의해 동쪽으로 쫓겨간 동흉노는 중국 한나라와의 외교 문제로 갈등하면서 남흉노와 북흉노로 분열되었습니다. 고비사막과 내몽골 지역에 흩어져 살던 흉노족은 지도자를 잃고 뿔뿔이 흩어졌으나, 그들은 다시 돌궐의 이름으로 이어졌습니다. 돌궐은 고조선을 이은 고구려와 형제의 나라로 다시 일어서기 시작했습니다. 흉노와 고조선이 형제의 나라 이었듯, 돌궐과 고구려도 형제의 나라였습니다. 돌궐을 유럽식으로 발음하면 '투르크'가 됩니다. 돌궐의 후손은 오스만투르크의 제국을 만들고 제1차 세계대전 전까지 제국을 유지하다가 제1차 세계대전 패전으로 터키만 남고 나머지는 독립하게 되었습니다. 그래서 터키 사람들은 아직도 우리나라를 형제의 나라라 부르고 있는 것입니다."

헝가리와 터키의 이야기를 듣자, 진국은 알 수 없는 역사의 미스터리 속으로 빨려 들어가고 있는 것 같았다. 진국은 차 박사를 존경스럽게 쳐다보면서 조심스럽게 질문을 했다.

"왜 우리는 우리 역사를 한반도 안에서만 구속시키려 했는지 이해가 되지 않습니다. 우물 안 개구리가 된 느낌입니다. 흉노와 우리의 관계를 실체적으로 밝힐 수 있는 근거가 있을까요?"

"흉노는 글자가 없었기 때문에 기록으로 남기지는 못했습니다. 그러나 무덤 속 유물들은 거짓말을 하지 않습니다. 단재 신채호 선생은 《조선상고사》에서 이렇게 말했습니다. '흉노, 선비, 여진, 몽골은 아(我)에서 분리되었으나, 본래 아(我)의 동족이었다. 조선족이 분화하여 조선·선비·여진·몽골 등의 종족이 되고, 흉노족이 흩어져 돌궐·헝가리·터키·핀란드 등의 종족이 되었다'고 말입니다."

진국은 신채호 선생의 《조선상고사》 이야기가 나오자, 왜 우리의 역사 교과서에 신채호 선생이 바라본 역사에 대한 언급이 한 줄도 없었는지 이해가 가지 않았다.

'신채호 선생은 이미 흉노가 우리의 민족이라는 것을 알고 계셨던 것일까? 그런데 우리는 왜 흉노를 야만적이고 미개인처럼 여기고 있었을까?'

자신이 찾아낸 자료에 역사적 고증만 받쳐준다면 다큐멘터리 진행은 날개를 다는 격이었다. 진국은 약간 떨리는 목소리로 차 박사에게 다시 물었다.

"그런데 흉노와 우리의 관계를 뒷받침해줄 역사적 유물이 발견된 것이 있습니까?"

"흉노족이 사용하던 오르도스형 동복(銅鍑)이라는 청동솥은 흉노족의 근거지였던 몽골 지역, 북몽골 지역, 내몽골 지역에서 많이 발굴되었고, 흉노족이 유럽으로 이동한 지역인 알타이산맥 지역, 볼가강 유역, 우랄산맥 지역, 헝가리에서 발견되었는데, 가장 많이 발견된 곳이 한국의 경주와 김해 지역이었습니다. 흉노족은 청동솥을 말에 싣고 다녔는데 경주에서도 말에 청동솥을 싣고 있는 신라시대 기마인물상[18]이 발견되었죠. 흉노족이 사용했던 청동솥에 그려져 있던 문양이 경주에서 출토되는 신라시대 각종 유물에 그려져 있는 문양과 지극히 똑같습니다. 훈족이 파괴한 이탈리아 북부 아퀼레이아(Aquileia)의 성당에 그려진 프레스코 벽화의 훈족 기

---

18 국보 제91호. 높이는 각각 23.5cm, 21.3cm. 국립중앙박물관 소장. 일명 도제기마인물상. 5~6세기 신라시대에 만들어진 말을 탄 1쌍의 토우(土偶)이다. 경상북도 경주시 금령총에서 1924년 출토되었다. 마구 일체를 갖춘 말 위에 사람이 타고 있는 형상인데, 두 작품 사이에 인물과 말 장식품의 표현 차이가 있는 것으로 보아 주인과 시종을 표시했음을 알 수 있다. 그런데 이 말 엉덩이 윗부분이 있는 구리 솥(동복)이 지금까지 훈족의 이동로에서만 발견되고 있다는 점을 논거로 훈족과 한민족의 관련성을 나타내고 있다.

병이 활 쏘는 모습은 고구려 무용총 벽화와 거의 흡사합니다. 독일 ZDF TV는 1994년 방송한 다큐멘터리에서 '훈족의 원류가 아시아 최동단의 한국인일 가능성이 있다'고 밝혔습니다. 독일 다큐에서 유럽의 흉노족에 대해 한반도 남단의 경주에서 그 뿌리를 찾았습니다. 우리 방송은 무엇을 하고 있는지 모르겠습니다. 이제라도 김 피디님이 시작해 주시니, 늦은 감은 있지만 확실하게 밝혀주시기 바랍니다."

차 박사의 질타에 진국은 부끄러움을 느꼈다. 우리의 뿌리를 독일 방송에서 먼저 취재하다니, 방송인으로서도 면목이 없었다.

"제가 목숨을 걸고 우리 역사를 바로잡아 보겠습니다. 교수님, 도와주십시오."

진국은 무릎이라도 꿇고 싶었다. 그러나 차 박사는 진국의 손을 잡고 말했다.

"죄송합니다. 역사학도가 괜히 방송 쪽에다 책임을 돌리려고 했습니다. 일차적인 책임은 우리 역사학자들에게 있습니다. 오히려 제가 죄송합니다. 김 피디님의 노력이 헛되지 않도록 제가 적극적으로 돕겠습니다."

진국은 천군만마를 얻은 기분이었다. 좌절할 때마다 포기하고 싶은 생각이 수도 없이 들었다. 그러나 포기하지 않고 열심히 하니까 이런 좋은 날도 오는구나 하고 속으로 생각했다. 진국은 다시 목소리를 가다듬고 말을 전했다. 목소리는 가늘게 떨리고 있었다.

"세계의 역사를 바꾼 것은 농경민족인 중국 한족도 아니고, 나일강의 이집트 문명이나 유럽 문명이 아니라, 유라시아 대륙을 누비던 북방 초원의 기마민족이었습니다. 그들이 처음으로 동양과 서양을 연결하는 실크로드를 열었으며, 대제국을 만들어 세계의 역사를 바꾸어 나갔습니다. 우리는 자랑스러운 북방 기마민족의 후손입니다."

왕건의 경주 방문

931년 왕건이 군사를 이끌고 신라를 방문했다.[19] 왕건은 여러 날 동안 서라벌에 머물면서도 부하 군병들에게 조금도 범법(犯法)하지 못하게 했다. 신라의 귀족들은 지난번 견훤이 왔을 때는 승냥이나 범을 만난 것 같았는데, 이번에 왕건이 왔을 때는 부모를 만난 것 같다고 했다.[20] 왕건의 신라 방문은 교묘한 심리전이었다. 쪼그라져 가는 신라에게 뻗어가는 고려의 힘과 군사력을 보여주기 위해 왕건의 행렬은 십리 길이 이어졌다. 그 행렬 가운데 중앙의 꽃가마가 눈에 띄었다. 이 꽃가마의 주인공은 왕건이 가장 아끼고 사랑하는 큰딸 낙랑공주였다. 왕건이 낙랑공주를 신라에 데려가는 이유는 신라 태자의 환심을 사기 위해서였다. 왕건은 속으로 생각했다.

'신라 태자의 마음만 돌리면 신라의 민심은 돌아설 것이고, 자연스럽게 신라는 고려에 합병될 것이다.'

왕건은 신라 태자를 사위로 삼고, 천년 신라의 명분도 얻음으로써 삼

---

19 《삼국사기》경순왕편 '五年 春二月 太祖率五十餘騎 至京畿通謁 王與百官郊迎 入宮相對'.

20 《삼국사기》경순왕편 '太祖麾下軍士肅正 不犯秋毫 都人士女 相慶曰 甄氏之來也 如逢虎 今王公之至也 如見父母'.

한의 진정한 지배자가 되고 싶었다. 태자가 끝까지 반대한다는 소리를 듣고, 왕건은 태자에게 그의 진심을 보여주고 싶었다. 그가 가장 사랑하고 아끼는 큰딸을 신라의 태자에게 내준다면 그의 마음도 돌아서지 않을까 하는 기대감이 그의 발걸음을 가볍게 했다. 낙랑공주는 절세의 미인이고 학식도 풍부해서 고려 공신들이 모두 며느릿감으로 바라는 최고의 신붓감이었다. 낙랑공주 역시 아버지 왕건의 뜻을 알기에 왕건의 신라 방문을 함께할 수 있었다. 양귀비도 부러워할 미모와 지혜를 겸비한 낙랑공주도 은근히 신라의 태자가 궁금했다. 그녀의 진심을 보여주면 태자도 마음이 돌아서지 않을까 하는 내심 '기대 반 걱정 반'의 마음과 함께 꽃가마는 서라벌 시내로 접어들고 있었다.

왕건의 방문 목적은 신라를 싸우지 않고 얻음으로써 고려 왕조의 정통성을 확보하기 위한 것이었다. 약삭빠른 신라의 귀족들은 이미 왕건 편에 붙어서 신라를 넘길 생각만 했다. 배가 침몰하기 시작하면 쥐들이 먼저 눈치를 채고 탈출하듯이 쥐새끼 같은 신하들은 자신의 부귀영화를 위해 자기 살 생각만 했다. 그들에게 천년 신라의 자존감과 애국심은 이미 헌신짝처럼 버려진 지 오래였다. 겉으로는 그럴싸한 명분을 갖다 붙이지만, 목적은 단 하나, 자신들이 살아남기 위한 목적 외에는 아무것도 없었다.

그러나 신라의 화랑 출신 귀족 중에는 목숨을 바쳐서라도 신라를 구하겠다는 생각으로 뭉친 사람들이 적지 않았다. 그들은 현실감 없이 꿈을 좇는 허망한 사람들이라는 공격 속에서 외롭게 버텨내고 있었다. 명분이 실리에 뒤지고 있는 상황이었다. 경순왕은 왕건을 맞이하기 위해 상대등 김유렴(金裕廉)과 집사성 박술홍(朴術洪)을 서라벌 성문 밖에 보내어 맞이하게 했다. 왕건은 서라벌 성문을 통과하면서 속으로는 점령군의 휘파람을 불었지만, 속내를 숨긴 채 겸손을 가장하며 낮은 자세를 취했다.

왕건은 서라벌을 지나면서 일순간 천년 고도의 위세에 기가 눌렸다. 반월성 앞의 남산의 기세와 반월성을 가로지르는 남천을 지나서 황룡사와 첨성대를 보고서는 천년 신라의 문화에 잠시 혼을 빼앗기는 듯했다. 그러나 모든 것은 힘으로 말하는 법, 월등한 군사력 앞에서 찬란한 문화는 빛을 잃고 있었다. 말을 타고 당당하게 들어오는 왕건을 경순왕은 성문 앞에서 맞이했다. 왕건은 말 위에서 내리면서 고개를 숙이는 경순왕에게 자신이 더 고개를 숙이며 인사를 했다. 왕건이 더 숙이자 경순왕은 어찌할 바를 몰라서 머리가 땅에 닿을 정도로 고개를 숙였다. 왕건은 경순왕을 일으키며 정복자로서의 여유가 넘치는 목소리로 말을 했다.

"폐하, 신하들이 보는 앞에서 위신을 지키셔야 하옵니다."

이미 경순왕은 사자 앞에 꼬리를 내리는 하룻강아지 신세였다. 경순왕은 왕건의 말에 자세를 고치고 말했다.

"이렇게 먼 길을 오시느라 고생을 많이 하셨사옵니다."

"폐하께서 이리 친히 마중을 나와 주시니 몸 둘 바를 모르겠습니다. 폐하를 괴롭히는 무리를 모두 물리칠 것이니 걱정하지 마시기 바랍니다."

"성은이 망극하옵니다." 경순왕은 저도 모르게 왕건을 똑같은 군주로 부르고 있었다.

왕건은 크게 웃음을 터뜨렸다.

"무슨 그런 말씀을 하십니까?"

"아니옵니다. 고려는 이미 큰 나라로 삼한의 평화를 만들어내었습니다. 이제 삼한이 고려의 나라이옵니다. 신라는 그저 천년 사직을 보존하게 해주시면 그 은덕에 보답하겠나이다."

경순왕은 굴욕적이지만 어떻게 해서라도 신라의 사직만이라도 보존하고 싶었다. 왕건은 짐짓 웃으며 말했다.

"제가 언제 신라를 멸망시킨다 하였습니까? 저는 단지 삼한의 평화를 원할 뿐이옵니다."

경순왕은 왕건이 원하는 삼한의 평화를 잘 알고 있었다. 하늘 아래 태양이 둘이 있을 수 없듯이 삼한의 평화에 왕이 둘이 있을 수 없는 것이 순리라는 것을 경순왕은 잘 알고 있었다.

"이렇게 밖에서 세워 두실 작정이십니까?"

왕건의 한마디 한마디는 자신감 넘치고 당당했다. 왕건이 당당하게 나올수록 경순왕은 움츠러들 수밖에 없었다.

왕건을 위한 대연회가 임해전(臨海殿)[21]에서 열렸다. 경순왕은 왕건의 마음을 사기 위해 왕실 재정이 바닥이 났지만 있는 것을 다 끌어모아서 최대한의 예우를 갖추었다. 임해전의 월정루에 풍악이 울리고 술잔이 돌아가고 있었다. 임해전은 태자 김일이 거처하는 태자의 거소로 왕이 거처하는 반월성과 붙어있었다. 임해전의 아름다운 호수 월지(月池)는 호수에 달을 품고 있을 만큼 아름다운 호수였다. 태자가 마음이 외로울 때 이 월지에 배를 띄우고 달을 벗 삼아 괴로움을 달래던 장소였다. 태자가 사랑하는 그 월지 위에서 왕건을 축하하는 풍악이 울리자 그 소리가 태자에게는 창자를 끊는 것 같은 괴로움을 안겨다 주었다. 월지를 한눈에 내다볼 수 있는 월정루는 태자의 눈물을 품고 왕건의 흑심을 품고 춤을 추며 돌아갔다. 시랑 김봉휴가 먼저 왕건에게 술잔을 따르면서 말했다.

"폐하, 만수무강하시옵소서."

---

21 안압지(雁鴨池), 곧 월지(月池)를 끼고 있는 임해전은 태자 김일이 거처하던 동궁(東宮)이었다. 나라에 경사스러운 일이 있을 때나 귀한 손님들이 왔을 때 군신들의 연회를 벌이고 귀빈의 접대 장소로 이용하는 곳이었다.

한 나라의 신하가 그 왕이 보는 앞에서 아무런 거리낌 없이 반역의 수괴에게 폐하라는 호칭을 사용했다. 옆에서 듣고 있는 경순왕도 상대등도 이미 왕건을 승자로서 폐하의 권위를 인정하고 있는 분위기였다. 그러나 한 사람은 울분을 삼키면서 지켜보는 이가 있었으니 그가 태자 김일이었다. 모두가 비굴하게 왕건에게 고개를 숙이는데, 오직 태자 김일만이 왕건에게 인사도 하지 않고 두 눈을 부릅뜨고 쏘아보고 있었다. 그 눈에는 살기가 돌았다. 낙랑공주는 태자 김일의 모습을 하나도 빠짐없이 지켜보고 있었다. 울분에 찬 태자를 바라보는 낙랑공주는 자신도 모르게 심장이 뛰었다. 그 소리가 너무 크게 들려 부끄러운 마음에 손을 가슴에 대고 스스로를 진정시켜야 했다.

낙랑공주와 마의태자의 운명적인 만남은 이렇게 시작되었다. 태자는 아버지 때문에 억지로 임해전 잔치에 끌려 나왔으나 그 역시 왕건의 얼굴을 머릿속에 담아두고자 했다. 낙랑공주는 왕건 옆에서 인사를 받고 있었다. 신라의 모든 신하가 입에 침이 마르도록 왕건과 낙랑공주를 칭송했다. 왕건과 낙랑공주가 마침내 태자 앞에 인사를 할 차례였다. 경순왕은 먼저 태자 김일을 왕건에게 소개시켰다.

"신라의 태자입니다. 태자는 먼저 고려의 황제에게 인사를 드려라."

태자가 머리를 꼿꼿하게 세우고 왕건을 쳐다보자, 먼저 왕건이 태자에게 인사했다.

"태자의 이야기는 익히 많이 들었소. 용맹하고 지혜롭기가 삼국통일을 이룩한 태종 무열왕과 김유신 장군 못지않다고 들었소. 앞으로 잘 부탁드리오."

왕건이 태자의 손을 잡으려 했지만, 태자는 왕건의 손을 슬며시 놓으면서 말했다.

"저한테 무엇을 부탁드린다는 말씀인지 모르겠습니다. 저를 삼국통일의 주역이신 김춘추 할아버지와 김유신 할아버지에 비유하심은 저를 욕되게 하려는 것이옵니까? 삼국통일을 원하는 고려 왕의 협박이시옵니까?"

옆에 있던 경순왕은 어쩔 줄을 모르고 아들을 나무라며 왕건을 바라보았다.

"태자야, 너는 어제 마신 술이 아직도 깨지 않았느냐? 폐하, 태자가 술에 취해 마음에도 없는 말을 한 것을 아비가 대신 사죄드립니다."

태자는 경순왕에게 두 눈을 똑바로 쳐다보며 말했다.

"아바마마, 신하들이 모두 보고 있사옵니다. 천년 신라의 품위를 지켜주시옵소서."

왕건이 어색한 분위기를 깨려고 끼어들었다.

"역시 내가 듣던 대로 태자는 보통사람이 아니오. 나는 이런 태자가 좋소. 나에게도 이런 용맹한 아들이 있다면 얼마나 좋을까 하고 생각했소. 태자, 나는 신라를 돕고 싶어서 여기에 왔소."

"신라는 우리가 지킵니다. 누구의 도움도 필요 없습니다. 보시기에 신라가 쓰러져 갈 것 같지만 신라는 절대로 망하지 않습니다."

왕건은 태자가 진심으로 마음에 들었다. 저런 태자를 내가 품을 수만 있다면 신라의 모든 배반자들을 다 버릴 수도 있을 것 같았다. 왕건은 딱딱한 분위기를 깨기 위해 옆에 있던 낙랑공주를 태자에게 인사시켰다.

"태자, 오늘 처음 만났는데 딱딱한 이야기는 그만하고 인사부터 합시다."

왕건은 낙랑공주를 태자 앞에 세웠다. 낙랑공주는 옆에서 태자를 지켜보면서 한편으로는 연민의 정도 느껴지고 다른 한편 태자의 용맹함에 끌리기 시작했다.

"공주는 태자에게 인사하여라."

낙랑공주는 고개를 들지 못하여 머리를 숙여서 태자에게 인사했다.

"낙랑이라 하옵니다."

"저는 이만 자리를 뜨겠습니다."

태자는 낙랑의 얼굴을 쳐다보는 둥 마는 둥, 관심도 없이 공주의 인사도 받지 않고 연회장을 떠났다. 경순왕이 낙랑공주와 왕건에게 사과하면서 말했다.

"제 아들이지만 제 뜻대로 되지가 않습니다. 제 아들의 무례함을 용서하시기 바랍니다."

낙랑공주는 떠나가는 태자 김일의 뒷모습을 바라보았다. 그의 외로움과 고뇌를 느낄 수가 있었다.

임해전의 잔치가 끝나고 침실로 들어온 낙랑공주는 태자의 얼굴이 자꾸만 떠올랐다. 자신도 이해할 수 없는 묘한 감정이었다. 지금까지 여러 용맹한 장군과 호걸을 만났지만, 낙랑공주의 마음을 움직인 사람은 없었다. 그런 자신을 박대하는 태자에게 이끌리는 자신이 이해가 되지 않았다. 첫눈에 반한다는 것이 이런 심정일까? 이 임해전 궁궐 안에 태자의 침실이 같이 있다는 생각에 그녀의 얼굴이 붉어졌다. 낙랑공주는 잠이 오지 않아 시녀 향심을 불렀다.

"잠이 오지 않는구나. 신라의 궁궐은 정말 아름답다. 이 밤에 월지를 거닐고 싶구나."

"공주마마, 우리를 지키는 경비병들의 움직임이 삼엄해서 폐하의 허락 없이는 나갈 수가 없사옵니다."

"내가 옷을 갈아입고 시녀의 복장으로 나가면 되지 않겠느냐?"

"그것이 발각되면 소녀의 목숨은 보존하기 힘들 것이옵니다."

"아바마마는 내 말이라면 무조건 들어주시니까 걱정하지 마라. 달빛을 머금고 있는 저 월지를 바라보면서 한번 거닐고 싶구나. 어서 시녀 옷을 가져오도록 하여라."

향심이는 낙랑공주의 고집을 꺾을 수 없다는 것을 알고, 공주에게 자신과 같은 시녀복을 입히고 조용히 침실을 빠져나갔다. 달을 품은 월지는 아름다웠다. 월지를 높은 곳에서 보기 위하여 공주와 향심이는 월정루에 올랐다. 월정루에 오르자 월지가 한눈에 들어왔다. 그런데 낙랑공주의 시선을 잡은 것은 월지 호수 한가운데 작은 배가 한 척 유유자적하게 움직이고 있는 것이었다. 그 배에는 태자 김일과 호위무사 한돌이 타고 있었다. 낙랑의 눈에는 태자의 모습만 보였다. 낙랑은 멍하게 태자의 모습만 멀리서 지켜보았다. 여인의 마음은 자신조차 알 수 없는 것일까? 쇳덩어리가 아무런 이유 없이 자석에 달라붙듯 낙랑은 태자에게 끌리는 마음을 뿌리칠 수가 없었다. 낙랑은 향심이에게 조용히 말했다.

"우리 호숫가로 내려가 보자. 달에 비친 호수가 너무 아름답구나."

낙랑은 태자를 가까이서 보려고 일부러 호수를 핑계 삼았다. 향심이도 눈치가 빠른지라 낙랑의 표정을 읽고는 대답했다.

"제가 등불을 준비해 오겠습니다."

시녀가 등불을 가지러 간 사이에 태자는 월정루에서 누가 자신을 내려다보고 있다는 사실을 알고 호수의 배를 월정루로 움직이고 있었다. 태자는 혹시 고려의 군사가 자신을 지켜보고 있는 것으로 생각했다. 월정루 가까이에 배가 들어서자, 낙랑은 가슴이 다시 출렁이기 시작했다. 태자는 시녀 복장을 하고 있는 낙랑에게 말했다.

"거기 누구시오? 이 야밤에 혼자 월정루에 있는 연유가 무엇이오?"

낙랑공주는 대답을 못 하고 부끄러워서 고개를 숙였다. 태자는 고려의 첩자로 오인하고 월정루로 올라왔다. 그사이에 한돌은 경계를 하며 월정루 밑을 지키고 있었다. 태자는 낙랑에게 가까이 다가가며 물었다.

"누구시오? 신분을 밝히지 않으면 고려의 첩자로 생각하고 가만두지 않겠소."

낙랑은 가까이 다가온 태자에게 얼굴을 들었다. 둘의 얼굴이 호흡 소리가 들릴 만큼 가까워졌다.

"태자마마, 소녀 낙랑이옵니다."

태자는 무표정으로 낙랑을 쳐다보며 말했다.

"고려의 공주가 이 야밤에 이러한 복장으로 무슨 일이오."

"달에 비친 호수가 너무 아름다워서 경비병의 눈을 피하고자 복장을 바꾸어 나왔습니다. 이 호수의 이름이 무엇이옵니까?"

낙랑은 호수의 이름을 알고 있었지만, 태자와의 대화를 이어가기 위해 일부러 물어보았다.

태자는 퉁명스럽게 대답했다.

"이 호수의 이름은 월지, 달을 품은 호수라는 뜻이오."

태자가 자신의 말을 받아주자 낙랑은 용기를 내어서 말했다.

"그 배에 저를 태워 주시면 안 되겠사옵니까? 소녀 부끄러움을 무릅쓰고 청하옵니다."

낙랑은 얼굴이 붉어지며 말했다. 태자는 수줍은 미소를 띤 16살의 어린 소녀를 보자 자신이 그렇게 미워하던 왕건의 딸은 사라지고 그냥 천진난만한 소녀를 보는 것 같았다. 태자는 월정루 밑에 있는 한돌이에게 말했다.

"배를 띄울 준비를 하라."

한돌이는 경계의 눈빛을 멈추지 않으면서 낙랑과 태자를 배에 모시고는 자신은 배에서 내렸다. 그리고는 월정루에 올라서 태자의 배를 지켜보고 있었다. 호수에 비친 달이 낙랑의 마음과 같이 부끄러워서 연꽃 속에 숨었다. 아름다운 월지의 배는 태자와 낙랑의 운명적인 만남처럼 외롭게 떠가고 있었다. 태자는 천천히 노를 저으면서 말이 없었다. 낙랑은 태자의 그런 모습을 바라보면서 가슴이 콩닥콩닥 뛰었다. 태자는 노를 저으면서 힐끔 낙랑을 보지 않은 척하면서 쳐다보았다. 달빛에 비친 낙랑공주의 모습은 정말 아름다웠다. 태자는 마음속으로 생각했다.

'우리가 그냥 평범하게 만났으면 얼마나 좋았을까? 그러나 나는 원수의 딸을 절대로 좋아할 수가 없다.'

태자는 낙랑의 아름답고 순박한 모습에 자신의 마음이 넘어가려는 것을 경계하고는 마음을 다잡았다.

'지금 무슨 생각을 하고 있는 것인가? 원수가 놓은 미끼에 내가 걸려드는 것인가?'

태자는 갑자기 배를 월정루로 돌렸다. 배를 돌려서 방향을 틀자, 낙랑은 태자에게 말했다.

"호수 저 끝까지 가고 싶사옵니다."

태자는 차갑게 말했다. "우리 둘만 이렇게 있는 것은 보기가 좋지 않소. 고려의 군사들이 본다면 무슨 생각을 하겠소?"

"소녀는 그저 태자님과 이 달님과 아름다운 호수에 조금이라도 더 있고 싶습니다."

태자 김일은 보다 냉정하게 말했다.

"고려 왕 왕건이 공주에게 시킨 것입니까? 나에게 접근해서 나를 부마로 삼고 신라를 거저먹으려는 아버지의 뜻대로 움직이는 것입니까?"

"태자마마, 무슨 말씀을 그리 냉정하게 하시옵니까? 소녀 아직 어려서 정치는 잘 모르지만 제가 무슨 목적을 가지고 태자님께 접근하는 엉큼한 여자로 보이십니까?"

"이미 소문이 자자하오. 낙랑공주가 이번에 서라벌로 온 이유는 끝까지 항쟁하는 태자의 마음을 잡기 위해 왔다는 이야기가 파다하오."

"처음에는 아버님께서 그리 말씀하셨지만 저는 아버님께 분명히 얘기하였습니다. 태자님을 만나보고 결정을 하겠다고요. 그것이 제가 이 먼 곳까지 온 이유입니다. 제가 태자님을 직접 만났을 때 태자님이 신라의 다른 귀족처럼 아바마마께 비굴하게 나왔으면 저는 태자님을 쳐다보지도 않았을 것입니다."

"정복자의 딸처럼 말씀하시네요."

"무례했다면 용서하십시오. 소녀의 마음은 소녀도 모르겠나이다. 태자님을 처음 뵌 순간부터 소녀의 마음은 갈 곳을 잃고 떠돌고 있사옵니다."

낙랑공주는 부끄러움도 잊고 태자에게 말했다.

"소녀의 이런 순수한 마음을 그렇게 웃음을 파는 천한 계집으로 치부하시다니, 소녀는 이 호수에 빠져서 달님과 함께 아름답게 죽고 싶은 심정입니다."

낙랑의 진심을 알아차린 태자는 마음이 혼란스러웠다. 그 자신도 낙랑에게 빨려 들어가는 느낌을 억지로 떼어놓고 있었기 때문이다. 태자는 눈물을 글썽이는 낙랑을 보면서 말했다.

"마음이 상했다면 용서하시구료. 그러나 나는 천년 신라를 지켜야 할 태자요. 이런 감성에 젖을 시간이 없소. 어서 돌아가시오."

낙랑공주는 호수에 떠 있는 달을 보며 말했다.

"월지에 비친 달이 아름답지 않습니까? 그것을 잡으려고 하면, 그 달은 없어지고 물결만 남습니다. 그냥 세상을 바라보면 모든 것이 예쁘게 보이는데, 그것을 잡으려고 하면 근심의 물결만 남습니다. 태자마마, 오늘은 저와 함께 그냥 저 달을 쳐다보지 않으시겠습니까?"

태자는 낙랑공주의 말에 답을 못하고 애꿎은 달만 쳐다보았다. 낙랑공주는 태자의 눈망울에 맺힌 달을 마주 보며 말했다.

"태자마마, 소녀는 무엇을 잡고 싶은 생각이 없습니다. 그저 내 마음이 시키는 대로 감정을 속이지 않고 있는 그대로의 모습으로 살고 싶사옵니다."

"나는 그렇게 한가로운 사람이 아니오. 나에게는 나의 길이 있소."

"저는 태자님의 길을 방해할 생각은 전혀 없습니다. 태자님이 가시는 길에 아름다운 꽃이라도 뿌려드리고 싶습니다."

"나의 길은 꽃이 아니라 피가 필요하오. 목숨을 바칠 피가 필요하다는 말씀이오."

낙랑공주는 죽음을 각오한 태자의 모습에 할 말을 잃고, 월지의 연꽃을 바라보았다. 멀리 월정루에서 이 두 사람을 지켜보는 두 사람이 있었다. 등불을 가지고 돌아온 향심이와 한돌이었다. 두 사람은 아무 말 없이 낙랑공주와 마의태자를 지켜볼 뿐이었다. 월지의 연꽃과 풀벌레도 소리를 죽이고 지켜보고 있었다.

목근화의 전설

임해전 왕건의 거처는 반월성 경순왕의 거소보다 화려했다. 왕건에게 눈도장이라도 찍으려는 듯 신라의 고관대작이 줄을 서서 기다리고 있었다. 왕건은 저들의 속내를 잘 알고 있었다. 항상 힘 있는 곳에만 빌붙어서 백성들의 고리를 짜내는 자들이었다. 그들은 나라야 어찌 되든 상관없고 오직 자신의 안위만을 위해 불나방처럼 사는 인생들이었다. 그들의 거짓 웃음과 아양에 왕건은 구역질이 날 정도였다.

'저렇게 의리 없는 놈들은 내가 힘이 없으면 제일 먼저 나에게 칼을 들이댈 놈들이야. 기개 넘치던 신라의 장수들은 모두 어디로 갔다는 말인가?'

왕건은 그냥 속아 주는 척 그들의 이야기를 다 듣고 많은 선물을 내보냈다. 지금 신라를 그냥 잡아먹기 위해서는 저런 놈들이 당분간 사용 가치가 있을 듯했다. 왕건이 일을 마치고 피곤한 눈으로 거처에 있을 때, 낙랑공주가 들어왔다. 왕건은 낙랑공주를 보는 순간 피로가 달아나는 것 같았다.

"그래 신라를 잘 보고 있느냐? 태자는 너를 보는 눈길이 다르더구나. 너는 태자를 어떻게 생각하느냐?"

왕건의 직설적인 질문에 공주는 얼굴을 붉히며 더듬거렸다. 왕건은 직감적으로 공주가 태자를 좋아한다는 것을 알아차렸다.

"공주는 이 아비한테 숨김없이 말해야 한다. 너는 신라의 태자를 어떻게 생각하느냐?"

"아바마마, 소녀의 마음을 모르겠나이다. 용서하여 주시옵소서."

"무엇을 용서한다는 말이냐? 너와 태자가 결혼만 한다면 이 아비는 더할 기쁨이 어디에 있겠는가? 든든한 사위도 얻고, 신라도 얻고. 이것이야말로 일거양득이 아니겠느냐? 네가 태자를 좋아한다니 아비는 기쁘기 그지없다."

"그러하오나 아바마마, 태자는 저에게 마음이 없는 듯하옵니다."

"아니다. 아비의 눈은 못 속인다. 태자도 분명 너를 보고 마음이 흔들렸어. 나는 알 수 있어. 네가 진심으로 태자의 마음을 얻을 수만 있다면 너는 수십만 명의 목숨을 구하는 것이다."

"아바마마는 저를 정치적으로 이용하시고자 하는 것이옵니까?"

"아니다. 나는 태자가 마음에 든다. 태자가 마음을 돌려서 나와 같이 뜻을 합친다면 우리는 대제국을 만들 수 있을 것이다. 그래서 내가 가장 사랑하는 딸을 태자에게 시집 보내고자 하는 것이다."

영웅은 영웅을 알아본다고 했다. 왕건은 간이고 쓸개고 내팽개치고 자신에게 비위를 맞추려는 신라의 귀족들보다 목숨을 걸고 끝까지 항쟁하려는 태자가 마음에 들었다. 저런 태자를 손에 넣을 수만 있다면 무엇이든지 할 수 있을 것 같았다. 왕건의 눈치를 보며 낙랑공주가 조심스럽게 말했다.

"아바마마, 만약에 태자님이 끝까지 저에게 마음의 문을 열지 않으면 어떻게 하시려고 하십니까?"

"그때는 죽여야지. 살려 둘 수는 없다."

낙랑은 태자를 죽인다는 말에 숨이 막힐 것 같았다.

"제가 태자의 마음을 돌리도록 하겠습니다."

낙랑은 어떻게 하든 태자를 살리고 싶었다. 태자를 살리기 위해서 자신이 어떻게 해야 하는지 생각하고는 입술을 깨물었다.

다음날 아침, 태자가 한돌이와 고민에 싸여 임해전 뜰을 거니는데, 앞쪽에서 낙랑공주가 향심이와 걸어오고 있었다. 태자는 그냥 지나치고 싶었는데, 먼저 낙랑이 말을 걸었다.

"태자마마, 지난밤에 소녀의 무례한 청을 허락해주신 데 대해 감사 인사드리옵니다."

"별것도 아닌 것을 인사받기가 민망하오."

태자의 말투는 아직도 쌀쌀맞았다. 낙랑은 임해전 뜰에 핀 목근화(木槿花)[22]를 보고는 탄성을 질렀다.

"태자마마도 목근화를 좋아하시나요? 저는 꽃 중에 목근화를 제일 좋아합니다."

낙랑은 태자만 만나면 수다스러워졌다. 태자는 퉁명스럽게 대답했다.

"그냥 좋아하오."

"태자마마, 목근화에 얽힌 전설을 알고 계시나요?"

태자는 낙랑의 수다가 한편으로는 귀여웠지만, 내색할 수가 없었다. 낙랑은 미소를 띠우며 말을 이어갔다.

---

22 현재의 무궁화. 한국을 대표하는 꽃으로 '무궁화'로 불린 것은 조선시대 이후다. 그 이전에는 목근화(木槿花)로 불렸다. 최치원이 당나라에 보낸 외교 문서에 신라를 '근화지향(槿花之鄕, 무궁화의 나라)'라고 했다.

"옛날 어느 마을에 맹인을 서방으로 모시고 사는 여인이 있었는데, 미모가 매우 뛰어났다고 합니다. 그런데 그 고을의 성주가 그녀의 미모에 반해서 첩으로 삼으려 했으나 그녀는 완강히 거부하며 자결을 했다고 합니다. 동네 사람들이 그녀의 유언대로 살던 집 뜰에 묻어주었는데 얼마 지나지 않아 그 집을 둘러싸며 예쁜 꽃이 피어났습니다. 동네 사람들은 홀로 남은 눈먼 서방을 보호해주려는 애틋한 마음이 깃들어 있다고 하면서 '번리화(蕃籬花), 울타리꽃'으로 불렀다고 합니다."

낙랑공주는 목근화의 전설에 자신의 심정을 담아서 이야기했다. 이야기를 마치고 부끄러운 듯 태자의 눈빛을 살폈다.

"소녀는 화려하지 않지만 은은한 향기를 피우는 목근화를 그래서 좋아합니다."

태자는 다시 한번 물끄러미 임해전 뜰의 목근화를 쳐다보았다. 그 역시 목근화의 그런 매력 때문에 자신의 거처인 임해전에 목근화를 많이 심었다. 낙랑은 목근화를 유심히 쳐다보고 있는 태자를 보며 목근화에 다가가면서 말했다.

"이 목근화는 흰색이나 연분홍 등 여러 색깔이 있지만, 가운데 부분은 항상 붉은 빛을 띠고 있습니다. 이것은 부인의 아름다운 일편단심이 서려 있기 때문이라고 소녀는 생각하고 있습니다."

낙랑은 목근화를 빌려서 그녀의 심정을 모두 표현했다. 이제 부끄러움도 없이 사랑하는 사람을 위해서 죽을 수도 있다는 것을 암시한 것이다. 열여섯 낙랑은 사랑의 깊은 심연으로 더욱 빠져들고 있었다. 태자는 낙랑과 목근화를 애처롭게 쳐다보고 있을 뿐이었다.

왕건을 죽여라

태자를 따르는 화랑 무리는 임해전에 머무르고 있는 왕건의 암살 계획을 세우고 있었다. 화랑 가운데 한 명이 먼저 말했다.

"태자마마, 하늘이 우리에게 주신 마지막 기회이옵니다. 제가 왕건의 숙소에 들어가서 왕건의 목을 베어서 태자님께 바치겠사옵니다."

"경비가 삼엄해서 왕건의 처소에 가기 전에 네가 먼저 죽을 것이다. 그리고 왕건을 죽이지 못하고 발각이 되면 왕건은 그 빌미를 잡아서 우리 신라를 없애려 할 거야. 내가 직접 하는 것이 좋을 것 같다."

"태자마마, 아니 되옵니다. 만에 하나 잘못되는 날에는 태자님마저 목숨을 잃을 수도 있습니다."

"신라가 없어지면 내가 살아도 의미가 없다. 왕건은 낙랑공주를 미끼로 나를 유혹하고 있다. 나는 그것을 역으로 이용하는 것이다. 내가 낙랑공주를 통해서 왕건과 독대하겠다는 말을 하고는 그 자리에서 왕건의 목을 따는 것이야."

"어떻게 무기를 가지고 왕건과 독대를 할 수 있겠습니까?"

"나에게 다 방법이 있다."

태자는 편지 한 통을 쓰고는 밖에서 기다리는 한돌을 불렀다.

"한돌아, 낙랑공주에게 이 편지를 전하고 와라."

한돌이는 낙랑공주의 시녀 향심이를 찾았다. 마침 월정교에서 내려오는 향심이를 발견하고는 다가가 말했다.

"태자마마께서 공주님께 이 편지를 전해달라고 하시오. 이 자리에서 답장을 기다리겠소."

향심이는 한돌이의 말을 듣고는 너무나 기쁜 나머지 공주의 처소로 달려갔다. 뛰어가면서 향심이는 소리쳤다.

"고마워요. 이 편지 꼭 전할게요."

향심이는 태자가 마음을 돌려서 공주에게 사랑의 편지를 보낸 줄 알고 괜히 자신이 얼굴을 붉히며 한 손으로 편지를 어루만졌다. 편지를 받아든 낙랑공주의 손은 떨렸다.

'공주의 처소에 직접 찾아가고 싶소. 아무에게도 이야기하지 말고 둘이서만 할 이야기가 있소. 내일 밤 자시에 찾아갈 터이니 기다리시오.'

편지는 이렇게 쓰여 있었다. 낙랑은 당황스러웠다. 으슥한 밤에 공주의 처소로 남자 혼자 찾아오겠다니, 이것은 무엇을 의미하는 것인가? 낙랑이 어쩔 줄 몰라 하고 있는데 옆에서 향심이가 이야기했다.

"태자님의 호위무사가 답장을 기다리고 있습니다. 공주님 옆에는 제가 항상 지키고 있을 테니 걱정하지 마십시오."

편지의 내용도 모르고 향심이는 말했다. 낙랑은 잠시 생각하다가 답장을 써 내려갔다.

'어떻게 오실지는 모르겠사오나 태자님께서 저의 처소에 방문해 주신다면 소녀는 기쁜 마음으로 기다리겠습니다.'

낙랑은 자존심도 버리고 답장을 향심이에게 건넸다. 향심이와 한돌 두 사람은 자신의 일처럼 태자와 공주의 사랑이 예쁘게 익어가도록 빌고 있었다. 낙랑의 편지를 받아든 태자는 단검 두 자루를 품속에 품었다. 자시 무렵 태자는 자신만 아는 비밀 통로를 통해 낙랑의 처소로 향했다. 한돌이의 신호로 향심이는 몰래 뒷문을 열어주었다. 태자는 향심이의 안내로 공주의 처소로 들어왔다. 왕건의 처소는 경비가 삼엄한 반면, 낙랑의 처소는 상대적으로 경비가 허술했다. 임해전 전면에는 3000명의 군사가 지키고 있었으나 그들은 비밀 통로는 몰랐던 것이다. 왕건의 처소와 낙랑의 처소는 연회장을 사이에 두고 붙어있었다. 그 연회장에는 정예 병사가 경계를 서고 있었다. 낙랑의 처소에 들어온 태자는 예쁘게 단장하고 있는 낙랑을 보자, 한편으로는 가슴이 뛰고 한편으로는 미안한 생각이 들었다. 낙랑은 태자를 보자 미소를 살짝 지으며 부끄러운 듯 말했다.

"이런 야밤에 비밀스럽게 하실 말씀은 무엇이신지요?"

"번거롭게 해서 미안하오. 밖에서 이야기하면 신라 사람들이 보는 눈이 있어서 이렇게 염치불구하고 공주의 처소에 찾아왔소."

"소녀에게 무슨 말씀이시든 하시옵소서."

낙랑은 태자의 입에서 어떤 말이 나올지 긴장이 되었다. 태자는 낙랑을 쳐다보며 말했다.

"공주께서 내일 공주의 아버지에게 모든 사람을 물리고 단둘이서만 이야기할 수 있도록 자리를 만들어 줄 수 있겠소?"

"무슨 연유이신지 여쭤봐도 괜찮겠습니까?"

"고려의 대왕께서 신라의 사직을 보존해 주신다면 나는 공주와 결혼하고 더이상 전쟁을 하지 않을 것이오. 그것을 공주가 있는 곳에서 확약을 받고 싶소."

낙랑은 가슴이 뛰기 시작했다.

"진심이시옵니까? 저의 마음을 받아주시는 것이옵니까?"

"그렇소. 나도 공주를 처음 본 순간 가슴이 뛰었소."

거짓말이 아닌 진심을 말하고 있었지만, 태자는 낙랑에게는 미안한 마음을 감출 수 없었다. 태자는 자신도 모르게 어색한 분위기를 깨려고 낙랑을 안았다. 낙랑은 고개를 숙이며 태자에게 살짝 안겼다. 낙랑은 행복했다. 잠시 포옹한 후에 태자가 말했다.

"갑자기 속이 안 좋아서 뒷간을 다녀와야 하겠소."

낙랑은 향심이를 불러서 뒷간을 안내하게 했다. 태자는 처소에 딸려 있는 뒷간의 구조를 잘 알고 있었다. 뒷간에 들어간 태자는 뒷간 깊숙한 곳에 단검을 숨겼다. 그리고 낙랑의 처소로 돌아와서 낙랑에게 말했다.

"내일 아무에게도 이야기하지 말고 고려의 대왕과 공주와 나 이렇게 세 명만 이야기하는 것이오. 나도 무기를 가지고 오지 않을 것이니 무기를 가진 사람을 모두 물려 주시오. 진정으로 사위와 장인이 만나는데 믿음이 무엇보다도 중요하지 않겠소?"

"소녀, 태자마마의 뜻을 받들겠나이다. 그런데 하나만 여쭤봐도 되겠습니까?"

"말씀하시오."

"왜 갑자기 마음을 바꾸신 것이옵니까?"

"그것은 공주의 진심을 알았기 때문이오."

"그 말씀을 믿어도 되겠사옵니까?"

"진심이오. 화랑은 거짓말을 하지 않소."

태자는 자신도 거짓말한다고 느끼지 않았다. 낙랑을 사랑하는 것은 거짓이 아니기 때문이었다. 낙랑은 태자의 눈을 쳐다보았다. 태자는 낙랑의 눈을 똑바로 쳐다볼 수가 없어서 시선을 돌렸다. 태자는 다시 한번 당부를 하고는 낙랑을 떠났다.

"내일은 공식적으로 고려의 대왕과 독대를 하는 자리이니 모든 신하와 경비병은 물러나 주기를 꼭 말씀드려야 하오. 장인과 사위의 신표의 자리라고 생각하오. 자, 그럼 내일 봅시다."

태자는 뒤도 돌아보지 않고 떠났다. 낙랑은 태자의 허둥대는 모습에서 평소와 다른 태자를 발견하고는 의심이 들었다. 그 순간 향심이와 함께 태자가 다녀간 뒷간으로 갔다. 아니나 다를까, 그곳에는 두 자루의 칼이 숨겨져 있었다. 낙랑은 그 칼을 잡고 울었다.

'이 칼은 아버지를 죽이기 위한 칼이다. 아버님과 태자님은 결코 같이 갈 수 없는 것인가?'

낙랑은 이 운명의 장난에 하늘이 원망스럽고 부처님이 한탄스러웠다. 옆에 있던 향심이가 말했다.

"이 칼은 어떻게 할까요?"

"내 방으로 가져가서 숨겨 놓아라."

낙랑은 이 칼을 어떻게 해야 할지 결심이 서지 않았다. 만약에 아버님이 이 사실을 안다면 반드시 그 죄를 물어서 태자를 죽이려 할 것이다. 낙랑은 태자의 칼을 품고 밤을 지샜다.

임해전 태자의 거소에도 밤새 호롱불이 꺼지지 않았다. 태자도 잠을 이룰 수가 없었다. 태자가 고민하는 사이에, 한돌이가 태자의 방문을 두드렸다.

"태자마마, 공주님의 시녀 향심이가 이 야밤에 찾아왔습니다. 어떻게 할까요?"

"이리로 들라 하라."

향심이는 조심스럽게 들어오며 태자께 인사드렸다. 태자는 인사도 없이 물었다.

"무슨 일이냐? 이 야밤에."

"태자마마, 우리 공주님이 월정루에서 태자님을 기다리고 계십니다."

태자는 더이상 묻지도 않고 월정루로 향했다. 한돌이가 등불을 들고 태자를 따랐다. 태자는 한돌에게 말했다.

"주위에 보는 눈이 있으니 등불을 끄도록 하여라."

태자가 월정루에 다다랐을 때 월정루에는 달빛을 머금은 낙랑공주가 등불도 없이 서 있었다. 태자는 한돌이와 향심이를 밑에다 둔 채 혼자 월정루로 올라갔다. 낙랑공주의 얼굴에서는 눈물이 달빛에 맺혀 방울방울 떨어지고 있었다.

"공주, 무슨 일이오? 무슨 일이 생긴 거요?"

낙랑은 태자를 바라보며 낮은 목소리로 말했다.

"태자님이 더 잘 아실 텐데요."

태자는 순간 머리가 뾰족 서는 것 같았다. 여자만의 직감이라는 것을 그는 이해하지 못했던 것이다. 낙랑은 평소답지 않게 흥분된 목소리로 말했다.

"태자님의 그릇이 고작 이것밖에 되지 않습니까? 소녀는 태자님의 강직한 성품에 끌리고 있었는데 실망감만 주시는군요. 저의 아버님을 죽인다고 일이 해결되지 않습니다. 차라리 이 자리에서 저의 목을 베세요. 저는 태자님의 칼에 죽는 것이 자랑스럽습니다. 태자님이 저의 목을 쳐서 신라가 살아날 수 있다면 저의 목을 치세요. 저는 사랑 때문에 아버님을 배반할 수는 없습니다. 아버지를 배반하지 않고 태자님을 사랑하는 방법을 찾는다면 소녀는 오늘 죽어도 여한이 없습니다. 어떻게 하면 저의 진심을 알아주시겠습니까?"

태자가 우물쭈물하는 사이에 낙랑은 태자의 단검을 뽑았다. 그리고 말할 틈도 주지 않고 그 단검으로 가슴을 찔렀다. 태자는 쏜살같이 낙랑의 손을 잡았지만, 칼은 이미 반쯤 낙랑의 가슴을 파고들었다. 낙랑은 피묻은 손으로 태자의 손을 잡았다.

"제가 죽어야 제 진심을 알아주시겠습니까? 제 아비가 그렇게 미우시면 그 아비가 가장 아끼는 저에게 복수를 하십시오. 저는 태자님을 위해 목숨을 바칠 각오가 되어있습니다. 태자님의 품 안에서 죽을 수 있다면 저는 행복하게 죽겠습니다."

태자는 조금만 늦었으면 단검이 낙랑의 심장을 찔렀을 것이라는 생각에 아찔했다. 그의 민첩한 행동이 아니었으면 낙랑은 저세상 사람이 되었을 것이다. 진정 낙랑은 죽을 힘으로 찔렀던 것이다. 태자의 눈에도 눈물이 맺혔다.

"공주, 나를 용서하시오. 내가 잘못했소. 공주를 속이고 고려의 왕을 죽이려 한 것은 용서해 주오. 그러나 내가 공주를 찾아가서 했던 말은 모두가 거짓은 아니었소. 그대를 사랑하는 마음은 진심이었소. 나도 괴로워서 잠을 이루지 못하였소. 이 어리석은 놈을 용서하시오."

"아니옵니다. 태자마마, 저는 태자마마를 이해하옵니다. 제가 아바마마를 멈출 수가 있다면 제 죽음으로 태자님의 신라를 구하고 싶사옵니다. 그러나 아버님을 시해하는 일에는 협조할 수 없었사옵니다. 소녀를 용서해 주시옵소서."

태자는 낙랑의 상처를 감싸주며 꼭 껴안았다.

낙랑은 왕건에게 상처를 숨겼다. 다행히 칼이 깊게 들어가지는 않아서 큰 상처는 아니었지만, 그냥 두면 곪아 터져서 위험해질 수 있는 상황이었다. 왕건에게 알리지 않고 상처를 치료하기 위해서 태자는 어머니 죽방부인에게 도움을 청했다. 태자의 이야기를 모두 들은 죽방부인은 낙랑공주에게 품었던 안 좋은 선입견이 사라지고 같은 여자로서 동질감과 동정심이 생기게 되었다.

"낙랑공주를 나에게 인사하러 오라고 하여라. 내가 공주의 상처를 치료하도록 하마."

"어마마마, 감사하옵니다."

태자는 어머님께 머리 숙여 인사드렸다. 옆에서 가만히 듣고 있던 덕주공주도 낙랑공주에 대한 편견이 사라지고 낙랑공주를 미워했던 자신이 부끄러워졌다. 덕주공주는 조용히 태자에게 말했다.

"오라버니, 자신의 목숨까지 버리면서 오라버니를 지키려고 했던 낙랑공주를 버리지 마옵소서. 저도 낙랑공주를 미워한 저 자신이 부끄럽사옵니다. 낙랑공주는 오라버니를 사랑하기에 신라까지도 사랑하는 것이옵니다."

태자는 덕주공주의 말에 아무런 대답도 없이 방을 나섰다. 밖에서 기다리던 한돌을 시켜 태자는 낙랑공주에게 전갈을 보냈다.

향심이는 상처가 깊어짐에도 아무에게도 알리지 말라 하고 혼자 끙끙 앓고 있는 낙랑공주가 너무나 불쌍했다. 한편으로는 사랑하는 사람을 위해 목숨을 바칠 수 있다는 공주의 용기가 부러웠다. 간단한 약으로는 상처가 나을 수 있는 상황이 아니었다. 의원을 불러야 하는데 낙랑은 한사코 반대했다. 만약에 의원이 낙랑의 칼에 찔린 상처를 보는 순간, 태자의 생명은 위태로울 수밖에 없기 때문이었다. 이렇게 혼자 어쩔 줄 몰라서 고민하고 있는데 한돌이가 찾아왔다. 신라의 황후가 낙랑공주를 뵙자고

하는 전갈이었다. 향심이는 직감적으로 알아차리고는 낙랑의 상처를 질
끈 동여매고는 옷을 화려하게 차려입었다. 왕건에게 신라의 황후를 만나
뵙겠다고 하니, 왕건은 기뻐하며 말했다.

"그래, 우리 공주가 역시 똑똑하구나. 먼저 시어머니를 잘 구워삶아야
하느니라. 시어머니 되실 분에게 먼저 좋은 인상을 심어두고 고려와 신라
가 한 나라가 될 수 있도록 잘 설득하도록 하라."

왕건은 낙랑의 상처를 전혀 눈치채지 못하고 황후에게 줄 선물을 가
득히 안겨주며 낙랑을 황후에게 가도록 허락했다. 황후의 침전에는 시녀
들을 모두 물리치고 죽방부인과 덕주공주만 있었다. 향심은 낙랑공주를
황후의 침실까지 안내하고는 그녀도 물러 나왔다. 낙랑공주는 먼저 죽방
부인에게 큰절을 했다. 절을 하면서 고통을 참고 비틀거리는 낙랑공주를
옆에 있던 덕주공주가 안쓰러운 듯 부축했다. 죽방부인은 그 모습을 바라
보면서 말했다.

"태자에게서 모든 것을 들었소, 우리가 공주를 오해하고 미워하였던
것을 용서해 주시오."

부축하고 있던 덕주공주도 눈물을 훔치며 말했다.

"저도 용서를 구하옵니다. 오라버니를 위해서 신라를 위해서 목숨까
지 버릴 수 있는 용기에 감탄할 따름이옵니다. 신라의 공주, 덕주도 못한
일을 낙랑공주는 하셨사옵니다."

낙랑공주는 고통을 참고 엷은 미소를 지어 보였다.

"저는 정치는 모르옵니다. 신라가 어떻고, 고려가 어떻고를 저는 모르
옵니다. 오직 저의 감정은 태자님을 좋아한다는 것뿐이옵니다. 저는 저의
감정이 시키는 대로 따랐을 뿐이옵니다."

죽방부인과 덕주공주는 애처로운 듯이 낙랑공주를 쳐다보았다. 죽방

부인이 낙랑공주의 손을 잡았다.

"공주의 감정을 이해합니다. 그러나 세상에는 감정을 숨기고 자신의 이익을 위해 순수한 감정에 반대되는 일을 하는 사람이 더욱 많습니다. 우리 덕주와 저는 공주를 가족으로 받아들이기로 하였습니다."

낙랑공주는 감정에 복받친 듯 눈물을 쏟아냈다.

"태자님이 저를 이해해주시지 않더라도 황후마마의 말씀을 들으니 소녀 죽어도 여한이 없을 것 같습니다."

"무슨 말씀이시오? 사람의 목숨은 하늘이 내린 것, 그렇게 쉽게 버릴 것이 아니오. 태자도 공주를 좋아하고 있소, 말로 표현은 못 하지만 에미의 눈을 속일 수는 없소. 지금 자신의 처지 때문에 사랑을 논할 자격이 없다고 생각할 뿐이오. 공주가 이해해주길 바라오."

낙랑은 고통을 참으며 말했다.

"황후마마 감사하옵니다."

낙랑공주는 오래 서 있지 못하고 쓰러졌다. 가슴팍에서 피가 묻어나왔다. 죽방부인은 낙랑공주의 상처를 살피고는 깜짝 놀랐다. 이런 상처에도 태자를 보호하기 위해서 참았다는 것이 죽방부인을 더욱 아프게 했다.

"서둘러 의원을 불러라."

죽방부인 박씨와 낙랑공주

의원은 낙랑의 진맥을 짚고 상처를 살피고는 죽방부인에게 말했다.

"다행히 칼이 깊게 찔리지 않아서 생명에는 지장이 없습니다만, 조금만 깊게 들어갔으면 심장을 찔러서 즉사했을 것입니다."

죽방부인은 낙랑공주가 단지 보여주려 한 것이 아니라, 진정 목숨을 걸었다고 생각하니 더욱 가슴이 저려 왔다.

"치료하는 데 얼마나 걸릴 것 같습니까?"

"한 달 정도 치료하면 다 나을 것 같습니다."

"아무한테도 알리지 말고 이틀에 한 번 내 침전으로 와서 치료해 주기 바라오."

"황후마마 알겠사옵니다."

의원이 치료를 마치고 돌아간 후, 죽방부인은 낙랑공주에게 말했다.

"이제 공주는 이틀에 한 번씩 나의 침소에 꼭 와야 하겠구료."

마음이 놓인 듯 덕주공주도 말을 덧붙였다.

"우리를 자주 보게 하려고 오라버니가 일부러 만든 것이 아닐까요?"

덕주공주의 농담에 낙랑도 부끄러운 듯 웃었다. 죽방부인은 태자를 불렀다. 태자가 들어오자 죽방부인과 덕주공주는 자리를 비켜주었다. 둘

만이 황후의 침소에 남게 되자, 태자는 미안한 마음에 낙랑에게 인사를
했다.

"공주, 상처는 괜찮아졌소?"

낙랑은 얼굴을 붉혔다.

"저의 상처를 염려해 주시는 태자님의 말씀을 들으니 아픈 곳이 사라
지는 것 같습니다."

태자는 물끄러미 낙랑을 쳐다보며 물었다.

"뭐 하나 물어봐도 되겠소?"

"아직도 궁금한 것이 많사옵니까?"

"공주는 망국의 태자인 나를 좋아하는 이유가 무엇이오?"

"좋아하는데, 무슨 이유가 있사옵니까? 들판에 핀 꽃이 아름다운 것은
무슨 이유가 있어서 아름다운 것이 아니라, 사람의 마음을 움직이기 때문
입니다. 태자님은 소녀의 마음을 움직였습니다."

"들판에 핀 꽃은 사람들이 마음의 여유가 있을 때, 그 마음을 움직입
니다. 저는 지금 마음의 여유가 없습니다. 신라의 태자이기 때문입니다.
천년을 이어온 신라가 바람 앞의 등불이 되어 꺼져가고 있소. 나는 그 바
람을 막아야 할 태자요. 그런데 신라를 없애려고 하는 바람은 바로 공주
의 아버지요. 나는 공주의 아버지와 싸울 수밖에 없소."

"태자마마, 소녀에게는 고려도 없고 신라도 없사옵니다. 오직 태자님
밖에 없사옵니다."

태자는 낙랑을 와락 껴안았다. 낙랑의 떨림이 그에게 전해졌다. 태자
는 하소연하듯 낙랑에게 말했다.

"나는 어떻게 해야만 한다는 말이오? 마음대로 죽을 수도, 마음대로
살 수도 없는 목숨이오."

낙랑은 냉정을 되찾고 차분히 말했다.

"태자님은 멀리 내다보시기 바랍니다. 태자님을 따르는 분들을 죽음으로 몰지 말기 바랍니다. 그분들을 이끌고 새로운 신라를 만드세요. 고려의 힘이 미치지 않은 곳에서 새로운 신라를 만드시기 바랍니다. 소녀가 온 힘을 모아서 태자님을 받들 것입니다."

"고려의 공주께서 어떻게 그런 말을 할 수 있다는 말씀이오?"

"소녀의 마음은 저도 알 수가 없습니다. 이것이 사랑이라면 그대로 받아들이겠습니다."

"내가 끝까지 공주를 받아들이지 못해도 그렇게 하시겠습니까?"

"저는 태자님의 눈을 통해서 태자님의 마음을 읽을 수 있었습니다. 태자님은 부드러우신 분이십니다. 주위 상황이 태자님을 강하게 만들 수밖에 없었습니다. 저는 그런 태자님을 사랑합니다."

태자는 조용히 눈을 감고 생각했다.

'우리가 평범한 사이로 만났으면 얼마나 좋았을까?'

태자는 약해지는 마음을 가다듬고 낙랑에게 물었다.

"공주 내가 부탁 하나 해도 되겠소?"

"무슨 부탁이시옵니까? 소녀가 할 수 있는 일이라면 뭐든 하겠나이다."

"아버지께 말씀드려서 신라를 지키게 해달라고 약조를 받아낼 수 있겠소? 공주가 나를 위해 신라를 구해낼 수 있겠소?"

"아버님은 평화를 원하십니다."

"아니오. 지금 공주의 아버지는 신라를 집어삼키려 여기 왔소. 고려의 왕은 평화를 가장하고 신라를 고사시켜 항복을 받아내려고 하고 있소. 그에 넘어간 신라의 대신들이 이미 항서를 쓰자는 이야기가 나오고 있소. 하늘 아래 태양이 둘일 수 없듯이 공주의 아버지는 삼한의 통일을 원하고 있소. 나는 목숨을 걸고 신라를 지킬 것이오."

"소녀는 목숨을 걸고 태자님을 지키겠나이다."

낙랑에게 신라는 관심이 없었다. 오직 태자만을 지키고 싶었다.

왕건이 머무는 임해전에서는 매일 연회가 벌어졌다. 신라 귀족들은 왕건에게 눈도장을 찍으려고 경순왕이 아닌 왕건의 신하처럼 대놓고 아양을 떨었다. 왕건은 신라의 귀족들에게 큰 상금을 내리고 그들의 마음을 잡아가고 있었다. 왕건이 술이 얼큰하게 취해서 침소에 들어오니 낙랑공주가 왕건을 기다리고 있었다. 왕건은 호위병을 물리고 낙랑공주와 단둘이 앉았다.

"그래 무슨 일이냐? 이 밤에 나를 찾아온 것은 중요한 일이라도 있는 것이냐?"

낙랑공주는 대뜸 왕건에게 물었다.

"아바마마도 신라의 태자님을 좋아하시죠?"

"그래, 같은 남자로서 좋아하지. 나에게 아양 떠는 썩어빠진 신라의 대관들 하고는 달라. 그래서 내가 가장 사랑하는 딸과 연분을 맺어주려고 하는 거 아니냐?"

"아버님은 태자를 얻으려 하시는 것은 신라를 없애기 위한 전략이 아니옵니까?"

"공주는 아직 어려서 세상을 몰라. 나는 단지 공주가 신라의 태자와 혼인을 하면 태자도 얻고 신라도 얻을 수 있다고 생각한다. 신라의 태자와 내가 힘을 합친다면 두려울 것이 무엇이 있겠느냐?"

"신라의 태자는 목숨을 걸고 신라를 지키려고 합니다. 신라와 태자님을 같이 살리는 길은 없사옵니까?"

왕건은 낙랑공주에게 말했다.

"너는 여자로서 정치를 모른다. 삼한의 평화를 위해서 하는 것이니 너는 정치에는 관여하지 마라."

"아바마마, 태자를 지키고 싶나이다. 태자를 지켜주소서."

왕건은 허공을 뚫어지게 쳐다본 후에 대답했다.

"태자가 끝까지 신라를 지키겠다고 하면, 너는 태자를 포기하거라. 내가 사랑하는 딸을 호랑이 굴에 넣지는 않을 것이다."

"아바마마, 소녀의 마음은 이미 태자님에게 기울었습니다. 제 마음을 저도 다스리지 못하겠사옵니다. 소녀를 용서하여 주시옵소서."

"내가 호랑이 굴에 너를 집어넣었구나. 너를 살리기 위해서는 호랑이를 잡는 수밖에 없구나."

"아버님이 그 호랑이를 잡으면 저도 그 호랑이와 같이 가겠나이다."

"아비 앞에서 그 무슨 말버릇이냐? 만난 지 며칠이 되었다고 목숨까지 바친다는 말을 쉽게 하느냐? 너는 고려의 공주 낙랑이다."

"제 마음을 저도 모르겠나이다. 태자님을 처음 본 순간 저는 번개를 맞은 것처럼 정신이 혼미하였사옵니다. 소녀 이런 감정은 처음이었습니다."

낙랑의 이야기를 듣는 순간, 왕건은 일종의 질투심마저 느꼈다. 자기 목숨과도 바꿀 수 있는 딸이 자신 앞에서 태자를 좋아한다고 당당하게 맞서는 모습을 현실로 받아들이기가 어려웠다. 그러나 낙랑의 성격을 잘 아는 왕건이기에 더 말했다가는 감정을 주체하지 못한 말이 튀어나와 좋았던 부녀 사이를 영원히 단절시킬 수도 있다는 것을 알고 있었다. 술이 확 깨는 느낌이었다. 왕건은 감정을 가라앉히고 낙랑에게 차분하게 말했다.

"오늘은 밤이 깊어서 피곤하구나. 내일 날이 밝으면 맨정신으로 다시 이야기하자."

낙랑도 자신의 의견을 왕건에게 충분히 전달했다고 판단하고는 더 이야기하지 않고 물러 나왔다.

낙랑공주는 괴로운 마음을 털어놓을 곳이 없었다. 답답한 마음을 풀기 위해서 상처를 핑계 삼아 매일 죽방부인을 찾아뵈었다. 죽방부인도 낙랑공주를 이해하고 있었다. 낙랑은 죽방부인을 보자 눈물부터 쏟아졌다.

"황후마마, 저는 어떡하면 좋겠사옵니까? 태자님은 아직도 저에게 마음을 열지 아니하시고, 아버님은 태자님이 끝내 말을 듣지 않으시면 죽이려 하시옵니다. 어떻게 하면 막을 수 있을런지요?"

죽방부인은 애처로운 듯이 낙랑을 쳐다보았다.

"여자의 운명입니다. 여자는 한 남자를 바라보며 사랑하지만 남자는 자꾸만 도망치려 합니다. 제 뱃속으로 난 아들이지만 저도 아들의 속마음을 모르겠습니다. 그러나 공주께서 진심으로 제 아들을 사랑한다면 목숨을 걸고 지킬 용기가 있습니까?"

"소녀, 목숨을 걸고 태자마마를 지키겠나이다. 황후마마 저를 도와주시옵소서."

죽방부인은 낙랑의 손을 잡았다.

"나도 목숨을 걸고 태자를 지킬 것입니다. 우리 낙랑공주님도 저와 뜻을 같이하시겠습니까?"

낙랑은 눈물을 멈추고 죽방부인을 쳐다보았다.

"아버님의 뜻을 거스르지 않고 태자님을 살릴 방법이 있사옵니까?"

"단 한 가지 방법이 있습니다. 이제 며칠 후면 공주님은 개경으로 돌아가십니다. 저는 태자와 함께 서라벌에 남아서 고려 왕께서도 명분이 서고 태자의 뜻도 이룰 수 있는 방법을 같이 만들어 갈 것입니다."

"어떤 방법이 있는지 여쭤봐도 괜찮겠습니까?"

"제가 봐도 신라는 버티지 못할 것 같습니다. 지금 고려 왕이 신라에 온 것도 태자의 마음을 얻고 신라의 항복을 받아내기 위해서 온 것입니다. 젊은 화랑을 제외하고 신라의 귀족들은 이미 고려의 손에 넘어갔습니다. 이런 판국에 태자가 고려에 맞서 싸운다면 개죽음이 될 수밖에 없습니다. 그래서 저는 태자에게 뒷일을 도모하자고 설득할 것입니다. 공주님은 고려 왕에게 신라가 항복하면 태자가 절에 들어가서 중이 되어 세상의 인연을 끊을 것이라고 이야기해 주십시오."

"제가 이야기하면 아버님이 믿어줄까요?"

"믿을 수 있도록 방법을 찾아보세요. 공주님이 목숨을 걸고 이야기하면 믿지 않겠습니까?"

잠시 굳은 얼굴로 생각에 잠기던 낙랑공주는 이내 결연한 표정이 되어 입을 열었다.

"소녀의 마음은 이미 태자님이 뺏어갔습니다. 황후마마, 저를 믿어주시옵소서. 저는 태자마마를 위해 목숨을 바칠 각오가 되어있습니다. 다만 태자님이 저의 마음을 알아주셨으면 합니다."

서라벌을 떠나는 낙랑공주

떠나기 전날 밤, 낙랑은 월지에서 뵙자는 전갈을 태자에게 보냈다. 월정루 아래 월지에 작은 배가 다가오고 있었다. 그 배에는 태자만 타고 있었다. 태자는 낙랑에게로 다가갔다. 배를 타라고 손을 건네는 태자를 보고 낙랑은 가슴이 뛰었다. 태자의 손을 잡고는 자신도 모르게 술 취한 사람처럼 손이 떨렸다. 둘은 배를 탄 채 월지에 떠 있었다. 둘은 한참 말이 없었다. 마침내 태자가 입을 열었다.

"내일 떠나신다고 들었습니다."

낙랑은 부끄러운 듯 살짝 고개를 숙였다.

"내일 떠나면 다시 뵐 수 있을까요?"

"이제 가시면 영원히 못 볼 수도 있습니다."

"저는 반드시 태자님을 만날 것입니다. 태자님의 길을 방해하고 싶지는 않습니다. 저는 돕고 싶을 뿐입니다."

"공주가 나를 도울 수 있는 일은 없습니다. 우리의 인연은 여기까지인 것 같습니다."

낙랑은 눈물을 글썽였다.

"저는 모든 인연을 만들어낼 것입니다. 태자님의 사랑만 얻을 수 있다면, 저는 부처님의 손을 잡고 우리의 인연을 도와달라고 기도할 것입니다."

"어찌 내가 공주를 사랑하지 않을 수가 있겠소? 우리가 그냥 평범한 사람으로 만났으면 얼마나 좋을까 하고 생각했소."

낙랑은 태자를 꼭 껴안았다. 낙랑의 가슴에서 뿜어나오는 사랑의 열기가 태자의 가슴을 파고들었다. 그렇게 둘은 한참 동안 움직임이 없었다. 그 무엇도 사랑의 열기를 식힐 수가 없었다. 월지에 비친 달만이 두 사람을 애처롭게 쳐다보고 있었다. 한참 후, 태자는 천천히 노를 저어 나갔다. 월지의 가운데 작은 섬이 하나 있었다. 배는 그 섬으로 다가갔다. 태자는 작은 섬을 바라보면서 생각했다.

'이 작은 섬에 우리 둘만 있다면⋯⋯.'

태자는 생각을 지우며 머리를 돌렸다. 태자의 고뇌하는 모습을 낙랑은 물끄러미 쳐다보았다. 태자가 침묵을 깨고 말했다.

"공주, 나를 잊어주시오."

낙랑은 태자의 말에 호흡이 멎는 것 같았다. 그러나 낙랑은 태자를 똑바로 쳐다보며 말했다.

"사람의 감정을 어떻게 무 자르듯이 쉽게 끊을 수가 있겠습니까? 그렇게 쉽게 잊을 수 있는 사랑이라면, 소녀는 시작하지도 않았습니다."

낙랑의 눈에서 눈물이 흘러내렸다. 그 눈물을 뚫고 낙랑은 소리쳤다.

"저는 태자님을 반드시 사랑할 것입니다."

낙랑의 외침이 월지의 호수에 물결을 일으키며 퍼져 나갔다. 그렇게 마지막 날의 밤은 지나가고 있었다.

왕건은 수십 일을 서라벌에 머물다가 상대등 유렴을 인질로 잡고 유유자적하게 송악으로 돌아갔다.[23] 왕건은 소기의 목적을 이루었다고 생각하고 얼굴에 만연의 미소를 지었다. 전날 시랑 김봉휴를 불러서 왕건은 말했다.

"시랑께서는 신라 조정을 잘 설득하여 피를 보지 않고 사는 방법을 잘 모색해 주기를 바라오."

김봉휴는 왕건에게 고개를 바짝 조아리며 대답했다.

"신이 목숨을 걸고 항복문서를 받아내겠사옵니다."

"시랑께서 항복문서만 받아주신다면 우리 고려의 일등공신이 될게요. 전쟁에서 싸움만 잘한다고 일등공신이 아니라, 피를 흘리지 않고 이기게 하는 것이 진정한 일등공신이요."

"다만 태자와 태자를 따르는 화랑 무리가 마음에 걸리옵니다. 태자만 마음을 돌리면 아무 문제가 없을 것이옵니다."

"시간이 그렇게 많지가 않소. 내가 무작정 기다려줄 수는 없는 일이요. 태자를 잘 설득해서 나의 부마가 된다면 내가 그대에게 큰 상을 내리오리다."

김봉휴는 왕건이 무슨 말을 하는지 알아차리고 바싹 고개를 숙였다.

"낙랑공주님과 태자마마가 서로 좋아한다고 신라 백성들이 수군거리고 있습니다. 제가 백성의 민심을 돌리도록 노력하겠습니다."

"내가 시랑만 믿고 갑니다. 혹시를 대비해서 무예가 뛰어난 군사를 시랑에게 붙여줄 테니까 문제가 없도록 잘 처리하도록 하세요."

정예병사를 김봉휴에게 붙임으로서 한편으로는 위협을 하고, 한편으로는 보호한다는 명분으로 김봉휴를 빈틈없이 옥죄려는 수법이었다. 날

---

23 《삼국사기》 경순왕편 '太祖亦流涕慰籍 因留數旬廻駕 王送至穴城 以堂弟裕겸爲質 隨駕焉'.

이 밝자, 경순왕은 십리 길까지 따라오며 왕건을 배웅했다. 왕건은 경순왕에게 말했다.

"폐하, 저희가 수십 일을 머무르면서 폐를 많이 끼치고 갑니다. 저희를 이렇게 환대해 주셔서 감사드립니다."

경순왕은 당황해하며 말했다.

"무슨 말씀이시옵니까? 후백제 견훤의 군대를 물리쳐 주시고 우리 신라를 보호해주시는 은혜에 조금이나마 보답하고 싶은 차에 이렇게 방문해 주셔서 감사드립니다. 우리 신라 백성들은 고려 황제의 은덕에 감사드리고 있습니다."

"고려와 신라는 이제 형제의 나라입니다. 제가 폐하보다 10살이 많으니 제가 형이 되옵니다. 괜찮으시옵니까?"

왕건은 무례한 질문을 던졌다. 천년 신라의 대왕에게 자신이 나이가 많다고 형이라고 부르라는 것은 치욕적이었다. 그러나 경순왕은 이러한 수모쯤은 참을 준비가 되어있었다.

"당연히 저보다 나이가 한참 많으시니 형님이라고 불러야죠. 앞으로 고려와 신라는 형제의 나라로 형님께서 신라를 지켜주시기 바라옵니다."

"폐하 감사하옵니다. 이제 고려와 신라는 형제의 맹약을 맺었습니다. 형제끼리는 서로 지켜주는 것이 인륜의 도리이지 않겠습니까?"

왕건은 옆에 있는 낙랑을 쳐다보며 말했다.

"공주는 삼촌이 된 신라의 대왕에게 인사드려라."

낙랑은 경순왕에게 인사를 올리며 작은 목소리로 말했다.

"태자님의 모습이 보이지 않습니다. 작별 인사라도 드리고 싶은데……."

경순왕은 당황하며 말했다.

"태자는 갑자기 심한 고뿔이 걸려서 나오지 못했습니다."

옆에 있던 왕건이 말했다.

"신라와 고려가 형제의 나라가 되었는데, 진정한 피를 섞기 위해서는 우리 낙랑과 신라의 태자가 혼약을 하면 얼마나 좋겠사옵니까? 저는 태자가 좋습니다. 태자 같은 듬직한 사위를 얻는다면 온 천하를 주무를 것 같습니다. 폐하께서 태자를 잘 설득해 주시기 바랍니다."

경순왕은 낙랑을 바라보면서 애처로운 생각이 들었다.

"제가 태자를 잘 설득해 보겠습니다."

왕건의 행렬은 10리를 이어졌다. 낙랑은 가마 속에서도 자꾸만 뒤를 돌아보았다. 혹시라도 태자의 얼굴을 볼 수 있을까 해서 목을 길게 늘였지만 결국 태자의 모습은 보이지 않았다. 태자는 남산에 올라서 멀어져 가는 낙랑의 꽃가마를 응시하고 있었다.

견훤의 투항

935년 60세가 넘은 후백제의 견훤은 10여 명의 아들 가운데 키 크고 지혜가 많아 평소 총애하던 넷째 아들 금강(金剛)에게 왕위를 물려주려 했다. 이에 장남 신검은 그해 3월 정변을 일으켜 아버지 견훤을 금산사(金山寺)에 강제 유폐하고, 동생 금강을 죽였다. 천하의 견훤도 세월은 이길 수가 없었다. 자신의 아들에게 왕위를 빼앗기는 치욕을 당하고, 형제 간의 피비린내 나는 전쟁으로 아들들이 죽어 나가는 것을 보고 후회한들 이미 늦었다. 자신이 저지른 업보였다. 그러나 견훤은 아직도 노욕에 눈이 어두워 권력을 되찾고 싶어했다. 권력에 집착할수록 늪에서 깊게 빠져서 나올 수 없는 것처럼 견훤은 복수에 눈이 멀었다. 금산사에 유폐된 견훤은 하루도 잠을 이룰 수가 없었다. 자신의 심복은 늙었고 젊은 장수들은 모두 신검의 편이었다. 빠져나갈 궁리를 하던 견훤은 두 달 동안 분을 참지 못해 식사도 제대로 하지 못하고 잠도 편히 자지 못했다. 그러던 어느 날 견훤은 감시하는 장수들을 모두 불렀다.

"이제 마음을 비웠다. 부처님께 모든 것을 맡기기로 했다. 나는 여기 금산사에서 여생을 편하게 마치려고 부처님께 약속했다. 너희들도 원망하지 않는다. 너희들에게 무슨 죄가 있느냐?"

군사들은 믿지 못하는 눈치였지만 그 후에는 화도 내지 않고 불경에 심취한 견훤을 보자 마음을 놓기 시작했다. 견훤은 이때를 놓치지 않고 군사들에게 말했다.

"너희들과 화해하는 의미로 내가 오늘 술을 한잔 크게 내겠다. 고생하는 너희들에게 주안상을 준비했으니 오늘은 나와 같이 마음을 터놓고 마셔보자."

경비병들은 견훤이 따라주는 술을 계속 마셨다. 견훤은 마시는 척하고 술을 버렸다. 자정까지 술을 마시자 경비병들은 모두 술에 취해 곯아떨어졌다. 견훤은 이 틈을 노려서 금산사를 탈출했다. 935년 6월, 견훤은 고려군의 영향권에 있던 나주로 찾아가서 고려 조정에 귀순할 수 있도록 허락해줄 것을 청했다. 이에 왕건은 크게 기뻐하며 유금필을 보내 배 40여 척을 거느리고 가서 견훤을 해로를 통해 데려오도록 했다.

견훤이 마침내 고려 왕궁에 이르자, 왕건은 견훤을 깍듯이 예우하며 모셨다. 왕건은 견훤이 자신보다 나이가 10살 정도 많다고 하여 상보(尙父) 어르신이라 높여 불렀으며 남쪽 궁궐에 거처를 정해주고 그 지위는 고려 백관의 위에 두도록 했다. 또한 양주를 식읍으로 내주었으며 금과 비단, 병풍과 금침, 노비 40명, 말 10필을 주었다. 또 후백제에서 투항해 온 자를 가신으로 붙여주어 불편함이 없게 하는 등 애를 썼다. 후백제의 내부 분란은 왕건에게 내려준 하늘의 기회였다. 견훤을 상보로 대접하면서 존경하는 모습을 보인 것은 신라 경순왕에게 보이기 위한 잘 만들어진 각본이었다. 경순왕도 항복하면 견훤 이상으로 극진하게 대접할 것이라는 일종의 신호를 신라에게 보낸 것이다. 이 소식이 전해진 후에 시랑 김봉휴가 경순왕에게 아뢰었다.

"폐하, 후백제의 견훤이 고려에 투항하여 양주를 식읍으로 하사받고 상보로 대접을 받고 있다고 하옵니다. 더이상 지체하시다가는 백성들에게 고통만 크게 안겨줄 뿐이옵니다. 서둘러 결정을 내려주시옵소서."

경순왕은 시랑의 말이 귀에 들어오지 않았다. 후백제의 견훤이 고려에 투항한 후, 왕건의 신라 옥죄기는 더욱 심해졌다. 왕건은 신라 스스로가 항복문서를 가져오기를 기다리고 있었으나 태자를 비롯한 반대파들에 밀려 경순왕이 결정을 못하고 있는 것을 보자, 왕건은 기다릴 수 없다고 판단하고 강온 양면 작전을 개시했다. 견훤이 투항한 지 3개월 후, 고려장수 유금필은 서라벌 이십 리 밖에 군사를 집결해서 무력시위를 하면서 경순왕을 압박하기 시작했다.

"참는 데도 한계가 있다. 더 기다려 줄 수가 없다."

빨리 결정을 내리지 않으면 유금필의 군사가 금방이라도 서라벌을 쳐들어올 것처럼 북을 울리고 함성을 지르면서 서라벌을 압박하고 있었다. 한편으로는 왕건이 유금필을 달래는 모양으로 사신을 보내서 결단을 촉구하고 있었다. 935년 9월 말, 고려의 사신으로는 신라 재암성(載巖城) 성주였던 선필(善弼)²⁴이 선택되었다. 왕건이 선필을 선택한 이유는 신라의 귀족들도 항복만 하면 선필 장군처럼 최고의 대우를 받으며 살 수 있다는 것을 보여주기 위해서였다. 유금필은 무력으로 협박하고 선필은 화해의 사자로 보내는 왕건의 음흉한 이중 전략이었다. 선필을 신라에 마지막 사자로 보낼 때 낙랑공주는 왕건을 찾아가서 아뢰었다.

"아바마마, 신라의 태자만 설득하면 모든 백성이 고려에 들어올 것입니다. 태자님을 설득할 사람은 저밖에 없습니다. 선필 장군과 함께 저를 신라의 사자로 보내주십시오."

---

24 《삼국사기》경순왕편 '四年 春正月 載巖城將軍善弼 降高麗 太祖厚禮待之 稱爲尙父'.

왕건은 낙랑공주를 쳐다보았다. 낙랑은 신라의 태자를 사랑하고 있는 것이 틀림없었다. 왕건은 낙랑을 바라보면서 말했다.

"너의 감정 때문에 큰일을 망쳐서는 안 된다. 네가 신라의 태자를 좋아하고 있는 것을 이 아비는 알고 있다. 신라의 태자가 끝까지 싸우겠다고 하면 너는 어떻게 하려고 하느냐?"

"소녀는 아버님의 뜻을 거역하지 않고 태자님을 살릴 방법을 찾고자 합니다. 소녀를 믿어주십시오."

"그래, 나는 너를 믿는다. 네가 걱정되어서 하는 소리다. 너는 내가 가장 사랑하는 보물이기 때문이야."

"제가 신라의 태자를 잘 설득하겠습니다."

"태자도 살리고 신라 백성도 살리는 방법을 찾도록 하라."

"아버님의 말씀 명심하겠나이다."

"태자가 끝내 너의 말을 듣지 않으면, 그때는 죽음밖에 남는 것이 없다."

"아버님은 전쟁을 하지 않으시고 삼한의 통일을 원하고 계십니다. 태자를 죽이면 신라의 백성은 가만히 있지 않을 것입니다. 태자를 죽인다는 말씀만은 거두어 주십시오."

낙랑은 어떻게 하든지 태자를 살리고 싶었다. 그녀가 신라의 사자로 같이 가고자 하는 이유도 단 한 가지였다. 태자를 살리기 위해서였다. 왕건도 낙랑의 뜻을 알고는 허락을 했다. 낙랑공주는 호위무사들을 대동하고 선필 장군과 함께 서라벌로 향했다.

낙랑공주의 눈물

서라벌에 도착한 낙랑은 먼저 태자부터 찾았다. 신라의 분위기는 급박하게 돌아가고 있었다. 신라가 항복하지 않으면 20리 밖의 유금필 군대가 곧 쳐들어온다는 소문과 함께 귀족들은 모두 자신들 살 궁리만 하는 가운데, 힘없는 백성들만 신라를 지키자고 마음을 모으고 있었다. 그 중심에는 태자 김일이 있었다. 태자를 따르는 무리는 1000명을 넘어가고 있었다. 태자는 죽기를 각오하고 마지막 항전을 위하여 남산과 단석산을 중심으로 산성을 쌓고 전투 준비에 돌입하고 있었다. 낙랑은 단석산에서 훈련 중인 태자를 찾았다. 태자는 낙랑을 보고는 깜짝 놀랐다.

"살아서는 다시 못 보는 줄 알았는데 여긴 어쩐 일이시오?"

"조용한 곳에서 둘만 이야기를 나눌 수가 있을런지요?"

"여기 형제들은 모두 목숨을 같이 하기로 한 형제들이요. 여기서 말씀하시죠?"

"태자마마, 소녀의 마음을 이리도 몰라주시나이까?"

낙랑은 사람들 앞에서 눈물을 펑펑 쏟아냈다.

"눈물을 멈추시오. 내가 공주와 단둘이 이야기하리다."

태자는 낙랑을 데리고 단석산 정상에 올랐다. 단석산 정상에 서자 서라벌이 한눈에 들어왔다. 태자는 칼로 잘린 듯하게 두 동강이 난 바위를 가리키며 말했다.

"이 산의 이름이 단석산입니다. 단석산의 의미는 김유신 할아버지가 칼로 이 바위를 두 동강 내었다는 전설에서 시작된 것입니다. 그 이후에 단석산이 우리 화랑의 수련장이 되었습니다."

낙랑은 김유신 장군이 두 동강 내었다는 바위를 쓰다듬었다. 그리고 발아래 아름다운 서라벌을 쳐다보며 말했다.

"저를 여기 데려온 태자님의 마음을 소녀도 알 것 같습니다."

"나는 삼국통일을 이루시겠다는 결의로 바위를 칼로 내리치신 김유신 장군의 뜻을 이어서 내 심장을 칼로 내리치는 심정으로 여기에 섰습니다. 나를 설득하려 이 먼 길을 오셨다면 그냥 돌아가 주시오."

"저는 태자님을 설득하려고 여기까지 오지 않았습니다. 태자님과 함께하기 위해 여기에 왔습니다."

"고려의 공주가 신라를 위해 함께 죽겠다는 말씀이요?"

"저도 태자님처럼 죽음이 두렵지 않습니다. 그러나 죽는다고 신라가 다시 살아나지는 않습니다. 저와 태자님의 죽음으로 신라가 다시 살아난다면 저는 사랑하는 사람과 천 번이고 만 번이고 행복하게 죽겠습니다."

태자는 낙랑의 말을 듣고 물끄러미 하늘을 쳐다보았다.

"그러면 나에게 살아서 항복하라는 말씀이요?"

"아니옵니다. 태자마마, 살아서 뒷일을 도모하시라는 말씀입니다. 지금 태자님을 따르는 젊은 화랑들을 모두 죽게 할 수는 없지 않습니까?"

"뒷일이라뇨? 신라가 망한 후에 무슨 뒷일이 남아있겠소."

"제가 태자님의 어머님과 약조한 것이 있사옵니다. 내일 어머님과 같이 뵙기를 소녀는 희망하나이다."

"공주께서 우리 어머니와 무슨 말씀을 나누셨다는 것입니까?"

"그것은 어머님께서 말씀하실 것입니다."

태자는 단석산의 정상에서 서라벌을 내려다보았다. 황룡사의 종소리가 태자의 가슴을 찌르고 있었다.

한편, 서라벌 주위를 포위한 고려 군사의 협박에 겁을 먹은 신라의 귀족들은 고려 왕건의 사절로 온 선필 주위에 몰려서 선필(善弼)을 부러워하며 '어떻게 하면 고려에서 한 자리를 차지할까?' 하는 생각밖에 없었다. 선필은 경순왕을 찾아뵙고 엎드려 절부터 올렸다. 경순왕은 신라를 배신하고 고려에 귀순한 선필이 미웠지만, 함부로 홀대할 수가 없었다. 선필이 먼저 입을 열었다.

"폐하, 선필이 인사드리옵니다."

"그대는 재암성(載巖城)을 지키던 선필 장군이 아닌가? 신라의 장군이 고려의 사신으로 왔는가?"

경순왕은 최대한 감정을 억제하며 차분하게 말했다. 선필은 인간으로서의 미안함 때문에 고개를 들지 못했다.

"폐하, 신이 신라를 버렸다고 꾸짖으셔도 소장은 할 말이 없사옵니다. 저는 목숨을 걸고 자청해서 고려의 사신으로 여기에 왔습니다."

"목숨을 보전하려고 고려에 항복한 사람이 무슨 연유로 목숨을 걸고 여기로 왔는가?"

"폐하 저는 제 한 목숨 살리려고 고려로 넘어간 것이 아니었습니다. 저는 신라를 살리기 위해 고려에 투항했습니다."

"듣기에 민망한 궤변이다."

"아니옵니다. 지금 힘으로는 고려를 대항할 수 없사옵니다. 고려의 대왕은 신라의 사직을 보존한다고 약조를 하였사옵니다. 고려의 대왕은 신라와 전쟁을 원하지 않사옵니다. 제가 목숨을 걸고 폐하를 지키겠나이다."

"필요 없소. 모두 말은 번지레하게 하지만, 실상은 자기 살기 위한 핑계에 불과할 뿐이오. 지금 이십 리 밖에서 들리는 고려군의 함성은 협박이 아니고 무엇이오? 고려왕도 믿지 못하겠소."

"폐하, 후백제의 견훤도 귀순해서, 고려 대왕이 상보로 모시며 왕의 반열에 오르게 하였습니다. 하물며 폐하께서 고려에 귀순하시면 고려 대왕은 신라를 존속시키며 서라벌을 폐하께 그대로 맡기실 것입니다. 지금 신라의 힘이 미치는 곳은 서라벌밖에 없사옵니다. 지금 그대로 신라를 지킬 수 있는 것이옵니다. 서라벌 이십 리 밖의 고려 군사는 고려의 강경파들이 주도하는 것으로 고려 대왕의 의지와는 관계가 없사옵니다."

경순왕은 알면서도 속는 것처럼 할 수밖에 없었다.

"알았으니 물러가시오."

"폐하, 시간이 없사오니 신라를 위해서 빨리 결정을 해주시옵소서."

"알았다고 하지 않았소!"

경순왕은 단칼에 선필의 목을 치고 싶지만, 용기가 없는 자신이 싫어졌다. 신하들은 모두 아무 말도 하지 않고 귀를 쫑긋 세운 채 토끼처럼 귀를 기울이고만 있었다.

다음날 황후 죽방부인의 처소에 태자가 찾아왔다. 낙랑공주는 태자 옆에 앉아서 죽방부인의 이야기를 듣고 있었다.

"태자는 지금부터 에미가 하는 이야기를 잘 들어야 한다. 이 이야기는 낙랑이 먼저 나에게 이야기하였고 이 에미는 낙랑의 의견을 따르기로 했다."

태자는 어머니가 무슨 말씀을 하시려고 이렇게 뜸을 들이는지 이해되지 않았다.

"어마마마, 이 중대한 시점에 저를 빼놓고 낙랑공주와 무슨 의논을 하셨는지요?"

"지금의 분위기로 봐서 절차만 남아있고 결판은 난 것 같다. 신라가 고려에 항복하는 것은 시간문제이다. 아무리 태자가 반대한다 하더라도 그 결정을 바꿀 수는 없다. 태자가 군사를 이끌고 싸운다면 자살하는 것이나 다름없다. 그래서 태자는 신라가 항복하는 순간 세상의 미련을 버리고 금강산의 절에 들어가 속세에 미련을 끊고 중이 된다고 하여라."

"어마마마, 저더러 싸우지 말고 중이 되라는 말씀이십니까?"

"아니다. 너를 따르는 사람과 금강산의 깊은 산속으로 들어가서 고려의 힘이 미치지 않는 곳에서 힘을 기르라는 이야기다. 시간이 얼마나 걸리더라도 새로운 신라를 만드는 것이다."

죽방부인의 말에 태자는 몸에 전율을 느꼈다.

"이것이 어머님의 생각이었사옵니까?"

"아니다. 여기 있는 낙랑공주의 생각이다. 공주는 어떻게든 너를 살리려고 제 목숨까지 바칠 각오가 되어있다는 것을 이 에미는 같은 여자로서 직감적으로 알 수 있었다. 이 에미는 낙랑공주를 가족으로 받아들이기로 했다. 너도 낙랑의 마음을 받아주기를 바란다."

낙랑은 죽방부인의 이야기를 듣고 얼굴이 홍당무처럼 붉어졌다. 죽방부인은 낙랑의 손을 잡고 태자의 손에 포개어 얹었다.

"태자야, 너를 진심으로 사랑하는 여자의 손이다. 에미는 몸을 바쳐 너를 사랑하는 낙랑이 부럽다. 낙랑의 마음을 받아줘라."

"어머님, 저도 공주의 마음을 알고 있습니다. 그러나 제 뜻이 있기에 받아들이지 못했습니다."

"공주가 너의 뜻도 버리지 않고, 공주의 마음도 받아줄 수 있는 방법을 찾지 않았느냐? 공주의 뜻을 따르도록 하라."

태자는 낙랑의 손을 꼭 잡았다. 낙랑의 심장 뛰는 소리가 손을 타고 흘렀다.

마지막 화백회의

경순왕 9년(935년) 10월 경순왕은 신하들에게 떠밀려 왕건에게 국토를 모두 바치고 항복할 것을 논의했다. 화백회의 분위기는 초상집 분위기였다. 어둠이 깔린 저녁 어스름에 천년 신라의 마지막 화백회의가 열렸다. 경순왕은 이미 고려에 귀부(歸附)할 것을 결심했기에 마지막 형식적인 추인에 불과했지만, 회의의 분위기는 한없이 어둡고 침울했다. 마지막이라는 말이 항상 가슴을 아련하게 하지만 천년을 이어온 신라의 마지막이라는 사실이 귀족들의 가슴을 더욱 저미어왔다. 왕의 눈에도 눈물이 고였다. 천년 사직의 대 죄인이 되는 것처럼 가슴에는 돌덩어리가 짓누르는 것 같았다. 경순왕은 모두 고개를 숙이고 있는 귀족들을 향해 무겁게 입을 열었다.

"이제 천년의 신라는 끝이 나려고 하오. 마지막 화백회의라는 것이 짐의 마음을 더욱 아프게 하는구료. 제발 이 무거운 짐을 나에게 벗어날 수 있게 해줄 수는 없겠소?"

모두 고개를 숙이고 말이 없었다. 침묵은 칼보다도 더 예리하게 귀족들의 가슴을 후벼팠다. 이 침묵을 깨고 상대등 김유렴이 더듬더듬 말을 전했다.

"폐하, 신들을 죽여주시옵소서."

경순왕은 모두 이 자리에서 자결하자고 말하고 싶었다. 그러나 그럴 용기가 없음을 누구보다 그 자신이 잘 알고 있었다. 시랑 김봉휴가 조용히 말했다.

"폐하, 천년 사직을 보장해 준다고 약조했습니다. 너무 상심하지 마시옵소서."

상대등 김유렴이 시랑 김봉휴를 꾸짖었다.

"시랑은 그들의 말을 진정 믿는 게요? 하늘에 두 개의 태양이 존재할 수 없듯이 한 나라에 두 명의 왕이 존재할 수 없는 것은 세 살 먹은 아기도 다 알 수 있소. 우리 자신들을 속이지 맙시다."

그리고 김유렴은 경순왕에게 눈물로 아뢰었다.

"폐하, 저는 속죄하는 의미로 속세를 떠나 중이 되어 죽는 날까지 신라의 백성으로 남고자 하옵니다."

상대등 김유렴은 개경[25]으로 가기를 거부하고 이미 불국사의 암자로 들어가기로 결심을 마친 상태였다. 시랑 김봉휴는 비꼬듯이 말했다.

"혼자만 고고한 척하지 마시오. 우리 신라가 이 지경이 된 것은 우리 모두의 책임이지 않소? 고고한 척하는 모습이 심히 보기가 좋지 않습니다."

경순왕은 한참 말이 없다가 귀족들의 말싸움이 듣기 싫은 듯 마지막으로 정리를 했다.

"그러면 오늘부로 신라의 옥새를 고려에 넘기고 신라의 모든 백성과 종묘를 고려에 귀부하는 것으로 결정하겠소."

이 소리가 떨어지자 화백 회의장 문을 박차고 태자 김일이 들어왔다.

---

25 개경은 고려의 도읍지다. 경기도의 북서쪽에 위치하고 있으며 개성, 송도 또는 송악이라고도 불렸다.

"나라의 존망이라는 것이 천명(天命)에 달려 있지만, 충신(忠臣), 의사(義士)와 함께 민심을 수습해 스스로 지키다가 힘이 다한 후에 그만두어도 늦지 않습니다. 어떻게 천년의 사직(社稷)을 하루아침에 가볍게 남에게 줄 수 있단 말입니까?"[26]

태자 김일의 피 끓는 소리가 화백 회의장을 울렸다. 경순왕을 비롯하여 귀족들 모두는 고개를 들고 태자를 쳐다볼 수가 없었다.

"신라의 옥새는 제가 보존하겠습니다. 천년 신라는 이렇게 죽지 않습니다. 저는 반드시 신라를 되살리겠습니다. 이렇게 나약한 귀족들의 나라가 아닌 백성들이 목숨을 걸고 지킬 가치가 있는 나라를 만들겠습니다. 그 나라에 신라의 옥새가 이어질 것입니다."

태자는 말을 마치고 경순왕이 귀부 문서에 찍으려던 옥새를 가슴에 품었다. 누구 하나 태자를 말릴 수 있는 사람이 없었다. 이것은 고려 왕건에 전해진 귀부 문서에 신라 옥새의 도장이 없는 이유가 되었다. 옥새가 없는 문서는 정식으로 나라를 바치는 공식 문서로서의 효력이 없는 것이다. 태자는 옥새를 가슴에 안으면서 새로운 신라는 백성들이 진심으로 사랑하고 가슴속에서 항상 생각하는 나라로 만들겠다고 다짐했다. 그때 태자의 머릿속에 떠오른 말이 애신각라(愛新覺羅)였다.

'그래, 신라를 사랑하고 항상 생각할 수 있는 애신각라(愛新覺羅)의 나라를 만들자.'

태자는 화백 회의장을 박차고 나오면서 이미 새로운 신라를 그렸던 것이다.

---

26 《삼국사기》 신라본기 제12
　　國之存亡必有天命(국지존망 필유천명) 只合與忠臣義士(지합여충신의사) 收合民心自固(수합민심자고) 力盡而後已(력진이후이) 豈宜以一千年社稷(개의이일천년사직) 一旦輕以與人(일단경이여인)'.

그날 밤, 태자는 울분을 참지 못하고 술을 마셨다. 술에 취한 태자는 미친 짐승처럼 울부짖었다. 태자의 울부짖는 소리가 임해전 전체에 울리고 월지에 파문을 일으켰다. 월지에 나와 있던 낙랑은 가슴이 찢어지는 것 같았다. 낙랑은 향심이에게 말했다.

"태자님의 처소로 가자. 내가 조금이나마 태자님의 마음을 어루만져 드리고 싶다."

향심이는 낙랑의 마음을 이해하고 등불을 들고 태자의 처소로 향했다. 태자의 처소에는 한돌이가 눈물을 보이며 지키고 있었다. 한돌이는 낙랑공주와 향심이를 보자 눈물을 멈추고 맞이했다.

"태자님은 아무도 만나고 싶지 않다고 하셨습니다."

향심이는 한돌에게 말했다.

"지금 태자님을 위로해드릴 수 있는 분은 공주님밖에 없습니다. 공주님을 들어가게 해주십시오."

한돌은 낙랑의 눈을 쳐다보았다. 낙랑의 눈에도 눈물이 고여있었다. 한돌은 조용히 문을 열고 낙랑을 안으로 들어가게 했다. 낙랑은 향심이와 한돌을 뒤로 한 채 혼자서 태자의 방문 앞에 섰다. 태자의 울부짖음은 부모를 잃어버린 자식의 울음소리보다 더 처절했다.

방 안은 술에 취해 몸을 가누지 못하면서 태자가 내던진 방 안의 물건 탓에 엉망이었다. 태자는 기절하기 직전이었다. 조용히 태자의 방에 들어선 낙랑은 울음에 지쳐있는 태자를 뒤에서 안았다. 그리고 눈물에 얼룩진 태자의 얼굴을 치맛단으로 닦아 주었다. 태자는 지쳤는지 울음을 멈추고 낙랑이 하는 대로 몸을 맡기고 움직임이 없었다. 둘은 누가 먼저랄 것도 없이 부둥켜 안았다. 그리고 뜨겁게 사랑을 나누었다. 태자는 술에 취해서 감정을 억제하지 못하고 낙랑의 부드러운 살갗을 몸으로 느꼈다. 낙랑은 태자가 원하는 대로 몸을 맡겼다. 월지에 떠 있던 달님도 부끄러운 듯 연꽃 속에 숨어버렸다. 달님에 안긴 연꽃은 달빛을 아름답게 받아들였다. 태자의 처소 밖에서 향심이와 한돌은 새벽 해가 뜰 때까지 자리를 지켰다. 날이 밝으면서 낙랑과 태자의 침소를 햇살이 부드럽게 두드렸다. 먼저 일어난 낙랑은 옷매무새를 단정하게 고치고 잠들어 있는 태자를 잠자코 바라봤다. 햇살에 눈을 뜬 태자는 자신을 지켜보고 있는 낙랑을 쳐다보았다. 그리고 간밤에 울부짖던 자신의 모습과 낙랑과 격렬하게 사랑을 나누던 자신의 모습이 중첩되어 떠올랐다. 태자는 부끄러운 듯 말했다.

"공주, 간밤의 일은 미안하오. 나를 용서하시오."

"태자마마, 무엇이 미안하다는 말씀이시옵니까? 무엇을 용서하라는 말씀이시옵니까?"

낙랑은 태자의 품에 안기며 흐느끼듯 말했다. 태자는 어쩔 줄을 모르면서 낙랑을 꼭 끌어안았다.

"공주, 사랑하오."

"태자마마, 사랑하옵니다."

둘은 한참 동안 그렇게 서로를 껴안고 있었다. 낙랑이 먼저 입을 열었다.

"태자마마, 저는 오늘 서라벌을 떠나야 합니다. 오늘 이후 태자님을 영원히 뵙지 못하더라도 저는 태자님을 가슴에 안고 살아가겠습니다. 저는 태자님을 따라서 함께 가고 싶지만, 제가 따라가면 태자님이 위험해지시기 때문에 따라갈 수 없사옵니다. 제 아버님은 제가 태자님을 따라가면 끝까지 쫓아와서 태자님의 뜻을 꺾을 것입니다. 저는 송악에 남아서 태자님을 지킬 것입니다."

"공주 고맙소. 내가 공주의 은혜를 어떻게 갚아야 할지 모르겠소."

"태자님께서 저에게 사랑한다고 말씀하셨을 때 이미 갚으셨습니다. 이제 소녀는 태자님의 여자이옵니다. 소녀, 태자님께 청이 하나 있사옵니다."

"말씀만 하시오."

"저는 태자님을 기다리며 태자님의 여자로 남기 위해서 다른 사람과 혼인하기가 싫습니다. 태자님이 떠나시면 아버님은 반드시 저를 호족의 자제와 혼인시키려 할 것이옵니다. 그것을 피하는 방법은 단 하나 있사옵니다."

"그 방법이 무엇인지 말씀해 주시오."

"제가 태자님의 아버님께 시집을 가는 것입니다. 태자님께서 아버님께 말씀드려서 저를 지켜달라고 부탁해 주십시오."

"고려 왕이 젊은 공주를 나이 많은 신라 왕에게 시집 보내겠소?"

"신라 왕께서 항서를 보낸 후에 고려 왕께 청이 있다고 하시어, 저를 달라고 하시면 저의 아버님은 쉽게 거절 못 하실 것입니다. 아마 저의 의견을 물어보실 것입니다. 그때 제가 좋다고 하면 문제가 되지 않을 것 같습니다."

태자는 자신을 위해서 목숨까지 바치고 평생을 혼자 살겠다는 낙랑을 보면서 그녀에게 죄를 짓는다는 생각으로 죄책감을 떨칠 수가 없었다.

"공주, 이때까지 공주의 마음을 몰라주었던 나를 용서해 주시오."

"태자마마, 저는 태자님을 사랑할 수 있어서 진심으로 행복합니다."

태자는 낙랑을 꼭 껴안았다. 잠시 후에 낙랑은 품속에서 자수를 놓은 비단 한 장을 내어놓았다. 낙랑은 곱게 접은 비단을 태자에게 건네며 말했다.

"제가 태자님을 생각하며 서투른 솜씨이지만 한땀 한땀 수를 놓았습니다. 소녀의 마음이라 생각하시고 받아주시옵소서."

태자는 비단을 펼쳤다. 그 속에는 목근화(木槿花) 두 송이가 서로 기대고 있었다. 태자는 그 목근화를 보자 알 수 없는 눈물이 쏟아졌다. 낙랑은 목근화가 새겨진 비단으로 태자의 눈물을 닦았다.

"눈물을 보이지 마시옵소서. 소녀의 마음은 찢어지옵니다. 소녀는 목근화처럼 척박한 땅에서도 잘 자라고 특별히 돌봐주지 않아도 벌레 물려 죽는 일도 없을 것이니 소녀의 걱정은 하지 마시옵소서. 태자님이 목근화처럼 끈질기게 살아남으셔야 하옵니다."

태자는 다시 한번 낙랑을 힘차게 끌어안았다. 언제 다시 만날 수 있을지 모르면서 헤어진다는 것이 그의 마음을 더욱 휘몰아치도록 만들었다. 낙랑 역시 조금이라도 더 긴 시간 태자와 온기를 나누고 싶어서 태자를 꼭 감싸 안았다. 창 너머 새들이 이별을 슬퍼하듯이 목놓아 울고 있었다.

935년 10월 경순왕은 신하들과 더불어 국가를 고려에 넘겨줄 것을 결의했고, 김봉휴로 하여금 왕건에게 항복하는 국서를 전하게 했다.[27] 항서를 전달한 후, 경순왕은 조상의 위패 앞에 서서 눈물을 삼켰다. 처음 신라로 건너와서 김씨 왕조의 시조가 된 성한(星漢)왕의 위패를 보자 경순왕은 죽고 싶은 심정이 되었다.

'내가 죽어서 어떻게 조상님들의 얼굴을 뵐 수 있을까?'

성한왕의 모습이 경순왕을 짓누르고 있었다. 경순왕은 조상들의 위패 앞에서 조상들에게 씻을 수 없는 죄를 짓는 것 같아서 며칠째 잠을 이루지 못했다. 경순왕이 무릎을 꿇고 눈을 감은지 한참이 흘렀다. 밖에서 식사 시간을 알리는 시녀의 목소리도 수없이 외친 탓에 목소리가 쉬어있었

---

27 《삼국사기》경순왕편
    王曰 孤危若此 勢不能全 旣不能强 又不能弱 至使無辜之民 肝腦塗地 吾所不能忍也 乃使侍郎金封休書
    請降於太祖.

145

다. 저녁이 깊어갔지만, 경순왕은 일어날 수가 없었다. 조상의 위패 제일 앞에 모셔진 분은 김씨 조상의 시조 투후(秺侯) 김일제(金日磾)의 초상이었다. 경순왕은 김일제의 초상 앞에서 엎드려 통곡했다.

"신라를 지켜주시는 시조시여, 저를 용서해 주시옵소서. 신라에서 옛날 북방 초원을 호령하던 대제국을 다시 만들라 하신 그 유훈이 오늘 저에게서 끝나는 것 같습니다. 이, 비겁하고 못난 저를 용서해 주시옵소서!"

성한왕의 초상화가 바람에 흔들렸다. 성한왕 초상 앞에 놓인 투후 김일제의 초상은 경순왕을 불쌍히 여기듯 내려보고 있었다.

3

투후 김일제[28]를 찾아서

진국은 흉노제국의 왕자가 어떻게 신라에 오게 되었는지 그 추적을 조사하고 있었다. 경순왕이 조상의 위패 앞에서 울던 그날, 김일제의 초상화가 곁에 있었다.

'투후 김일제, 그는 누구인가? 박혁거세가 만든 신라는 석씨를 거쳐서 갑자기 나타난 김씨가 왕위를 잇게 된다. 신라의 김씨는 어디에서 왔는가? 투후 김일제 그는 과연 어떤 사람인가?'

이러한 의문점들이 항상 진국의 주위를 맴돌았다. 김일제는 마의태자가 존경하는 인물이었고, 뿌리를 그에게서 찾고자 했다. 그 뿌리를 찾는 것은 역사의 실타래를 푸는 첫 작업이 될 것 같았다. 진국은 연구실에 박혀 지내던 차 박사에게 단도직입적으로 물었다.

"교수님, 흉노제국의 왕자인 김일제가 신라 왕족의 뿌리가 맞습니까?

---

28 투후 김일제(秺侯 金日磾, 기원전 134~86년)는 전한(前漢) 때 흉노(匈奴) 사람으로 자는 옹숙(翁叔). 흉노족 휴저왕(休屠王)의 왕자였다. 투후 김일제라는 인물이 우리나라에서 역사적인 관심을 끌게 된 계기는 신라를 통일한 문무왕의 문무대왕릉비가 1819년 정조대왕 때 경주 농부에 의해 밭을 갈다가 발견되면서부터였다. 당시 문무대왕릉비에 적힌 김일제에 대한 언급을 연구해 추사 김정희를 비롯한 6명의 관리가 기록했다는 글이 발견되었다. 실제 글귀가 담긴 문무대왕릉비 조각은 1961년 경주 동부동에서 한 부인이 빨래판으로 쓰다가 발견되었는데 상단은 소멸되고 하단만 남은 상태다.

우리는 학창 시절부터 김알지가 신라 김씨 왕족의 시조라고 배워 왔고, 김일제에 대한 언급은 그 어떤 역사 시간에도 들은 바가 없습니다. 신라의 역사를 기록한《삼국사기》와《삼국유사》를 수없이 뒤져 보았지만 찾을 수도 없었습니다. 어떻게 된 것인지 시원하게 말씀 좀 해주세요."

차 박사는 진국의 질문을 받고 잠시 생각에 잠겼다가 입을 열었다.

"《삼국사기》는 신라가 멸망한 후 210년이 지난 1145년에 김부식이 지었고,《삼국유사》는《삼국사기》보다 훨씬 뒤인 1281년 일연이 지었습니다. 그리고 피디님이 이미 수없이 찾아보셨을《삼국사기》와《삼국유사》의 어디에도 투후 김일제의 이야기는 없습니다. 김부식은 철저한 유학자로서 당시 송나라의 문화를 숭상하는 소중화주의에 물들어 있었고, 김부식이《삼국사기》를 집필할 무렵에는 송나라가 흉노족의 후손인 오랑캐 금나라에게 쫓겨서 남송의 시대를 열고 있었습니다. 사대주의자 김부식은 자신의 조상이 금나라와 연결되었다는 것을《삼국사기》에 철저하게 배제시켰습니다."

"그래서《삼국사기》나《삼국유사》에서 투후 김일제의 이야기가 빠지고 하늘에서 떨어진 김알지가 알에서 탄생하며 나타난 것인가요?"

"김부식은 이미 그들의 조상이 흉노의 후손이라는 것을 알고 있었습니다. 그러나 유교적 사대주의자 입장에서 자신의 뿌리가 흉노에서 왔다는 것을 밝히고 싶지 않았던 것입니다. 그래서 그들의 조상 김일제를 비슷한 이름 김알지로 둔갑시키면서 신비롭게 하늘에서 내려온 것처럼, 포장한 것입니다."

진국은 그제야 김부식의 입장을 조금은 이해할 수 있을 것 같았다. 그러나 진실은 거짓말로 가려질 수 없는 것이었다. 진국이 생각에 잠겨있을 때 차 박사는 빛바랜 사진들이 담긴 자료집을 펼쳐 보이며 말을 이어나갔다.

"신라 왕실에서는 그들의 조상을 절대로 부끄러워하지 않았습니다. 그들은 당당하게 그들의 조상을 비석에 새겨 넣었습니다. 신라 문무왕릉 비(文武王陵碑)에는 '투후(秺侯) 제천지윤(祭天之胤)이 7대를 전하여 15대 조 성한왕(星漢王)은 그 바탕이 하늘에서 신라로 내려왔고'[29]라는 구절이 있습니다. 또한 당나라에 살았던 신라인 김씨 부인의 업적을 기리는 대당 고김씨부인묘명(大唐故金氏夫人墓銘)에도 신라 김씨의 뿌리가 투후 김일 제라고 기록되어 있습니다. 이러한 기록을 볼 때 신라 김씨 왕족은 자신 의 조상을 중국 한나라 때 투후를 지낸 김일제로 떳떳하게 밝히고 있는 것입니다. 그 외에도 투후 김일제를 조상으로 기록한 비문은 많이 있습니 다. 경상북도 경주에 위치한 흥덕왕과 왕비 장화부인의 합장릉인 흥덕왕 릉(興德王陵) 비문에도 '太祖星漢 …… 卄四代孫(태조 성한왕의 24대손)'의 내 용이 있고, 태종 무열왕의 차남인 김인문(金仁問)의 묘지명 진철대사탑비 문(眞澈大師塔碑文), 진공대사탑비문(眞空大師塔碑文)과 같은 금석문에도 신라의 시조로 여겨지는 태조(太祖) 성한(星漢)[30]이라는 이름이 계속해서 발견되고 있는 것으로 봐서 신라 왕실은 그들의 조상이 투후 김일제인 것 을 자랑스럽게 밝히고 있다는 사실을 증명하고 있습니다."

"그러면 후세의 역사가들이 거짓말을 한 것이네요!"

"조선시대 유학자들이 고의로 문무왕의 비석을 없앴다는 주장도 있 습니다. 유학자 집안이 오랑캐 흉노의 후손이라는 것이 부끄러워서 숨겼 다는 이론도 있습니다. 문무왕의 묘비에 새겨진 이 비석은 682년 만들어

---

29 문무왕릉 비문 탁본 전면 5행과 6행
  '枝載生英異秺侯祭天之胤傳七葉而焉 十五代祖星漢王降質圓穹誕靈仙岳肇臨'.

30 성한왕(星漢王) 김성(金星)은 신라 김씨 왕조의 시조로 추정되는 인물로, 성한왕(星漢王), 또는 태조 성한왕 (太祖 星漢王)이라고 한다. 세한(勢漢), 열한(熱漢) 등으로 나타나기도 한다.《삼국사기》와《삼국유사》등 문 헌 사료에는 등장하지 않으며, 금석문에서 신라 김씨 왕조의 시조로 나타난다. 묘호는 태조이다.

졌는데, 사라졌다가 1100년이 지난 1796년경 경주에서 발견돼 청나라 유희해의 《해동금석원(海東金石苑)》에 탁본이 남아있고, 현재는 서울대학교에도 탁본이 남아있습니다. 그런데 그 이후에 탁본만 남고 비석은 또 사라져버렸습니다. 이후 잊혀져 있다가 1961년 경주 동부동 민가에서 비석 하단부가 기적적으로 발견돼 지금은 국립경주박물관에 소장되어 있습니다. 이 비석이 외롭게 진실을 말하고 있습니다."

"조선시대 모든 학자가 숨기려 했단 말입니까?"

"아닙니다. 진실을 밝히려고 노력한 분도 계십니다. 추사 김정희 선생입니다. 조선시대 금석문의 대가이신 추사 김정희 선생은 문무왕릉의 비문을 발견하고 엄청난 고민에 빠졌습니다. 그분은 조상이 흉노에서 왔다는 사실을 알고는 이것을 밝혀야 할지 말아야 할지에 대해 고민했습니다. 금석문 속에서는 김알지가 등장하지 않고 투후 김일제를 시조로 해서 성한왕을 신라 김씨 왕실의 첫 왕으로 모시고 있었기 때문입니다."

진국은 역사가 아니라 한 편의 드라마를 마주하는 것 같았다. 어떻게 수백 년 동안 진실을 숨길 수가 있었을까? 그리고 그 숨겨지고 왜곡된 역사가 오늘의 역사 서적 속에서도 아무렇지도 않게 버젓이 전해지고 있다는 말인가? 진국의 머릿속은 자꾸만 하얗게 비워져 갔다. 그는 정신을 차리고 다시 물었다.

"그러면 신라 왕실의 조상이라고 비석에 새겨져 있는 투후 김일제는 어떤 인물이었나요?"

차 박사는 한 사람의 진실된 눈동자를 보면서 가슴속에 쌓아두었던 한을 풀어내듯이 거침없이 열변을 토해냈다.

"그 당시 흉노는 한나라 유방을 굴복시켰는데, 유방은 굴욕적인 항복을 하고 자신의 딸을 흉노 선우에게 바치고 엄청난 공물까지 매년 바치는 굴욕을 당했습니다. 김일제는 흉노 휴저왕(休屠王)의 장남으로 흉노제국의 왕자였습니다. 그런데 기원전 122년 한나라의 총공격으로 흉노의 휴저왕은 전사하고 큰아들 김일제와 동생 김륜(金倫)이 어머니와 함께 한나라 군사에게 잡혀 포로로 장안으로 잡혀가게 됩니다. 이때 한나라에 포로로 잡혀 온 김일제의 나이는 열네 살이었습니다."

진국은 한무제에게 멸망 당한 흉노제국과 비슷한 시기에 역시 한무제에게 멸망 당한 우리의 고조선이 떠올랐다.

"교수님, 그러면 고조선의 멸망 시기와 흉노제국의 멸망 시기가 비슷한 것 아닌가요?"

"고조선과 흉노제국은 형제의 나라로 같은 북방 유목민족이었습니다. 고조선은 한반도와 만주 일대를 관리하고 그 서쪽은 흉노가 관리하면서 황허강 이북을 사이좋게 다스리고 있었습니다. 그런데 흉노제국을 멸망시킨 한무제는 그 여세를 몰아서 고조선을 공격합니다. 형제의 나라 흉노가 멸망한 지 14년 후인 기원전 108년에 고조선도 멸망하고, 한무제는 고조선 땅에 한사군(漢四郡)을 설치한 것입니다."

멀게만 느껴지던 흉노가 진국에게는 불현듯 같은 피를 나눈 형제처럼 따스하게 다가왔다. 흉노는 우리 고조선과 형제의 나라였던 것이다. 그런데 왜 후손들이 흉노를 야만인 취급하고 역사에서 밀어내게 되었을까 하는 씁쓸한 생각도 들었다. 진국이 흉노와 고조선에 대한 생각으로 깊이 침잠해가고 있을 때 차 박사가 말을 보탰다.

"한나라에 포로로 끌려와서 말 기르는 노예가 되었던 김일제는 우연히 한무제의 눈에 띄어 노예에서 해방되고, 그 후 한무제의 경호를 맡을 만큼 신임을 받았습니다. 김일제는 그에 보답이라도 하듯 목숨을 걸고 망하라(莽何羅) 등이 벌인 한무제 암살 시도를 막아 그 공으로 거기장군(車

騎將軍)이 되었고, 김씨 성을 하사받습니다. 김일제의 아버지인 휴저왕이 금인(金人)을 가지고 하늘에 제사 지냈던 일에서 비롯하여 '제천금인(祭天金人)'의 의미로 성을 김(金)으로 했다고 합니다. 이로써 김일제는 역사에 등장하는 최초의 김씨 성을 가진 사람이 되었습니다."

진국은 문무왕릉비에 나오는 투후 김일제가 실제 한나라의 역사책에 등장하는 실존 인물이었다는 사실이 믿기지 않았다. 우리가 역사책에서 배운 알에서 태어난 김알지가 단지 신화가 아니라 역사에 현존하는 김일제일 수 있다는 사실이 그를 흥분시키기에 충분했다. 진국은 떨리는 목소리로 물었다.

"그러면 김일제가 실존 인물이라면 그 후손에 대한 이야기도 기록에 나와 있습니까?"

진국의 질문에 차 박사는 담담하게 이야기를 풀어나갔다.

"한무제가 죽으면서 김일제와 곽광(霍光), 상관걸(上官桀) 등을 자신이 죽은 후에 어린 아들의 후견인으로 지목하여 어린 황제인 소제를 보필하게 했습니다. 김일제는 가문이 살아남기 위해서 목숨을 걸고 소제를 지켰습니다. 김일제의 충성심에 감동받은 소제와 곽광은 김일제가 병이 들어 죽기 직전 김일제를 산둥성 지역 투현(秅縣)을 봉지(封地)로 삼는 제후에 임명했으며 자손들이 그 관작을 이어받게 했습니다. 중국 산둥성 하택시 성무현 옥화묘촌은 김일제가 봉지로 받은 투현으로 현재 입구에 이 사실을 알리는 표지석이 남아있습니다. 투후 유적지에는 김일제를 기리던 사당(祠堂)인 투후사(秅侯祠)가 있었다고 하나 기록으로만 되어있고 현재는 남아있지 않습니다. 간쑤성 우웨이(武威)에 김일제의 동상이 세워져 있으며 '마신(馬神)'이라 전해져 내려오고 있습니다."

"중국에서 그렇게 잘나가던 김일제 후손들이 어떻게 신라로 오게 된 것일까요?"

진국은 그 역사적인 사실이 궁금했다. 김일제의 후손이 왜 이 먼 곳 신라까지 오게 되었는지. 차 박사는 진국의 궁금증을 양파 껍질 벗기듯이 하나하나 벗기기 시작했다.

"김일제는 꿈이 있었습니다. 자신은 비록 한나라에 잡혀 왔지만, 그가 한무제에게 충성을 다한 것은 흉노의 왕족을 보존하고 언젠가는 아버지 휴저왕을 죽인 한나라에 복수하고, 잃었던 흉노의 대제국을 다시 찾을 기회를 노리고 있었던 것입니다. 그러기 위해서는 힘을 기를 필요가 있었습니다. 그의 꿈은 김일제의 손자인 김당이 서서히 구현해 나가고 있었습니다."

진국은 입이 바싹 말라가고 있었다. 진국은 참지 못하고 물어봤다.

"그의 꿈이 실현되었나요?"

차 박사는 망설임 없이 대답했다.

"네, 실현되었습니다. 한나라를 무너뜨리고 흉노의 나라를 세웠습니다. 그것이 역사에서 말하는 신(新)나라입니다."

"우리가 역사에서 배운 신나라는 왕망[31]이 세운 나라로 알고 있습니다. 그러면 왕망과 김일제의 손자인 김당과는 어떤 관계입니까?"

"김당은 자신의 딸을 한나라 황제 원제(元帝)에게 시집보냅니다. 그 김당의 딸이 효원황후(孝元皇后)입니다. 원제가 갑자기 죽자, 효원황후의 아들은 어린 나이에 황제가 되는데 그가 성제(成帝)입니다. 중국 사서에 효원황후는 왕망의 고모라고 표현이 되어있습니다. 고모와 조카는 성이 같

---

31 왕망(王莽, 기원전 45~기원후 25년)은 한나라를 멸망시키고 신나라를 건국해 황제의 자리에 올랐다. 원래 이름이 김망(金莽)이라는 설이 유력하다. 자는 거군(巨君)이며 위군(魏郡) 원성현(元城縣) 사람이다.

아야 하는데, 김당의 딸인 효원황후는 김씨인데, 왜 왕망은 왕씨인지에 대해 많은 역사학자들이 의문을 품고 있습니다. 그래서 역사학자들은 한나라를 멸망시킨 민족이 흉노라는 것을 감추기 위해서 김망을 왕망으로 바꾼 것이라고 이야기하고 있습니다. 결론적으로 말하면 왕망은 김당의 손자인 김망이었습니다. 어쨌거나 우리도 역사 시간에 왕망으로 배웠기 때문에 김망을 왕망으로 부르겠습니다. 왕망은 고모의 도움으로 원제가 죽으면서 어린 황제의 섭정 자리에 오르게 되었습니다. 그 후 그는 김당과 손잡고 한나라를 무너뜨리고 신나라를 건국하게 된 것입니다. 신나라 황제에 오른 왕망은 투후 김일제의 무덤 앞에서 눈물을 흘리며 기뻐했다고 합니다."

김일제의 고손자 김망이 한나라를 무너뜨리고 신나라를 건국했다는 이야기에 진국은 온몸이 빨려 들어가는 것 같았다.

"그런데 왜 중국의 역사가들은 신나라를 일부러 폄훼하면서 인정하지 않는 걸까요?"

차 박사는 연구실 책장에서 먼지로 뒤덮였던 고서적들을 집어내 털어냈다.

"그것은 중국 사학자들의 자존심 때문일 것입니다. 중국이 흉노의 후손들에게 나라를 빼앗겼다고 생각하니 얼마나 자존심이 상했겠습니까? 한나라는 중국인들의 뿌리였습니다. 지금 그들이 사용하는 언어도 한나라의 글자인 한자(漢字)로 사용하고 있고, 그들의 민족을 당당하게 한족(漢族)이라고 부르고 있는 것만 봐도 한나라에 대한 중국인들의 존경이 얼마나 대단한 것인지 가늠할 수 있을 것입니다. 그런데 그들의 뿌리가 흉노에게 짓밟혔다고 생각하니 얼마나 자존심이 상했겠습니까? 그러나 그 신나라는 아직 지배계급인 흉노의 숫자가 적어서 한족의 봉기에 밀려 15년 후 무너지고 맙니다. 신나라는 서기 23년 후한(後漢) 광무제 유수(光武帝 劉秀)에게 멸망하죠. 후한을 세운 광무제는 한나라를 멸망시키고 신나라를 세운 김일제의 후손들을 철저하게 제거하기 시작했습니다. 흉노족에 대한 피비린내 나는 숙청이 시작되었습니다. 왕망의 어린 손자까지 한 명도 살려놓지 않고 멸족을 시킵니다. 김당은 죽기 전에 장손 김성(金星)을 불러놓고 온 가족을 데리고 남쪽으로 피신하라 합니다. 흉노 왕실의 피를 이어가야만 했습니다. 김성이 이 피난길에서 가슴에 간직한 것이 흉노 휴저왕의 상징인 작은 금인 동상이었습니다. 금과 은 등 귀중품과 무기를 챙겨 들고 가급적 중국과 멀리 떨어진 한반도 동쪽의 길로 행렬을 잡았습니다. 거기에서 도착한 곳이 한반도의 동쪽 끝 서라벌이었습니다. 김일제의 7대손인 김성이 성한왕(星漢王)으로 추존되어, 경주 김씨의 시조인 김알지(金閼智)가 되었으며, 김일제의 동생인 김륜(倫)의 5대손 김탕(湯)이 가야로 들어와 김해 김씨 시조인 김수로가 되었다고 합니다."

진국은 대하드라마와 같은 이야기 전개에 깊이 빠져들고 있었다.

"그러면 신나라가 멸망하고 후한이 들어선 후에 중국에서는 투후 김일제의 후손들이 남아있지 않습니까?"

"기록으로는 모두 사형시켜서 씨를 말렸다고 합니다. 죽지 않기 위해서는 한반도로 도망칠 수밖에 없었겠죠. 후한 광무제는 신나라를 세운 왕망을 소탕할 때 김일제 후손들이 이어받던 투후 작위를 박탈시켰고, 투후 김일제의 후손들은 살아남기 위해 동으로 동으로 이동하여 서라벌에 정착하게 된 것입니다."

"그러면 박혁거세가 세운 신라의 기존 토착민들은 그들을 받아들였다는 것인가요?"

"그들이 가져온 우수한 문화와 철제 무기들이 토착민들의 경외심을 불러일으켰을 것입니다. 당시 신라는 6부족 연합체로서 여섯 부족이 의논하면서 사이좋게 지냈습니다. 신라로 내려온 투후 김일제의 7대손 성한왕 김성이 서기 65년 신라에 도착하여 6부족 연맹체의 일원이 되면서 신라는 강력한 국가로 자리 잡게 된 것입니다."

"투후 김일제의 7대손 성한왕 김성이 신라의 왕이 되었다는 기록도 전혀 찾을 수 없었습니다."

"당연합니다. 김알지 즉 성한왕은 당시에 왕위에 있던 석탈해(昔脫解)가 차기 왕위에 추대했음도 불구하고 왕위에 오를 것을 사양했으니까요. 그는 신라에 살 수 있는 것만으로도 감사할 따름이라고 하면서 6부족 연맹체와 사이좋게 지냈습니다."

"언제부터 투후 김일제의 후손이 신라의 왕이 되었습니까?"

"성한왕 알지의 6대손 미추가 신라 최초의 김씨 왕이 되었으나 대를 잇지 못하고 동생 말구의 아들이 17대 내물마립간이 되어 대를 이어가니 그렇게 15대를 이어 30대 문무왕까지 이어진 것입니다. 알지부터 30대 문무왕까지의 혈통을 중심으로 계보를 따라가면《삼국사기》의 기록과 일치합니다."

진국은 차 박사가 이렇게 치밀하게 자료까지 준비해둔 것에 놀라지 않을 수가 없었다. 문무왕 비석의 기록과《삼국유사》의 기록을 비교 분석하여 문무왕 비석의 기록이 맞다는 것을 증명하고 싶은 그의 욕망이 진국을 감동시키고 있었다. 차 박사는 스마트폰을 꺼내《삼국유사》의 기록을 읽어나갔다.

《삼국유사》에 따르면, 신라 김씨의 시조(始祖)를 김알지(金閼智)라고 말하고 있다. 밤에 경주 월성(月城)의 시림(始林)에 큰 밝은 빛이 보였다.

자색 구름이 하늘로부터 땅으로 드리워지고, 황금으로 된 상자에서 빛이 나오고 있었으며, 또 나무 밑에서는 흰 닭이 울고 있었으므로 왕에게 알렸다. 석탈해 왕이 그 숲으로 행차하여 금궤를 열어보니, 사내아이가 누워 있다가 즉시 일어났다. 왕이 금궤를 수레에 싣고 대궐로 돌아오는데, 새와 짐승들이 서로 따라와 뛰놀고 춤추었다. 왕은 그 아이가 금궤에서 나왔다 하여 성(性)을 김씨(金氏)로 하였으며, 이름을 알지(閼智)라고 했다. 왕은 그 아이를 태자로 책봉했으나, 김알지는 왕위를 사양하고 왕위에 오르지 않았다. 알지는 열한(熱漢)을 낳고, 열한이 아도(阿都)를 낳고, 아도가 수류(首留)를 낳고, 수류가 욱부(郁部)를 낳고, 욱부가 구도(俱道)를 낳고, 구도가 미추(味鄒)를 낳았는데, 미추가 왕위에 오르니 신라의 김씨는 김알지로부터 시작되었다.[32]"

《삼국유사》의 내용은 우리가 역사 시간에 배운 내용 그대로였다. 진국은 조심스럽게 물었다.

"《삼국유사》에 나오는 김알지와 문무왕 비문에 나오는 성한왕은 어떤 관계입니까?"

차 박사는 호흡을 가다듬고 스마트폰 화면을 넘겨서 그가 연구한 기록을 읽어나갔다.

"《삼국사기》와《삼국유사》에는 성한왕의 기록은 나오지 않고, 모두 김씨 시조를 알지(閼智)라 하고, 그의 후손들이 미추(味鄒)로 이어져 김씨는

---

32 《삼국유사》김알지 탈해왕대(金閼智 脫解王代)
　　'永平三年庚申八月四日 瓠公夜行月城西里 見大光明於始林中(一作鳩林) 有紫雲從天垂地 雲中有黃金
　　櫃 掛於樹枝 光自櫃出 亦有白鷄鳴於樹下 以狀聞於王 駕幸其林 開櫃有童男 臥而卽起 如赫居世之故事
　　故因其言 以閼智名之 閼智卽鄕言小兒之稱也 抱載還闕 鳥獸相隨 喜躍 王擇吉日 冊位太子 後讓於婆娑
　　不卽王位 因金櫃而出 乃姓金氏 閼智生熱漢 漢生阿都 都生首留 留生郁部 部生俱道(一作仇刀) 道生未鄒
　　鄒卽王位 新羅金氏自閼智始'.

신라의 왕위를 이어가게 된다고 기록하고 있습니다. 그리고 김알지의 16대 후손이 문무왕입니다. 이는 문무왕 비문과《삼국유사》의 기록이 일치하는 것으로 비문에 나오는 성한왕이 결국《삼국유사》의 김알지와 동일 인물인 것입니다. 따라서 문무왕 비문은 신라 김씨 계보의 역사를 정확하게 기술하고 있는 것이라 할 수 있습니다. 조선시대 금석학의 대가인 추사 김정희도 같은 주장을 했습니다. 추사 김정희는 경주 김씨의 한 사람으로서 자신의 조상에 관한 문제이기 때문에 엄청난 고민을 했을 것입니다. 그러나 그는 학자적인 양심 고백으로《해동비고(海東碑攷)》에서 성한왕이 김알지라는 결론을 내렸습니다."

진국은 차 박사의 말에 쓸쓸한 표정을 지을 수밖에 없었다.

"추사 김정희 선생의 의견마저 성리학에 물들어 있던 유학자들에 의해 철저하게 묻혀 버렸군요."

소중화 사상에 젖어 있던 권위적인 유학자들이 자신들의 조상이 흉노족이라는 사실을 천년 동안 숨기며 살아온 것이다. 그러나 진실은 한겨울의 얼음 속을 뚫고 올라오는 새순처럼 모든 장애물을 뚫고 밝혀지기 마련이다. 아무리 거짓으로 덮으려 해도 진실을 영원히 가둘 수는 없었다. 진국은 자신의 가슴에 눈물이 맺히는 듯했다. 조상들의 응어리진 것이 눈물이 되어 가슴을 뚫고 올라오는 것 같았다. 차 박사는 진국의 감정을 가라앉히려는 듯 차분하게 말했다.

"계림의 금 궤짝에서 돌연 등장하는 신라 김씨 시조 김알지는 투후 김일제의 후손이었습니다. 그들은 자랑스럽게 흉노의 후손인 것을 유물로 남겼습니다. 또한 신라 왕들은 그들의 선조가 사용했던 유물을 그대로 사용했습니다. 그 대표적인 것이 동복(청동솥)이었습니다. 흉노족들이 사용한 것과 동일한 오르도스형 동복이 한반도 남부에서 출토됐습니다. 그들은 흉노의 후손임을 유물과 비문의 기록으로 자랑스럽게 남겼습니다. 그 진실을 왜곡한 것은 그들의 후손들이었습니다. 유학자 김부식과 그 후손들은 자신들의 조상을 철저하고 교묘하게 바꾼 것입니다."

진국은 얼굴이 달아오르기 시작했다. 천년 신라 왕국의 비밀이 한 꺼풀 밝혀지는 순간이었다. 진국은 차 박사에게 조심스럽게 물었다. 물론 철저한 고증을 통해 다큐멘터리로써 증명해내야 할 문제였다.

"그러면 김일제의 후손이 세운 신나라와 신라의 연관성이 밝혀졌습니까?"

"신나라 왕망 때 만든 화폐 왕망전(王莽錢) 가운데 하나인 화천(貨泉)[33]은 한반도의 남쪽 경주와 김해 무덤에서 대량으로 발굴되었고, 이천 년이 지난 지금도 화천이라는 동전은 우리나라에 많이 남아있습니다."

차 박사는 지갑 속에 간직하고 있던 동전을 진국에게 보여주었다.

"이것이 왕망이 만든 화천이라는 동전입니다. 왕망 후손들이 이 동전을 수레에 싣고 서라벌로 가지고 왔던 것입니다. 얼마나 많이 가져왔으면 이 귀중한 동전이 내 지갑 속에도 있는 것일까요?"

차 박사는 비닐 속에 있던 화천을 꺼내 진국에게 건넸다. 동전을 받는 순간 진국은 입을 다물 수가 없었다. 2000년이 지난 동전이 자신의 손 안에 있다니, 진국은 작은 동전 속에서 조상들의 울림을 느낄 수가 있었다. 진국이 신나라의 동전을 멍하게 쳐다보고 있을 때 차 박사가 말을 이었다.

---

33 신나라 황제 왕망이 화폐개혁을 하면서 서기 14년에 새로이 화천(貨泉)을 주조했다. 화천은 동전의 형태로 내부에 네모난 구멍(方孔)이 있고, 구멍의 오른쪽에 화(貨)자, 왼쪽에 천(泉)자가 배치되어 있다. 우리나라에서 화천이 출토된 유적의 예로는 채협총(彩篋塚)·정백리 1호분 등과 낙랑토성지를 들 수 있다. 남쪽으로는 제주도 산지항(山地巷)과 김해 회현리 패총에서도 출토된 바 있다. 특히 제주도 산지항에서는 오수전을 비롯해 화천 11점이 화포와 대천오십 등 다른 종류의 왕망전(王莽錢)과 함께 출토되었다. (출처) 《한국민족문화대백과사전》

"이 화천이라는 동전이 경주와 김해의 고분에서 대량으로 출토되었다는 것은 왕망과 정치 일선에 같이 참여했던 세력이 목숨을 건지기 위해 대륙 밖으로 이동한 흔적이라는 것이 학자들의 공통된 시각입니다."

"이 작은 동전 하나가 모든 것을 말해주고 있는 것 같습니다."

진국의 이 말에 차 박사는 목소리에 힘을 주었다.

"이것은 제가 학회에서 처음 발표했는데, 신라(新羅)라는 나라 이름을 글자 그대로 풀이하면 신(新)나라를 펼친다(羅)는 의미입니다. 신라는 신나라를 계승해서 그 뜻을 펼친다는 의미를 함축하고 있다고 저는 생각합니다."

진국은 저절로 고개를 끄덕거렸다.

"이 의미를 학회에서 정설로 받아들였다면 이미 저도 잘 알고 있었겠죠?"

"이 학설은 몇 년 전 중국 역사학회에서 발표했는데, 많은 중국 학자들이 공감을 표시했습니다. 그러나 우리나라 역사학자들은 인정하고 있지 않습니다. 그래서 제가 우리 역사학계의 이단아입니다."

차 박사는 쓸쓸한 미소를 지었다. 진국은 3개월 전, 베이징 특파원으로 있던 조명대 선배의 소개로 만났던 김술 교수가 신나라와 신라의 관계를 이야기한 것이 생각났다. 진국은 차 박사에게 확신을 심어주면서 말했다.

"저도 중국 청 황실의 후손에게서 신라가 신나라를 펼친다는 의미라고 이야기를 들은 적이 있습니다. 교수님의 이론이 중국 사람들에게 공감을 얻고 있다는 증표입니다."

진국은 차 박사를 존경의 눈으로 쳐다보았다.

'신라가 신나라 멸망 후에 그 후손들이 그 뜻을 펼치기 위해 남쪽으로

내려와 세운 국가라니!'

진국은 입술을 꼭 깨물었다. 그리고 화천을 가슴에 대어 보았다. 오래
된 동전 하나가 2000년의 이야기를 진국에게 전하고 있었다.

마의를 입은 태자, 신라를 떠나다

태자 김일이 신라를 떠나기로 한 날, 모든 백성이 통곡했다. 그 통곡 소리
는 남산을 돌아서 도당산에 울려 퍼졌다. 황룡사와 불국사에서는 떠나는
태자 김일에게 마음을 전달하기 위해서 스님들이 눈물을 흘리며 범종을
세게 때렸다. 임해전을 나서는 태자는 아름다운 월지를 한 번 더 쳐다보
았다. 아무런 미련 없이 떠나기로 했지만, 태자도 인간인지라 월지궁에서
의 추억들이 스님들의 범종 소리와 같이, 머릿속에서 파도가 치듯 밀려왔
다. 그를 따르는 자와 남는 자 모두 눈에 눈물을 글썽였다. 같이 있을 때는
죽일 듯이 싸웠지만 이제 떠나면 영원히 못 볼 것이라고 생각하니, 미움
도 원망도 사라졌다. 태자는 임해전을 떠나서 어머니께 마지막 작별 인사
를 위해 반월성을 찾았다. 어머니 죽방부인은 태자의 손을 꼭 부여잡았다.

"내가 너를 따라가고 싶지만 너에게 짐이 될 것 같아서 따라가지 못하
는 것이 한스럽구나."

"어마마마, 불효를 저지른 이놈을 용서해주시옵소서."

"무슨 말을 하느냐? 에미는 네가 자랑스럽다. 내가 송악으로 가더라도
소식을 꼭 전해주기 바란다."

죽방부인은 장롱 속에 숨겨두었던 보통이를 태자에게 전했다

"이 속에는 내가 간직하던 패물과 보석이 들어있다. 애미로서 너에게 할 수 있는 일이라고는 이것밖에 없구나. 네가 후일을 도모할 때 조금이라도 도움이 되고 싶구나. 필요할 때 사용하거라."

"어머님 감사하옵니다. 어머니의 큰 뜻을 따르겠사옵니다."

보자기에 든 것은 죽방부인이 시집올 때부터 지니던 금붙이와 비단과 보석들이었다. 태자는 참던 눈물이 쏟아졌다. 이것이 어머니와의 마지막이라고 생각하니 그의 가슴은 칼로 도려내는 듯한 아픔이 밀려왔다.

"어머님께 씻을 수 없는 아픔을 남겨드리는 이 불효자 놈을 용서해주시옵소서."

죽방부인은 눈물을 보이는 태자를 보며 가슴이 미어지는 것을 참으며 간신히 말했다

"태자는 약한 모습을 보이지 말지어다. 이제 태자는 천년 신라를 어깨에 지고 가야 할 운명이다. 어찌 사사로운 감정에 얽매여서야 큰일을 할 수 있겠는가?"

어머니의 차가운 말이 불같이 들끓던 태자의 가슴을 식혀주었다. 냉정을 찾은 태자는 어머니를 미소로 바라보았다.

"어머니의 뜻을 이해하지 못한 아들을 용서해주시옵소서. 소자 오늘 이후 어떤 일이 있더라도 눈물을 보이지 않겠나이다."

"울고 싶을 때는 홀로 밤에 달을 쳐다보고 마음껏 울어라. 가슴에 담아두면 병이 생긴다. 달님이 나라고 생각하고 달을 보고 가슴에 담았던 모든 것을 토해내고 눈물도 토해내거라. 그리고 가슴의 한을 달님에게 전달하고는 깨끗한 마음으로 다시 시작하거라. 가슴의 병이 생기면 몸의 병이 되느니라. 너를 따르는 사람들을 생각해서라도 건강을 챙겨야 한다."

"어머님 말씀 명심하겠습니다."

"그리고 고려의 낙랑공주를 잊지 마라. 공주는 송악에서 너를 지켜 줄 것이다. 공주가 시간을 벌어주는 사이에 힘을 길러야 한다. 아무도 우리 신라를 우습게 볼 수 없도록 힘을 길러야 한다."

태자는 어머님께 마지막 절을 올렸다. 죽방부인은 태자를 꼭 껴안았다. 그리고 둘은 한참 동안 말이 없었다. 반월성을 비추는 낮달만이 두 사람을 지켜보고 있었다.

태자는 마지막으로 아버지 경순왕을 찾았다. 아무리 미워도 아버지인지라 태자도 경순왕을 뵙기가 괴로웠다. 아버지 경순왕도 마찬가지였다. 아들을 설득할 수 없는 자신이 부끄럽고 미웠다. 태자는 경순왕에게 큰절을 올렸다. 미우나 고우나 자신을 이 세상에 나오게 해준 분이시다. 서로의 신념이 달라 헤어지지만, 부자의 정을 뗄 수야 없는 노릇이었다. 경순왕은 태자의 절을 받고도 말이 없었다. 무거운 침묵이 두 사람 사이에 흘렀다. 먼저 경순왕이 침묵을 깨고 말했다.

"태자는 짐이 원망스럽지?"

태자는 고개를 들고 경순왕을 쳐다보았다.

"아바마마, 이제 떠나는 마당에 무슨 미련이 남아있겠습니까? 소자는 소자의 길을 가고 아바마마는 아바마마의 길을 가시옵소서. 그동안 제가 아버님의 마음을 아프게 해드린 불효에 용서를 구하옵니다. 앞으로 아바마마의 몫까지 제가 해내는 것이 불효를 용서받고 효를 행하는 길이라 믿고 소자는 아바마마의 몫까지 목숨을 걸고 신라를 지키겠나이다."

"어디를 가려고 하느냐?"

"신라를 지키겠다는 무리가 아직은 많이 있사옵니다. 제가 그들을 이끌고 고려의 힘이 닿지 않는 곳으로 가서 힘을 기르겠나이다."

"고려 왕의 귀에는 들어가지 않도록 조심하거라. 나는 네가 속세의 인연을 끊고 중이 되기 위해 금강산에 들어간다고 했다."

"소문이 나지 않도록 조심스럽게 행동하겠습니다."

"너는 너대로 신라를 지키고, 나는 나대로 너를 지킬 것이야. 내가 비록 욕을 들어먹더라도 나는 적의 심장부에서 너를 지킬 것이다."

"저는 제가 지킬 것입니다."

태자는 단호하게 내뱉었다. 경순왕은 태자를 애처롭게 쳐다봤다.

"젊은 너의 용기와 배짱이 부럽다. 그러나 지금부터 내가 하는 말을 명심하기 바란다. 왕건의 의심을 풀어야 한다. 내가 왕건의 옆에서 너를 지킬 것이니, 너는 그동안 군사를 모아서 강력한 힘을 길러야 할 것이다. 힘이 있어야 사랑도 있고 베풀 수 있다. 내 말을 명심하기 바란다."

태자는 아버지 경순왕의 말이 맞지만 인정하고 싶지가 않았다. 태자는 한참을 생각하다가 무겁게 입을 열었다.

"아바마마께 마지막으로 부탁이 하나 있습니다."

경순왕은 아비로서 아들에게 해줄 수 있다는 것이 반가워서 엉겁결에 대답했다.

"무엇이든지 말하거라. 이 아비가 다 들어주마."

"낙랑공주를 부탁하나이다. 낙랑공주와 저는 이미 한 몸이 되었습니다. 그러나 저는 낙랑공주와 결혼할 수 없는 몸입니다. 낙랑은 절대로 다른 사람과 혼인하지 않을 거라고 합니다. 왕건이 계속 결혼하라고 고집하면 자결하겠다고 하옵니다. 아버님이 낙랑공주와 혼인하여 주십시오. 아버님이 저 대신에 낙랑을 잘 보살펴주시기 바랍니다."

"아비한테 무슨 말이냐? 패륜을 저지르라는 말이냐? 아들과 정혼한 여자와 아비가 혼인을 하라는 것은 나를 욕보이게 하려는 것이야?"

"아니옵니다. 아바마마, 아바마마께서 낙랑과 거짓으로 혼인을 하면 낙랑을 보호할 수 있다는 것입니다. 아버님이 저 대신에 낙랑을 며느리로 보호해 달라고 부탁드리는 것입니다. 아바마마께서 낙랑과 혼인을 하겠다고 고려 왕건에게 말씀드리면 고려 왕건은 거절하지 못할 것이옵니다. 그러시면 낙랑공주를 살리고 왕건의 환심도 살 수 있습니다. 지금 낙랑공주를 보호할 분은 아바마마밖에 없사옵니다."

"낙랑공주가 허락을 할까?"

"낙랑공주와는 이야기가 다 되었습니다. 아버님이 세상 사람들의 손가락질을 받더라도 저와 낙랑공주를 위해서 한 번만 부탁드립니다."

"세상의 손가락질은 이미 다 받았다. 모든 것은 내가 짊어지고 가겠다. 너의 뜻이 그렇다면 내가 너의 뜻을 따르마."

부자간의 마지막 저녁은 깊어갔다. 초롱불도 바람에 날리어 두 사람의 마음을 달래주고 있었다. 경순왕은 술잔을 아들에게 건넸다.

"이 잔이 아들과 하는 마지막 잔이구나. 너를 보내는 나의 마음은 찢어진다. 이 술이 나의 마음이다. 한잔 마시거라."

태자는 경순왕이 건네는 술을 단숨에 들이켰다. 독한 술이 태자의 가슴을 불같이 타고 내려갔다. 술 한 잔이 아버지의 마음이 그대로 전해지는 것 같았다. 태자는 일어나서 경순왕에게 큰절을 올렸다. 절을 하는 태자의 눈에 눈물이 소리 없이 흘렀다. 절을 받는 경순왕은 결국 참지 못하고 소리 내어 울었다. 경순왕의 울음소리가 반월성을 타고 흘러 황룡사의 부처님의 귀에도 들렸다.

경순왕이 개경으로 떠나기 전날, 태자 김일은 상복인 마의(麻衣)를 입고 곡을 하며 서라벌을 떠났다. 나라를 죽게 한 상주의 심정으로 상복을 입었다. 태자의 행렬을 보기 위해 모인 신라 백성은 태자의 행렬을 보고 울지 않은 이가 없었다. 태자를 따르는 사람은 수천 명에 이르렀다. 태자는 고려의 힘이 미치지 않는 개경의 반대편 금강산 쪽으로 방향을 잡았다. 설악산과 금강산은 천하의 요새로 방어하기가 좋고 산성을 쌓기에도 적합한 곳이었다. 덕주공주도 끝까지 오라버니를 따라가겠다고 고집을 부리니 막을 사람이 없었다. 결국 어머니 죽방부인이 덕주공주의 팔을 붙들었다.

"너마저 떠나면 나는 어떻게 살아가라는 말이냐? 네가 태자를 따라간다면 나도 따라나설 것이다."

어머니 죽방부인이 아픈 몸을 이끌고 따라나서려 하자, 덕주공주는 말했다.

"어머님, 소녀는 고려로 들어가서 고려의 왕실과 혼인하는 것이 죽기보다 싫습니다. 어머님은 아바마마를 따라가시옵소서."

"내가 어떻게 너를 두고 간단 말이냐?"

죽방부인은 울부짖었다. 덕주공주는 어머니의 손을 잡았다.

"어머님은 개경에 가시어 오라버니를 도와주셔야 합니다. 어머님께서 아픈 몸을 이끌고 오라버니를 따라가시면 오히려 오라버니의 길을 막는 것이나 다름없습니다."

죽방부인은 딸의 의지를 꺾지 못 한다는 것을 알고는 태자와 덕주공주를 놓아주었다. 그러나 둘이 막상 떠나려고 인사하자, 그렇게 강하던 죽방부인도 무너져내렸다. 이것이 마지막이라고 생각하니 오장육부가 소리 내어 통곡했다. 그리고 아들과 딸이 가는 모습을 끝까지 지켜보지 못하고 혼절했다.

태자를 따라서 금강산으로 향하는 행렬은 10리를 이루었다. 혼절한 어머니를 뒤로 하고 떠나는 태자와 덕주공주는 심장이 터지는 아픔을 누르고 긴 행렬을 이어갔다. 태자를 따르는 행렬은 갈수록 길어졌다. 그것이 백성의 마음이었다.

'이러한 백성의 마음을 왜 진작 읽지 못했을까?'

가슴을 치며 후회해도 이미 돌아올 수 없는 강이었다. 초겨울의 바람은 매서웠다. 생전에, 노숙을 해본 적이 없는 태자와 공주로서는 깔아놓은 볏짚 한 단으로 슬슬 올라오는 땅의 냉기를 감당하기가 쉽지 않았다. 그나마 태자는 무예로 단련된 몸이라 며칠을 참을 수가 있었지만, 곱게만 자란 덕주는 몸이 한계점에 다다랐다. 행렬은 느려졌다. 열흘 후, 제천의 월악산 부근에 도착했을 때 지친 덕주는 도저히 따라갈 수 없는 몸 상태였다. 태자는 덕주공주를 위해 산속의 절에 잠시 거처를 마련했다. 스님은 몸에 열이 나고 아무것도 먹지 못하는 덕주공주를 극진히 보살폈다. 덕주공주 때문에 행렬이 며칠이나 지체되고 있었다. 일주일이 지난 후, 정신이 돌아온 덕주공주는 태자에게 말했다.

"오라버니 제가 짐이 될 수는 없사옵니다. 저는 이 절에 머물러 오라버니를 위해 부처님께 기도드리겠습니다."

중이 되겠다는 동생의 말에 태자는 가슴이 무너져 내렸다

"네가 잠시 여기에 머물면 내가 자리를 잡은 후에 찾아오겠다. 조금만 여기에서 기다리거라."

"아니옵니다. 저는 이미 결심을 하였사옵니다. 아버님을 대신해 제가 조상들에게 사죄를 할 것이옵니다. 오라버니를 위해 제가 할 수 있는 일 역시 부처님께 기도드리는 방법 외에는 길이 없사옵니다."

태자는 말을 할 수가 없었다. 아름다운 동생이 중이 되겠다고 하는 말

은 가슴에 칼이 꽂히는 것 이상의 아픔이었다.

"이렇게 아름다운 너를 이 험한 산속의 중이 되게 할 수는 없다. 오라비는 너를 여기에 두고 가면 평생의 한으로 남을 것이다. 너를 이렇게 두고 다시 신라를 찾는다고 해도 무슨 소용이 있겠느냐?"

"오라버니, 소녀 때문에 약해지시면 아니 되옵니다. 오라버니를 따르는 저 수천 명의 소리를 들으셔야 하옵니다. 소녀는 속세의 인연을 끊고 부처님께 오라버니를 위해 매일 기도드리겠습니다. 오라버니가 신라를 다시 세우는 날에 저를 찾아와 주십시오. 그때는 소녀도 오라버니를 따라가겠사옵니다."

말없이 얼마의 시간이 흘렀을까. 덕주의 고집을 꺾을 수 없다는 것을 안 태자는 덕주를 꼭 껴안았다.

"내가 반드시 너를 찾으러 올 것이야. 그때까지 건강하게 이 오라비를 기다려라."

태자는 옆에서 울고 있는 덕주공주의 시녀 오월이에게 말했다.

"오월이는 공주님을 잘 보살펴 드려야 한다."

오월이 대답하기도 전에 공주가 먼저 말했다.

"오월이는 태자님을 따라가도록 해라. 나 대신에 나를 모시듯이 태자님을 모셔야 한다. 그리고."

태자는 덕주의 말을 자르고 소리쳤다.

"공주는 무슨 말을 하는 게냐? 오월이는 여기 남아서 당연히 공주를 보살펴야지."

"아니옵니다. 오라버니, 소녀 이미 중이 되려고 결심한 몸인데 중에게 시녀가 무슨 필요가 있겠습니까? 소녀의 마지막 청을 들어주시옵소서. 오월이를 보면서 저라고 생각하시옵소서. 오월이는 어릴 때부터 같이 자라

왔기 때문에 자매간이나 다름없습니다. 저를 대하듯이 오월이를 대해 주시기 바랍니다."

오월은 고개를 들지 못했다. 어릴 때부터 마음속에 품고 있던 태자를 모신다고 생각하니 자신도 모르게 가슴이 뜨거워졌다. 그러나 한편으로는 덕주를 혼자 깊은 산속에 남겨야 한다는 죄책감에 어찌할 줄을 몰랐다. 그때 덕주가 오월에게 다시 당부했다.

"오월아, 나는 이미 중이 되기로 결심했다. 중에게 시녀는 어울리지 않으니, 내 걱정은 하지 말고 태자님을 지극 정성으로 모셔야 한다."

오월은 참았던 울음을 터뜨렸다. 오월의 울음소리는 덕주도 태자도 이해할 수 없는 한스러운 울음이었다. 한참을 울고 난 후에 오월은 입을 열었다.

"공주마마의 뜻을 따르겠나이다. 소녀가 목숨을 걸고 공주님의 몫까지 해내겠습니다. 태자님 걱정은 하지 마시옵소서."

주위를 지켜보는 모든 이가 눈물을 삼켰다. 덕주공주를 절에 홀로 남겨두고 떠나는 태자의 발길은 쉬 떨어지지 않았다. 덕주공주는 하염없이 태자가 떠나는 모습을 지켜보고 있었다. 주지 스님은 동상처럼 서 있는 공주의 모습에서 부처님의 상을 발견하고, 후에 덕주공주가 서 있던 자리에 불상을 세운 뒤 마애여래입상(磨崖如來立像)[34]이라 이름 지었다.

---

34 덕주사 마애여래입상(磨崖如來立像). 보물 제406호.《동국여지승람》에 의하면 덕주사는 마의태자(麻衣太子)의 누이 덕주공주(德周公主)가 건립한 절이라고 하는데, 한국전쟁 때 불타버리고 지금은 절터만 남아있다. 마애불은 남쪽 화강암 벽면 가득히 부조되었는데, 얼굴과 어깨는 도드라지게 조각되었고 그 아래는 선각으로 간략하게 처리되었다.

송악으로 향하는 경순왕

935년 11월 경순왕이 백관을 거느리고 서라벌을 출발해 고려로 가는데 향나무 수레와 구슬로 장식한 말이 30여 리에 이어졌으나[35], 마의태자의 행렬과는 사뭇 분위기가 달랐다. 돌을 던지는 백성이 있는가 하면, 침을 뱉고 욕을 하는 백성이 대부분이었다. 고려 군사의 보호를 받으며 개경 길로 향하는 경순왕의 심정은 착잡했다. 935년 12월 고려 태조 왕건도 교외에 나와 경순왕을 영접하여 위로하며, 궁궐 동쪽의 제일 좋은 구역인 유화궁(柳花宮)을 하사하고, 관광순화위국공신(觀光順化衛國功臣) 상주국(上柱國) 낙랑왕(樂浪王) 정승(政丞)에 봉하고 식읍(食邑) 8000호를 주었다. 또 왕을 모시고 온 관원과 장수들도 모두 다 관직을 주어 등용했다. 신라를 경주로 고쳐 부르고 봉토로 삼도록 하고, 경주의 사심관에 임명하여 고려시대 사심관 제도의 시초가 되었다.

왕건은 경순왕에게 왕의 호칭을 허락하며 극진하게 대접했다. 왕건의

---

35 《삼국사기》 경순왕편.
  '王率百寮(왕솔백료) 發自王都(발자왕도) 歸于太祖(귀우태조) 香車寶馬連亘三十餘里(향차보마련궁삼십여리)'.

대접이 극진할수록 경순왕의 마음은 더욱 무거워졌다. 상심에 빠져 있는 경순왕에게 왕건은 큰 잔치를 베풀어 주고는 경순왕을 상석에 앉게 했다. 그러나 경순왕은 끝내 상석을 사양하며 왕건에게 신하의 예를 표했다. 왕건은 경순왕에게 술을 건네며 말했다.

"이제 신라와 고려는 하나가 되었습니다. 폐하의 용단 덕분에 삼한의 평화가 찾아왔습니다. 제가 폐하의 뜻을 잘 살려서 강력한 나라를 만들겠습니다."

왕건은 자신감이 넘쳤고 경순왕은 쪼그라지는 느낌이었다. 경순왕은 고개를 숙였다.

"이제 저를 폐하라고 부르지 말아 주시옵소서. 이미 신라는 사라졌습니다. 이제 고려의 나라이옵니다."

왕건은 흐뭇하게 바라보고는 말했다.

"그러면 무어라 호칭하면 좋으리까? 짐은 폐하를 마지막까지 신라의 황제로 모시고 싶습니다. 그러면 앞으로 고려의 태자보다도 높은 의미로 상왕으로 부르겠습니다. 괜찮겠사옵니까?"

"황공하옵니다."

왕건은 경순왕을 정승공(正承公)으로 봉하고, 고려 태자보다 높은 지위를 내렸으며, 봉록 1000석을 주었다.[36] 경순왕은 왕건의 관대함에 더욱 움츠러들었다. 왕건은 신하들 앞에서 말했다.

"이제 우리는 신라의 우수한 문화를 계승하고 아무도 넘볼 수 없는 강한 나라를 만들어야 한다. 그것이 나라를 우리에게 맡긴 신라의 황제께 보답하는 길이다. 여러분도 앞으로 나와 같이 신라의 황제를 모셔야 할

---

36 《삼국사기》 경순왕편 '封爲正承公(봉위정승공) 位在太子之上(위재태자지상) 給祿一千石(급록일천석)'.

것이다."

왕건은 신라 부흥을 내세우며 반란을 일으키는 무리를 제압하기 위해서 경순왕이 절대적으로 필요했다. 왕건은 경순왕을 지긋이 바라보았다.

"짐이 상왕께서 가장 원하시는 소원을 하나 들어주고 싶소이다. 무엇이든지 말씀해보소서."

경순왕은 이 자리에서 태자가 마지막으로 부탁했던 이야기가 떠올랐다. 경순왕은 잠시 머뭇거린 다음에 말했다.

"폐하께서 저의 소원을 하나 들어주신다면 청이 하나 있사옵니다. 제가 이제 오십에 접어들고 있는데 말씀드리기 민망하오나, 낙랑공주님의 미모에 반하여 잠을 이루지 못하고 있사옵니다. 신라와 고려가 하나 되는 의미로 낙랑공주와의 혼인을 허락하여 주시옵소서."

경순왕의 말을 듣고 왕건은 태자를 낚으려고 보낸 미끼에 경순왕이 걸려들었다고 생각하고는 헛웃음이 나왔다. 그래도 나이가 서른이나 차이가 나는 경순왕에게 자신이 가장 사랑하는 딸을 시집보낸다는 것이 한편으로는 마음이 아팠지만, 경순왕을 부마로 삼는다면 확실하게 신라의 부활세력들을 잠재우고 고려와 신라가 하나가 되는 계기로 삼을 수 있다고 생각했다. 그러나 낙랑공주가 마음에 걸릴 뿐이었다.

"상왕께서 부마가 된다면 이보다 더 큰 경사가 어디 있겠소? 짐이 낙랑공주를 설득해 보겠소. 하루만 시간을 주시기 바라오."

왕건은 늙은이가 자신의 가장 사랑하는 딸을 달라고 하는 것이 화가 나기도 했지만, 큰일을 위해서는 희생이 필요하다는 것을 알고 있었다.

낙랑공주와 경순왕, 눈물의 혼인식

태자가 상복인 마의를 입고 금강산으로 출발했다는 소식을 들은 낙랑공주는 가슴이 미어졌다. 태자를 따라서 산속으로 들어가고 싶었다. 그러나 일국의 공주이기 때문에 자신의 마음대로 할 수 있는 것이 하나도 없었다. 하염없이 눈물짓고 있는 낙랑공주의 처소에 왕건이 찾아왔다. 아무리 정치적인 야망이 있는 왕건이지만 자신이 가장 사랑하는 딸에게 나이 많은 경순왕에게 시집가라는 소리는 쉽게 입에서 떨어지지 않았다. 얼굴이 수척해진 낙랑을 보며 왕건은 조심스레 입을 떼었다.

"공주는 요즘 잘 지내고 있느냐? 아비가 바빠서 너를 잘 챙기지 못해서 미안하구나. 괜히 신라 태자의 마음을 잡으려고 너를 내세운 나 자신이 부끄럽다. 아비를 용서하거라."

낙랑의 마음은 온통 태자 김일의 생각밖에 없었다. 그러나 그녀의 감정을 숨긴 채 왕건에게 말했다.

"소녀는 아바마마를 이해하옵니다. 삼한의 통일을 위해서 목숨을 걸고 싸우신 것도 소녀는 알고 있사옵니다."

낙랑은 아버지를 안심시켜야 자신의 뜻을 관철시킬 수 있음을 알고 있었다. 이미 그녀에게 수없이 많은 개국공신의 자제들이 줄지어 청혼이 들어오는 상황이었다. 경순왕이 낙랑공주에게 청혼할 것이라고는 꿈에도 생각 못한 왕건은 낙랑을 누구에게 시집 보낼까 생각 중이었던 것이다. 경순왕의 이야기를 듣고 왕건도 고민을 많이 했다. 그런데 차마 경순왕에게 시집가라는 소리는 입에서 나오지 않았다. 낙랑이 먼저 입을 열었다.

"태자의 아버지 경순왕이 저에게 청혼했다는 이야기를 들었습니다. 저는 아버님의 딸이기 이전에 고려의 공주이옵니다. 고려를 위해서 제가 경순왕의 청혼을 받아들이겠습니다."

낙랑의 입에서 먼저 이야기가 나오자 왕건은 당황했다.

"너는 내가 가장 사랑하는 딸이다. 네가 반대하면 나는 시집보내지 않을 것이야."

"아니옵니다. 어차피 저는 신라의 며느리가 될 몸이었습니다. 아들에게서 버림받은 몸, 아버지께 시집가는 것이 무슨 허물이 되겠습니까? 소녀 아버님께 청이 하나 있사옵니다."

"말하거라. 무슨 청이든 들어주마."

"지금 말하지 않겠사옵니다. 다만 아버님께서 제 청은 무엇이든지 들어주신다고 지금 이 자리에서 약조만 하시면 되옵니다."

"그래 너의 청이면 내 무엇이든지 들어주마. 목숨을 내어놓으라면 내어주마. 되었느냐?"

"아바마마, 감사하옵니다."

"아니다. 내가 오히려 너에게 미안하고 고맙구나."

낙랑은 훗일을 대비해서 왕건에게 단단히 약속을 얻어냈던 것이다. 그것이 태자를 살리는 길이기 때문이었다.

왕건은 경순왕에게 궁궐 동쪽에 가장 좋은 집 한 채를 내려주고, 그에게 맏딸 낙랑공주를 시집보냈다.[37] 송악의 길거리마다 오색 물결로 뒤덮었으며 풍악 소리가 끝없이 이어졌다. 경순왕과 낙랑공주의 혼인식은 고려 최대의 행사였다. 왕건은 낙랑공주의 혼인날, 모든 백성에게 떡과 술을 돌렸으며 이제 완전히 신라와 고려가 하나가 되는 것을 축하하는 인파로 온 개경은 떠들썩했다. 그런데 정작 혼인의 주인공인 두 사람은 예외인 것 같았다. 경순왕은 예쁜 혼례복을 입은 낙랑공주의 눈물을 보았다. 경순왕의 가슴은 찢어졌다. 낙랑은 혼인식을 올리는 내내 태자 김일을 생각했다. 경순왕은 낙랑공주에게 말했다.

"공주, 이 기쁜 날에 눈물을 보이지 마시오. 내가 공주를 지켜드리리다."

"감사하옵나이다. 자꾸만 태자님이 생각나서 저도 모르게 눈물이 나왔습니다. 용서하여 주시옵소서."

"공주, 나도 태자만 생각하면 가슴이 무너져 내립니다. 이제 우리가 태자를 지켜야 합니다. 공주가 있어서 이곳 개경이 낯설지가 않는구려."

"소녀, 일편단심 태자님을 향한 마음은 죽기 전까지 변하지 않을 것입니다."

"태자는 내 아들이지만 참 부럽소이다. 이렇게 진실한 사랑을 간직한다는 것이 나라를 가진 것보다 더 위대하고 아름답다고 생각하오. 용기 있는 자가 미인을 얻는다는 말이 거짓이 아니었소. 나는 용기도 없고 배짱도 없어서 나라도 팔아먹고 아들마저 잃어버렸소. 나 자신이 공주 보기에 부끄럽소."

---

37 《삼국사기》 경순왕편 '太祖出郊迎勞(태조출교영로) 賜宮東甲第一區(사궁동갑제일구) 以長女樂浪公主妻之(이장녀 낙랑공주처지)'.

"아니옵니다. 폐하께서는 폐하의 길이 있고, 태자님에게는 태자님의 길이 있사옵니다. 폐하께서는 무모한 전쟁을 피해 백성을 죽음에서 구하였나이다."

"그것은 핑계에 불과하오. 나는 모든 과(過)를 안고 갈 것이요. 모든 공(功)은 태자에게 돌아가서 태자가 큰 뜻을 이루기를 바랄 뿐이요."

"태자님도 언젠가는 아버님을 이해하실 때가 있을 것이옵니다."

혼인식에 초대받은 귀족의 부인들은 수군거렸다.

"저 늙은 신라 왕은 참 배알도 없는 사람이야. 아들을 좋아하는 낙랑공주를 부인으로 달라고 청하니 참 뻔뻔스럽기도 하네요. 나라도 팔아먹고 여색에 빠져서 저 어린 공주를 데려가다니 짐승만도 못한 사람이야."

남 이야기 좋아하는 아낙네들의 입방아에 경순왕은 좋은 재료였다. 그 소리를 듣는 죽방부인은 자신의 남편이 이러한 모진 소리를 듣는 것까지 아들을 위해 감수한다고 생각을 하니 오히려 남편에게 미안한 생각이 들었다.

혼인식이 끝난 후, 낙랑공주는 죽방부인을 찾아서 큰절을 올렸다. 공식적으로는 죽방부인이 경순왕의 첫째 부인이고 낙랑공주가 둘째 부인이 되었다. 그러나 둘만 있을 때는 낙랑공주는 죽방부인에게 어머님이라고 불렀다.

"어머님, 오늘 혼인을 잘 마쳤사옵니다. 저는 태자님이랑 오늘 혼인했다고 생각하옵니다. 며느리의 절을 받으시옵소서."

절을 하고는 낙랑공주는 참았던 눈물이 쏟아졌다. 죽방부인은 낙랑공주의 마음을 아는지라 낙랑공주의 손을 꼭 잡아주었다.

"공주, 이렇게 기쁜 날에 눈물을 보이시다뇨?"

낙랑공주는 죽방부인의 품에 안기어 소리를 죽이며 펑펑 울었다. 죽방부인에게서 태자 김일의 향기가 났기 때문이었다. 죽방부인은 낙랑공주의 등을 부드럽게 두드렸다.

"말을 하지 않아도 다 압니다. 우리 태자를 이렇게 사랑해준다는 것이 이 에미로서는 고마울 따름입니다. 공주의 아름다운 마음이 반드시 태자에게 전해질 것입니다. 우리가 강하게 마음을 잡고 잘 견뎌야 합니다."

"어머님께서 원수의 딸을 이렇게 따뜻하게 받아주시니 감사할 따름입니다."

"원수의 딸이라뇨? 이제는 마음에 원수도 없고 미움도 없습니다."

낙랑공주는 떨리는 손으로 죽방부인을 꼭 껴안았다. 낙랑공주는 잠시 호흡을 가다듬고 죽방부인의 눈을 쳐다보며 말했다.

"어머님, 드릴 말씀이 있습니다."

"무엇이든지 말씀하세요."

"어머님, 입덧이 심해지는 것이, 제가 아기를 가진 것 같습니다."

죽방부인은 낙랑의 임신에 깜짝 놀랐다. 낙랑의 뱃속에 있는 아기는 분명 태자의 아기라는 생각이 들었다. 죽방부인이 놀라는 틈에 낙랑은 말을 이어갔다.

"어머님이 생각하시는 대로 이 아이는 태자님의 아기입니다."

"그래서 혼인식을 서둘렀군요. 제가 아무것도 모르고 도움을 드리지 못해서 미안합니다."

"어머님, 이제 저는 어머님의 며느리입니다. 저를 며느리로 받아주십시오. 저에게 말씀을 낮추시기 바랍니다."

"공주, 고맙소. 이제 공주의 진심을 알 것 같소. 내가 공주를 며느리가 아닌, 딸처럼 생각하겠소."

죽방부인의 말을 듣고 낙랑은 감정에 복받쳐 다시 울음이 터져 나왔다. 얼굴에 눈물로 뒤범벅이 된 낙랑은 죽방부인 품에 안겼다.

"어머님, 감사합니다."

죽방부인은 낙랑을 꼭 껴안으며 같은 여자로서의 운명을 생각했다.

'나는 낙랑공주처럼 저렇게 목숨 바쳐 사랑한 사람이 과연 있었는가?'

죽방부인은 한편으로는 낙랑이 부러웠다. 그리고 자신의 아들이 더욱 보고 싶어졌다. 죽방부인은 낙랑의 눈물을 닦아주었다.

"우리 둘 다 목숨을 바쳐 사랑할 사람이 있어서 행복합니다."

마의태자를 보고 싶어 하는 두 여인의 감정의 파동이 겹쳐지면서 둘이 하나가 되어 눈물이 흘러나왔다. 둘이 껴안고 눈물을 흘리고 있을 때 경순왕이 들어왔다. 경순왕은 죽방부인에게 조심스레 말했다.

"부인은 눈물을 멈추시고 매사에 조심하셔야 합니다. 주위에 눈이 많이 있습니다. 혹시라도 낙랑공주가 거짓으로 나와 혼인했다는 것이 탄로 나는 날에는 엄청난 파국이 생길 것이요. 부인께서는 낙랑공주를 작은 부인으로 대접해 주기를 바라오."

죽방부인은 눈물을 닦고 경순왕을 바라보았다.

"알고 있사옵니다. 그러나 같은 여자 입장에서 아들을 이토록 사랑하는 공주가 너무 안쓰러워 저도 모르게 눈물이 나왔습니다. 앞으로 조심하겠나이다."

경순왕은 낙랑공주를 쳐다보며 말했다.

"공주도 특별히 남의 눈을 조심하도록 하시오."

경순왕은 두 여인의 눈물을 알고 있었다. 그 눈물의 대상이 부러웠고, 자꾸만 자신은 작아지는 것처럼 느껴졌다.

개경에서 만난 경순왕과 견훤

왕건은 먼저 항복한 후백제의 견훤을 상보로 모시고, 신라의 경순왕을 상왕으로 깍듯하게 모셨다. 그러나 경순왕과 견훤은 서로가 서먹한 상태로 만나지를 않고 있었다. 경순왕은 견훤이 포석정에서 경애왕을 죽이고 황후를 능멸한 사건을 똑똑히 기억하고 있었기 때문이다. 왕건은 이 둘의 사이를 알고 화해를 주선했지만, 경순왕은 정중하게 사양했다. 그러던 어느 날 밤 견훤이 경순왕의 집을 찾아왔다. 나이가 칠십이 넘은 견훤은 자신의 잘못을 용서받고 싶었다. 경순왕은 집까지 찾아온 칠순 노인을 박절하게 거절할 수 없어서 받아들였다. 술상에 둘러앉은 두 사람은 서로 말이 없었다. 그 침묵의 순간에 둘은 이미 느낌을 주고받고 있었다. 침묵을 깨고 갑자기 견훤이 일어나서 경순왕에게 큰절을 했다. 그리고 흐느끼며 말했다.

"폐하, 이렇게 용서할 기회를 주셔서 감사드립니다. 인생이 이렇게 덧없음을 진즉에 알았어야 하는데 이렇게 죽을 때가 되어서 깨닫다니, 이 몸이 참 어리석은 놈입니다. 짐승보다 못한 놈을 꾸짖어 주십시오."

천하의 견훤이 갑자기 절을 하며 울면서 용서를 구하는 모습을 보고, 처음에는 경순왕도 당황했다.

"고개를 드시오. 나는 공에게 뭐라고 말할 자격이 없는 사람이오."

"아닙니다. 폐하, 저를 용서하여 주시옵소서. 제가 하늘에 죄를 짓고 이렇게 벌을 받고 있는 것입니다. 천년 신라의 사직을 농락한 죄를 이렇게 받고 있습니다. 제 자식에게 버림받고 자식에게 배반당한 짐승보다 못한 놈이옵니다. 제가 마지막 속죄하는 길은 제 손으로 이 불행의 고리를 끊고 싶사옵니다."

"나도 자식에게 버림받은 몸이외다. 나는 자식에게 부끄러운 아비올시다."

"폐하는 부럽사옵니다. 아들을 바르게 키우셨나이다. 신라의 태자님은 반드시 큰일을 하실 분이십니다. 저는 폐하가 부럽사옵니다."

"다 같은 처지요. 일어나서 나의 술잔을 받으시오."

경순왕은 분노도 복수심도 가슴에서 사라진 지 오래였다. 그 옛날 포석정에 쳐들어 와 포악한 짓을 해대던 폭군 견훤도 나이가 들어서, 이빨 빠진 호랑이처럼 초라하게 보였다. 모든 것이 덧없이 느껴졌다. 견훤은 진심으로 흐느끼고 있었다.

"소인은 소인이 뿌려놓은 죄악을 소인의 힘으로 정리하고 싶사옵니다."

"그게 무슨 말씀이오?"

"저를 배반한 제 아들 신검의 군사를 제 손으로 정리하는 것이 제 마지막 소원이옵니다. 폐하께서 저의 뜻을 고려 왕에게 전달하여 주시옵소서. 저는 하루빨리 이 땅에서 전쟁이 끝나게 하고 싶사옵니다. 저의 죄를 조금이나마 용서받고 싶은 심정이옵니다."

"아무리 그래도 어떻게 부자지간에 칼을 겨눌 수 있다는 말이요?"

"후백제의 군사들은 제가 나타나면 모두 무기를 버리고 항복할 것이옵니다. 이것이 살생을 줄이면서 전쟁을 끝낼 수 있는 길이옵니다. 폐하께서 저의 마지막 소원을 들어주시옵소서."

경순왕은 지금 자신보다 더 불쌍한 인간이 바로 눈앞에 있다는 사실에 조금 놀랐다. 자신의 말을 듣지 않는 태자 김일이 한편으로는 원망스러웠지만, 한편으로는 자랑스러웠다. 경순왕은 견훤의 고집을 꺾을 수 없음을 알고, 왕건에게 후백제를 향한 마지막 공격서에 견훤이 선봉에 서게 해달라고 부탁했다.《고려사》에는 견훤의 마지막을 다음과 같이 기록하고 있다.

936년(태조 19년) 2월에 견훤의 사위인 장군 박영규가 귀순하기를 청했다. 여름 6월에 견훤이 왕에게 청하기를 '이 늙은 몸이 멀리 창파를 건너 대왕에게로 온 것은 대왕의 위력을 빌어서 나의 못된 자식을 처단하려는 것뿐이었다'고 했다. 왕이 처음에는 때를 기다려서 군사 행동을 취하려 했으나 견훤의 간절한 요청을 가엾게 생각하여 그의 의견을 따랐다. 우선 정윤(태자) 무와 장군 희술을 시켜 보병과 기병 1만을 거느리고 천안부로 가게 했다.[38]

그러나 936년 고려의 공격으로 후백제가 멸망하자 견훤은 울분과 번민에 싸인 채 연산(連山)에서 등창으로 죽었다. 왕건은 개태사의 절을 지어서 그를 추모했다.

---

38 《고려사》태조
  '十九年 春二月 甄萱壻將軍 朴英規, 請內附. 夏六月 甄萱請曰, "老臣遠涉滄波, 來投聖化, 願仗威靈, 以誅賊子耳." 王初欲待時而動, 憐其固請, 乃從之. 先遣正胤 武, 將軍 述希, 領步騎一萬, 趣天安府'.

4

역사는 반복되는가

진국은 다큐멘터리를 제작하면서 역사를 둘러싼 데자뷰를 강렬하게 느꼈다.

'천년의 신라가 무력하게 무너지는 것과 오백 년의 조선이 싸워보지도 않고 역사에서 사라지는 모양새가 어떻게 이렇게 같을 수 있을까?'

경순왕이 왕건에게 나라를 갖다 바치는 모습에 구한말 고종의 모습이 오버랩됐다. 그리고 왕건과 이토 히로부미가 겹쳐졌다. 구한말 이토 히로부미는 한일합방에 반대하는 고종을 협박하면서 이렇게 말했다고 전해진다.

"신라 경순왕도 국운이 다했음을 알고 왕건에게 나라를 갖다 바치지 않았습니까?"

일본은 조선을 강제로 점령했을 때, 신라의 경순왕을 자주 언급했다. 일본 역사학자들이 신라를 역사적으로 이용했던 것이다. 이것이 식민지 사학의 태동이었다. 우리 역사를 식민지 지배에 이용하는 치밀하고 치졸한 전략이었다. 그러나 진국은 일제 식민지 사학의 오류를 다큐멘터리에서 밝히고 싶었다. 진국은 다큐멘터리 내레이션의 시작 부분을 정리했다.

"이토 히로부미는 신라가 저항 없이 고려에 제 나라를 갖다 바친 것처럼 이야기하지만, 사실은 달랐다. 그 투쟁의 중심에 마의태자가 있었다. 일제강점기 수많은 의병이 일어났던 것처럼 신라의 부흥 세력도 마의태자를 중심으로 목숨을 걸고 싸웠다. 신라의 태자는 구한말 고종의 아들, 순종처럼 굴복하지는 않았다. 그는 목숨을 걸고 왕건에 저항하고 신라의 부활을 꿈꾼 인물이었다. 마의태자가 있기에 신라는 부끄러운 나라가 아니었다."

진국은 마의태자를 다큐멘터리 중심에 놓고 싶었다. 역사에서 잊힌 그를 다시 살려내고 싶었다. 진국은 내레이션을 이어갔다.

"역사는 승자의 기록이다. 만일 우리가 해방되지 못하고 일제의 식민지로 남았다면 일제시대 우리 독립운동의 흔적은 완전히 지워졌을 것이다. 마찬가지로 신라를 강제 합병한 고려는 마의태자를 중심으로 한 신라 부흥운동을 역사의 기록에서 완전히 없애버렸다. 고려 입장에서 편찬한 《삼국사기》에서는 마의태자의 모습을 나약하게 그리며 '삼베옷을 입고 금강산에 들어가서 풀과 들 꿀을 먹고 살았다'고 적었다. 마의태자의 신라부흥운동에 대한 기록은 역사에서 완전히 지워버렸다.[39] 그러나 글자는 조작할 수 있지만, 역사적 흔적은 조작할 수 없는 것이다."

역사를 잊은 민족은 미래가 없다고 했다. 반복되는 역사 속에서 자신들만 예외일 것이라는 지도자의 착각이 나라를 망칠 뿐이다. 나라를 보존하는 것이 아니라, 자신의 목숨만 보존하려 했던 비운의 지도자가 경순왕과 고종이었다. 500년 조선을 일본에 갖다 바친 유약하고 비겁한 고종과 1000년의 신라를 왕건에게 내민 겁 많고 우유부단한 경순왕이 쌍둥이처럼 겹쳐지고 있었다.

---

39 《삼국사기》신라본기 경순왕 9년
　'王子哭泣辭王 徑歸皆骨山 倚巖爲屋 麻衣草食' : 왕자는 울면서 하직하고 떠나 곧바로 개골산에 들어가 바위에 의지하여 집을 삼고 삼베옷을 입고 풀을 먹으며 살다가 일생을 마쳤다.

187

'그들을 그렇게 유약하게 만든 이유가 무엇일까?'

진국은 궁금했다. 이상하게도 그들의 아버지는 엄청난 카리스마를 지닌 강한 아버지였지만, 왕위에 오르지는 못했다. 935년과 1910년 사이에서 역사가 되풀이되는 것 같았다.

'강한 아버지 흥선대원군과 효종랑, 그리고 겁 많고 유약한 마지막 왕 고종과 경순왕의 비극은 반복되고 있는 것인가?'

나라의 지도자가 얼마나 중요한가를 역사는 말해주고 있었다. 진국은 오늘의 정치 상황 역시 조금도 변하지 않았다고 생각하니 쓸쓸함이 치밀어올랐다. 그러니 지도자는 역사를 두려워해야만 한다. 어차피 영원히 살 수 없는 인생에 영원히 남는 역사의 기록에 지도자는 목숨을 걸 용기가 있어야 한다. 역사는 거짓말을 하지 않기 때문이다. 마의태자의 기록과 일제강점기 독립운동가들의 흔적이 그들을 존경받게 하는 이유를 만들고 있다. 마의태자의 신라부흥운동도 고려가 끝나고 조선이 들어선 후에야 학자들에 의해 발굴됐다. 마의태자 유적지가 강원도 인제군 설악산 기슭에 있다고 처음 밝힌 이는 18세기 유명한 실학자 이규경(李圭景)[40]이었다. 진국은 다큐멘터리의 마의태자 관련 내레이션을 이렇게 마무리지었다.

"역사에서 정의와 진리는 아무리 감추려 해도 태양이 어둠을 몰아내듯 후세에 빛이 되어 나타나는 것이다."

---

40 이규경은 할아버지 이덕무의 학통을 이어받아 당시 팽배해 있던 실학의 학풍에 깊이 심취하여 일평생 벼슬을 하지 않고 실학을 집대성함으로써 대실학자이자 박물학자가 되었다. (출처) 한국학중앙연구원, 《한국향토문화전자대전》

한계산성의 결의

태자 김일은 덕주공주를 제천에 남겨둔 채 눈물의 행진을 계속했다. 신라의 죽음을 애도하며 상복을 입고 곡을 하며 강원도로 향하는 행렬에 합류하는 사람이 자꾸만 늘어났다. 그것이 민심이었다. 미리 선발대로 떠난 맹장군 일행이 태자에게 보고했다.

"태자마마, 저희들이 금강산과 설악산 일대를 둘러보았사온데, 설악산 기슭의 인제가 가장 적당한 곳이라 사료되옵니다. 인제는 사방이 깊은 산으로 둘러싸인 천혜의 방어기지로 적이 쳐들어오더라도 적은 병사로 적을 물리칠 수 있는 곳입니다. 그리고 인제는 고려 왕건이 있는 서쪽 개경과는 정반대 위치의 동해안에 인접한 곳으로 아직까지 고려의 힘이 미치지 않는 곳이옵니다. 군사 이천 명이 부족하지만 먹을 수 있는 산속의 농지도 있고 밭도 있어서 자급자족할 수가 있사옵니다."

태자는 맹장군의 보고를 받고 인제를 신라 부활의 거점으로 삼기로 결정했다. 태자는 그를 따르는 무리를 향해 큰 소리로 말했다.

"우리는 인제에서 신라 부활의 신호를 올릴 것이다. 깊은 산속이라 모든 것이 불편할 것이다. 그러나 우리의 뜻만 모이면 언젠가는 신라의 부활을 여러분의 손으로 만들 수 있다. 새로 만들어지는 신라는 여러분의 나라가 될 것이다. 신분의 차이도 없을 것이며, 여러분의 의견을 받들어서 새로운 신라를 만들어낼 것이다. 나를 믿고 따라준 여러분을 위해 나는 목숨을 걸고 여러분을 지킬 것이다."

태자의 목소리는 힘이 넘쳤다. 태자를 따르는 무리들은 함성으로 대답했다. 태자는 다짐했다.

'이 사람들과 함께 새로운 세상을 만들자. 목숨을 함께하는 이 사람들만 있으면 무슨 일이든 할 수 있을 것이다.'

태자는 할아버지께서 주신 금인(金人)의 동상을 꺼내어서 높이 들었다. 그리고 소리쳤다.

"이것은 우리 신라 왕실대대로 내려오는 제천금인의 동상이다. 이 금인이 하늘에서부터 우리를 지켜줄 것이다. 이 금인이 신라를 지킬 것이다!"

백성은 환호성을 질렀다. 태자는 그에 대답이라도 하듯이 목청껏 소리쳤다.

"신라를 사랑하고, 신라를 생각하자!"

모두 태자를 따라 소리쳤다.

"신라를 사랑하고, 신라를 생각하자!"

이때부터 태자는 애신각라(愛新覺羅)를 가슴에 품었다. 그날 그는 자신의 가슴에 새긴다는 의미로 할아버지가 주신 제천금인의 동상에 '애신각라'라고 새겨 넣었다. 그리고 애신각라가 새겨진 금인의 동상을 조상의 위패 앞에 모시고 섬겼다.

인제에 도착한 태자는 산속에 논밭을 개간하기 시작했다. 병사들과 화랑들도 농번기에는 칼 대신 쟁기와 호미를 들고 농사일을 거들었다. 태자가 직접 모범을 보이면서 물이 흐르는 계곡 옆에는 논을 만들고 산속의 밭에는 밭작물을 심었다. 물질적으로 부족하지만, 마음만은 모두가 넉넉했다. 태자의 소문을 듣고 인제로 향하는 백성들이 늘어났다. 태자는 신라의 옥새를 바위 밑에 묻으면서 다짐했다

"새 나라를 만들어 반드시 이 옥새를 되찾으리라."

옥새를 바위 밑에 묻는 태자의 심정은 비장했다. 옥새를 묻을 때 울지 않은 사람이 없었다. 사람들은 옥새를 묻은 바위를 '옥새바위'라 부르며, 그 바위를 지나갈 때마다 결의를 다지면서 약해지는 마음을 다잡곤 했다. 태자는 1년 동안 체제를 갖추기 시작했다. 맹장군은 화랑의 우두머리로 군사훈련을 맡았으며, 어린이를 위한 서당과 아낙네들의 길쌈도 만들었다. 아직 고려와 싸우기에는 힘이 부족하다고 느낀 태자는 고려 조정에 알려지지 않도록 보안에 각별히 신경을 썼다.

한편 점령지 후백제와 신라의 서라벌에서 반란 세력이 곳곳에서 일어나서 고려의 군사들을 괴롭히고 있었다. 고려 군사들은 그들을 진압하기 위해서 군사를 그쪽으로 집결시켰다. 고려 조정에서는 태자 김일은 금강산으로 가서 중이 되었다고 믿었기 때문에 강원도 산골에 신경을 쓰지 않았다. 고려군은 계속되는 서라벌의 반란 세력을 진압하기 위해 중대한 결심을 했다. 서라벌에서 계속적으로 반란 세력이 일어난다는 보고를 받은 왕건은 근엄하게 말했다.

"신라 반란군의 제거를 위해서 서라벌을 불태우고, 서라벌의 이름을 없애고 신라의 사람들도 모두 '경주'로 부르게 하라. 천년고도 서라벌이 불타는 것은 안타까우나, 하나의 나라를 위해서는 어쩔 수가 없는 일이다."

경순왕이 항복했음에도 왕건은 1000년의 역사를 지닌 신라가 부활하는 것을 두려워했다. 그는 서라벌을 완전히 불태움으로써 신라 잔영을 완

전히 없애고 싶었다. 서라벌 반란 세력의 기를 꺾고 잔당을 없애기 위해 고려군은 반월성과 임해전 그리고 황룡사까지 불태워버렸다. 이로써 찬란했던 문화는 완전히 사라지고 터만 남게 되었다. 고려 왕건은 서라벌을 불태우고 그곳에 남아있던 사람들을 이주시키기 시작했다. 마지막까지 고려군과 싸우던 신라의 저항 세력은 태자의 소문을 듣고 강원도로 이동하기 시작했다. 반란군의 우두머리가 태자를 찾아왔다.

"태자마마, 서라벌의 모든 것이 사라졌습니다. 저들이 서라벌을 불바다로 만들었습니다."

"궁궐이 모두 타버렸다는 말인가?"

"천년을 이어오던 반월성뿐 아니라, 태자님이 계시던 임해전마저 완전히 불타버렸습니다."

태자는 다시 한번 임해전을 생각했고, 아름다운 월지를 떠올렸다. 월지 호수에 배를 띄우던 추억과 월지 주변의 목근화가 생각났고, 목근화를 좋아하던 낙랑공주가 떠올랐다. 그러나 이내 태자는 머리를 세차게 흔들었다. 자신을 따르는 이 많은 사람을 생각하면서 그의 모든 추억을 가슴에서 비워내기로 했다. 태자를 따르는 무리는 갈수록 늘었다. 2년이 지나면서 어느 정도 체계가 갖추어졌다고 판단한 맹장군은 태자에게 청했다.

"태자마마, 이제 국가의 틀을 갖추었다고 소장은 판단하옵니다. 이제 대왕의 자리에 오르셔서 왕관을 받으셔야 하옵니다."

하지만 태자는 단호했다.

"아직 아바마마가 살아 계신데 어찌하여 저더러 불효자가 되라고 하십니까? 저는 신라를 되찾고 아버님께 왕관을 돌려드리고 싶습니다."

"태자마마의 효심은 잘 알고 있사옵니다만 백성의 소리에도 귀를 기울여 주시옵소서."

"아직 때가 이르지 않았습니다. 조금만 더 기다려 주십시오."

맹장군은 태자의 고집을 꺾을 수 없음을 알고 물러 나왔다. 그러나 인제의 백성들은 이미 태자를 대왕으로 칭하고 있었다. 그래서 태자가 머물던 곳이 아직도 '대왕마을'로 전해지고 있는 것이다. 세월이 흐르면서 신라를 되찾기 위한 규모를 서서히 갖추고 있었다. 대왕마을이 적의 침입에 허술하다고 판단한 마의태자는 고려의 공격에 대비해 산성을 쌓기로 결정했다. 맹장군이 태자에게 아뢰었다.

"이곳 인제는 고려군의 대규모 침략이 있으면 작은 규모의 병사로 방어하기에 아직 위험하옵니다. 제가 살펴본 바로 설악산 기슭의 절벽에 산성을 쌓으면 적의 공격을 물리칠 수가 있다고 사료되옵니다."

"그러면 이곳 인제를 1차 방어기지로 하고, 이곳이 위험하다고 판단하면 그 산성으로 대피해서 끝까지 싸울 수가 있겠습니다. 그곳에서는 얼마까지 버틸 수가 있겠습니까?"

"산성에 우물도 파고 식량을 비축한다면 지금의 백성이 석 달을 버틸 수가 있사옵니다."

"만약에 석 달을 버티면 그 후는 어떻게 합니까?"

"석 달 동안 산성 뒤로 길을 만들어 북쪽으로 이동할 수가 있사옵니다. 그것은 최악의 상황을 준비한 것입니다."

"그렇습니다. 저들의 대규모 공습 이전에 우리가 먼저 힘을 길러 선제공격을 해야 합니다."

"마마, 빠른 시일 내에 공격할 수 있는 힘을 기르겠나이다."

"우리가 준비되기 전에 적의 공격이 있으면 위험합니다. 각별히 보안에 신경 쓰셔야 합니다."

"명심하겠사옵니다."

대왕마을 목근화의 슬픈 이야기

태자가 마지막 방어기지로 만든 것이 한계산성이었다. 한계산성이 완성된 이후에 태자 김일을 따르는 무리가 3000명에 이르렀다. 태자가 꿈꾸는 세상은 신분제를 뛰어넘는 새로운 신라를 만드는 것이었다. 태자는 신라가 망한 가장 큰 이유가 골품제에 있다고 생각했다. 태자는 한계산성을 완성한 후에 고생한 백성들에게 선포하듯 전했다.

"이제 우리는 성골도 없고 진골도 없다. 우리는 백성을 하늘로 받드는 민본의 나라를 만들 것이다. 위기에 처하면 나부터 먼저 목숨을 내어놓을 것이니, 모두 마음을 하나로 모아서 새로운 나라를 만들자. 나는 백성 위에 군림하는 왕이 아니라, 백성들을 위해 목숨을 바치는 왕이 되겠다."

대왕마을에서 지내는 동안 태자의 마음 한구석은 항상 허전했다. 어느 날 산에서 내려오는데 목근화가 태자의 눈을 사로잡았다. 태자는 목근화 옆에 앉아 한참을 움직이지 못했다. 옆에서 시중을 들던 오월이 태자에게 물었다.

"태자마마, 목근화를 좋아하시옵니까?"

태자는 비밀이 탄로 난 소년처럼 얼떨결에 대답했다.

"응 그래, 목근화가 아름답네."

태자는 목근화를 보면서 낙랑을 생각하고 있었는데, 오월은 그것도 모르고 태자가 좋아하는 목근화를 자신도 사랑하게 되었다. 덕주공주의 시녀 오월은 마의태자를 지극 정성으로 모셨다. 태자가 목근화를 좋아한 다는 사실을 안 오월은 목근화 한 그루 한 그루를 매일 심기 시작했다. 태 자는 지친 날마다 목근화를 보면서 낙랑을 생각했고, 오월은 목근화를 보 면서 태자를 생각했다. 머지않아 대왕마을은 목근화로 뒤덮이게 되었다. 목근화가 활짝 피면 대왕마을 사람들도 목근화를 보면서 즐거워했다. 목 근화가 활짝 핀 어느 날 태자는 오월에게 물었다.

"목근화를 왜 매일 심었느냐?"

오월은 부끄러워하며 대답했다.

"태자님께서 목근화를 좋아하신다기에 제가 산에서 매일 목근화를 한 그루씩 캐어와서 심었습니다."

태자는 오월이를 물끄러미 쳐다보았다.

"너도 목근화가 좋으냐?"

"소녀는 하루 양식을 위해서 과일이 열리는 나무가 좋지만, 태자님이 목근화를 좋아하시니까 저도 모르게 좋아지게 되었습니다."

"목근화를 이렇게 많이 심어줘서 고맙다."

"저는 태자님을 위해서 뭐든 할 수 있습니다. 덕주공주님께서 꼭 부탁 하셨기 때문입니다."

오월은 덕주공주의 핑계를 대고 자신의 마음을 숨길 수 있었다. 그녀 는 혼자 생각했다.

'저는 옆에서 태자님을 모실 수 있어서 정말 행복합니다. 태자님이 저 에게 눈길 한 번 주지 않으셔도 저는 영원히 태자님을 지킬 것입니다.'

오월이 혼자 생각하면서 행복한 미소를 짓자, 태자가 말했다.

"우리 오월이는 항상 행복해 보여서 좋구나."

오월의 얼굴은 저녁노을처럼 붉어졌다. 붉은 저녁노을이 두 사람을 감싸고 있었다.

마의태자의 아들, 김함보의 탄생

낙랑은 출산의 고통을 기쁨으로 승화시키고 있었다. 사랑하는 사람의 아기를 마주한다는 기쁨에 산고는 사라졌다. 아기를 낳는 순간에 낙랑은 태자 김일만 생각했다. 아기의 우렁찬 울음소리와 함께 죽방부인의 기쁜 목소리가 낙랑의 귓가에 아른거렸다.

"아들입니다!"

죽방부인은 아기를 낙랑에게 안겼다. 아기를 가슴에 품는 순간 낙랑의 눈에는 눈물이 핑 돌았다. 주위 사람을 모두 물리친 다음, 낙랑은 죽방부인에게 말했다.

"어머님, 태자님을 이제야 뵐 면목이 세워졌습니다. 어머님 감사합니다."

낙랑은 죽방부인의 가슴에 얼굴을 묻고 참았던 눈물을 쏟아냈다. 죽방부인은 낙랑의 등을 어루만졌다.

"부처님의 보살핌입니다. 공주님의 지극정성에 하늘도 감동했나 봅니다."

낙랑은 임신 후 몇 번의 고비를 넘겼다. 그때마다 낙랑은 강한 집념으로 아기를 지켜냈다. 아들이 태어났다는 소식을 듣고 경순왕이 낙랑을 찾아왔다. 아기를 가슴에 받아든 경순왕의 심정은 착잡했다. 주위 사람을 의식한 듯 경순왕은 낙랑에게 말했다.

"부인, 고생하셨소."

왕건도 낙랑공주가 아들을 낳았다는 소식을 듣고는 크게 기뻐했다. 아기의 백일 때는 잔치를 크게 베풀고 낙랑과 경순왕을 궁으로 초대했다. 아기를 안고 낙랑과 경순왕은 왕건을 찾아뵈었다. 왕건은 아기를 조심스럽게 안았다.

"이놈의 눈을 좀 봐요. 아주 장군감으로 생겼어요. 앞으로 우리 고려를 위하여 큰일을 할 인물이요."

경순왕은 대답했다.

"폐하의 은덕으로 생각하옵니다."

"이제 이 아기가 진정으로 고려와 신라를 이어주는 다리가 되었구료. 이제 상보께서는 이 아이로 인하여 고려의 상왕이 되었소이다. 공주야, 고생 많았다. 네가 진심으로 이 아비를 위하고 고려를 위해서 큰일을 하였구나. 내가 너에게 큰 상을 내리고 싶다. 원하는 것을 말하여 보거라."

"아니옵니다. 아바마마."

"아니다. 말하거라. 내가 무엇이든 들어주마."

"그러하오면 소녀 아버님께 청이 하나 있사옵니다."

"너의 청이라면 내가 못 들어 줄 것이 무엇이 있겠느냐? 어서 말하거라."

낙랑은 이제는 왕건에게 이야기할 때가 되었다고 생각하고 입을 열었다.

"소녀가 듣기에 신라의 태자님이 속세에 인연을 끊으시고 강원도의 깊은 산속으로 들어가셨는데, 신라의 반란군들이 태자님을 부추기고 있다고 들었사옵니다. 태자님은 아버님이신 상왕께도 분명히 약속하셨습니다. 속세에 인연을 끊으신다고."

왕건이 낙랑의 말을 끊고 말했다.

"그러지 않아도 내가 고민이 많다. 후백제와 신라의 반란군들이 곳곳에서 봉기하고 있으니 신경을 쓰지 않을 수가 없지 않겠느냐? 신라의 반란군들이 태자의 이름을 팔고 있다고 보고를 받고 있다."

낙랑이 강하게 말했다.

"아바마마, 신라의 태자님은 속세의 인연을 끊고 금강산으로 들어가 중이 된다고 약속하셨습니다. 모든 것을 버리고 고려와 하나가 되려고 노력하시는 상왕을 봐서라도 태자를 지켜주셔야 하옵니다. 저에게 약조하여 주시옵소서. 이 새로 태어난 아들이 신라와 고려를 잇는 다리 역할을 할 것이니, 절대로 태자님은 건드리지 않으시겠다고 약조하여 주시옵소서."

"오냐, 내가 공주에게 약조를 하마."

낙랑은 왕건에게 붓과 벼루를 내밀었다.

"아바마마의 증표가 필요하옵니다. 저들이 아바마마의 말씀을 믿지 않으면 보여줄 증표가 필요하옵니다."

왕건은 경순왕을 돌아보며 물었다.

"상왕께서도 같은 생각이십니까?"

"공주님의 이번 청은 저에게도 말씀하시지 않았습니다."

왕건은 크게 한 번 웃고는 낙랑에게 말했다.

"그래, 내가 이 아기의 출생 선물로 너에게 증표를 남겨주마."

왕건은 신라의 태자를 보호해야 한다는 문서를 남기고 대왕의 수결(手決)로 확인했다.

"아바마마, 감사하옵니다. 이 증표가 사용되지 않기를 소녀는 간절히 기도드립니다."

태자를 끝까지 보호하려는 낙랑의 마음에 왕건도 경순왕도 미안함을 느꼈다. 태어난 아기의 이름을 '김행'이라 하고, 불심이 깊은 죽방부인과 낙랑공주는 큰 절을 찾아가서 아기의 안녕과 행운을 위해 큰스님에게 법명을 받았다. 아기의 법명은 '함보(函普)'였다. 그래서 아기는 어릴 때 함보로 불렸다. 그가 나중에 금나라의 시조로 일컬어지는 김함보였다.

낙랑공주의 편지

낙랑은 함보의 탄생을 태자에게 알리고 싶었다. 편지를 쓰려고 붓을 들었지만, 태자의 얼굴이 떠올라 눈물이 먼저 흘렀다. 편지를 쓰는 낙랑의 손은 가냘프게 떨렸다.

"지나가는 바람에도 태자님이 보입니다. 그리움이 사무치면 사랑이 더욱 깊어질 줄 몰랐습니다. 이름 없는 들꽃 속에도 태자님이 보이고, 바람에 일렁이는 나뭇잎에서도 태자님이 보입니다. 그리움에 목말라 하는 제 영혼이 태자님 생각에 가슴이 뛰옵니다. 그리움이 제 인생의 전부가 되었습니다. 태자님, 보고 싶습니다."

낙랑은 가슴의 한을 글로 표현하니 눈물이 더욱 솟구쳤다. 눈물 한 방울이 종이에 떨어졌다. 낙랑은 편지를 계속 이어갔다.

"태자님이 보고 싶을 때마다 목근화를 심었더니 목근화가 바다를 이루었습니다. 그리움이 사무치면 그리움이 사라진다고 하옵니다. 그리움이 쌓일수록 사랑이 깊어지는 것은 저도 감당하기가 힘드옵니다. 보고 싶다는 말을 수천 번 외치면 지쳐서 잠이 듭니다. 꿈속이라도 태자님을 뵙고 싶어 일찍 잠자리에 들지만, 잠은 오지 않고 외로움이 찾아옵니다. 멀리 떨어져 계신 거리 만큼 외로움은 깊어집니다. 언젠가는 태자님을 뵐 수 있다는 희망으로 하루하루를 살고 있습니다. 태자님을 뵈올 때 태자님께서 이 세상에서 가장 좋아하실 선물을 예쁘게 키우고 있습니다. 태자님의 아들입니다. 이름은 김행이고, 법명은 함보라 하였습니다. 함보가 태자님의 뜻을 이으려는지 학문과 무예를 게을리 하지 않습니다. 태자님이 보고 싶을 때마다 함보를 보면, 그 속에 태자님이 계셨습니다. 함보가 태자님과 저를 이어주는 든든한 끈이 되었습니다. 함보가 있어 모든 것을 이겨낼 수 있습니다. 태자님이 같은 하늘 아래 계셔주셔서 감사드립니다. 보고 싶습니다. 사랑합니다."

편지에는 낙랑의 절절한 심정이 담겼다. 편지에 눈물 자국이 함께 남아있었다. 낙랑은 편지와 함께 예쁜 목근화를 같이 넣었다. 목근화의 향기가 태자에게 전해지기를 바라는 심정이었다. 낙랑은 몰래 사람을 시켜 강원도 인제에 있는 태자에게 편지와 함께 식량과 약재를 보냈다.

도라산에 오른 경순왕

고려에 나라를 바친 후, 경순왕의 마음은 하루도 편한 날이 없었다. 송악 근처의 궁궐 같은 집을 왕건이 마련해 주었지만, 잠자리가 불편해서 잠을 이룰 수 없었고, 산해진미로 매일 식사를 하지만 모래알을 씹는 것 같았다. 태자처럼 산속의 초가집에서 들풀을 먹고 사는 것이 마음이 편할 것 같았다. 경순왕은 마음을 다스릴 수 없을 만큼 힘들 때 항상 송악 남쪽의 산을 올라서 보이지 않는 신라를 바라보곤 했다. 높지 않은 산의 정상에서 경순왕은 어떤 때는 해가 질 때까지 정신이 나간 사람처럼 멍하게 남쪽을 쳐다보았다. 주위에서 시중드는 사람이 민망할 정도로 넋을 잃고 있는 경순왕에게 집으로 재촉하는 사람은 없었다. 경순왕은 넋두리처럼 말을 늘어놓았다.

"이쪽 방향이 신라가 있는 곳이로구나. 천년 신라는 불타서 없어졌는데, 이 내 몸뚱이는 아직도 남아있어 더럽히고 있구나. 반월성이 불태워졌을 때 나도 함께 불 속에 뛰어들지 못해 한스럽구나."

주위에 있던 신하가 조심스럽게 말했다.

"폐하, 바람이 차옵니다."

"나는 더이상 폐하가 아니다. 나에게 폐하라고 하지 마라. 나는 망국의 군주다."

경순왕은 지긋이 눈을 감았다. 그의 머릿속에 반월성이 떠오르고, 월지가 떠오르고, 황룡사가 떠올랐다. 반월성과 월지와 황룡사가 경순왕의 눈물에 씻겨 내려갔다. 경순왕은 가슴이 답답할 때마다 산에 올라 남쪽의 신라를 응시했다. 그 모습을 지켜본 사람들이 그 산의 이름을 도라산(都羅山)⁴¹이라 이름 지었다. 신라를 돌아보는 산이라는 의미였다.

---

41 도라산(都羅山)은 대한민국 경기도 파주시에 있는 156m의 산이다. 신라가 패망한 후, 고려에 항복한 경순왕이 이 산마루에 올라가 신라의 도읍을 사모하고 눈물을 흘렸다 하여 도라(都羅)라 명명되었다고 전한다.

신라 부흥군을 토벌하라

태자가 강원도 인제에서 서서히 영역을 확장하고 있을 때, 선필(善弼)은 신라 유민의 정보망을 통해서 신라 부흥군이 강원도 인제에 모이고 있다는 소문을 듣고 고려 조정에 보고했다. 선필의 보고를 받은 고려 조정은 왕건에게 마의태자가 있는 대왕마을의 공격을 허락해달라고 상소를 올렸다. 고려 조정에서도 토벌 논의가 이어지고 있었다. 선필이 왕건에게 아뢰었다.

"폐하, 신라의 잔당이 강원도 인제에 모여서 신라 부흥을 꾀하고 있다고 합니다. 그들의 우두머리는 신라의 태자라 하옵니다."

선필은 신라 장군으로 고려에 귀순했기 때문에 대장군으로 오르기에 한계가 있었다. 왕건은 한 번 배반한 사람은 언젠가 다시 배반할 수 있다고 생각했기에 요직에 등용하지 않았다. 신라의 재암성 성주였던 선필은 고려 왕건의 힘이 세지자, 재암성을 버리고 왕건에게 항복한 사람이었다. 그는 이번 기회에 왕건에게 동족을 팔아넘겨 신임을 얻을 기회를 포착한 것이다. 왕건은 경순왕을 불렀다

"상보, 지금 신라의 태자가 강원도에서 신라 부흥을 위해 군사를 모으고 있다고 선필 장군에게 보고를 받았습니다. 이게 사실입니까?"

경순왕은 선필을 한번 쳐다보고는 고개를 돌려 왕건에게 말했다.

"폐하. 태자는 속세의 인연을 끊고 금강산으로 중이 되기 위해 들어갔

습니다. 반란의 수괴들이 태자의 이름을 팔고 모여들고 있다고, 저도 들었사옵니다. 태자를 모함하려는 자들의 소행이라 사료되옵니다."

옆에서 듣고 있던 선필이 말했다

"지금 반란군들이 강원도 인제로 모여들고 있다고 소장은 들었사옵니다."

경순왕은 목소리를 낮추었다

"그대는 재암성의 성주 선필이 아닌가? 그대의 눈으로 태자가 반란군의 수괴인 것을 확인하였는가?"

"제 눈으로 직접 확인은 못 하였사오나, 제가 심어 놓은 간자의 말에 의하면 모두들 태자님을 따르고 있다고 하옵니다."

"그 간자는 직접 태자를 보았다고 하드냐?"

"아니옵니다. 그자도 들었다고 하옵니다."

경순왕은 왕건을 보고 말했다

"폐하, 같은 아비로서 간곡하게 부탁드리옵나이다. 자식놈이 아둔하여 아비의 뜻을 따르지 않고 금강산으로 들어가서 마의를 입고 세상을 등지겠다고 하니 부족한 아비가 막을 힘이 없었사옵니다. 조용히 부처님께 귀의하겠다고 하는데, 주위에서 사람이 몰려드는 것 같습니다. 제 아들은 세상의 인연을 끊고 중이 되겠다고 하였습니다. 반란군이 아니옵니다. 저를 믿어주시기 바랍니다."

왕건은 경순왕의 이야기를 듣고 측은한 생각이 들었고, 경순왕의 말을 믿고 싶었다. 그러나 반란군의 보고를 받은 이상 가만히 있을 수가 없었다.

"모두들 물러가시오. 좀 더 논의한 다음에 조치를 취하도록 하겠소"

왕건은 물러나는 경순왕의 뒷모습을 애처롭게 쳐다봤다.

집으로 돌아온 경순왕은 낙랑에게 지금까지의 일을 이야기했다.

"공주, 지금 가만히 있으면 태자가 위험에 처할 수 있소. 공주가 아버님을 만나보는 것이 좋겠소."

낙랑은 사태의 심각성을 알고 아기를 안고서 왕건을 찾았다. 왕건이 아기를 좋아하는 것을 알기에 안고 간 것이다. 낙랑은 다짐했다 '애기가 아버지 태자를 구할 것이다.'

낙랑은 왕건을 찾아뵙고 큰절부터 올렸다. 왕건은 아기를 안고 기뻐서 어쩔 줄을 몰랐다.

"나이가 드니까 이렇게 손주가 예쁜 줄 이제야 알겠다. 이놈만 보면 모든 정치를 그만두고 같이 놀고 싶구나."

낙랑은 왕건의 기분을 살피며 조심스럽게 입을 열었다.

"아바마마, 신라 태자의 이야기를 들었사옵니다. 저는 이런 일이 있을 줄 알고 아버님께 태자님을 보호하겠다는 증표를 받은 것이옵니다. 그 증표는 이 애기의 선물이옵니다. 태자님은 가만히 계셔도 주위에서 태자님을 가만히 두지 않습니다. 그리고 신라의 태자님은 결코 제가 있는 한, 고려의 적이 아니옵니다. 저를 믿어주시옵소서. 저들은 그냥 강원도 산골짜기에서 그들의 한을 달래며 농사짓고 평화롭게 살기를 원하옵니다. 아버님은 태자님의 순수한 뜻을 이해하여 주시기 바라옵니다. 소녀가 목숨을 걸고 약속을 지키겠나이다. 아버님께서 모른 척하고 눈감고 넘어가시면 아무 일도 없을 것이옵니다. 지금 소문만 믿고 신라의 태자를 치기 위해 군사를 내었다가는, 고려와 신라가 하나가 되어 힘을 모으는데 큰 상처가 될 것이옵니다."

왕건은 낙랑을 물끄러미 쳐다보았다.

"아직도 태자를 좋아하느냐?"

"아바마마, 좋아하는 마음을 어떻게 제가 막을 수가 있겠습니까? 제 마음을 저도 어떻게 할 수 없는 것이 원망스럽사옵니다. 그러나 저는 고려 황제의 딸이옵니다. 제가 좋아하는 마음이 황제의 딸로서 품위를 손상하는 일은 없을 것이옵니다."

"내가 너한테 몹쓸 짓을 했다. 내가 가장 사랑하는 딸에게 좋아하는 사람을 뺏었으니까 아비로서 미안하다. 그러나 그 사람을 지키려는 너의 마음을 아비는 이해한다. 내가 살아있는 한 태자를 지켜줄 것이다. 그렇게 해서 조금이라도 너에게 나의 미안함을 덜어낼 수 있다면 내가 태자를 지켜줄 것이야."

"아버님 감사하옵니다."

낙랑은 왕건을 꼭 껴안았다. 아기가 두 사람을 지켜보며 방긋 웃고 있었다.

선필의 계략

선필은 강원도 인제에 계속해서 간자를 보내 살피고 있었다. 그리고 강원도 인근의 성주에게 경계를 게을리하지 말라고 지시를 내렸다. 한편 인제의 대왕마을은 소문을 듣고 밀려드는 사람으로 넘쳐났다. 귀족과 노비의 구분이 없이 모두 평등하게 살아간다는 소문을 듣고 특히 탈출한 노비 출신들의 행렬이 이어졌다. 모두를 받아들이면서 마의태자를 따르는 사람들이 5000명을 넘어섰다. 그중에서 맹장군의 훈련을 받는 병사 숫자만 2000명이었다. 군사의 규모가 커지자 마의태자는 주위의 산골 마을을 합병하기 시작했다. 점점 규모가 커진 마의태자의 세력은 설악산 일대의 산악지대를 거의 차지하게 되었다. 하지만 고려와 전쟁을 치르기에는 아직 힘이 부족하기에 1만 명의 정규병을 양성하기 전까지는 산속에서 힘을 비축하기로 결정했다. 5000명을 먹이기에 부족한 산악지대에서 계단식 논을 개발해서 쌀 생산량을 올리고 밭작물을 재배해서 식량을 비축하기 시작했다. 전쟁에 대비한 군량미를 확보하고 군량미를 보관하는 마을도 만들었다. 태자는 일반 백성들과 똑같이 잡곡에 나물 반찬으로 두 끼만 먹었다. 어느 날, 시중을 들던 오월이 태자에게 말했다.

"마마, 싸우려면 태자님부터 건강해야 하옵니다. 가끔씩 고기도 드시고 식사를 늘리시기 바랍니다."

오월은 말라가는 태자를 보면서 걱정이 되어 태자의 밥을 가득 담곤 했는데, 태자는 번번이 반을 덜어서 오월에게 건네주었다. 오월은 태자의 마음을 알았다. 하지만 오월은 자신은 한 끼만 먹더라도 태자에게는 세 끼를 먹이고 싶은 마음이었다. 태자도 오월의 마음을 읽고 말했다.

"오월아, 나부터 모범을 보여야 한다. 모두가 나라를 잃은 설움에 저렇게 고생하는데, 나 혼자 배부르게 먹으면, 자신의 잇속만 채우는 신라의 귀족들과 무엇이 다르겠느냐?"

"모두들 태자님을 믿고 여기에 모였습니다. 태자님이 건강하셔야 하옵니다."

오월은 말을 하면서 스스로 감정에 복받쳐 눈물이 터졌다. 이런 태자를 위해 목숨까지도 바칠 수 있다고 다짐한 오월이었다. 오월과 태자가 이야기하고 있는 사이에 태자의 호위무사 한돌이 한 사람을 잡아 와서 태자에게 아뢰었다.

"태자마마, 마을에 수상한 놈이 있어 잡아서 문초하였더니 배신자인 재암성 성주 선필이 보낸 간자라고 실토하였습니다. 선필이 놈이 눈치를 챈 것 같습니다. 이 자를 어떻게 처리하오리까?"

태자는 잡혀 온 사람을 살펴봤다.

"그대도 신라 사람인가?"

"그러하옵니다."

"어디에 사는 누구인가?"

"재암(載巖)에 살았던 박두칠이라 하옵니다."

"그대는 내가 누구인지 아는가?"

"태자마마이시옵니다."

"나를 똑똑히 쳐다보고 말하여라."

두칠은 감히 태자의 얼굴을 볼 수가 없었다. 두칠은 머리를 조아렸다.

"태자마마, 이놈을 죽여주시옵소서. 제 처와 아들을 인질로 잡아놓고 선필 장군이 저를 협박하였사옵니다. 저는 처자식을 위해서 양심을 판 놈이옵니다."

"아직 양심이 남아있다면 신라 사람이 확실하다. 두칠이는 고개를 들라."

두칠은 고개를 들고 태자를 쳐다보았다. 태자의 얼굴에는 온화한 미소가 흘렀다.

"한돌아, 두칠이를 풀어줘라. 이 사람도 신라의 백성이다."

한돌이는 태자에게 말했다.

"이 자가 선필에게 모든 사실을 이야기하면 우리의 계획은 수포로 돌아갑니다."

"한돌아, 이 사람이 신라의 백성이라 이야기하지 않았느냐? 내 말을 못 알아듣겠느냐?"

박두칠은 선필에게 돌아가지 않고 태자의 진영에 남았다. 그의 양심의 소리가 그를 움직였던 것이다.

발해의 장군 신덕, 마의태자에 합류하다

926년 신라가 망하기 9년 전, 거란족이 세운 요나라에 멸망한 발해(渤海)의 유민들은 뿔뿔이 흩어졌다. 발해 멸망 후에 발해 유민들은 신라를 찾았지만, 신라도 이미 멸망하기 직전인 상태였다. 일부 발해 유민은 고려에 투항한 사람이 있는 반면에, 요나라에 가족을 잃은 신덕(申德) 장군은 발해 부활을 꿈꾸며 요동에 남아있는 발해 부활 세력을 모으기 위해 끝까지 투쟁하며 산속에서 독자 세력을 유지하고 있었다. 그러나 요나라 세력이 워낙 강해서 요동에 살아남을 수가 없게 되자, 한반도로 내려와 금강산 일대에서 복수의 칼을 갈고 있었다. 그러던 중, 인제의 산악지대에서 신라 부활을 꿈꾸는 마의태자 소식을 들었다. 신덕은 거란족에 복수하기 위해 마의태자 진영에 합류하기로 결심했다. 그는 태자를 만나자 엎드려 아뢰었다.

"태자마마, 소장은 발해의 장군 신덕이라 하옵니다. 태자님의 소문을 듣고 금강산에서 여기까지 왔나이다. 소장의 꿈은 발해를 멸망시킨 요나라에게 복수하는 것이옵니다. 발해와 신라는 형제의 나라로 서로 의지하며 살았사옵니다. 부디 소장을 받아주시옵소서."

태자는 신덕의 손을 잡았다.

"장군의 충성심에 감동했소. 그대도 나와 똑같은 심정이구려. 우리가 힘을 합하여 우리의 꿈을 이루어 봅시다."

"마마, 여기 산속에는 한계가 있사옵니다. 태자마마께서 옛 고구려의 영토이자 발해의 영토인 요동 지역으로 진출하시면 따르는 무리가 더 많을 것이옵니다. 지금 요동으로 가면 아직도 발해의 유민이 남아있습니다. 그들은 지도자를 애타게 찾고 있습니다. 그리고 지도자를 잃고 방황하는 여진의 무리들도 있습니다. 아직도 요나라에 굴복하지 않는 생여진이 흑수부에 흩어져 살고 있사옵니다. 발해 유민들과 그들의 힘을 합친다면 새로운 나라를 만들어낼 수 있을 것이옵니다."

강원도 인제에서 언제까지나 머물 수는 없다는 것을 태자도 알고 있었다. 막강한 고려의 대군을 감당하기에는 위태로운 지역이었다. 태자도 언젠가는 힘을 길러 할아버지 효종랑이 말씀하신 북방의 넓은 초원으로 나아가 그곳에서 대제국을 만들어 자신의 뿌리를 되찾고 싶었다. 태자에게는 신덕 장군의 전언이 운명의 계시처럼 들렸다. 태자는 생각했다.

'이것은 조상들이 나에게 내리는 명령이자, 운명이다.'

태자는 신덕에게 물었다.

"장군께서 믿을 만한 부하를 요동으로 보내어 먼저 그쪽의 사정을 살펴보도록 하시는 것은 어떻겠소?"

"태자마마, 감사하옵니다. 제가 그곳 사정에 밝은 발해의 장수를 보내어 태자님께서 정착할 곳을 미리 준비하겠나이다. 소장 목숨을 걸고 태자님과 함께하겠나이다."

그날 밤 태자와 신덕 장군은 술을 들이키며 형제의 맹약을 맺었다.

낙랑공주의 마지막 소원

낙랑공주는 아버지 왕건이 위독하다는 소식을 듣고 궁궐을 찾았다. 왕건은 마지막 순간에 자신이 가장 사랑하는 딸 낙랑을 찾았다. 낙랑이 왕건의 침실로 들어설 때, 왕건은 가쁜 숨을 힘겹게 내쉬고 있었다. 낙랑을 보자 마지막 기력이 되살아나듯 왕건의 눈이 빛났다. 왕건은 바짝 야윈 손으로 간신히 낙랑의 손을 부여잡았다.

"낙랑아, 이 아비에게 마지막으로 하고 싶은 말을 하거라."

"아바마마 먼저 사람을 물러주십시오."

황후와 고려의 태자가 모두 물러갔다. 왕건과 낙랑 사이에는 이 세상에 둘만 남은 것 같은 침묵이 흘렀다. 낙랑은 침묵을 깨고 흐느껴 울었다.

"좋은 딸이 되기 위해 아버님의 말씀에 순종했습니다. 아버님이 안 계시면 제가 누구를 위해서 희생을 해야 하겠습니까?"

왕건은 물끄러미 낙랑을 쳐다보았다. 낙랑은 말을 이었다.

"아버님 허락해주시옵소서. 저는 아버님이 안 계시면 제 뜻대로 살고 싶습니다. 이제 아버님께서 저를 자유롭게 해주시기 바랍니다. 아버님의 허락을 받고 싶사옵니다."

"어떻게 하겠다는 말이야?"

"아바마마, 사랑하는 사람에게 가고 싶사옵니다. 이때까지 아버님 말씀에 순종하였사옵니다. 이제는 아버님께서 저의 마지막 소원을 들어주시기 바랍니다."

왕건은 뜻밖의 간청에 나갔던 혼령이 되돌아오듯 정신이 번쩍 들었다.

"그러면 너와 혼인한 신라의 왕은 버리고 가겠다는 말이냐? 남들이 보면 아비와 아들에게 두 번 시집가는 패륜이라고 손가락질한다. 나는 그것은 허락할 수가 없다."

"이미 혼인할 때 신라의 왕께 다 말씀드렸습니다. 태자를 사랑하고 있다고 말씀드리니까 저의 몸에 손 하나 대지 않았습니다."

"그러면 네 아들은 누구의 아들이란 말이야?"

"신라 태자의 아들이옵니다. 이때까지 아버님께 말씀드릴 수가 없었습니다."

"신라의 왕도 그것을 알고 있다는 말이냐?"

"제가 다 말씀드렸습니다. 신라의 왕께서는 그것을 모두 알고 저와 혼인해주셨습니다. 제가 부탁드린 것입니다."

왕건은 경순왕에게 미안한 생각이 들었다. 경순왕이 아들을 사랑한 낙랑과 혼인하겠다고 했을 때, 나라도 팔아먹고, 여색에 미친 늙은이라고 마음속으로 생각하고 있었던 것이다.

"모두가 나의 잘못이다. 이제 죽을 때가 되어서 뉘우쳐도 아무 소용이 없는 것이야. 나라를 갖는다고 무슨 소용이 있겠느냐? 죽음 앞에서는 모두가 허물없는 것인데. 그냥 네가 사랑하는 태자와 혼인하고 행복하게 살게 했으면 얼마나 좋았을까? 이 아비의 욕심이 사랑하는 딸의 행복을 앗아갔구나. 지금이라도 사랑하는 사람에게 돌아가거라."

낙랑은 눈물을 훔쳤다.

"아버님, 제가 불행해도 좋으니 조금이라도 더 오래 사세요."

"아니다. 사람의 목숨은 하늘에 정해져 있다. 죽을 때가 되어서야 사람이 되는구나. 너는 죽을 때, 후회하지 말고 사랑하는 사람을 찾아가거라. 그리고 태자를 만나거든 이 아비가 미안하다는 말을 꼭 전해주거라. 내가 너희 둘에게 몹쓸 짓을 많이 했다."

낙랑공주는 왕건의 품에 안겨 10년 동안 참았던 눈물을 폭포처럼 쏟아냈다. 낙랑공주의 통곡은 송악을 타고 흘렀다. 한참 후에 왕건이 어렵게 호흡을 내쉬며 말했다.

"마지막으로 신라의 왕을 만나고 싶다. 그분에게 용서를 구하고 싶구나."

그러나 결국 왕건은 경순왕에게 용서를 구하지 못한 채 이튿날 숨을 거두었다. 943년 왕건은 67세의 나이로 평안하게 부처님의 품에 안겼다.

한계산성의 전투

왕건이 죽은 후, 고려 군부의 움직임이 빨라졌다. 신라의 태자를 건드리지 말라는 엄명이 있었기에 꼼짝 못하고 있다가 왕건이 죽은 후 곧장 선필을 중심으로 강원도 인제에 있는 신라 잔존 세력들에 대한 소탕 작전을 세웠던 것이다. 선필이 먼저 광종에게 아뢰었다.

"폐하, 선황의 인정에 의해 신라 잔당들이 모이고 있는 강원도 인제의 소탕령이 계속 미루어졌나이다. 이제 더이상 방치하면, 그들의 세력이 갈수록 커져서 호미로 막을 것을 가래로 막기가 힘든 상황이 올 것이옵니다. 소장에게 소탕할 수 있도록 명령을 내려주시옵소서."

왕건의 넷째 아들 광종은 고려를 반석 위에 올린 왕으로 효심이 지극했다. 그는 아버지의 유훈을 어기는 일을 하고 싶지 않았다. 그는 선필에게 물었다.

"선황께서도 확실한 증거가 없는데 괜히 군사를 움직이는 것은 백성들의 동요를 불러일으킬 수 있어서 반대하셨던 것이오. 이제 전쟁이 끝나고 평화가 찾아왔는데 괜히 소란을 피울 생각이시오?"

"아니옵니다, 그들은 신라 부활을 부르짖으며 신라의 유민들을 모으고 있다고 하옵니다."

"소문만 듣고 전쟁을 또 하자는 이야기인가요? 확실한 증거가 있습니까?"

"지금 강원도 명주(溟州)⁴²와 제천에서 계속 장계가 올라오고 있사옵니다. 심상치가 않다고 사료되옵니다."

"그러면 선필 장군께서 직접 내려가서 확인을 한 다음에, 소탕 작전을 시작하도록 하시오."

선필은 군사 1000명을 거느리고 사태를 파악하기 위해 강원도로 향했다. 출세에 눈이 멀은 데다 신라인들에게 배신의 장군이라 손가락질받던 선필은 자신을 욕하는 신라 부흥 세력들을 모두 죽이고 싶은 욕망이 앞섰고, 새로운 황제에게 신임을 받을 수 있는 절호의 기회로 활용하고 싶어했다. 인제 근처에 도착한 선필은 먼저 명주와 제천의 병마사를 불렀다. 그들은 상세한 정보를 선필에게 알렸다. 신라 태자가 그 중심에 있다는 것을 안 선필은 태자를 사로잡아 고려 황제에게 갖다 바치고 싶은 욕심이 들끓었다. 광종이 확실한 증거를 잡으라고 했지만, 선필은 용맹심에 불타 인제를 곧장 소탕하기로 결심을 굳혔다. 선필은 명주의 호장에게 지시해 군사를 인제에 집결시켰다. 명주 호장은 인제에 지리가 밝은 인제 출신의 병사를 앞세워 선필의 군사 1000명뿐 아니라 명주, 제천의 지방 호장들의 병사 500명을 합류시켜 인제의 대왕마을로 돌진했다.

대왕마을을 지키고 있는 태자는 군사 1500명이 쳐들어오고 있다는 소식을 듣고, 한번 붙어봐도 승산이 있는 싸움이라고 판단했다. 그러나 한편으로는 의아했다. 개경의 병력이라면 최소 5000명 이상이 밀려올 것인데, 지방 군사까지 합쳐 1500명이라면 무슨 꿍꿍이가 있을 것이라는 생각

---

42 지금의 강릉.

에 태자는 급히 군사회의를 소집했다.

"적의 선봉은 누구라 하더냐?"

"재암성 성주였던 선필이라고 하옵니다."

모였던 장수들이 선필이라는 이름이 나오자, 모두들 사기가 올라 전의를 불태웠다. 먼저 한돌이 앞으로 나섰다.

"태자마마, 저에게 선봉을 맡겨주시옵소서. 제가 선필의 목을 따서 조상들의 무덤 앞에 바치겠습니다."

태자는 결의 찬 표정으로 말했다.

"내가 직접 선봉에 나서겠다. 내가 목숨을 걸 각오로 싸우는 모습을 보여야 우리는 승리를 할 수 있다. 이제 때가 온 것 같다. 우리 신라가 아직 살아있다는 것을 보여주자."

대왕마을의 사기는 하늘을 찔렀다. 선필은 태자의 군대를 얕잡아 보았다. 태자가 직접 선봉으로 공격해 오는 모습을 보고 선필의 군사는 겁을 먹고 도망치기 시작했다. 한돌은 재빠르게 선필의 군사를 추격하여 혼자서 선필의 호위병 10명을 단숨에 쓰러뜨렸다. 선필은 도망가는 말고삐를 돌려서 한돌과 대결하기로 했다. 그러나 이미 승패는 끝이 난 것이나 다름없었다. 선필의 손은 떨리고 있었다. 복수심에 찬 한돌의 눈빛이 그를 제압했다. 한돌의 일격에 선필은 말에서 떨어졌다. 한돌은 선필을 끌고 와서 태자 앞에 무릎을 꿇렸다. 태자는 선필을 쳐다보고는 대왕마을의 백성들 앞에서 크게 소리쳤다.

"너는 역사에 부끄럽지가 않느냐? 어차피 한 번 살다가 가는 인생인데 너처럼 이렇게 죽는 것이 얼마나 추악한 것인가? 햇빛만 쫓아가다가는 그 햇빛에 말라 죽는 것이다. 너는 너의 욕심 때문에 역사에도 추악한 놈이 되고 너의 가문에도 먹칠을 하는 것이다. 너의 목을 치는 내 손도 너를 부끄러워하노라."

태자는 단숨에 선필의 목을 내리쳤다.

선필이 죽은 후, 명주의 호장은 송악에 대규모 병력을 요청했다. 선필이 신라 반란군과의 싸움에서 전사했다는 소식을 들은 광종은 본격적으로 대규모 병력을 보내기로 결정하고, 선봉장에 윤전 장군을 지명했다. 광종은 신라 반란군 진압 작전을 비밀로 진행했다. 신라 반란군과 대규모 전쟁을 벌여 신라 백성들의 민심이 동요되는 것을 바라지 않았고, 또한 경순왕의 입장도 고려해서 경순왕과 낙랑공주에게도 철저하게 비밀로 하라고 엄명을 내렸다. 속전속결로 처리하기 위해서 5만 명의 군사를 파견했다. 고려 군사 5만 명이 인제로 들이닥친다는 소식을 들은 태자는 모든 주민을 한계산성으로 대피시키고 결사항전을 다짐했다. 한계산성은 적은 인원으로 대규모 병력을 감당할 수 있게 미리 태자가 설계한 산성이었다. 이러한 일이 일어날 것을 대비한 태자의 선견지명이 한계산성의 건축이었던 것이다.

인제에 도착한 윤전 장군은 대왕마을이 모두 비어있고 태자의 군대가 설악산 깊은 산속의 한계산성에 들어갔다는 사실을 알고 군대와 함께 가파른 산 너머로 향했다. 그런데 길이 가파르고 좁아서 대규모 군사가 움직일 수가 없었다. 깊은 산속에서는 공격이 불가능하다고 판단한 윤전 장군은 한계산성을 완전히 포위하고 고사 작전에 돌입했다. 태자는 한계산성에 갇힌 채 깊은 고민에 빠졌다. 두 달을 버틴 후에 식량은 바닥이 났다. 산속인지라 날씨도 빨리 추워지기 시작했다. 윤전 장군의 고려군이 북쪽 길목을 지키고 있었기 때문에 이 많은 인원이 북쪽의 절벽을 뚫고 탈출하기는 불가능했다. 태자 곁에서 시중을 들던 오월은 식량이 떨어지면서 태자가 하루에 한 끼만 식사하는 것이 가슴 아팠다. 태자를 끝까지 보호하겠다고 맹세한 덕주공주의 얼굴이 자꾸만 떠올랐다. 더이상 참을 수가 없다고 생각한 오월은 중대한 결심을 했다.

'이 모든 것을 도와줄 수 있는 사람은 낙랑공주님밖에 없다. 어떻게든 한계산성을 빠져나가서 낙랑공주에게 이 사실을 알려야만 한다. 태자님에게 이야기하면 절대로 허락하지 않을 것이다. 내가 목숨을 걸고 태자님을 위해서 해야만 한다.'

오월은 밤에 혼자서 한계산성을 빠져나가기로 결심한 후, 한돌을 찾아가서 이야기했다.

"이렇게 버티면 모두가 죽을 것이오. 식량도 바닥이 나고 이제 곧 겨울이 오는데, 얼마나 더 버틸 수 있겠소?"

한돌은 오월에게 말했다.

"이제 한 달은 버티기 힘들 것 같소. 이렇게 갇혀서 죽기보다는 내가 성문을 열고 싸우겠소."

"조금만 기다려 주시오. 함부로 행동하지 말고 시간을 벌어주기 바랍니다."

"무슨 방책이 있는 것이오?"

"제가 송악으로 갈 것입니다. 이 급박한 상황을 낙랑공주님께 알려야 합니다. 낙랑공주님은 이런 상황을 전혀 모르고 계실 것입니다. 그리고 저는 낙랑공주님이 태자님을 반드시 보호할 것이라고 믿습니다. 저는 덕주공주님께 약속했습니다. 어떤 일이 있더라도 태자님을 보호하겠다고요."

오월의 얼굴은 그 누구도 말릴 수 없는 표정으로 굳어 있었다. 한돌이 말했다.

"적들이 에워싸고 있는 이 경계를 어떻게 뚫고 나갈 생각입니까?"

"여자이니까 더 수월하지 않겠습니까? 저들의 경계가 약해질 것입니다. 만약에 잡히더라도 저는 고향으로 돌아간다고 말하면 저들의 의심을 풀 수 있을 것입니다."

"여기서 송악까지는 험준한 산을 몇 개를 넘어서 가야 하는데 혼자서 위험하지 않겠습니까? 제가 병사 한 명을 붙여드릴까요?"

"아닙니다. 저 혼자 가는 것이 더 안전할 것입니다. 그리고 목숨을 걸었는데 뭐가 더 무서운 것이 있겠습니까? 제가 쉬지 않고 가면 열흘 안에 송악에 도착할 수 있을 것 같습니다. 그때까지만 기다려주십시오."

"알겠습니다."

오월은 목소리를 낮추었다.

"그리고 이 사실은 절대로 태자님께는 비밀로 해주시기 바랍니다. 태자님이 이 사실을 아신다면 절대로 허락하시지 않을 것입니다."

한돌은 고개를 끄덕였다. 그 자신도 태자를 잘 알고 있었다. 낙랑공주에게 절대로 도움을 청할 분이 아니었다.

오월은 고려군에게 잡히면 시간이 지체될 것을 염려하여 한계산성의 북쪽 험한 산길로 방향을 잡았다. 가파른 절벽을 오르는 오월의 손에는 피가 터졌고, 온몸에는 상처가 없는 곳이 없었다. 오월은 빨리 가야 한다는 생각에 먹지도 않고 자지도 않으면서 초인적인 힘으로 산길을 건너서 송악으로 향했다. 철원 부근의 산길에서 오월은 산적을 만났다. 도적 떼의 두령은 산속에서 여자 혼자서 험난한 몰골을 하고 헤매고 있는 것이 의심스러워 붙잡았다.

"무엇 하는 년이냐? 이 깊은 산속에 혼자서 다니다니 보통 사람은 아닌 듯하다. 소상히 말하라."

오월은 산적들을 믿을 수가 없어서 거짓말로 둘러댔다.

"쇤내 지아비가 하도 때려서 도망쳐 나왔습니다. 화전민으로 산속에서 살고 있었는데 도저히 참을 수가 없어서 도망쳐 나왔습니다."

두목은 이상하다는 듯이 오월을 쳐다보았다.

"일단 이 년을 끌고 가자."

한시가 급한 오월은 도적들에게 끌려가는 도중에 탈출을 시도했다. 몸을 던져서 낭떠러지 밑으로 떨어졌다. 그리고는 기억이 없었다. 오월이 정신을 차린 것은 3일이 지난 후였다. 산적의 소굴에서 헛소리를 하면서 사흘째 정신을 잃고 있었던 것이다. 산적의 두목도 사람인지라 무슨 사연이 있는지는 모르지만 오월이가 불쌍하게 보였다. 그래서 미음을 끓여주고 자신의 부인에게 간호를 맡겼다. 두목의 부인은 오월을 간호하면서 그녀가 계속 이야기하는 태자님 소리를 몇 번이고 들었다. 오월이가 정신이 들자, 두목의 부인은 오월에게 물었다.

"계속 태자님이라고 부르는 것을 들었소. 그 태자님은 신라의 태자를 말하는 것이요?"

오월은 비밀이 탄로날까봐, 긴장하며 대답을 머뭇거리고 있었다.

"편하게 말씀하시오. 우리도 신라의 유민이오. 신라가 멸망한 후에 신라 부흥을 꿈꾸었지만, 이제는 목구멍이 포도청이라 먹고살기 위해서 산도적이 된 것이라오. 우리는 고려의 부자들만 공격하지 일반 평민들은 건드리지 않소."

오월은 모든 이야기를 털어놓았다. 두목의 부인은 오월에게 이야기했다.

"어떻게 이런 몸으로 송악까지 갈 수 있다는 말이요? 우리를 만나지 않았으면 당신은 죽었소 며칠 동안 몸을 추스린 다음에 송악으로 가도록 하오."

두목 부인은 지극정성으로 오월의 상처를 치료했다. 그러나 온몸에 곪아 터진 상처는 뼛속까지 파고들었으며 한 달 이상 치료해야 할 것 같왔다. 오월은 두목 부인에게 물었다.

"제가 여기에 며칠이나 있었습니까?"

"오늘이 나흘째요."

오월은 깜짝 놀라서 일어났다. 한돌이와 약속한 열흘이 하루밖에 남지 않았기 때문이었다. 오월은 억지로 걸음을 떼었다.

"저는 지금 가야 하옵니다. 제가 가지 않으면 수천 명의 목숨이 위험하옵니다."

"지금 이 상태로 가면 송악에 도착하기 전에 죽을 것이오."

"저는 죽더라도 가야 합니다."

오월은 지팡이를 짚고 나아갔다. 두목 부인은 말릴 수가 없다는 것을 알았다. 주먹밥 몇 개를 챙겨주고는 작별 인사를 할 수밖에 없었다. 오월은 쓰러지고 넘어지며 송악으로 향했다. 그녀의 집념이 모든 장애를 제치고 전진하게 만들었다.

한돌은 약속한 열흘이 지나고 보름이 지나도 오월의 소식이 없자 더이상 기다릴 수 없다고 판단하고 태자에게 간청했다.

"태자마마, 이렇게 앉아서 당할 수만은 없사옵니다. 야간에 적을 기습 공격할 수 있도록 소인의 청을 들어주시옵소서."

태자는 한돌에게 말했다.

"너를 사지에 내보낼 수가 없다. 나와 같이 야간 기습을 하자."

"아니 되옵니다. 태자님이 살아계셔야 우리가 이때까지 고생한 보람이 살아날 것입니다. 제가 고려 장수들의 목을 치겠사옵니다. 저는 반드시 살아 돌아올 것입니다. 고려의 기를 꺾고 난 후 겨울이 오기 전에 북쪽으로 이동하면 길이 있사옵니다. 허락하여 주시옵소서."

태자는 한돌의 피 끓는 소리에도 허락을 하지 않았다. 한돌은 그날 밤 몰래 정예병 500명을 거느리고 자시가 넘은 밤에 한계산성의 옆문을 빠져나갔다.

한돌은 죽음을 각오하니까 무서울 것이 하나도 없었다. 한밤중에 500명의 정예병이 5만 명의 군사 속으로 뛰어들었다. 잠자던 고려 군사는 깜짝 놀라서 어둠 속에서 정신을 차리지 못하고 우왕좌왕했다. 한돌은 고려 대장군 윤전의 목을 베면 고려군이 무너질 것이라 판단하고, 대장군의 깃발을 공격했다. 그러나 노련한 윤전 장군은 적의 야간 기습 공격에 만반의 대비를 해두고 있었다. 보초병의 긴박한 소리에 잠을 깬 윤전 장군은 침착하게 모든 횃불을 켜라고 지시하면서 적의 숫자를 살폈다. 고작 500명 남짓한 군사였다. 윤전 장군은 비록 적이지만 그 용맹함에 감탄했다. 한돌의 정예병은 베고 베어도 끝없이 밀려오는 고려 군사들을 당해낼 수가 없었다. 5만 군사에게 포위당한 한돌의 정예병들은 피와 땀이 뒤범벅되면서 밀려오는 적들에게 하나둘씩 쓰러져 갔다. 한돌은 시체를 밟고 셀수 없는 적을 쓰러뜨렸다. 한돌의 얼굴은 사람의 얼굴이 아니었다. 500명의 군사가 50명이 되어도 한돌의 소리는 우렁찼다

"너희들은 신라를 죽일 수 없다. 우리 태자님이 계신 한, 신라는 다시 살아난다."

윤전 장군은 2000명의 군사를 잃었다. 5000명의 고려 궁사들이 소나기처럼 한돌에게 화살을 쏟아부었다. 한돌은 호랑이의 눈빛으로 온몸에 화살이 박혀도 그의 칼은 피를 뿜었다. 마지막으로 윤전 장군의 화살이 한돌의 심장을 뚫었다. 한돌은 피범벅이 되었지만, 그의 얼굴은 웃음을 짓고 있었다.

낙랑공주와 광종의 담판

낙랑공주는 피투성이가 되어 자신을 찾아온 오월이를 보고 깜짝 놀랐다. 오월은 낙랑공주를 보자 절을 하려고 일어났으나 힘이 없어서 이내 바닥에 쓰러졌다. 오월을 부축하는 낙랑의 입술이 떨렸다.

"어떻게 이 지경이 되었다는 말이오?"

오월은 숨을 가냘프게 헐떡였다.

"공주마마, 소녀는 덕주공주의 시녀 오월이옵니다."

낙랑은 덕주공주가 절에 들어가서 중이 되었다는 이야기를 듣고 눈물이 쏟아졌다. 오월은 낙랑에게 전했다

"태자님은 제가 여기에 온 것을 모르고 계십니다. 지금 공주님이 도와주시지 않으면, 태자님의 목숨이 위험합니다. 공주마마 도와주십시오."

오월은 마지막 힘을 다해서 낙랑공주에게 눈물로 호소했다. 그리고 한계산성에서 벌어지고 있는 일을 모두 낙랑공주에게 이야기했다. 낙랑은 오월의 이야기를 듣고 심장이 뛰었다.

"태자님을 살리기 위해 목숨을 걸고 여기까지 온 그대의 정성에 감복했소."

"우리 덕주공주님께서 저에게 태자님을 부탁하셨습니다. 저는 태자님

을 위해서 목숨을 바칠 각오가 되어있습니다."

오월은 힘겹게 숨을 몰아쉬었다.

낙랑은 덕주공주의 시녀 오월에게 말을 놓지 않고 깍듯이 존댓말로
이야기했다. 낙랑의 따뜻한 마음을 보고 오월은 속마음을 털어놓았다

"태자님은 항상 공주님을 생각하셨습니다. 저는 공주님이 제일 부러
웠습니다. 태자님은 달을 보면서도 공주님 생각을 하셨고, 꽃을 보면서도
공주님 생각만 하셨습니다. 저는 두 분의 사랑이 너무 예쁘게 보였습니다.
공주님, 태자님의 사랑을 받아주십시오. 세월은 항상 기다려주지 않습니
다."

오월이 가파른 호흡으로 태자의 이야기를 전할 때, 낙랑은 심장이 고
동치듯 격정적으로 아픔과 그리움이 밀려왔다. 낙랑은 향심이에게 의원
을 불러 오월을 치료하라고 이르고는 옷을 갈아입고 황급히 고려의 황궁
으로 향했다.

낙랑은 단숨에 만월대(滿月臺)를 뛰어넘어 고려 황제가 있는 회경전
(會慶殿)으로 들어갔다. 집무를 보고 있던 광종은 깜짝 놀라서 낙랑을 맞
이했다. 낙랑이 먼저 말했다.

"폐하, 주위를 물려 주시옵소서."

광종은 누이의 다급한 표정을 보고 주위의 모든 신하를 물러가게 했
다. 낙랑은 비장한 표정으로 광종의 옆에 있는 내관들에게 말했다.

"내관들도 물러가라. 이 누이가 동생에게 핏줄로서 하고 싶은 말이 있
다."

광종은 내관들도 물러나게 했다. 텅 빈 궁궐에 낙랑공주와 광종 단둘
만 남았다. 먼저 광종이 입을 열었다.

"누님, 무슨 일이옵니까?"

광종은 왕건의 넷째 아들로 낙랑과는 유일하게 어머니가 같은 동생이었다. 광종의 이름은 왕소(王昭)였으며 낙랑과 왕소는 어릴 때 같이 자랐다. 왕소가 유달리 누이 낙랑을 잘 따르고 좋아했다. 낙랑은 주위에 아무도 없는 것을 확인하자, 광종에게 이야기했다.

"폐하, 이제 누이로서 말씀드리려고 하나이다."

광종은 어좌(御座)에서 내려와서 낙랑의 옆에 앉으며 말했다.

"누님, 편하게 말씀하세요. 아무도 없습니다."

낙랑은 광종의 손을 힘껏 잡았다.

"소야, 이 누이의 마지막 소원을 들어주기 바란다."

"누님, 무엇이든지 말씀하세요. 저는 고려의 황제입니다. 이 세상에서 하나밖에 없는 친누이의 부탁을 제가 못 들어줄 이유가 없습니다."

광종은 누이 낙랑공주와 신라 태자의 관계를 전혀 모르고 있었다. 낙랑은 먼저 품 안에서 편지를 꺼내서 광종에게 건넸다. 그 편지는 왕건이 낙랑에게 써준 태자를 보호하겠다는 증서였다. 광종은 아버지 왕건이 쓴 증서를 유심히 쳐다보았다. 그 틈을 놓치지 않고 낙랑은 말했다.

"신라의 태자는 내가 평생 흠모하고 사랑하는 분이시다. 그분을 아버지가 보호한 것처럼 너도 보호해주기를 바란다."

낙랑은 신라 태자와의 관계를 모두 설명하고 지금의 아들 함보가 태자의 아들이라는 사실도 모두 고백했다. 경순왕도 아버지 왕건도 모두 알고 계셨다는 사실도 이야기했다. 그리고 동생 앞에서 낙랑은 아이처럼 펑펑 울었다. 광종은 아버지의 각서도 보고, 누나의 비밀을 모두 듣고는 처음에는 믿기지 않는 표정이었다.

"누님 어떻게 이런 일이 가능합니까? 저는 믿기지 않습니다."

"그것이 사랑이란다. 내가 어릴 때 너를 사랑한 것처럼 신라의 태자를 사랑한단다. 사랑에는 이유가 없고, 불가능도 없는 것이란다."

광종은 누님의 눈물을 닦아주고 싶었다. 그러나 고려에 대항하는 세력을 그냥 둘 수도 없었다. 광종의 입장을 알고 있는 낙랑은 광종에게 말했다.

"고려의 황제로서 너의 입장을 이 누이가 왜 모르겠니? 그래서 나는 신라의 태자를 설득하여 고려 국경 밖으로 물러나가도록 할 것이야. 신라의 태자도 고려와의 전쟁은 원하지 않는다. 지금 한계산성을 에워싸고 있는 고려의 군사가 퇴로를 열어주면 신라의 태자는 두만강을 건너서 고려의 국경을 벗어날 것이다. 이 누이의 마지막 소원이다."

낙랑의 말을 듣고 광종은 한편으로는 안심이 되었다. 아버지 왕건의 유훈을 어기지도 않고 전쟁도 없이 신라의 태자가 국경 밖으로 물러간다면 고려로서도 괜찮은 제안이었다. 광종이 생각하고 있을 때 낙랑은 말을 덧붙였다.

"나도 신라의 태자를 따라서 북쪽으로 갈 것이다. 사랑하는 사람을 찾아서 같이 떠날 것이다. 이 누이의 마지막 행복이라고 생각하고 허락해주기를 바란다. 아버님께서도 돌아가시기 전에 허락하셨다. 나에게 용서를 구하시고 사랑하는 사람을 찾아서 떠나라고 말씀하셨다."

광종은 낙랑의 의지를 꺾을 수 없다는 것을 알고 허락하지 않을 수 없었다. 만약에 허락하지 않으면 누나가 동생인 자신의 앞에서 자결까지 할 수 있다는 것을 광종은 잘 알고 있었다. 광종은 무겁게 입을 뗐다.

"누님 원하시는 대로 하십시오. 그것으로 누님이 행복해지실 수가 있다면 이 동생은 천 번이라도 허락하겠습니다."

낙랑은 광종을 꼭 껴안았다. 이것이 동생과의 마지막이라고 생각하니 눈물이 흘렀다. 광종은 낙랑의 눈물을 천천히 닦아주었다.

"누이가 행복하면 저도 행복합니다."

광종은 그 다음날 한계산성을 에워싸고 있는 고려군에게 전령을 보냈다.

"전쟁을 중지하고 한계산성에서 철수하라. 그리고 북쪽으로 떠나는 신라의 태자를 조용히 보내도록 하라."

개경을 떠나는 낙랑공주

오월이 왔다는 이야기를 전해 들은 죽방부인은 버선발로 달려왔다. 낙랑공주는 이미 황궁에 들어간 이후였고, 오월의 곁에는 의원과 향심이가 있었다. 의원은 죽방부인에게 말했다.

"늦었사옵니다. 이 몸으로 어떻게 여기까지 왔는지가 기적이옵니다. 일주일째 아무것도 먹지 않고 산길을 헤매었는데, 정신력으로 버틴 것 같습니다. 위장이 말라 비틀어졌고 온몸의 상처는 피를 많이 흘려서 치료가 불가능하옵니다. 미음도 삼키지 못할 정도니 오늘을 넘기기가 힘들 것 같사옵니다."

오월은 낙랑공주에게 피를 토하듯 말을 전하고는 혼절해서는 아직도 깨어나지 못하고 있었다. 죽방부인은 오월을 안고 오열했다. 오월이에게서 사랑하는 딸 덕주공주의 향기가 나고, 아들 태자의 얼굴이 겹쳐졌다. 자신의 아들 태자를 위해 이렇게 목숨까지 바치는 오월이를 보자, 죽방부인은 오월과 함께 죽고 싶은 심정이었다. 사랑하는 아들과 딸을 위해 해줄 수 있는 것이 아무것도 없는 어머니의 심정은 그 누구도 헤아릴 수 없었다. 죽방부인은 의원에게 간청했다.

"어떤 수를 써서라도 이 아이만은 꼭 살려주오. 이 애가 죽으면 나는 살아갈 힘이 없어지리라. 이 애가 나의 딸이고, 아들이오"

죽방부인은 또 눈물을 흘렸다. 향심이와 의원은 애처로운 듯 죽방부인을 쳐다볼 뿐이었다. 오후 늦게 낙랑공주가 궁궐에서 돌아왔지만, 오월이는 마지막 임무를 홀가분하게 마친 것처럼 편안한 표정으로 저세상으로 떠났다. 낙랑과 죽방부인은 오월이를 정중하게 장례 치르고 유골을 덕주공주가 있는 덕주사에 모셨다.

다음날 낙랑공주와 죽방부인은 경순왕을 찾았다. 이미 육십이 넘은 경순왕은 오월의 죽음에 대해 모두 알고 있었다. 그리고 낙랑의 눈빛을 보고 이미 짐작하고 있었다. 낙랑은 경순왕에게 절을 올렸다.

"아버님 이제는 제가 떠날 때가 되었나 봅니다."

경순왕은 낙랑을 물끄러미 쳐다보며 말했다.

"태자에게 가거라."

옆에 있던 죽방부인이 소리 없이 울고 있었다. 경순왕은 죽방부인을 보며 말했다.

"부인도 가고 싶은 모양이구료."

죽방부인은 눈물을 닦아냈다.

"저 역시 천만 번도 더 태자 곁으로 가고 싶나이다. 그러나 이미 늙은 몸이 태자에게 폐가 될까봐 못 갈 뿐이옵니다."

"아니오. 부인도 가시오. 모두 자유롭게 해주고 싶소. 새장 안에 갇힌 새들을 풀어주고 싶소. 나도 조금만 젊었다면 새장을 열고 날아가고 싶소."

경순왕은 자신도 태자에게 가고 싶지만, 양심상 갈 수가 없었다. 죽방부인이 흐느끼며 말했다.

"제가 어찌 나이 드신 폐하를 홀로 두고 떠날 수 있겠사옵니까? 저는 죽을 때까지 폐하를 모시겠사옵니다. 저의 마음을 헤아려주시옵소서."

죽방부인의 흐느낌은 통곡으로 바뀌고 있었다. 그 통곡의 의미는 죽방부인의 모든 심정을 담아내는 듯했다. 낙랑이 다가가 죽방부인을 꼭 껴안았다.

"어머님의 마음은 제가 잘 알고 있사옵니다. 같은 여자로서 어머님의 고통을 제가 어찌 모르겠나이까? 제가 태자님께 가서 어머님의 몫까지 하겠나이다. 아니, 죽은 오월이를 생각해서라도 덕주공주의 몫까지 제가 해내겠나이다."

죽방부인은 낙랑을 껴안고 가슴 깊은 곳에서 우러나오는 눈물을 쏟아냈다. 그 둘의 모습을 지켜보는 경순왕의 가슴은 찢어질 것 같았다.

목근화로 뒤덮인 한계산성

식량이 바닥나고, 더는 버티기가 힘들다고 판단한 태자는 군사회의를 소집했다. 태자가 먼저 입을 열었다.

"이제 더이상 버티기가 힘들 것 같소. 먼저 노약자와 어린이부터 성밖으로 내보내는 것은 어떻겠소?"

칠십 세가 넘은 원로가 말했다.

"태자마마, 이미 죽기를 각오하고 여기에 남았습니다. 저희들을 성 밖으로 내보내면 고려 군사들은 모두를 죽일 것입니다. 저희도 명예롭게 죽을 수 있도록 허락하여 주시옵소서."

태자의 눈에 눈물이 핑 돌았다.

'어떻게 이렇게 많은 인원을 데리고 적의 포위망을 뚫고 험난한 산길을 갈 수 있을까?'

자신을 따르는 사람들의 목숨을 책임져야 한다고 고민하는 태자에게 신덕 장군이 말했다.

"제가 목숨을 걸고 적의 포위망을 뚫고 길을 만들어내겠습니다. 저의 발해군이 이곳 산악지대에 밝습니다. 저에게 군사 백 명만 주시옵소서."

"아니 되오, 어찌 백 명의 군사로 저 깊은 포위망을 뚫을 수 있다는 말이오?"

"소장이 목숨을 걸고 길을 만들어 보겠나이다. 금강산을 지나 함경도에만 들어서면 고려의 힘이 미치지 않은 곳이옵니다. 그곳에는 먼저 출발한 저의 부하가 발해 유민을 규합하여 태자님을 기다리고 있다는 전갈을 받았사옵니다. 허락하여 주시옵소서."

"아니 되오. 한돌이도 죽었는데, 장군까지 죽음으로 내몰 순 없는 일이요. 아녀자와 노약자를 모두 내보낸 후에, 내가 직접 선봉에 서서 한돌이의 복수를 하고 명예롭게 죽을 것이오."

태자와 신덕 장군이 죽음의 논쟁을 벌이고 있는 사이에 전령이 뛰어와서 아뢰었다.

"고려의 낙랑공주님께서 한계산성 입구에 도착하셨습니다. 고려의 군사들이 포위망을 풀고 모두 퇴각하였사옵니다."

아들 함보를 데리고 태자를 만나러 가는 낙랑은 구름 위를 걷는 것 같았다. 10년 만에 만나는 태자를 그리며 강원도로 향하는 낙랑은 수많은 생각이 스쳐 지나갔다. 사랑하는 사람을 위한 인고의 세월, 10년이면 강산도 변한다는데, 낙랑은 아름다운 모습 그대로였다. 낙랑의 옆에 아무것도 모르면서 어머니를 따라나서는 함보는 소풍을 떠나는 기분이었다. 낙랑은 함보에게 말했다.

"너는 신라 황실의 적통이다. 너의 아버님은 신라의 태자이시다. 아버님을 만나면 공손하게 인사해야 한다."

함보는 태어나면서부터 신라의 이야기를 귀가 아프도록 들었기 때문에 신라는 자신이 반드시 지켜야 할 대상이라는 믿음이 일종의 모태신앙처럼 새겨져 있었다. 그러나 고려 황실에서 아버지라고 불렀던 경순왕이 실제로는 할아버지이고, 아버지는 태자라는 사실이 혼란스러웠다. 한 번도 만나지 못한 사람을 아버지라 불러야 한다고 생각하니 실감이 나지 않았다. 그래서 함보는 속으로 수십 번 되뇌어 보았다.

"아버지, 아버지, 아버지……."

낙랑을 태운 꽃수레가 산봉우리 몇 개를 넘고 개울을 건너 강원도 산골에 도착했다. 함보에게는 모든 것이 낯설었다. 아무리 둘러봐도 산밖에 없었다. 꽃수레가 대왕마을 입구에 들어서자, 낙랑과 함보는 수레에서 내려서 앞에서 기다리고 있는 태자 일행을 보았다. 낙랑은 뛰어가서 태자의 품에 안기고 싶었지만 주의를 살피며 사뿐히 태자에게 걸어갔다. 낙랑을 바라보는 태자의 눈에는 눈물이 맺혔다.

"공주, 어서 오시오."

낙랑은 목례를 한 후 함보에게 말했다.

"함보야, 아버지께 인사드려라."

함보는 머뭇거리면서 몇 번이고 연습한 '아버지'를 모기 소리만 하게 내었다. 태자는 함보를 꼭 끌어안았다.

"공주에게 무어라 말씀을 드려야 할지 모르겠소. 나에게 이런 큰 선물을 안기다니 공주에게 미안하다는 말밖에 나오지가 않는구려."

태자의 품에 안긴 함보는 태자의 얼굴을 빤히 쳐다보았다. 아버지의 얼굴을 똑똑히 기억하기 위해서였다. 태자가 함보에게 물었다.

"몇 살이 되었느냐?"

"열 살이옵니다."

함보는 기죽지 않고 대답했다. 함보와 낙랑공주를 지켜보는 신라 백성 가운데 눈물을 짓지 않는 사람은 한 사람도 없었다. 모두가 기쁨의 눈물이었다. 낙랑과 함보는 태자의 안내로 대왕마을로 접어들었다. 마을 입구에서 낙랑의 눈을 사로잡은 것은 목근화의 향연이었다. 마을 전체가 목근화로 둘러싸여서 낙랑을 환영하는 것 같았다. 낙랑은 감동의 눈물이 쏟아졌다.

'태자님이 나를 위하여 이렇게 목근화로 맞이하시는구나.'

태자도 10년 동안 자신을 잊지 않았다는 생각을 하니 그 동안의 설움과 외로움이 한순간에 사라지는 듯했다. 낙랑이 목근화를 어루만지며 감동의 눈물을 흘리자, 옆에 있던 한 노파가 말을 했다.

"이 마을 전체를 목근화로 꾸민 사람은 오월이였습니다."

낙랑은 오월이 마지막 죽어가면서 태자를 부탁하던 말을 떠올렸다. 노파는 낙랑의 표정을 살피며 계속 이야기를 이어갔다.

"오월이는 공주님이 태자님께 보내신 목근화 그림을 보고 태자님이 목근화를 보며 공주님을 그리워하신 것을 알았습니다. 그래서 태자님을 기쁘게 하기 위해 매일 하루도 빠짐없이 산에 있는 목근화를 캐서 마을에 심은 것입니다."

낙랑은 오월이의 이야기를 듣고 목근화 우거진 수풀에 한 발짝 더 깊숙이 다가갔다. 목근화가 오월이처럼 낙랑을 따뜻하게 맞이해 주었다.

한계산성을 둘러싸고 있던 고려의 군사들도 낙랑공주의 일행을 보면서 한계산성의 공격을 멈추고 멀찌감치 외곽에서 지켜보고 있었다. 낙랑은 고려의 장군과 면담을 요청했다. 고려의 장군 윤전을 만난 낙랑은 편지를 내밀어 보여주었다.

"여기에 고려 황제께서 친필로 쓰신 증서가 있소. 태자마마를 끝까지 보호하시겠다는 증표의 길이요. 우리는 고려의 땅을 벗어날 것이니 우리를 쫓아오지 마시오."

윤전 장군은 광종의 친서를 읽고는 머리를 조아렸다.

"이미 황제 폐하의 명을 받았사옵니다. 황제 폐하께서 신라의 태자님
에게 이곳 강원도를 떠나 북쪽 고려의 영토 바깥으로 가시라 명령을 내렸
사옵니다. 소장은 그 명을 지킬 따름이옵니다."

"알겠소. 그리 하겠소. 우리가 떠나는 동안 한 사람의 병사도 다치는
일이 있어서는 안 되오."

"명심하겠나이다."

경순왕의 쓸쓸한 죽음

태자가 낙랑공주와 함께 북쪽 고려 영토 밖으로 떠났다는 소식을 듣고, 경순왕의 죄책감은 더욱 커졌다. 그러나 세월은 무심하게 흘러갔다. 칠순이 넘은 경순왕은 도라산에 올라 하늘을 보고 통곡했다.

"스스로 목숨을 끊을 용기도 없는 저에게 고통을 주시려고 이렇게 오래 살게 두시는 것입니까? 이제는 사는 것이 치욕스럽습니다. 신라와 함께 죽지 못한 것이 이렇게 한으로 남아있습니다."

옆에서 지켜보는 신하들은 고개를 들지 못했다. 경순왕은 더 큰소리로 울부짖었다.

"하늘이시여, 나처럼 비겁한 놈을 용서하지 마십시오. 이놈은 한순간의 안락함을 위하여 영원의 비겁함으로 낙인이 찍힌 놈입니다. 제가 어찌 조상을 뵈올 수 있겠습니까? 죽을 때가 되어서야 뉘우치는 못난 놈이옵니다. 지금 후회해봐야 이제는 소용이 없음을 아옵니다. 촛불이 수명을 다하여 죽으면 흔적도 없이 사라집니다. 그러나 바람에 대적해서 죽으면, 후손이 남은 초를 가지고 다시 불을 붙일 수가 있습니다. 저는 제 초가 다 타도록 아무것도 하지 못하고, 바람이 무서워 피해 다닌 불쌍한 인간입니다. 목숨에 미련을 가지다 보니 이러한 결말이 저에게 다가왔습니다."

경순왕의 통곡 소리가 송악에 울려 퍼졌다. 도라산에서 돌아온 후, 경순왕은 죽방부인을 찾았다.

"내가 죽거든 나를 서라벌에 묻어주오. 내 시신이 썩어지면서 나는 조상들에게 용서를 구할 것이오."

죽방부인은 애처로운 듯 경순왕을 쳐다보았다. 경순왕은 아기처럼 다시 말했다.

"나는 죽는 것이 두렵소. 죽은 후에 내 이름이 역사 안에서 경멸의 대상이 되고, 조상들의 이름에 먹칠한 비겁한 군주의 표본으로 오르내리는 것이 겁이 나오."

"편안하게 받아들이시고 가시옵소서. 저도 곧 뒤따라 가겠사옵니다."

"당신에게도 못난 지아비이고, 아들에게도 비겁한 아비였소. 나는 태자가 부럽소. 나도 태자를 따라가지 못한 것이 한으로 남아있소."

죽방부인은 경순왕을 아기처럼 안았다.

"이제 모든 것을 내려놓으시고 편안하게 가시옵소서."

경순왕은 죽방부인의 품에 안겨 한 많은 생을 마감했다. 978년 무인년 4월 4일에 경순왕이 붕어(崩御)했다는 소식을 듣고 신라 유민들이 모여서 경주로 능지를 잡았다. 경순왕이 죽으면서 남긴 유언을 들은 신라 유민들은 경순왕의 시신을 따라 떼를 지어 경주까지 동행하겠다고 나섰다. 그 무리가 십리 길을 이루자 고려 조정은 긴급회의를 열어 이들을 막았다. 그 무리를 경주에 가지 못하게 막은 이유는 다음과 같았다.

"왕의 운구는 100리를 넘지 못한다(王柩不車百里外)."

고려로서는 참으로 '절묘한 구실'을 찾은 것이다. 경순왕에게 '왕의 대우'를 보장하는 대가로 운구의 임진강 도하를 막은 것이다. 왕의 장례를 옛 신라 도읍인 경주에서 치를 경우, 그곳 민심의 향배를 장담할 수 없었기 때문에 이러한 조치를 취한 것이다. 경순왕의 운구가 경주로 들어서면 경주에 있던 신라의 민심이 동요해서 폭동이 일어날 수 있다는 이유에서였다. 경순왕은 죽어서도 비참했다. 결국 그의 시신은 신라 왕실의 무덤에 묻히지 못하고 연천의 산기슭에 묻혔다. 이로써 그는 신라의 왕들 가운데 유일하게 서라벌에 묻히지 못한 비운의 왕이 되었다. 경순왕을 마지막까지 지킨 사람은 죽방부인이었다. 그녀도 경순왕이 죽고 난 후, 몇 달 후 한 많은 생을 마감했다. 그녀는 마지막 숨을 거두며 자신을 경순왕 곁에 묻지 말고 유골을 화장해서 서라벌 남산에 뿌려 달라는 유언을 남겼다.

5

마의태자의 흔적을 찾아서

진국은 조그만 배낭 하나만 들고 10년 된 자동차를 이끌고 경주로 향했다. 마의태자가 서라벌에서 출발해 한계산성에 자리 잡을 때까지의 자취를 추적하기로 했다. 상복을 입고 서라벌을 떠나는 그의 심정을 같이 느끼고 싶었다. 서라벌에서 동해안을 따라가다가 고려에 대항할 장소를 물색하던 마의태자의 심정으로 진국은 월악산으로 접어들었다. 월악산에는 이동 중에 헤어진 마의태자의 여동생 덕주공주의 향기가 남아있는 곳이었다. 충북 제천시 덕주사(德周寺)에는 신라의 마지막 왕이었던 경순왕의 딸 덕주공주와 아들 마의태자의 이야기가 여전히 간직되어 있었다. 덕주공주는 덕주사의 마애불이 되었다고 전해졌다. 절의 이름 역시 공주의 이름을 따서 덕주사로 불리게 된 것이다.

진국은 제천시 한수면 송계리의 덕주사에 들러 보물 제406호로 지정된 덕주사 마애여래입상(磨崖如來立像)을 올려다보았다. 금강산으로 향할 당시 마의태자는 동생 덕주공주와 함께였다. 그러나 덕주공주는 마의태자와 헤어진 후, 월악산으로 들어가 마애불을 조성했는데 그것이 지금의 덕주사 마애여래입상이었다. 진국은 마애여래입상을 한참 동안 쳐다보았다. 바위에 새겨진 마애불의 미소에 덕주공주의 얼굴을 그려보았다.

불법에 의지해 망국의 한을 달래려 했던 덕주공주의 마음이 진국에게 전해지는 듯했다. 덕주사 경내를 천천히 거닐자 덕주공주의 불경 읽는 소리가 들리는 것만 같았다. 1000년이 훨씬 지났지만, 덕주공주의 향기는 절터 곳곳에 남아서 전해지고 있었다.

진국은 덕주사를 뒤로하고, 마의태자의 이동 경로를 따라 강원도 인제 설악산 기슭에 도착했다. 금강산에서 쓸쓸하게 죽었다는 마의태자의 행적에 의문을 품게 하는 유적들이 인제 곳곳에 남아있었다. 진국은 생각했다.

'왜 마의태자 유적비가 이곳 인제에 이렇게나 많을까? 그리고 천년이 지난 지금까지 어떻게 마을 사람들은 마의태자의 존재를 기억하고 있는 것일까?'

인제군 상남면 김부리에는 수백 년 된 사당 대왕각이 있었다. 진국은 다큐멘터리 취재 초창기에 만났던 김부리 마을 이장을 다시 만나 함께 대왕각을 찾았다. 마을 사람들은 21세기에도 여전히 이곳에서 매년 제사를 지내고 있었다. 대왕각에는 마의태자의 위패가 모셔져 있었다. 진국은 마의태자의 위패 앞에 절을 올렸다. 절을 올리는 진국의 머리에는 온갖 상념들이 떠돌아다녔다.

뒤이어 마의태자의 흔적을 보여주겠다고 앞장선 이장을 따라간 곳은 인제군 상남면의 넓은 들판이었다. 그곳에서는 덩그러니 놓여있는 큰 바위를 '옥새바위'라고 부르고 있었다. 이장은 설명을 늘어놓았다.

"여기 두 개의 돌이 포개져 있는 이 바위의 이름이 옥새바위입니다. 옥새바위로 불리는 이유는 마의태자가 옥새를 여기에 숨겨놓았다는 이야기가 대대로 내려오면서 붙여진 것이죠."

진국이 고개를 끄덕이자, 이장은 신이 난 듯 말을 이어갔다.

"옛날부터 전해지는 전설에 의하면, 마의태자가 숨겨놓은 옥새를 지키기 위해 늘 뱀이 바위 주변을 맴돌았다고 전해지고 있습니다."

진국은 옥새바위를 보면서 생각했다.

'왕건에게 끝까지 굴복하지 않았던 마의태자가 천년 신라의 옥새를 이곳에 두고 신라 제국을 완성한 후에 찾아오려 했던 것일까?'

진국은 옥새바위 밑의 흙을 손으로 만져보았다. 따뜻했다. 천년의 세월이 흘렀지만, 마의태자의 온기가 느껴지는 것만 같았다. 이장은 마치 자신이 마의태자라도 된 듯이 의기양양하게 맹개골로 진국을 이끌었다. 마의태자를 따르던 맹장군의 이름을 따서 이름 붙여진 마을이었다. 맹개골에서 만난 어르신은 맹장군의 용맹함에 관한 자랑을 그칠 줄 몰랐다. 그만큼 이 마을 사람들은 마의태자에 대한 자부심이 대단했다.

맹개골에서 가까운 곳에 군량리라는 마을이 있었다. 군량리는 신라부흥운동을 위해 마의태자가 군량미를 모아 저장했다는 데서 유래한 마을 지명이었다. 군량리 마을을 둘러본 후 이장이 말했다.

"마의태자님의 확실한 유적을 보여드리겠습니다. 지금까지는 전해오는 이야기였지만, 갑둔리 오층석탑은 마의태자님이 세우신 겁니다. 그곳으로 제가 안내하겠습니다."

진국과 이장은 인제군 남면 갑둔리로 차를 몰고 갔다. 갑둔리 역시 마의태자의 군사가 주둔했던 곳이라 해서 그렇게 불리었다. 국도변에 '갑둔리 오층석탑'을 알리는 안내판이 서 있었다. 주차장에 차를 주차하고 산길을 한동안 걸어가니 깊은 산속에 있는 5층석탑이 눈에 들어왔다. 철제 테두리로 둘러싸인 5층석탑은 모진 비바람 속에도 천년 세월을 버티고 서서 마의태자의 체취를 전달하고 있었다. 5층석탑 왼쪽에는 석탑의 유래를 설명하는 비석이 세워져 있었다. 이 비석은 마의태자의 한을 기록하고 있었다. 1036년에 세워진 탑은 마의태자가 낙랑공주와 함께 강원도를 떠나 만주벌판으로 이동한 후에 인제에 남아있던 마의태자의 추종자들이 만들었을 것이라고 진국은 추정했다.

진국은 마의태자가 마지막까지 항쟁했던 한계산성을 둘러보고 싶었다. 원래는 설악산에서 개방되지 않은 곳이었으나 방송용 촬영을 허락받고 향토사학자와 함께 들여다볼 수 있었다. 현재 한계산성의 정확한 위치는 인제군 북면 한계 3리 1번지다. 인제읍에서 원통 면사무소를 지나 오른쪽 44번 국도로 꺾으면 한계령을 넘어 양양으로 가는 길인데, 진국은 거기에서부터 가파른 산길을 따라 땀을 뻘뻘 흘리며 걸어 올라갔다. 맨몸으로 혼자 올라가기도 힘이 드는 길이었다. 그 옛날 신라를 지키기 위해 무거운 돌을 옮기며 산성을 쌓은 마의태자 일행을 생각하니 진국은 숨을 헐떡거리는 자신이 한심하게 느껴졌다. 몇 번을 쉬었다가 한참을 오른 후에 평탄한 능선이 나타났다. 그리고 능선을 따라 아름다운 성벽이 펼쳐졌다. 진국과 향토사학자는 성문 안으로 들어서서 성벽에 올라섰다. 향토사학자도 연신 땀을 닦았다.

"이곳은 한계산성의 외성입니다. 여기서 훨씬 더 올라가면 내성이 또 있는데, 그곳에 대궐터가 있었다고 합니다. 내성은 너무 험해서 산악 전문가가 아니면 올라갈 수 없습니다. 지금 피디님은 외성에 오르는데도 이렇게 힘들어하시는데, 내성은 절대로 갈 수가 없습니다. 그리고 내성은 올라가는 길이 없습니다."

진국은 한계산성의 외성을 보는 것으로 만족해야 했다. 진국은 향토사학자에게 물었다.

"선생님은 한계산성 내성에 가 보신 적이 있습니까?"

"오래전에 산악 전문가와 동행한 적이 있습니다."

"그곳에서 마의태자의 흔적을 찾으셨습니까?"

"내성에는 거의 모든 것이 사라지고 천제단(天祭壇)이 일부 남아있었습니다. 삼국시대 사람들은 적과 싸우기 전에 하늘에 제사를 지내 필승을 다짐했다고 합니다. 한계산성의 천제단은 세 부분으로 나뉘어 있어서 '삼신단(三神壇)'의 구조였습니다. 삼신단에 있는 간지의 연대를 추측했을 때, 마의태자 시기의 경오년은 고려 광종 20년, 즉 970년이었을 것입니다. 신라가 망한 해부터 헤아리면 35년 뒤가 됩니다. 만일 이 가설이 입증된다면 이 산성은 신라 멸망 이후 고려 광종 때까지 적어도 35년간 마의태자를 따라온 신라 유민들이 장악했던 곳으로 볼 수 있을 것입니다."

진국은 향토사학자에게 재차 물었다. "이 한계산성에 대한 문서 기록이 있습니까?"

향토사학자는 진국의 질문을 기다렸다는 듯이 일사천리로 대답을 꺼냈다.

"고려가 멸망하고 조선이 들어선 후《동국여지승람》에 한계산성에 대한 기록이 있습니다.《동국여지승람》에는 '한계산성은 인제현 동쪽 50리 거리에 있고, 산성 둘레가 6278척, 높이가 4척의 석성(石城)이다. 지금은 퇴락했다'라고 기록하고 있습니다."

한계산성을 내려오면서 진국은 길가에 피어있는 무궁화를 보았다. 무궁화를 보니 낙랑공주가 떠올랐다. 진국은 향토사학자에게 물었다.

"이 지역은 원래 무궁화가 많은 곳입니까?"

"네, 인제에는 다른 지역보다 무궁화가 집단으로 많습니다."

진국은 무궁화를 둘러보며 생각난 듯 물었다.

"옛날에는 이 무궁화를 목근화라고 불렀다죠?"

"네, 예전에는 무궁화라 하지 않고 목근화라고 불렀습니다. 그 목근화가 세월이 흐르면서 발음이 순화되어서, 모근화가 되었다가 무궁화로 바뀌었다고 합니다."

무궁화를 사랑했던 낙랑의 마음이 오늘에도 전해져서 우리나라의 꽃이 무궁화가 된 것이 아닌가 하고 진국은 생각했다. 무궁화 꽃잎이 바람에 날리고 있었다

이튿날 아침, 인제에서 서울로 돌아오는 길에 진국은 파주의 도라산에 올랐다. 경순왕이 이곳에 올라서 고향인 서라벌을 바라보았다고 하는데, 지금은 북한에 고향을 둔 실향민들이 고향을 그리워하며 도라산에 오른다고 했다. 도라산은 옛날이나 지금이나 고향의 한(恨)을 간직한 산이 아닌가 싶었다. 진국은 도라산 정상에서 남쪽을 바라보며 경순왕의 심정을 헤아려 보았다.

그리고 연천군 장남면에 있는 경순왕의 무덤을 찾았다. 경순왕의 무덤은 고랑포구가 눈앞에 보이는 남북이 대치하는 휴전선 한가운데 있었다. 경순왕은 죽어서도 고향 경주에 묻히지 못하고 외롭게 이곳에 묻혀 있었다. 비무장지대에 있는 경순왕의 비석에는 6·25전쟁의 격전지로 총탄 자국이 여러 군데 남아있었다. 경순왕의 무덤 위에서 남북한의 군인들이 목숨을 걸고 싸웠던 것이다. 전쟁이 무서워 나라를 넘긴 경순왕의 무덤 위에서 우리 민족의 최대 비극이 격렬하게 벌어졌다는 것이 역사의 아이러니처럼 다가왔다. 경순왕은 죽어서도 편안하게 지내지 못한 것 같아서 진국의 마음은 무거웠다. 진국은 경순왕의 비석에 또렷하게 남은 총탄 자국을 카메라에 담았다.

고려를 떠나는 태자

굶주림과 추위에 지친 한계산성의 백성들은 좋은 음식과 옷을 베푸는 낙랑공주를 하늘에서 내려온 선녀처럼 좋아했다. 낙랑도 그들이 겪었을 고통을 생각할 때마다 가슴이 아팠다. 바람이 솔솔 새어 들어오는 한계산성의 오두막집이었지만, 옆에 태자가 있다는 이유만으로 낙랑공주에게는 구중궁궐보다 따뜻하고 편안했다. 이제야 자신의 자리를 찾은 것 같았다. 한계산성으로 온 지 3일이 지난 후, 낙랑은 태자에게 말했다.

"태자마마, 우리가 고려 국경을 벗어나면 군사를 치지 않을 것이라는 약속을 고려 황제에게 받았사옵니다. 저 멀리 더 큰 땅으로 가서 태자마마의 뜻을 펼치시기 바라옵니다."

태자는 낙랑의 마음을 헤아려 뜻을 따르기로 했다.

"조상들의 땅이었던 북방 초원의 길에서 조상들의 영광을 다시 만들어 보겠소."

낙랑은 함보를 쓰다듬었다.

"여기 함보가 태자님의 뜻을 이어갈 것입니다."

다음날 태자는 그를 따르는 무리 앞에 섰다.

"우리는 고려의 땅을 벗어나 북방 대륙의 땅으로 향할 것이다. 연세가 많으신 분이나 병이 든 자는 여기 남아서 마을을 지켜도 괜찮다. 북쪽에서 새로운 나라를 건설하려는 자는 나를 따르라!"

백성들은 따르겠다고 아우성이었다. 몸이 약해서 행군할 수 없는 사람 몇몇만 빼고 2000명 가까운 사람들이 태자와 동행하기로 했다. 석 달치의 곡식과 무기를 채운 수레 행렬이 끝없이 이어졌다. 그들은 한계산성을 떠나 함경도로 향했다. 발해의 신덕 장군이 길을 안내했다. 낙랑공주도 앞장서 나아갔다. 태자의 군대는 북쪽으로 한 걸음씩 행진을 계속했다. 고려군은 낙랑공주 때문에 공격하지 못하고 길을 터주었다.

함경도의 회령 부근은 고려의 영역이 미치지 않은 곳이었다. 태자는 회령을 일차적인 거점으로 삼기로 했다. 회령은 거란에 복속되어 있던 숙여진이 아니라 독립적으로 생활하는 생여진 부락들이 흩어져 생활하고 있는 곳이었다. 태자와 낙랑이 회령에 도착하자, 그곳에서 신덕 장군의 부하가 발해 유민을 거느리고 태자를 맞이했다. 그들은 돌아가신 부모를 만난 듯이 태자를 환영했다. 지도자를 잃고 방황하는 그들의 모습을 보자 태자는 주먹을 불끈 쥐었다. 태자는 그 지역을 계림[43]이라 이름 붙였다. 계림(鷄林)은 신라를 뜻하는 또 다른 이름이었다. 그는 새로운 땅 계림에서 새로운 신라를 만들고 싶었다. 그 계림이라는 지명이 지금의 길림이 된 것이다.

태자는 여진어를 배우면서 여진족의 부락을 통일시켜 나갔다. 발해를 멸망시킨 거란족의 요나라에게 공물을 바치면서 살아온 여진족은 태자의 힘으로 하나로 뭉치기 시작했다. 요나라의 행패에 대항하는 태자는 어려

---

43 지금의 지린성(吉林省, 길림성) 지역. 계림이 시간이 흐르면서 길림으로 바뀌었다는 설이 있다.

움에 처한 이웃 부족을 자신의 일처럼 도와주었다. 족장은 태자의 모습에 감동받아 주위의 족장들을 모아서 태자에게 귀순했다. 태자는 할아버지가 주신 금인(金人)의 뒷면에 신라를 영원히 사랑하고 생각하겠다는 의미로 새겨넣었던 '애신각라(愛新覺羅)'를 다시 들여다보았다. 태자는 여진과 함께 새로운 신라를 만들겠다고 결심했다. 신라가 망한 이유가 백성을 무서워하지 않았기 때문이라는 사실을 뼈저리게 느끼고 있던 태자는 아들 함보에게 말했다.

"백성의 신뢰를 잃은 권력은 모래 위에 지은 성이나 마찬가지이다. 백성을 무서워하지 않는 권력은 반드시 백성들에게 강제로 끌려 내려온다. 백성의 마음을 먼저 얻어라. 강력한 지도자는 백성들의 믿음 위에서 탄생하는 법이다. 세상은 이해할 수 없는 것을 배제하는 것이다. 자신과 같지 않으면 기분 나빠하는 것이 세상 인심이다. 자신과 뜻이 다르다고 나쁜 사람으로 취급하지 마라. 다르다는 것은 틀렸다는 것이 아니다. 모두가 같은 생각을 하면 발전이 없다. 서로 다름을 인정해야 새로운 발전이 있는 것이다. 이곳 여진 사람들은 우리와 살아온 방식이나 생각이 많이 다르지만, 이것이 큰 힘이 될 수 있다. 모두를 포용할 수 있는 새로운 나라를 만들어야 한다."

태자는 시간이 있을 때마다 함보에게 조상들의 이야기를 전했다.

두만강 유역의 계림은 서라벌의 산천과 비슷했다. 여진 사람들의 모습도, 생활 습관과 풍속도 비슷했다. 태자는 여진 사람들에게 말했다

"여진은 원래 고구려 백성으로 우리 신라와는 같은 민족이었습니다. 고구려가 멸망하고 발해의 백성이 되었다가 발해가 멸망한 후에 이렇게 뿔뿔이 흩어져서 여진이라는 이름으로 살고 있습니다. 저는 여러분을 우

리의 형제로 삼아 하나로 뭉쳐 나가겠습니다."

태자의 말은 신덕 장군이 여진 말로 통역해 주었다. 원래 여진어는 고구려 말이었으나 오랜 세월을 거치면서 서로 의사소통을 할 수 없을 정도로 변해 있었다. 그러나 고구려 말과 신라 말은 뿌리가 같았기 때문에 쉽게 배울 수 있었다. 영접을 끝내고 태자는 함보에게 말했다

"함보야, 너는 먼저 여진의 말을 배워야 한다. 이 지역의 왕이 되려면 이 지역의 말을 몰라서는 안 된다. 오늘부터 여진의 말을 부지런히 배우도록 하라."

태자는 신덕 장군에게 특별히 함보를 부탁했다. 발해의 장군이었던 신덕은 여진어를 모국어로 하면서 신라어도 능숙했다. 함보는 이때부터 여진어를 열심히 배워 몇 년 후에는 여진 사람처럼 말할 수 있게 되었다. 태자는 나이가 있어 낯선 여진어에 쉽게 익숙해지지 않았지만, 한자를 사용해 필담으로 의사소통을 했다. 태자는 함경도와 송화강 남쪽의 여진 부족을 하나하나씩 통합해서 신라와 발해와 여진을 하나로 묶어나갔다. 요나라에 핍박받던 여진의 족장들은 하나둘씩 태자에게 마을을 맡겼다.

낙랑의 행복

낙랑이 태자와 함께 두만강 부근의 계림으로 온 지 8년의 세월이 흘렀다. 태자와 함께 사는 낙랑은 꿈을 꾸는 것처럼 행복했다. 북쪽 지방의 쌀쌀한 날씨도 낙랑의 따스한 행복을 막지 못했다. 낙랑으로선 처음으로 맛보는 행복이었다. 고려 황실에서 누리던 남부러울 것 없는 호화 생활이 하나도 그립지 않았다. 비단옷 대신 삼베의 허름한 옷을 입어도, 흰 쌀밥과 고기국 대신에 보리밥과 냉이국을 먹더라도 낙랑은 행복에 겨워 꿈이 아니기를 기원했다. 태자는 낙랑이 고생하는 것을 볼 때마다 안쓰러웠다.

"공주, 미안하오. 공주를 이렇게 고생시켜서 할 말이 없소."

낙랑은 얼굴을 붉혔다.

"이제 저에게 공주라는 말씀은 하시지 말아 주세요. 저는 한 남자의 아내로서 함보의 에미로서 충분히 행복합니다. 사람의 행복을 어찌 물질에 견주리이까?"

태자는 낙랑의 손을 잡았다.

"공주가 아니었으면 나는 아무것도 할 수 없었을 것이오. 나는 공주에게 해준 것이 없는데 공주는 나에게 모든 것을 주었소."

"저는 태자님만 옆에 계시면 되옵니다. 아무것도 바라지 않나이다. 태자님이 옆에 계셔주셔서 고맙습니다."

"말도 잘 통하지 않고, 척박한 땅에서 공주를 고생시키는 것이 마음 아프오."

"저는 힘든 것이 하나도 없나이다. 저는 태자님이 계시는 것만으로도 행복하옵니다. 부디 제 곁에 오래 머물러 주시옵소서. 태자님이 이루시려는 꿈을 꼭 만들어내시기 바랍니다. 저는 태자님 곁을 굳건하게 지키겠나이다."

"고맙소."

두만강에서 불어오는 바람은 11월인데도 차가웠다. 하지만 차디찬 강바람도 두 사람의 따스한 사랑을 식히지는 못했다. 함보가 저녁 문안 인사를 하러 왔다. 함보도 이제는 제법 건장한 청년으로 성장해서 태자의 뒤를 잇고 있었다. 함보는 어머니 낙랑의 아버지에 대한 사랑이 얼마나 깊은지 어릴 때부터 몸으로 느끼고 있었다. 낙랑이 함보에게 말했다.

"함보도 이제 장가를 보내야 하는데 마음에 두는 처자가 있느냐?"

함보는 어머니께 말했다.

"어머님 같은 처자만 있으면 당장 내일이라도 결혼하겠습니다."

"너의 어머니 같은 분은 세상에 없을 것이다. 너의 어머니는 하늘에서 내려온 선녀이니라."

태자가 웃으며 응수했다. 낙랑은 처음으로 가족의 행복을 맛보고 있었다. 행복이 심해지면, 불안해진다라고 했다. 낙랑의 마음 한구석에는 이 행복이 영원할 수 있을까 하는 염려가 엄습했다. 가장 사랑하는 두 남자는 자신의 작은 행복 안에 가두기에는 해야 할 일이 너무 많은 사람들이기 때문이었다. 그것은 그들의 운명이었다. 그 운명이 항상 낙랑을 괴롭히고 있었다.

함보의 복간수[44] 진출

태자는 함보에게 신라 화랑의 무술을 전수했다. 함보가 20세에 접어들자 그는 아무도 당해낼 수 없는 훌륭한 장수가 되어있었다. 태자는 계림의 여진을 어느 정도 평정했다고 판단한 다음에 함보를 불렀다.

"함보야, 이 지역은 그 옛날 우리 조상들이 호령하던 대륙이다. 지금 흩어져 있는 여진도 우리와 뿌리가 같은 민족이다. 그들은 발해가 멸망한 후에 요나라의 세력이 미치지 않는 곳에서 뿔뿔이 흩어져 있다. 이들 모두를 모으는 것이 먼저 중요한 일이다."

"아버님의 뜻을 알고 있사옵니다."

태자는 자세를 가다듬고 말했다.

"그래서 너에게 큰일을 맡기고자 한다. 너는 이제 여진어도 완벽하니까 여기 계림보다 훨씬 북쪽에 있는 복간수(僕幹水) 지방으로 가거라. 그곳엔 여진 사람들이 많이 살고 있다고 들었다. 여기서 2000리 길이 넘지만, 네가 군사를 이끌고 흑룡강을 넘어가서 그곳 여진의 족장들을 만나서 우리의 뜻을 전달하도록 하라."

---

44 현재 헤이룽장성(黑龍江省, 흑룡강성) 하얼빈시 주위의 목단강 부근.

태자는 지도자로 떠나는 함보에게 평소에 품었던 용인술에 대해 알려주었다.

"앞으로 너는 여러 종류의 사람을 만날 것이다. 대업을 이루는 데는 사람이 가장 중요하다. 네 주위에 어떤 사람이 있느냐에 따라서 성공과 실패가 결정되는 것이다. 첫째, 사람들 앞에서 선동하는 사람은 경계하라. 둘째, 자기희생 없이 지도자가 되려는 사람을 경계하라. 셋째, 사람을 모으고 말로 사람을 현혹시키는 사람을 멀리하라. 넷째, 너의 비위를 맞추려 아첨을 잘하는 사람을 주위에 두지 마라."

"네, 조심하겠나이다."

태자는 목소리를 한껏 높였다.

"너의 밑에서 백성을 이끌 사람은 반드시 자기희생이 동반되어야 한다. 희생 없이 이익만 챙기는 사람을 주위에 두지 마라. 남을 도울 때, 자신의 돈은 쓰지 않고, 나라의 돈으로 생색내는 사람을 가장 경계해야 한다. 백성들은 그 사람이 거짓 위선자라는 것을 모두 알고 있다. 듬직하고 의리 있고, 품성이 좋은 사람과 함께하라. 비록 너의 실수를 네 앞에서 비난하더라도, 모든 사람이 추천하는 사람이 있으면, 네가 직접 찾아가서 설득해라."

"아버님 말씀 가슴에 새기겠나이다. 저를 믿고 이렇게 큰일을 맡겨주시다니 목숨을 걸고 성사시키겠나이다."

"너의 어머니가 걱정하시니까. 목숨을 건다는 말은 함부로 하지 마라. 그리고 이제는 나의 뒤를 이어서 애신각라의 대업을 이루어야 한다. 너의 목숨은 이제 너 혼자만의 목숨이 아니다."

"명심하겠나이다."

이튿날, 함보는 어머니 낙랑공주에게 하직 인사를 했다.

낙랑은 처음으로 아들과 떨어진다는 생각에 가슴이 떨렸다. 그러나 함보 앞에서 눈물을 보이지 않았다.

"언제나 아버님 말씀을 명심해야 한다……."

낙랑은 말을 채 잇지 못하고 함보를 껴안았다. 함보는 어머니가 속으로 울고 계시다는 것을 알고 있었다.

"어머님, 소자가 꼭 북쪽의 여진을 설득하고 무사히 돌아오겠습니다."

"북쪽의 여진은 여기보다 거칠다고 소문이 자자하더구나. 거친 사람일수록 마음을 열고 진심을 보이면 진정 너의 사람으로 만들 수가 있을 것이다."

"어머님 말씀 명심하겠습니다."

함보는 다음날 500명의 군사를 이끌고 복간수로 출발했다

복간수에 도착한 함보는 강을 끼고 있는 광활한 평야를 바라보았다. 발해의 수도였던 상경용천부(上京龍泉府)가 있던 자리였다. 발해는 이곳에서 대제국을 이룩했다. 함보와 함께 온 신덕 장군은 상경용천부 자리에서 한숨을 내쉬었다. 그 찬란했던 궁궐은 모두 불타고 지금은 기둥만 몇 개 흉터처럼 남아있었다. 신덕이 함보에게 말했다.

"저하, 이곳이 소장이 목숨을 걸고 지켰던 발해의 궁궐 상경용천부의 자리이옵니다."

머리가 희끗한 신덕 장군은 궁궐을 마주하자 감회가 새로웠다. 그러나 감상에 젖어 있을 상황이 아니었다. 그는 이내 목소리를 가다듬었다.

"저하, 이곳에서 발해의 영광을 다시 한번 만들어 주시기 바랍니다. 제가 북쪽에 흩어져 있는 발해 유민들을 모으겠사옵니다. 그들은 주인을 잃고 뿔뿔이 흩어져 부족 단위로 족장들이 관리하고 있사옵니다. 발해

가 멸망된 이후 요나라에 굴복하지 않고 독립적으로 생활하고 있사옵니다. 그들을 여진이라고 부르면서 야만인이라고 멸시하고 있지만, 그들의 용맹함은 아무도 당해낼 사람이 없사옵니다. 저하께서 그들의 마음을 얻는다면 그들은 저하를 모시고 새 나라를 만들 것이옵니다. 그들도 우리와 같은 핏줄이옵니다. 그들은 발해 이전에 고구려의 백성이었습니다."

함보는 주먹을 단단히 쥐었다. 아버지가 왜 자신을 이곳으로 보냈는지 알 수 있었다. 옛 고구려와 발해의 땅에서 새로운 대제국을 만들라는 아버지의 명이었던 것이다. 함보는 수백 리 떨어져 있는 부족들을 모두 찾아다녔다. 그 부족장들은 신라 태자의 아들이 왔다는 소식을 듣고 형제를 만난 것처럼 반겨주었다. 복간수의 가장 큰 족장이 함보를 맞이했다. 대족장은 육십이 넘은 마을의 원로였다. 함보는 대족장에게 정중히 인사했다.

"저는 신라 태자의 아들 김행입니다. 법명은 함보이옵니다. 함보라 불러주시옵소서. 신라가 멸망한 이후 저의 아버님은 고려에 귀순하지 않고 새로운 나라를 만드시기 위해서 조상들의 땅을 찾았사옵니다. 이 땅은 우리 조상들의 뿌리와도 같은 곳이옵니다. 훈제국과 조선, 부여, 고구려, 발해로 이어지는 우리 조상들의 땅이옵니다."

대족장은 고개를 끄덕였다.

"그렇습니다. 우리는 조상 대대로 이 땅에서 뿌리를 내리고 살고 있습니다. 우리는 평민들이라 이 땅에 계속 살 수가 있었지만, 나라가 없어질 때마다 왕족들은 같이 사라졌습니다. 지금 우리는 길 잃은 양 떼처럼 그냥 하루하루를 버텨내고 있습니다. 우리의 지도자 왕손께서 이렇게 멀리서 찾아오셨다니 저희는 환영할 따름이옵니다."

대족장은 부족민들에게 알렸다.

"우리 지도자가 이렇게 먼 길을 달려서 찾아와 주셨다. 이 분의 뜻에 따라 새 나라를 만드는데, 온 힘을 기울이도록 하라!"

마을에서 함보를 위한 큰 잔치가 벌어졌다. 함보에게는 마을이 낯설지 않았다. 음식이나 집이나 모든 것이 친근했다. 대족장의 막내딸 후니가 함보에게 관심이 많았다. 후니는 투박하지만 섬세한 멋을 지닌 열여덟 처녀였다. 대족장은 후니의 마음을 알고는 함보의 안내를 맡겼다. 여진에서는 귀중한 손님이 오면 딸을 시중들게 하는 풍습이 있었다. 그 손님을 사위로 맞이하겠다는 암묵적인 호의의 표시이기도 했다. 함보는 신덕 장군에게서 이미 듣고 알고 있었다. 함보는 이 지역의 진정한 지도자가 되기 위해서라도 대족장의 딸과 혼인할 것을 결심했다.

얼마 후, 함보와 후니의 성대한 혼인식이 열렸다. 이 혼인식은 함보를 진정한 이 지역의 가족으로 받아준다는 표시였다. 함보는 후니와 혼인한 후, 대족장의 지위를 물려받고 여진 연합의 최고 지위에 올랐다. 함보는 차츰 주위 부족들을 통합해서 흑룡강 일대와 복간수 지역 전체를 통합했다. 부족 간의 분쟁이 있을 때는 모두가 함보에게 의뢰해 그의 판결을 받았다. 그리고 요나라의 부당한 간섭에는 함보를 중심으로 뭉쳐서 원천적으로 봉쇄했다. 5년 후, 복간수가 안정되었다고 판단한 함보는 계림에 있는 아버지 태자에게 편지를 보냈다.

"아버님. 아버님이 계신 두만강 유역의 계림은 요나라와 가깝고 고려와도 충돌이 자주 일어 힘을 키우기에는 위험한 지역입니다. 제가 새롭게 개척한 흑룡강의 복간수는 천혜의 요새로 방어하기가 적합하고 요나라가 쳐들어와도 충분히 준비할 시간이 있어 승산이 있습니다. 복간수는 발해의 상경이 있던 자리로 넓은 평야가 있어 식량 확보가 쉽고 대제국을 건설하기에 적합한 곳이옵니다. 아버님께서 이곳으로 오셔서 제가 만든 것을 직접 보셨으면 합니다."

함보는 아버지에게 자신이 5년 동안 이룩한 것을 보여주고 싶었다. 함보는 전령을 통해서 태자에게 편지를 보냈다. 그러나 돌아온 답장은 아버지 태자가 많이 편찮으셔서 거동이 힘들다는 것이었다. 함보는 그 편지를 받자마자, 바로 2000리 길을 달리기 시작했다.

마의태자의 죽음과 유언

5년 만에 돌아온 계림은 변한 것이 없었다. 낙랑은 마을 어귀 입구에서 함보를 기다렸다. 말발굽 소리만 나면 함보인 줄 알고 뛰어나갔다. 마침내 함보가 도착하자 낙랑은 함보의 얼굴을 어루만지며 반가워했다.

"함보야, 이게 몇 년 만이냐? 너를 다시 못 보는 줄 알고 이 에미는 매일 가슴을 졸였다."

"어머님, 제 걱정은 마시옵소서. 소자는 아버님이 걱정되어서 하루도 쉬지 않고 달려왔습니다."

"아버님은 이제 연세가 있으시니까. 기력이 많이 떨어지셨다. 절대로 아프다는 이야기를 너에게 하지 말라고 했는데, 내가 전한 것이다. 편지를 받고 달려왔다고 이야기하지 말아라."

아버지 태자의 강직한 성품을 알기에 함보는 고개를 끄덕였다. 함보는 자신이 이룩한 것을 아버지께 꼭 보여드리고 싶었다. 아버지에게 인정받고 싶었다. 그런 아버지가 병석에 누워 계시다니 가슴이 찢어지는 듯했다. 함보는 마을로 들어섰다. 어머니가 심은 목근화로 뒤덮인 계림은 아름다웠다. 방 안으로 들어가니 태자는 누워 있었다. 함보가 들어와서 절을 하자 태자는 천천히 일어나 절을 받았다. 함보는 아버지의 수척한 모습을 보자 더욱 가슴이 아팠다. 태자는 함보가 복간수에서 만들어낸 일을 이미 모두 알고 있었다.

"함보야, 고생 많이 했다. 내가 모든 소식을 듣고 있다. 네가 자랑스럽다."

아버지의 칭찬 한마디에 함보는 힘들었던 모든 상황이 봄바람에 눈이 녹듯 사라지는 듯했다. 함보는 어린애처럼 갑자기 눈물을 터뜨렸다. 태자는 함보를 꼭 껴안았다. 그리고 둘은 한동안 아무 말이 없었다. 한참이 지난 후에 태자는 꼭꼭 숨겨두었던 금인을 찾았다. 태자는 함보에게 애신각라가 새겨진 금인을 전했다.

"이 금인에 새겨넣은 애신각라에는 나의 혼이 담겨있다. 힘든 일이 생길 때에 이 금인을 보면서 다시 일어나거라. 이 금인은 우리의 뿌리이자 우리의 상징이다. 훗날 새로운 나라를 세울 때 이 금인을 표상으로 하여라. 조상들이 하늘에서 도울 것이다."

함보는 입을 굳게 다물며 태자에게 맹세했다

"아버님의 뜻을 반드시 이어가겠습니다."

태자는 안심한 듯이 함보에게 말했다

"함보야. 모든 것을 두려워하지 마라. 죽음까지도 두려워 마라. 두려우면 지는 것이다. 과감하게 도전하고 실행하라. 그리고 한평생 살면서 양심에 비겁한 행동은 절대 하지 마라. 바른 일에는 목숨을 걸고 해라. 명예롭게 죽으면 영원히 살 것이고, 비겁하게 죽으면 바로 썩어서 후세에 추한 냄새를 남기게 된다. 명예도 힘이 없으면 지킬 수가 없다. 힘을 키워라. 그리고 힘이 강해지면, 마음을 가볍게 해라. 모든 것을 아까워하지 마라. 어차피 인간은 죽는다. 목숨을 아까워하지 않으면 그 무엇이 두렵겠느냐? 현세에 안주하지 말고, 미래에 작은 것이라도 무엇이 도움이 될 수 있을

까를 생각해라."

태자는 호흡을 가다듬고 다시 말을 이었다.

"후회 없이 사랑하라. 사람을 사랑하고 자연을 사랑하고. 저 끝없는 대륙을 사랑해라. 우리 조상들이 뛰놀던 저 대륙을 미련이 없을 정도로 뛰놀아라. 그래서 우리 후손이 대륙의 주인이 되어서 남의 눈치 보지 않도록 네가 기틀을 만들어야 한다. 이 아비는 열심히 살았다. 그리고 비겁한 짓은 하지 않았다. 이 아비는 조상의 꿈을 자랑스러운 너에게 맡기고 떠나도 안심이 되어 행복하다. 너의 어머니를 만나서 행복했고. 네가 태어나줘서 고마웠다. 어머니에게 잘 해줘라. 내 몫까지 해주기 바란다."

태자의 눈에는 눈물이 고였다.

"누구를 위해서 죽을 수 있는 것은 행복한 사람이다. 너의 어머님을 보아라. 사랑을 위해 목숨을 바칠 용기가 있기에, 오늘의 네가 있고 내가 있는 것이야. 백 살까지 산다고 해도 비겁하게 살면 그의 인생은 실패한 것이다. 어차피 한 번 살다가 가는 인생인데, 좋은 흔적을 남겨야 하지 않겠느냐? 나는 명분을 가지고 민심을 얻었다. 민심이 곧 역사이다. 역사를 무서워할 줄 알아야 한다. 내가 길을 닦았으니까 너는 이 길을 타고 우리 조상의 영광을 되찾아야 한다. 정의와 명분이 모든 것을 이긴다. 순간의 안락을 위해 명분을 버리지 마라. 죽으면서 후회할 것이다. 이 아비는 지금 행복하게 죽음을 맞이한다. 내가 사랑하는 낙랑이 옆에 있고, 나의 일을 이어줄 듬직한 아들이 있는데, 내가 무엇을 더 바라겠느냐?"

옆에서 듣고 있는 낙랑은 미소를 머금은 눈물이 구슬처럼 떨어졌다. 태자는 힘들게 말을 이어갔다.

"인생은 나이로 늙는 것이 아니라, 이상의 결핍으로 늙는다. 한순간의 안정을 위해 이상과 꿈을 잃지 마라. 편안하게 안주하고 싶은 마음이 생기면 이 금인을 쳐다보아라. 나는 평생의 꿈을 이 금인에 네 글자로 새겨 넣었다. 그것이 애신각라이다. 신라를 사랑하고 항상 신라를 생각해라. 이 것이 나의 마지막 유언이다."

함보는 아버지의 손을 꼭 잡았다.

"아버님, 걱정하지 마시옵소서. 제가 아버님의 뜻을 꼭 이루겠습니다."

태자는 만족한 듯이 눈을 지그시 감으며 말했다.

"나는 후회 없이 살았다. 내 비문에는 '열심히 살다가 행복하게 죽었 다'라고 짧게 적어주기 바란다."

태자는 마지막으로 남쪽의 고향을 보고 싶다고 덧붙였다. 함보는 태 자를 업고 밖으로 나갔다. 태자는 저 멀리 남쪽의 신라를 응시했다. 신라 가 살아서 움직였다. 어릴 때 뛰어놀던 서라벌 남산의 모습과 임해전의 월지 그리고 포석정이 떠올랐다. 피로 물들인 신라의 모습이 아니라 단풍 으로 예쁘게 물들어 있는 신라를 태자는 분명히 보았다. 문 밖의 단풍나 무에서 낙엽이 떨어지고 있었다. 태자도 서서히 인생이라는 나무에서 떨 어지고 있었다.

함보의 완안여진

함보는 어머니 낙랑공주를 모시고 대이동을 시작했다. 두만강에서 흑룡강 복간수까지는 2000리의 먼 길이었다. 낙랑은 아들과 함께 떠나는 길이었지만, 태자가 죽은 후 많이 수척해졌다. 세상에서 가장 사랑하는 두 남자 중에서 한 남자를 잃었다. 낙랑은 이제 다시 돌아올 수 없는 계림 땅을 떠나면서 자꾸만 뒤를 돌아다보았다. 남편이 묻혀 있는 곳, 그곳을 떠난다는 마음에 발길이 떨어지지 않았다. 함보는 어머니의 생각을 눈치챘는지 낙랑의 손을 꼭 쥐었다.

"어머님, 제가 아버님의 몫까지 잘하겠습니다. 복간수에 도착하면 목근화부터 심겠습니다. 아버님께서 돌아가시면서 하신 말씀, 제 가슴속에 깊이 간직하고 있습니다."

낙랑은 아들을 지긋이 바라보았다.

"이제는 너밖에 없다. 네가 나의 남편이고 아들이다."

둘이서 손잡고 가는 길은 모든 것을 아름답게 만들었다.

김함보와 낙랑은 두만강을 넘어 생여진 지역 복간수에 도착했다. 복간수에 도착한 함보는 대족장과 후니의 영접을 받았다. 함보는 낙랑을 여러 사람 앞에서 소개했다.

"고려의 공주이시며 신라 태자님의 부인이신 제 어머님 낙랑공주이십니다."

대족장은 고개를 숙이며 낙랑에게 인사했다.

"이렇게 먼 길을 와 주셔서 감사드립니다. 공주님의 아드님이신 저하께서는 저희의 대족장이 되시어 저희를 이끌고 있사옵니다."

옆에 있던 후니가 부끄러워하며 낙랑에게 인사드렸다.

"후니라 하옵니다."

함보가 통역을 해주었다.

"어머님, 후니는 대족장의 딸로서 저와 혼인을 하였사옵니다. 어머님의 며느리이옵니다."

낙랑은 후니를 따뜻하게 껴안았다. 후니가 꼭 어릴 때 자신의 모습을 보는 것 같았다. 낙랑은 함보에게 말했다.

"너는 후니를 정치의 희생양으로 만들지 말고, 한 남자의 아내로서 평생 사랑받을 수 있도록 해라."

함보는 어머니의 말씀이 뜻하는 바를 잘 알고 있었다.

"어머님 말씀대로 아내를 지키고 사랑하겠나이다."

옆에서 바라보는 대족장도 낙랑의 말에 감격해 머리를 숙였다. 이제 함보와 낙랑은 복간수의 진정한 주인이 된 것이다. 요나라에 굴복하지 않았던 복간수 생여진의 모든 족장은 요나라와의 전쟁에 선봉을 서는 함보의 용맹함과 솔선수범을 보고 그의 수하로 들어왔다. 함보가 신라 태자의 아들이라는 사실이 알려지면서 함보의 마을을 '왕의 마을'이라는 의미로 완안(完顏) 마을이라 하고 모든 여진의 우두머리 지역으로 삼았다.

함보는 복간수 주위의 모든 여진을 통합해 완안여진의 수장이 되었다. 그 후로 여진족은 함보를 완안함보라 불렀다. 완안이 함보의 성처럼 사용된 것이다. 그때부터 김씨는 완안씨와 같이 쓰이게 됐다. 이것이《금사(金史)》에서 김함보를 완안여진의 시조로 일컬어지는 이유였다.《금사》에 따르면 김함보가 여진족의 땅으로 들어갈 당시 여진의 부족들 사이에서 분쟁이 끊이질 않았다. 생여진은 글도 없었고 법규도 없어 제멋대로 자연 속에서 야생적 생활을 하고 있었다. 김함보는 법규를 만들어 여진 사회가 이 율법에 따르도록 했다. 김함보가 삼한에서 시행되던 우마변상법(牛馬辨償法)이라는 일종의 성문법을 제정하고 각 부족으로부터 합의를 이끌어내자, 그 지도력을 인정받게 되었다. 그 이후 그의 후손들은 완안여진뿐만이 아니라 전체 여진의 중심으로 자리를 잡게 된 것이다. 김함보는 왕족으로서의 높은 교양과 인격으로 부족들에 신망을 받으면서 절대적 신임을 얻었다. 아버지 마의태자가 함보에게 이야기했던 백성의 마음을 얻은 것이다.

고려를 미워하지 마라

함보가 복간수에서 동서남북으로 여진 부족을 통합하기 위해 말을 타고 초원을 누비는 동안 낙랑은 완안 마을을 지키고 있었다. 완안 마을의 살림뿐 아니라, 함보가 없는 동안 함보 대신에 모든 일을 처리했다. 낙랑은 죽은 태자의 몫까지 해내야 한다고 생각하고 밤잠도 아껴가며 마을을 관리했다. 함보의 아내 후니는 낙랑을 걱정했다.

"어머님, 건강이 걱정되옵니다. 쉬시면서 일을 하시기 바랍니다."

낙랑은 며느리 후니에게 온화한 미소를 지어 보였다.

"걱정하지 마라. 너의 시아버님 태자께서 만드시고자 했던 대제국의 꿈을 함보 혼자에게 맡기는 것이 미안해서 내가 조금이라도 도와주고 싶어서 하는 일이다. 우리가 이 먼 곳까지 와서 만들어내고자 하는 뜻을 너도 알고 있지?"

후니는 어머니 낙랑의 말씀에 고개를 숙였다. 그녀도 남편 함보를 위해서 목숨을 던질 각오가 되어있었다. 그러나 어머니 낙랑공주와 비교한다면 그녀의 결심은 초라해지고 말았다.

"어머님, 저도 귀가 아프도록 들었사옵니다. 어머님만큼은 못하지만, 저도 남편과 이 가문을 위해 뼈를 묻을 각오가 되어있습니다. 저도 이제

269

김씨 집안의 사람이 되었습니다."

낙랑은 후니의 머리를 쓰다듬었다.

"내가 너를 너무 어린애 취급해서 미안하구나. 네가 함보와 여진을 잇는 다리의 역할을 하고 있는 것을 잘 알고 있다. 그러나 이제는 다리의 역할이 아니라, 선봉의 역할을 해야 한다."

"어머님 말씀 명심하겠나이다."

"네가 있어서 든든하구나."

송화강의 찬 바람이 두 여인을 감싸 돌면서 훈훈하게 바뀌었다.

복간수에 도착한 지 7년 후, 낙랑의 심한 기침에 피가 섞여 나왔다. 구중궁궐에서 좋은 옷과 좋은 밥으로 생활하던 그녀가 거친 생활을 이어가다 보니 체력도 바닥을 드러내고 있었다. 낙랑도 세월을 이길 수야 없는 법이었다. 송화강 서쪽의 숙겨진 지역을 돌고 있는 함보에게 급히 전갈이 왔다. 어머니가 위독하시니 빨리 돌아오라는 전갈이었다. 함보는 완안 마을로 돌아오는 길이 끝이 없어 보였다. 어머니가 돌아가신다고 생각하니 말 위에서 눈물이 쏟아졌다. 말도 함보의 마음을 아는지 빠르게 달려나갔다. 함보가 완안 마을에 도착하니, 낙랑은 옛날의 어여쁜 모습은 사라지고 앙상한 모습이었다. 함보는 어머니를 붙잡고 오열했다. 낙랑은 함보의 눈물을 닦아주며 조용히 타일렀다.

"함보야, 어린애처럼 울지 마라."

함보는 더 소리 내어 울었다.

"어머니, 어머니와 둘밖에 없습니다. 주위의 눈치 보지 않고 열 살의 함보가 되고 싶습니다."

함보는 어린애처럼 낙랑에게 파묻혀 안겼다. 낙랑도 함보를 10살 난 소년처럼 토닥이며 안아주었다. 두 사람이 서로를 안고 있는 동안 함보의 울음소리도 차츰 줄어들었다. 한참이 지난 후에 낙랑은 함보의 얼굴을 어루만지며 말했다.

"나는 너의 아버지 태자가 계셔서 이 세상이 행복했다. 어려움이 있었지만, 사랑이 있었기 때문에 모든 어려움을 헤쳐 나갈 수가 있었다. 너도 너의 아내 후니를 사랑해줘야 한다. 사랑만 있으면 어떤 어려움도 헤쳐 나갈 수가 있다."

함보는 고개를 끄덕였다. 잠시 후 낙랑은 다시 목소리를 가다듬었다.

"그리고 네가 아버지의 꿈을 이루어야 한다. 아버지가 그 모든 유혹을 물리치고 고난의 길을 택한 것은 그분의 꿈이 있었기 때문이다. 사랑과 꿈은 인생을 끌어가는 힘이자 원천이다."

함보는 눈물을 닦고 대답했다

"제가 반드시 아버님의 꿈을 이루어내겠습니다."

낙랑은 잠시 뜸을 들인 후에 말했다.

"고려를 미워하지 말아다오. 너의 아버님도 신라가 귀족의 부패와 백성의 마음을 살피지 못해서 망했다고 생각했다. 고려를 미워하지는 않았다. 새 나라를 만들더라도 너의 외할아버지가 만든 고려와는 형제처럼 지내야 한다. 이것이 나의 마지막 부탁이다."

함보는 어머니가 걱정하는 바를 알고 안심시켰다.

"어머님, 걱정하지 마시옵소서. 고려와는 형제처럼 지내겠나이다."

낙랑은 안심한 듯 편안하게 말을 이었다.

"내가 죽거든, 나를 부처님의 뜻에 따라 화장해서 아버님의 무덤에 합장해다오. 다시 태어나도 나는 네 아버님과 부부의 연을 이어가고 싶구나. 함보 너를 두고 저승에 가려니 발길이 떨어지지 않는구나."

함보는 다시 눈물을 쏟아냈다. 낙랑은 함보를 사랑스럽게 쳐다봤다.

"사랑만 있으면 인생은 아름다운 것이다. 너는 사랑으로 새로운 나라를 만들어라."

낙랑은 아들 함보가 지켜보는 가운데 복간수 완안 마을에서 숨을 거두었다. 낙랑의 죽음에 온 여진 부락 사람들이 눈물을 흘리며 그녀의 죽음을 애도했다. 함보는 이국 땅에서 숨을 거두는 어머니의 시신을 부여잡고 오열했다. 함보는 아버지의 무덤과 어머니의 무덤을 합장했다. 무덤가에 있던 목근화 한 그루에서 꽃 두 송이가 피었는데 그 꽃은 서로를 지켜보고 있었다.

함보가 만드는 김의 나라

함보는 마음을 열고 백성과 함께했다. 백성이 울면 같이 울고, 백성이 기뻐하면 같이 기뻐하면서 강력한 힘을 키워 나갔다. 모든 백성의 마음이 하나 되어 그 지도자와 뜻을 합친다면 무서울 것이 없었다. 함보가 이끄는 여진의 용맹함은 중국까지 알려졌다.

"여진족을 절대로 뭉치게 하지 마라. 만일 1만이 모이면 전투를 피하고 화친을 하여라. 여진 1만이 모이면 천하가 이를 감당하지 못한다(女眞 一萬卽 天下不堪當)."

중국인들은 함보가 이끄는 여진이 모이면 무서워서 벌벌 떨었다. 그러는 사이 함보의 아내 후니가 아들을 낳았다. 함보는 아들의 이름을 김극수(金克守)라 짓고, 그에게 조상의 이야기를 항상 들려주었다. 세월이 흘러 극수가 아들을 낳았는데, 함보는 손자의 이름을 김고을(金古乙)이라고 지었다. 함보의 아들과 손자들이 조상들의 뜻을 이어나갔다. 함보는 아버지 마의태자의 뜻을 아들과 손자들에게 잊지 말라고 매일 이야기하다시피 했다.

세월이 흘러 새 나라의 기틀이 완성할 무렵, 함보가 병에 들어 자리에 누웠다. 아들 극수와 손자 고을이 그의 병석을 지키고 있었다. 이때 병석에 누워 있는 함보에게 좋은 소식이 하나 들려왔다. 손자 고을의 아들이 태어난 것이다. 함보는 기뻐하며 증손자의 이름을 김오고내(金烏古迺)[45]로 지었는데, 훗날 그는 국가 체제의 기반을 마련한 걸출한 인물이 되었다. 또 오고내의 손자인 김아골타(金阿骨打)[46]가 드디어 그 뜻을 이루어서 금나라를 세운 것이다. 함보는 죽어가면서도 아들 극수와 손자 고을에게 당부했다.

"나의 아버지 신라 태자님이 이 먼 곳에서 이루시려 했던 꿈을 너희가 꼭 이루어주기를 바란다. 우리의 뿌리를 잊어서는 안 된다. 우리의 뿌리는 애신각라(愛新覺羅) 김(金)이다. '김의 나라'를 만들어야 한다. 우리의 조상들이 하늘에서 응원할 것이다. 나무의 뿌리가 튼튼하면 매년 새로운 잎과 열매를 맺게 한다. 우리가 그 뿌리에 달린 잎과 열매이다. 나는 이제 시들어 가지만, 내가 지고 나면, 나도 뿌리에 영양분이 되어줄 것이다. 너희도 마찬가지이다. 뿌리를 잊으면 안 된다. 그 뿌리가 우리가 함께하는 김(金)이다. 반드시 김의 나라를 만들어서 우리 조상들이 호령했던 대제국을 다시 이루어야 할 것이다."

함보는 마지막 숨을 거두면서 '애신각라'가 새겨진 금인의 동상을 아들에게 건넸다. 금인의 작은 동상은 모든 것을 간직한 채 마의태자의 영혼처럼 빛나고 있었다.

함보가 세상을 떠난 후, 그의 아들 김극수는 아버지의 뜻을 이어 세력

---

45 김오고내(金烏古迺), 완안오고내(完顔烏古迺, 1021~1074년). 완안 부족 태사(太師)로 임명되었다. 1135년 금나라 희종이 즉위하자 완안오고내는 경조(景祖) 혜환황제(惠桓皇帝)로 추존됐다. 1144년 오고내는 정릉(定陵)에 이장되었다.
46 아골타(阿骨打)는 한자 음역어로 중국어 표기 이름은 '아구다'이다.

을 확장했으며, 김극수의 아들 김고을은 여진의 문화와 체제를 강화시켰다. 고을의 아들 오고내에 이르러서는 많은 부족을 복속시켜 조직화하고 법규를 따르게 했으며, 국가 체제를 갖추기 시작했다. 함보의 증손자인 김오고내는 완안오고내라 불리기도 했는데, 걸출한 인물로 사방으로 여진 제(諸) 부족의 복속을 확대하고 요나라에서 도망쳐 오는 변방의 민간인을 받아들여 더욱 강성해 갔다. 특히 오고내의 아들 핵리발(劾里鉢)은 한 번 보면 반드시 알고, 한 번 들으면 잊지 않았다는 전설적 인물이었다. 전장에서는 갑옷도 걸치지 않고 칼 한 자루만 사용하면서 전투에 임했다. 그의 용맹함은 적들의 간담을 서늘하게 만들었다. 오고내와 핵리발은 신라 화랑의 정신과 여진의 용맹함을 동시에 지니고 있었다. 이때에 이르러 두만강에서 송화강 주변에 흩어져 살고 있던 생여진과 숙여진 모두를 통합하는 데 성공하면서 '김의 나라'는 서서히 태동하기 시작했다. 핵리발의 아들 아골타가 함보의 꿈에 더 가까이 다가가고 있었다.

6

함보의 흔적을 찾아서

국내에서 마의태자에 대한 취재를 마치고, 본격적으로 중국으로 건너가 만주에서부터 복간수(僕幹水)에 걸친 마의태자와 함보의 행적을 탐사하기 위해 진국은 중국 출장을 준비했다. 진국의 중국 촬영에는 국내에서부터 함께했던 우리역사문제 연구소의 차경일 박사와 동행했다. 차 박사는 우리 역사를 한반도에 가두지 말고 확장해야 한다고 줄기차게 주장하고 있었다. 진국은 하얼빈 공항에 도착한 후, 베이징 피디 특파원 조명대 선배에게 전화부터 걸었다. 명대는 들뜬 목소리로 반겨주었다.

"너가 중국에 촬영을 온다는 것은 이제 다큐가 어느 정도 마무리되어 간다는 이야기지?"

"아직 많이 남았습니다. 겨우 시작에 불과합니다. 선배님이 적극적으로 도와주셔야 합니다."

명대는 진국의 말을 웃으며 농담처럼 응수했다.

"베이징 피디 특파원으로 있는 내 일의 절반이 너의 다큐와 관련된 일이야."

진국도 맞장구를 쳤다.

"충성!"

명대가 웃으면서 말을 보탰다.

"그리고 말이야, 저번에 네가 만났던 청나라 황실의 김술 교수는 나랑 계속 연락을 취하고 있어. 조만간 좋은 결과가 있을 거야. 내 직감으로 큰 건이 하나 걸릴 것 같아. 너 이번에는 발렌타인 30년 준비해야 한다."

"선배는 아직도 술타령입니까? 이 중요한 마당에."

"술이 한 잔 들어가야 좋은 아이디어가 나오는 것 아니냐?"

"선배, 지금 차경일 박사와 함께 하얼빈에 왔습니다."

"차경일 박사라면 중국에서도 잘 알려진 분인데. 동북공정(東北工程)의 파괴자로 중국에서 감시 대상 인물인데 조심해야 한다."

명대는 중국 특파원을 오래 해서 중국의 분위기를 잘 알고 있었다.

"너무 급하게 서두르지 말고 매사에 조심해야 해."

"선배, 걱정하지 마세요. 차 박사님도 조심하고 계세요."

"혹시 무슨 문제가 생기면 바로 나에게 연락하고."

"역시 선배님밖에 없습니다. 출장비 떨어지면 바로 연락드리겠습니다."

명대와 통화를 웃음으로 마무리짓고 진국은 차 박사에게 다가갔다.

"교수님은 동북공정의 파괴자로 중국 공안 당국의 감시 대상 인물이라고, 조심해야 한다고 선배님이 당부하시네요."

차 박사는 대수롭지 않은 듯이 대답했다.

"매번 중국에 입국할 때마다 제 일거수일투족은 공안에 의해 체크되고 있습니다. 입국심사대에서 다른 사람보다 시간이 더 걸리는 것을 눈치채지 못했습니까? 피디님은 형사가 되지는 못하겠네요."

차 박사는 진국을 놀리듯이 웃었다. 진국도 입국장에서 시간이 걸리는 것이 이상하다고 생각했지만, 자신의 취재 때문인 줄 알고 내색을 하

279

지 못했다. 그들은 공항을 빠져 나와 택시를 잡아타고 달렸다. 중국의 역사 왜곡에 정면으로 대항하는 차 박사는 이미 중국의 역사학자들에게는 제법 알려진 인물이었다.

하얼빈은 마의태자의 아들 함보가 처음 터를 잡았던 완안여진이 있던 곳으로 옛날에는 복간수로 불렸다. 진국과 차 박사는 먼저 하얼빈 부근의 복간수 지역으로 이동했다. 완안여진 마을의 흔적은 사라졌지만, 그곳에 도착하니 진국의 마음은 고향에 온 것처럼 편안했다. 진국의 눈을 먼저 사로잡은 것은 여진족의 전통가옥이었다. 구조가 우리 시골의 것과 비슷했고, 짚을 섞어 쌓은 흙벽과 가로지른 서까래는 우리나라 옛집 구조를 닮아서 마음을 편안하게 해주었다. 중국 한족들의 가옥과는 뚜렷이 구분되는 구조였다. 집 내부는 우리와 같이 온돌을 이용해 난방을 하고 있었다.

마을 한 켠에서는 마침 전통놀이가 벌어지고 있었다. 작은 규모였지만 마치 완안 마을 사람들이 진국과 차 박사를 위해 일부러 펼쳐 보이는 자리 같았다. 그들의 전통놀이는 씨름이었다. 경기 방식에서 차이는 있지만, 우리 씨름과 대단히 흡사했다. 이 또한 한족에게선 찾아볼 수 없는 놀이였다. 진국은 우리의 씨름을 이역만리 하얼빈에서 만나니 가슴이 뜨거워졌다. 그 옛날 마의태자의 아들 함보가 처음 이곳으로 와서 자리 잡고 1000년의 세월이 흘렀지만 그들의 향기는 아직도 남아서 후손들에게 이어지고 있었다. 말도 문자도 잃어버리고 이젠 만주족이라 불리지만, 하얼빈의 옛 복간수 자리에서 만나는 여진족의 후예들이 진국에게는 따뜻한 형제처럼 느껴졌다. 그때 진국의 눈길을 끌어당긴 것은 마을 한 곳에 피어있는 무궁화였다. 진국은 낙랑공주 생각이 나서 차 박사에게 물었다.

"교수님, 우리는 보통 낙랑공주 하면, 호동왕자가 먼저 생각나지 않습니까? 역사서에 나오는 낙랑공주는 누구입니까?"

"실제《삼국사기》에 나오는 낙랑공주는 고려 왕건의 맏딸 낙랑공주밖에 없습니다."

"그러면 고구려 호동왕자와 함께 나오는 낙랑공주는 누구죠?"

"《삼국사기》에는 그녀의 이름은 나오지 않습니다. 단지 그녀가 낙랑국 태수 최리의 딸로 나옵니다. 그래서 후세 사람들이 그녀를 낙랑공주라고 부르게 된 것입니다."

"그러면《삼국사기》에 나오는 낙랑공주는 왕건의 딸 낙랑공주 한 명밖에 없는 것이 맞네요.《삼국사기》에는 낙랑공주에 대해 어떻게 쓰여 있습니까?"

"왕건의 맏딸 낙랑공주는 신라의 마지막 왕 경순왕에게 시집갔다고만 적혀 있습니다. 그러나 고려 왕건이 신라의 태자를 얻기 위해 낙랑을 이용했다는 흔적이 곳곳에 남아있습니다."

진국은 낙랑공주의 아련한 마음이 이역만리에서 전해지는 것 같았다.

진국과 차 박사는 금상경역사박물관(金上京歷史博物館)을 찾았다. 이곳은 금나라의 출토 유물과 문화, 역사를 종합하여 보여주고 있었다. 박물관이 있는 하얼빈 근교의 아청 시는 금나라의 수도인 상경회령부(上京會寧府)[47]가 있던 곳이다. 그리고 그 이전까지 여진족의 집단 거주지였다. 박물관에는 여진족의 생활상을 포함해 상경(上京) 성곽의 모형 등을 전시하고 있었다. 완안아골타(完顔阿骨打)가 1115년 금나라를 건국해 1153년

---

47 금나라의 초기 수도 역할을 담당했다. 현재 위치는 헤이룽장성 하얼빈시 아청구이다. 1115년, 아구다가 이곳을 수도로 삼은 뒤 금나라를 건국했다. 그 뒤 해릉왕이 연경(베이징)으로 수도를 옮겼다.

지금의 베이징으로 천도할 때까지 38년간 수도였던 상경의 역사, 경제, 문화, 교통 등 발전상과 유물을 보여주는 곳이었다. 박물관 입구에서 오른 쪽으로 향하는 광장에는 금태조 아골타의 동상이 우뚝 서 있었다. 박물관 안으로 들어서기 위해서는 보안검사를 받아야 했다. 진국이 가져온 고프로 소형 카메라가 보안검사에 걸렸다. 검사원이 진국에게 말했다.

"여기는 사진 촬영이 금지되어 있기 때문에 카메라를 들고 들어가면 안 됩니다."

진국은 카메라를 맡겨두고 박물관에 들어갈 수밖에 없었다. 박물관 내부에서의 촬영 금지 조항은 일반적인 관행 같았지만, 금나라의 역사를 외부에 유출하는 것 자체를 금지하고 있는 명목이 아닐까 하는 의문도 들었다. 진국은 차 박사에게 물었다.

"교수님, 중국은 무슨 비밀이 많길래 이렇게 모든 것을 숨기려 할까요?"

"이 모든 것이 동북공정의 일환입니다."

진국은 안타까웠다.

"중국이 저렇게 감추려 하는 금나라의 아골타를 또 왜 우리 역사에서는 우리의 조상인데도 야만인 취급을 했을까요?"

진국의 가슴은 뜨거워지기 시작했다. 광활한 만주 대륙이 우리의 뿌리인데도 우리는 왜 작은 반도 속에서 스스로 갇히려 하는 것일까? 뿌리 깊은 식민 사학의 악령들이 우리 조상들의 얼굴을 더럽히며 춤추고 있는 것 같았다. 차 박사는 무겁게 입을 열었다.

"일제 식민 사학자들은 단군 조선을 신화라고 치부하면서 역사로 인정하지 않았습니다. 그들은 일제의 식민지 지배를 정당화하기 위해서 한무제가 한반도에 설치한 식민지인 한사군(漢四郡)이 우리 역사의 시작이라고 우기면서 우리 역사를 한반도에 가두어 버렸습니다. 그것에 편승하여 지금은 중국의 동북공정에 고조선과 부여와 고구려의 역사를 중국에 빼앗기고 만 것입니다. 한반도가 일본의 식민지 사학에 빼앗긴 것이라면 만주 벌판을 넘어 실크로드를 지배했던 우리 조상들의 뿌리는 중국의 동북공정 속에 사라지고 있는 것입니다. 역사는 정치 논리가 아니라, 사실에 근거한 진실에 기반이 되어야 합니다. 정치 논리에 만신창이가 된 우리의 역사를 다시 진실의 역사 위에 올려놓아야 합니다."

차 박사의 목소리는 그 어느 때보다도 힘이 실려 있었다. 그가 목숨을 걸고 지키려는 것이 무엇인지 알기에 진국은 차 박사에게 존경의 마음을 가지지 않을 수 없었다. 진국은 차 박사에게 말했다.

"교수님의 뜻이 이루어질 수 있도록 저도 다큐멘터리 제작에 온 정열을 기울이겠습니다. 그리고 역사학자들이 할 수 없는 부분을 다큐 피디의 양심을 걸고 만들어내겠습니다. 제가 만드는 다큐멘터리는 역사적 사실을 기반으로 하지만 자료가 없는 부분은 충분한 가능성이 있는 추측과 합리적인 상상력으로 채워 나가겠습니다. 그것이 역사적 실체에 접근하는 가능한 방법이라는 것을 밝히고 싶습니다. 우리의 역사를 이 한반도 안에 가두는 좁은 역사 인식이 우리의 생각을 좁게 만들고 있습니다. 세계의 문명을 바꾼 민족은 농경민족인 중화민족이 아니라, 유라시아 대륙을 호령하던 북방 기마민족이었습니다. 이들은 실크로드를 만들었으며 아시아와 유럽을 연결한 문명의 창조자이면서 동시에 전달자이기도 했습니다. 우리 민족은 언어학적으로도 우랄·알타이어 계통이고 유전학적으로도 북방 유목민족인 몽고반점이 있습니다. 우리는 대륙과 바다를 지배한 선조를 가진 민족이라는 것을 다큐멘터리에서 당당하게 밝히고 싶습니다."

차 박사는 진국을 바라보았다.

"전에도 얘기한 적이 있지만, 역사 다큐멘터리를 감정적으로 다루면 위험합니다. 확실한 고증과 문헌을 바탕으로 취재해야 합니다."

"박사님이 걱정하시는 부분을 저도 알고 있습니다. 그러나 역사적인 기록은 없지만, 유물과 무덤에서 나온 부장품들이 그 사실을 뒷받침하고 있는 경우가 많습니다. 저는 발로 뛰면서 그 흔적을 찾아내겠습니다."

차 박사는 진국의 열정에 감동했다.

"김 피디님의 다큐멘터리가 우리나라 젊은이들에게 올바른 역사관을 심어주고 우리의 뿌리를 알 수 있는 계기가 되었으면 합니다."

진국은 결의에 찬 표정으로 얘기했다.

"이번 다큐멘터리의 기본 목표는 중국과 우리나라의 올바른 역사관 정립입니다. 현재 중국은 우리와 같은 민족 계열인 금나라의 후손인 청나라 덕택에 지금의 넓은 영토를 보유할 수 있었습니다. 그러나 1911년 신해혁명 당시, 중국인들이 내세웠던 구호가 멸만흥한(滅滿興漢)이었습니다. 멸만흥한은 만주족이 세운 나라를 타도하고 한족의 나라를 건설하자는 의미였습니다. 결국, 그 당시까지만 하더라도 한족은 만주와 중국이 혈연적으로 또 역사적으로 전혀 다르다는 사실을 인정하고 있었다는 것입니다. 그런데 상황이 바뀌게 된 것입니다. 중국은 한족만의 역사를 고집하다가는 지금의 땅과 국민을 못 지킨다는 판단이 선 것입니다. 그래서 한족 이외 소수민족의 역사도 자기네 역사로 집어넣어야 할 필요를 느끼면서, 시작된 것이 중국의 동북공정입니다. 동북공정의 핵심은 고구려와 발해가 중국의 지방 정권이었다는 논리입니다. 즉 이 말은 중국 대륙을 경영했던 고구려와 발해, 그리고 금나라와 청나라의 역사를 중국의 역사로 만들지 않으면 안 된다는 절박감의 표시입니다. 그래야 저 넓은 만주를 자신의 영토라 할 수 있기 때문입니다. 우리 역사에서 제일 안타까운 사건은 우리의 형제인 만주족이 자신들의 정체성을 잃어버리고 자신들의 오랜 터전인 만주를 잃어버린 채 중국에 흡수되어 버렸다는 데 있는 것입니다."

차 박사는 진국의 강한 결의와 역사관에 박수를 쳤다. 그리고 진국에게 말했다.

"우리가 중국의 땅을 요구하는 것이 아니지 않습니까? 우리는 역사의 진실을 찾고 중국과 공존하기를 원하고 있습니다. 왜냐하면, 고구려 발해 금나라 청나라의 영토가 모두 중국이 되었기 때문입니다. 중국에도 우리의 형제들이 살고 있습니다. 우리나라에도 중국에서 건너온 성씨들이 많이 있습니다. 이제는 국경을 극복하고 중국과 한국이 형제의 나라로 협력하고 미래로 나아가기를 바라는 것입니다. 올바른 미래를 위해서 과거의 역사를 왜곡하면 안 됩니다. 과거의 역사를 직시해야 미래가 있는 법입니다."

차 박사의 의견에 고개를 끄덕이며, 진국은 물었다.

"교수님, 중국은 동북공정으로 역사를 왜곡시키는 일이 진심으로 가능하다고 생각할까요?"

"중국은 아직도 정치적으로 폐쇄 국가입니다. 경제적으로는 개방했지만 정치 사회는 공산주의 기조를 운영하고 있습니다. 그들은 모든 것을 통제할 수 있다고 믿는 것입니다. 역사도 통제하려고 하고 있습니다. 하지만 역사는 누가 통제할 수 있는 것이 아닙니다."

"중국이 마음을 바꿔서 동북공정을 포기하고 우리나라와 함께할 수 있을까요?"

"중국이 경제뿐 아니라 정치 사회를 개방해서 우리에게 마음의 문을 연다면, 우리는 우리 형제들이 살고 있는 중국과 역사를 함께할 수 있다고 생각합니다."

진국은 차 박사의 의견에 의문점이 들었다.

"교수님, 저는 중국과 역사를 함께하는 일이 힘들 것만 같습니다. 왜냐면 중국은 소수민족 독립을 가장 두려워하고 있기 때문입니다. 그들이 티베트나 위구르의 독립을 무력으로 저지하고 있지 않습니까?"

차 박사는 말했다.

"중국에 살고 있는 우리의 형제 청나라는 티베트와 위구르와는 다릅니다. 그들은 정복을 당했지만, 우리의 형제들은 중국을 정복한 민족입니다. 우리 형제들이 독립할 이유가 없습니다. 그들은 이미 지금의 중국을 만들고 이끈 사람들입니다. 그들과 우리가 힘을 합하면 세계를 이끌어 갈 수 있다고 생각합니다."

차 박사의 논리정연한 이야기를 들으니 진국은 스스로 고개가 끄덕여졌다. 진국은 마음속으로 지금 중국에서 펼쳐지는 동북공정이 하루빨리 멈추기를 기도했다. 차 박사는 다시 한번 목소리에 힘을 내었다.

"우리는 우리 조상의 땅을 찾으려는 게 아니라는 사실을 중국에게 명확히 해둘 필요가 있습니다. 먼저 그들이 우려하는 부분을 해소한 다음에, 중국과 우리의 올바른 역사를 함께하고 싶은 것입니다."

"교수님 말씀이 옳습니다."

"저의 소원이 하나 있다면, 《삼국사기》와 《흠정만주원류고(欽定滿洲源流考)》가 우리나라의 양대 역사서가 되어서 우리 청소년들이 그것을 배우면서 우리의 뿌리를 알았으면 하는 것입니다. 《삼국사기》가 고구려·백제·신라를 하나의 민족으로 융합시킨 사서이듯이 《흠정만주원류고》가 한반도와 만주를 하나 된 역사로 통합시키는 역사서가 되었으면 좋겠습니다. 《삼국사기》는 고구려·백제·신라를 타자가 아닌 우리 민족의 개념으로 묶었습니다. 《흠정만주원류고》 역시 신라·발해·금나라·청나라를 '우리'라는 개념으로 묶고 있다는 것입니다."

진국은 부끄러움도 없이 차 박사를 와락 끌어안았다. 송화강에서 불어오는 시원한 바람이 둘의 가슴속에 내려앉았다. 그 바람은 완안 마을에서 불어오는 함보의 바람이고 아골타의 바람이었다.

아골타의 금나라 건국 - 금나라는 김의 나라였다

금(金)나라를 세운 완안아골타는 김함보의 6대손이자, 김핵리발[48]의 둘째 아들로 1068년에 아시하(阿林河) 기슭에서 태어났다. 여진(女眞) 이름인 아골타(阿骨打)와 부족 이름인 완안(完顔)을 성(姓)으로 해서, 여진어로는 '완안아골타'라고 불렸으며, 신라로부터 이어오는 이름은 '김민(金旻)'이 었다. 아골타는 어려서부터 힘이 뛰어나고 행동거지가 단정하고 침착하며 말씨가 무겁고 재능이 비범했다. 핵리발은 걸출하고 준수한 아들을 매우 사랑했다. 아골타의 아버지 핵리발은 틈날 때마다 자신의 뿌리를 잊지 말라는 의미로 애신각라(愛新覺羅)가 새겨진 금인(金人)의 동상을 아들에 게 이야기했다.

"우리의 뿌리는 천년 제국의 신라이다. 신라는 그냥 망한 것이 아니라 이렇게 다시 살아나고 있는 것이다. 함보 할아버지가 그렇게 말씀하시던 우리의 뿌리를 잊어서는 안 된다."

핵리발은 아골타에게 선조의 유훈을 보여주었다. 함보는 여진어로 후

---

48 《금사(金史)》본기(本紀) 7세 세조(世祖) 핵리발(劾里鉢, 1039~1092년)
　　'第二子襲節度使 , 是爲世祖 , 諱劾里鉢' : 둘째아들이 절도사(節度使)를 세습(襲)하였으니, 이가 세조(世祖)이며, 휘(諱)는 핵리발이다.

손들에게 아버지 태자 김일이 말씀하신 유훈을 기록해서 보존시켰다. 아골타는 어릴 때부터 뼛속 깊이 신라의 정신으로 무장되어 있었다. 120년이 흘러 신라의 말은 잊었지만, 그들을 타고 흐르는 피는 속일 수 없었다.

아골타는 대족장이 된 이후, 요나라의 정치적 혼란을 틈타 세력을 꾸준히 확대해 갔으며, 맹안(猛安), 모극(謀克) 제도로 여진 부족들을 재편했다. 아골타의 세력이 강해지자 요나라는 완안여진을 정복하기 위해 침략을 준비했다. 아골타는 강적을 앞에 두고 전혀 물러서지 않았다. 그리고 적들이 완전히 결집하기 전에 의표를 찔러 선제공격해야겠다고 생각했다. 요나라의 10만 군사가 쳐들어올 것이라는 소문에 아골타의 군사는 동요하기 시작했다. 5000명의 기마병으로 10만 대군을 대적하는 것은 불가능에 가까운 일이었다. 아골타는 자신의 군사들에게 말했다.

"내가 막 잠이 들었는데, 금인이 내 머리를 흔들었다. 이렇게 세 번을 흔들었다. 그래서 나는 금인의 계시를 받았다. 조상이 내리신 금인이 내게 말했다. '우리가 밤을 틈타 출병하면 반드시 대승을 거둘 것이고, 그렇지 않으면 멸망할 것이다.' 내가 선봉에 설 것이다. 나를 따르라!"

아골타의 용맹함에 군사들은 함성을 내질렀다. 아골타는 마의태자가 내려준 금인의 동상을 높이 치켜들었다.

"조상 대대로 우리를 지켜주는 이 금인이 우리를 지켜볼 것이다. 우리는 반드시 승리한다!"

그의 말을 듣자, 군사들의 사기는 하늘을 찔렀고, 5000여 명의 철기군은 다음날 새벽 얼음을 깨고 있던 요나라 병사들을 기습 공격했다. 요나라 병사는 아골타의 군대가 이렇게 빨리 올 것이라고는 생각지 못해 속수무책으로 당하고 말았다. 이것이 출하점 대첩으로, 이는 중국 전쟁 사상

소수로 다수를 이긴 전형적인 사례 중 하나로 꼽는다. 출하점 대첩 승리 후에 아골타는 금나라를 건국했다. 마의태자가 죽은 지 120년 후에 그의 정신은 다시 살아나서 그가 그렇게 꿈꾸던 대제국 김(金)의 나라, 금나라를 만든 것이다. 마의태자와 김함보의 꿈이 이루어지는 순간이었다. 아골타는 자신의 뿌리를 잊지 않기 위해서 자신의 성인 '김'을 나라 이름으로 하였으며, 그것을 금나라의 역사서《금사(金史)》에 다음과 같이 남겼다.

'금나라 시조의 이름은 함보(函普)이다. 시조 함보는 완안부(完顏部)의 복간수(僕幹水) 물가에 거주했고, 보활리는 야라(耶懶)에 거주했다.'[49]

---

49 《금사》1권 본기(本紀) 제1 세기(世紀) '金之始祖諱函普 , 初從高麗來 , 獨與弟保活里俱'.

송나라 정벌 - 악비와 완안올출의 대결

출하점 대첩의 승리 이후 아골타가 금나라를 건국하고 황제의 자리에 오르자, 요나라의 황제는 직접 70만 대군을 이끌고 금나라 정벌에 나섰다. 아골타는 군사 2만 명으로 호보답강(護步答岡)의 대전에서 요나라의 70만 대군을 격파하고 연경(燕京)[50]을 함락시켜 결국 요나라를 멸망시켰다. 금나라의 아골타는 여기에서 만족하지 않았다. 다음 목표는 송나라 정벌이었다. 1126년 송나라의 수도인 개봉(開封, 카이펑)을 공격했다. 40일간 치열한 공방전 끝에 1126년 11월 수도 개봉을 함락시켰다. 그해가 정강(靖康) 원년이었다. 이는 중국 역사로서는 치욕의 사건으로 정강의 변(靖康之變)[51]이라고 역사는 기록하고 있다. 이 사건은 1126년 송나라가 여진족의 금나라에 패하고, 중국의 정치적 중심지였던 화북을 잃어버리고, 황제 휘종과 흠종이 금나라에 사로잡힌 사건을 말한다. 송을 정벌할 때 금나라 군부의 핵심 인물은 아골타의 넷째 아들 완안올출(完顔兀朮)이었다. 금나라는 흠종과 휘종 이하 왕족과 관료 수천 명을 포로로 잡아 만주로

---

50 지금의 베이징, 명나라 때 베이징(北京)으로 개명했으며, 이후 현재까지 이름을 유지했다.

51 정강의변(靖康之變)이란 1126년 송나라가 여진족의 금나라에 패하고, 중국의 정치적 중심지였던 화북을 잃어버리고, 황제 휘종과 흠종이 금나라에 사로잡힌 사건을 말한다. 정강(靖康)은 당시 북송의 연호다.

연행했다. 그들은 만주에서 비참한 포로 생활을 해야 했고, 대부분이 그곳에 남아 생을 마감했다. 이렇게 송은 멸망했지만, 당시 수도인 개봉에 있지 않던 송나라 황제 휘종의 아홉 번째 아들이 강남의 임안[52]으로 가서 남송을 세우고 고종으로 즉위한다. 그리고 남송의 고종은 신하의 예로 금의 황제를 대하며, 은 25만 냥과 견포(絹布) 25만 필을 매년 바친다는 조건으로 금나라와 화의를 체결했다. 이로써 아골타는 흉노 대제국을 다시 한번 이루어냈다. 송나라를 멸망시킨 그날, 금인은 더욱 빛나고 있었다.

1126년의 정강지변은 중국 역사상 매우 중요한 사건이었다. 이때부터 북방민족은 중원의 통치자가 되고 베이징을 기반으로 영역을 확대했던 것이다. 그러나 아골타의 넷째 아들 완안올출(完顔兀朮)은 여기에 만족하지 않았다. 남송을 완전히 정복하고자 했던 것이다. 그러나 남송에서는 이미 전력을 가다듬고 금나라의 침공에 철저히 대비하고 있었다. 그 중심에 악비(岳飛)[53]가 있었다. 아골타의 아들 완안올출과 중국의 영웅 악비의 운명적 만남은 금나라의 완안올출이 남송을 침략하면서 시작되었다. 역사에서 두 사람의 승부는 피할 수 없는 운명이었다. 아골타의 아들 완안올출은 백전백승의 전쟁 영웅이었는데, 송나라의 군대를 얕잡아 보고 있었다. 그러나 남송의 악비가 이끄는 군사는 그 옛날 개봉을 빼앗기고 황제가 포로로 잡힌 송나라 군사와는 달랐다. 전쟁이 시작되자, 적을 너무 쉽게 본 완안올출의 군대는 악비의 작전에 밀리며 수적 우위에도 불구하고 연패를 거듭했다. 화가 불같이 난 완안올출은 칼을 높이 들고 외쳤다.

---

52 현재의 항저우(杭州, 항주), 중국 저장성(浙江省, 절강성)의 성도이다.

53 악비(岳飛)는 남송 초기의 장군이다. 1178년 무목(武穆)의 시호를 받았다가 뒤에 충무로 개정되었으며, 1204년 왕으로 추존되어 악왕(鄂王)이 되었다. 명나라 이후 한족의 영웅으로 추앙되었다.

"우리 금나라의 군대는 무적의 군대이다. 저들의 전략이 무엇이든 힘으로 밀어붙이면 저들은 쓰러지고 만다."

그러나 자신만만한 완안올출[54]의 군대는 악비의 치밀한 계략에 빠지면서 후퇴를 거듭한 끝에 개봉까지 밀려갔다. 악비 군은 완안올출이 지키는 개봉을 포위하려 하고 있었다. 악비는 군사들에게 지시했다.

"적들은 미쳐 날뛰는 들짐승과도 같다. 미친 짐승에게 침착하게 대응하라. 적들은 기병들뿐이다. 절대 말을 탄 적의 병사를 올려다보지 말고 시선을 아래로 돌려서 적의 말의 다리를 베어라. 말은 다리가 약하니 쉽게 베일 것이다."

악비의 보병들은 침착하게 달려오는 금나라 기병의 말 다리를 집중공격했다. 완안올출의 기병들은 추풍낙엽처럼 쓰러져 갔다. 악비는 구릉지가 많은 강남 지역의 지리적 이점을 잘 이용해 금의 기마 공격을 막았다.

전쟁은 남송이 승리를 거두고 있었지만, 남송의 조정 상황이 그렇지 못했다. 남송의 조정은 강화파가 기세를 잡고 있었다. 그런데 강화파의 우두머리 진회(秦檜)는 금나라와의 화평을 추진하면서 승승장구하는 악비 군의 진격을 억제했다. 최종적으로 그는 황제로 하여금 악비 군에 대한 철수 명령을 내리도록 했다. 이러한 명령을 받은 악비는 탄식했다.

"10년간의 노력이 하루아침에 사라지게 되었다."

후퇴를 거듭하던 금나라 완안올출의 군대는 송이 철수한 지역을 어려움 없이 점령했다. 드디어 양국 간에 화평이 성립되었고, 회수(淮水)를 경

---

54 금나라 태조 완안아골타의 4남으로 태어났으며, 종필(宗弼)은 한식 이름이고, 여진식 본명은 '올출(兀朮)'이다. 그래서 완안올출이라고도 불린다.

계선으로 하는 것이 확정되었다. 연일 승전보를 알려왔던 명장 악비는 오히려 모함에 빠지고 말았다. 조정으로 돌아온 그가 항의하자 진회는 악비의 군대 지휘권을 박탈했던 것이다. 1141년 진회의 군제 개편 명령에 복종하지 않은 악비는 무고한 누명을 쓰고 투옥된 뒤 살해됐다. 후에 진회가 죽고 나서야 악비의 누명이 밝혀지고, 이후 악비는 전쟁 영웅으로 중국 역사에서 외세를 물리친 장군으로 신격화되었다. 악비와 완안올출 두 영웅은 역사에서 사라졌지만, 그 둘은 죽은 후에도 극명하게 대비되며 중국의 역사를 장식하고 있다.

고려의 굴복

1125년 금나라가 요나라를 완전히 멸한 후, 고려와 금나라의 관계는 급변했다. 고려는 강성해진 금나라를 정벌할 군사력은 없는데 예전에 신하였던 여진족의 나라를 상국(上國)으로 인정하기가 힘들었다. 고려는 그렇게 깔보던 금나라를 두려워하면서도 자존심 때문에 굽힐 수가 없었던 것이다. 자신들이 멸망시킨 신라의 마지막 태자가 만든 금나라를 그들로서는 인정할 수가 없었다. 고려 입장에서는 아골타의 아버지 핵리발이 동북 9성을 돌려달라고 고려에 애원했던 때가 1109년으로, 이때부터 따져도 20년도 채 지나지 않았는데 금나라가 두 거대 제국인 요나라와 송나라를 무너뜨린 것이 놀라울 따름이었다. 일단 고려는 천리장성을 쌓아 전쟁에 대비했다. 그러나 금나라의 아골타도 고려를 정벌할 의도가 전혀 없었다. 그는 조상들로부터 내려오는 가훈을 잘 알고 있었다.

"고려는 조상의 나라이니 침범하지 마라."

이것은 낙랑공주가 남긴 유언이었다. 그리고 아골타 역시 자신의 뿌리가 신라에서 왔다는 것을 알고 있기에, 삼한을 자신의 뿌리라고 항상 말해왔다. 아골타는 고려와 국경을 지키는 군사에게 명령했다.

"고려가 혹시라도 침략해오면 너희들은 군대를 정돈하여 그들과 싸워라. 하지만 함부로 먼저 고려를 침범한 자는 승전을 하더라도 반드시 벌을 내리겠다."

금나라가 요나라를 끝내 멸망시키자, 이에 불안을 느낀 고려 인종은 1126년 3월 신묘일에 모든 관료를 소집해 금나라를 상국으로 대할 것인지에 대해 논의했다. 결국 고려는 금나라에 항복하기로 결정했다. 아골타는 고려가 머리를 숙이고 들어온 사실에 기뻐하며 이전에 빼앗았던 보주를 고려의 영토로 돌려주었다. 고려 황제가 아골타에게 머리를 숙이고 들어온 날, 아골타는 조상들의 위패 앞에서 제사를 올렸다. 고려에 빼앗긴 신라의 복수를, 마의태자를 대신해서 아골타가 해낸 것이다. 그러나 아골타는 자신의 피 속에 고려 황실의 피도 흐른다는 사실을 잘 알고 있었다. 그는 고려를 정벌하지 않았다, 물론 고려를 멸망시키지 않은 것은 낙랑공주의 유훈이 있었기 때문이기도 했다. 낙랑공주의 사랑이 결국은 고려를 살린 것이다. 아골타는 그 후에도 고려를 조상의 나라로 깍듯하게 예우했다. 고려가 김의 나라 금나라에 항복하는 날, 마의태자의 혼령이 하늘에서 지켜보고 있었다. 마의태자는 덤덤하게 아골타를 내려다봤다. 그리고 속삭였다.

"그래, 고생 많이 했다."

마의태자의 초상화가 처음으로 웃음을 지었다. 그리고 그 옆에서 낙랑공주도 따라 웃었다.

금나라의 역사는 우리의 역사다

차 박사와 진국은 하얼빈의 금상경역사박물관 주변을 거닐었다. 차 박사는 금나라의 역사에 관해서 설명하면서 각종 고서들이 보관되어 있는 곳으로 가자고 제안했다. 그곳에서 차 박사는《송막기문(松漠紀聞)》을 발견하고 진국에게 말했다.

"이것이 금나라 황실의 가계를 기록한《송막기문》이란 책입니다. 금나라의 공격에 쫓기던 송나라는 양쯔강 건너 항저우(杭州, 항주)로 피신합니다. 그리고 포로로 잡혀간 황제의 귀환을 위해 1129년 금에 사신 홍호(洪皓)를 파견합니다.《송막기문》은 남송의 홍호가 10년 동안 금나라에 머물며 기록한 당대의 생생한 증언입니다. 그런데 송의 사신 홍호는《송막기문》에서 놀라운 기록을 남겼습니다. '여진 추장은 신라인이다. 호(號)는 완안(完顔)씨로, 완안을 한자로 풀이하면 왕(王)과 같은 의미이다'[55]라고."

진국은 차 박사에게 물었다.

"다른 역사서에서도 금나라의 시조가 신라 사람이라고 명시한 곳이 있습니까?"

55《송막기문(松漠紀聞)》'女眞之主乃新羅人, 號完顔氏, 完顔猶漢言王也, ← 欽定四庫全書 松漠紀聞'.

차 박사는 확신에 찬 어조로 말했다.

"금나라의 공식 역사서인 《금사》에서는 금나라의 시조를 신라 사람이라고 명시하고, 그의 이름도 정확하게 밝혔습니다."

"그 이름이 무엇입니까?"

"《금사》에는 신라 사람 김함보가 시조라고 명시하고 있습니다."

진국은 갑자기 화가 치밀어올랐다.

"그런데 어떻게 우리나라 역사 수업에는 그런 이야기를 한 줄도 배운 적이 없을까요? 우리는 여진족이 세운 금나라를 야만인이라고 알고 있습니다. 송나라의 고급 문화를 파괴한 야만인으로 세계사 시간에 배웠습니다. 우리의 조상을 이렇게 비하하고 있는 것이 이해가 되지 않고 화가 납니다."

차 박사는 진국을 진정시키며 말했다.

"신라의 후손이 금나라를 건국했다는 역사적 사실을 수십 군데서 발견할 수 있습니다. 역사학자들도 모두가 아는 사실입니다. 그러나 조선시대에는 중화사상에 물든 성리학자들이 금나라를 야만의 나라라고 단정짓고 우리 역사에서 완전히 단절시켰습니다."

"그렇다면 현재 역사학자들은 왜 침묵하고 있는 것입니까?"

"지금 우리 역사학자의 주류는 일제강점기의 식민 사학이 아직도 뿌리 깊게 박혀 있습니다. 우리의 역사를 한반도 안에 가두려는 일제의 식민지 역사학자들이 인정하지 않고 있습니다. 더불어 지금 중국의 눈치를 보는 우리 정부 입장에서도 중국의 동북공정에 대항하기보다는 그냥 조용히 해결하자는 주장들이 지금 우리 역사책에 그대로 드러나고 있는 것입니다."

"마의태자가 하늘에서 우리를 꾸짖는 소리가 들리는 것 같습니다."

"김 피디님이 우리 역사의 진실을 밝혀주셔야 할 이유가 여기에 있는 것입니다."

진국은 이를 꽉 깨물었다. 결의에 찬 진국의 표정을 보고 차 박사는 말을 이었다.

"현재 중국의 수도 베이징은 송나라 때까지만 해도 한족에겐 변방에 불과했습니다. 여진족이 중원을 장악한 후, 이곳에 대규모 신도시를 만들었기 때문입니다. 베이징은 금나라 이후에야 중국의 중심지가 되었습니다."

진국은 자신도 모르게 소름이 끼쳐왔다. 지금 중국의 수도인 베이징이 마의태자의 후손인 아골타에 의해 처음으로 중국의 수도가 되었다는 사실은 그저 놀라웠다.

"베이징 박물관의 지하엔 금나라 때 건설한 대규모 수로 시설의 유적이 남아있습니다. 인공으로 수로를 파서 물길을 연결한 것입니다. 발굴 당시 모습 그대로 보존돼 있어서, 나무로 만든 수문 흔적도 고스란히 남아있습니다. 베이징의 명소인 북해공원도 이때 완성된 정원입니다. 당시 베이징 건설의 총 책임자는 장호(張浩)[56]라는 사람이었는데, 그는 발해 유민이었습니다. 장호뿐만 아니라, 수많은 발해인이 금나라의 고위 관료층을 형성했습니다. 금나라는 신라의 왕족과 발해 유민, 그리고 여진 사람들이 함께 만든 나라입니다."

"그것도 역사의 기록으로 남아있습니까?"

"당연히 있습니다. 금 황실의 선조가 신라 출신이고, 국가의 지배층은 발해 유민, 그리고 고려와의 우호적 관계를《금사》에는 '여진인과 발해인

---

56 《금사》 '張浩遼陽渤海人 本性高氏東明王之後' : 장호(張浩)는 요양 발해인(渤海人)이다. 본래 성은 고(高)씨로 동명왕의 후손이다.

은 같은 조상에서 나왔다'라고 기록하고 있습니다."[57]

차 박사가 설명하는 동안, 진국은 문득 누군가 지켜보는 듯한 섬뜩한 기분에 주변을 둘러보았다. 하지만 주위엔 별 다른 낌새가 보이지 않았고, 그 사이 이야기에 빠진 차 박사는 신이 난 듯 계속 말을 이어갔다.

"중국 역사에서뿐만 아니라, 우리의 역사책에도 금나라의 시조가 신라의 김행(金幸)이라고 기술하고 있습니다. 김행은 법명이 함보로 아시다시피 마의태자의 아들입니다."

진국은 어리둥절해서 물었다.

"저는 역사 시간에 금나라가 우리의 선조라는 이야기를 단 한 번도 들은 적이 없습니다. 우리의 역사책 어디에 나오는 이야기인가요?"

"《고려사》 세가(世家) 13권 예종 10년(1115) 3월 조에 보면 이런 대목이 나옵니다. '이달에 생여진의 완안부의 아골타가 황제를 일컫고 국호를 금이라 했다. 옛적에 평주 사람 김행(金幸)의 아들 극기(克己)[58]가 처음에 여진의 아지고촌에 들어가 여진의 딸에게 장가들어 아들을 낳으니 고을(古乙)이라 하고, 고을이 활라(活羅)를 낳고 활라가 아들이 많아 장자를 핵리발(劾里鉢)이라 하고, 계자(季子)를 영가(盈歌)라 했는데, 영가가 죽자 핵리발의 장자 오아속(烏雅束)이 위를 이었고 오아속이 졸하매 아우 아골타(阿骨打)가 섰다고 한다.'[59]"

진국은 목이 타서 물을 한 모금 들이켰다. 이런 역사적 사실에도 불구

---

57 《금사》 '女直 渤海本同一家(여직, 발해본동일가)'

58 김행(김함보)의 아들 이름이 《고려사》에는 김극기로 되어있고, 《금사》에는 김극수로 되어있다

59 《고려사》 세가(世家) 13권 예종 10년(1115) 3월조,
　'或曰, "昔我平州僧今俊, 遁入女眞, 居阿之古村, 是謂金之先" 或云, "平州僧金幸之子克守, 初入女眞阿之古村, 娶女眞女, 生子曰古乙太師, 古乙生活羅太師, 活羅多子. 長曰劾里鉢, 季曰盈歌, 盈歌最雄傑, 得衆心. 盈歌死, 劾里鉢長子烏雅束嗣位, 烏雅束卒, 弟阿骨打立."'.

하고 우리의 국사책에는 왜 금나라를 오랑캐라 취급하고, 우리와 다른 민족으로 다루고 있는지 이해가 되지 않았다. 우리가 이러는 사이에 금나라는 중국의 역사로 편입되고 있었던 것이다. 진국은 화가 치밀어 오르는 것을 숨길 수가 없었다.

동북공정의 모순 - 악비의 딜레마

차 박사와 진국이 하얼빈에 머문 지 사흘이 지났다. 차 박사는 다음 목적지로 항저우에 가자고 제안했다. 진국은 차 박사에게 물었다.

"항저우에도 우리가 찾는 마의태자 후손들의 흔적이 있습니까?"

"아닙니다. 항저우는 남송 시절의 수도인데, 악비와 완안올출의 치열한 전쟁이 있었던 곳입니다. 악비와 완안올출의 이야기가 현재 중국 동북공정의 허점을 보여주는 대표적인 사례라고 할 수 있습니다. 동북공정의 모순점을 찾으러 가자는 것입니다."

진국은 무슨 말인지 잘 이해되지 않았다.

"동북공정의 모순이 항저우에 있다는 것입니까?"

"항저우에 가면 악비 장군의 묘와 사당이 있습니다. 그곳에 가서 자세히 말씀드리겠습니다."

차 박사는 진지하게 듣고 있는 진국에게 다시 물었다.

"완안올출의 후손들은 어디에 살고 있는지 아십니까?"

"완안올출이라면 아골타의 넷째 아들로 금나라의 전쟁 영웅 아닙니까? 그의 후손은 왕위쟁탈전에서 밀려서 모두 숙청된 것으로 아는데요."

"완안올출의 후손은 중국 서부의 산속에 살고 있다고 합니다. 동시대에 싸웠던 두 전쟁 영웅은 현재 중국에서 극명하게 평가가 엇갈리고 있습니다. 한 사람은 중국의 영웅이 되어있고 한 사람은 오랑캐 침략자로 악인의 대명사로 되어있습니다."

"왜 그렇게 되었습니까?"

"중화사상에 입각해서 악비는 중국을 구한 영웅이고, 완안올출은 중국을 침략한 나쁜 사람이 되었지요. 악비와 완안올출은 중국 사극 드라마의 단골손님입니다. 드라마《팔천리로 운화월(八千里路雲和月)》과《정충악비(精忠岳飛)》는 악비의 영웅 스토리를 담고 있는데 완안올출이 침략자 악인의 역할을 하고 있습니다. 중국 황제가 이민족에게 잡혀간 충격 때문에 정강의 변은 중국에서 영화나 드라마에 단골 소재가 되고 있습니다."

진국은 이상한 생각이 들어서 차 박사에게 물었다.

"그러면 그들은 금나라와 그를 이은 청나라를 아직도 이민족으로 생각하고 있다는 것입니까?"

"그들의 뿌리 깊은 정신에는 그렇게 생각하고 있다는 반증입니다."

진국은 중국인들의 이중성을 느끼며 씁쓸함을 금할 수가 없었다.

비행기는 항저우 공항으로 접어들었다. 중국의 다른 도시와 달리 항저우는 아주 깨끗했다. 항저우의 서호(西湖)는 소동파(蘇東坡)가 머물던 곳이었다. 차 박사와 진국은 소동파 때문에 만들어진 동파육으로 저녁 식사를 하고, 서호에서 펼쳐지는 장이머우 감독의《인상서호(印象西湖)》[60] 공연을 봤다. 호수 위에서 펼쳐지는 공연은 엄청난 규모로 대륙의 스케일

---

60 《인상서호(印象西湖)》는 장이머우(張藝謀) 감독이 연출한 '인상(印象)' 시리즈 중 하나다. 항저우를 대표하는 서호(西湖)를 배경으로 한 초대형 공연이다. 중국의 4대 사랑 이야기로 꼽히는 '백사전(白蛇传)'을 테마로 만남과 사랑, 이별 그리고 추억, 인상 5부로 구성됐다.

을 확인시켜 주었다. 다음날 차 박사는 진국에게 꼭 보여줄 공연이 또 있다며 이끌었다. 공연의 이름은 《송성가무(宋城歌舞)》 쇼였다. 남송시대의 성곽을 그대로 재현해 놓은 송성 테마파크로 들어서자 타임머신을 타고 옛날 송나라에 들어온 느낌이었다. 옛 수도를 그대로 만들어 놓은 듯했다. 테마파크에서 가장 인기 있는 공연이 송성가무였다. 극장 안으로 들어서자 관객이 이미 꽉 들어차 있었다. 하루에 몇 번이나 무대에 오르는 송성가무는 중국인들이 가장 좋아하는 공연 중 하나라고 했다. 진국은 송성가무를 다 보고 난 후 차 박사가 왜 이 공연을 꼭 봐야 한다고 강조한 이유를 알 것 같았다. 진국은 차 박사에게 물었다

"공연이 악비 장군을 영웅으로 받들면서, 왜 완안올출의 이야기는 등장하지 않을까요?"

"이 공연이 처음에는 악비의 영웅담이었지만 중국의 동북공정이 시작된 이후에 내용이 많이 바뀌었습니다. 처음에는 악비가 오랑캐 금나라를 무찌르는 승리에 초점을 맞추었지만, 이제는 소수민족의 배려로 이민족에 대한 승리가 아니라, 모든 소수민족을 포용하는 내용으로 바뀐 것이죠. 한복을 입은 우리의 조선족이 중간에 등장하는 것이 이상하지 않았습니까?"

"생뚱맞다고 생각했습니다. 송나라 악비 장군의 이야기에 왜 한복을 입은 조선족이 아리랑에 맞춰 춤을 추는지 이해가 되지 않았는데, 교수님의 이야기를 들으니 이제 이해가 갑니다."

송성 테마파크를 나온 후 차 박사는 진국에게 꼭 들러야 할 곳이 있다며 앞장서 걸었다. 항저우의 명소인 악왕묘(岳王廟)였다. 중국의 영웅으로 추앙받는 악비의 사당이었다. 악비의 사당 앞에서 차 박사는 진국에게 말했다.

"악비는 항주로 쳐들어오는 완안올출의 금나라 군대를 곳곳에서 저지했습니다. 그래서 산은 흔들어도 악비 군은 흔들 수 없다는 말이 나올 정도로 한족의 절대적인 추앙을 받았습니다."

"그 후에 악비는 어떻게 되었습니까?"

"악비는 그 여세를 몰아서 북벌론을 주장했습니다. 북진하여 금나라에 잃어버렸던 송나라의 영토를 수복하고자 했지만, 재상이었던 진회의 모함에 의해 1141년 무고한 누명을 쓰고 투옥된 뒤 살해되었습니다. 이때 악비의 나이는 39세였습니다. 1155년 진회가 죽고 난 후 악비는 혐의가 풀리고 명예가 회복되었고, 1178년 무목(武穆)의 시호를 받고, 구국(救國)의 영웅으로 1204년 악왕(鄂王)으로 추존되어 항저우의 서호 부근의 악왕묘에 배향되었습니다. 뒤에 충무의 시호가 주어져서 외세의 침략에 대항하여 투쟁한 영웅으로 칭송되어왔으며, 지금까지 악비는 민간에서 무신(武神)으로 대우를 받을 만큼 지지를 받아왔던 것입니다."

진국은 악비의 무덤 옆에 있는 이상한 동상을 살폈다.

"이 동상은 무엇입니까?

"그것은 진회 부부의 동상입니다."

그 동상은 옷이 벗겨진 채 악비의 무덤 앞에 무릎을 꿇고 있었다. 악비를 죽게 한 진회를 악비의 무덤 앞에 무릎을 꿇게 해서 악비의 한을 달래주려는 중국 사람들의 심정이 담겨있었다. 차 박사가 친절한 설명을 보탰다.

"진회는 남송의 대신으로 부인과 함께 악비 장군을 독살한 것으로 알려져 있습니다. 묘를 찾은 관람객들은 이들에게 침을 뱉고 때리는 것으로 악비의 한을 달래고 있다고 합니다. 송나라 이후부터 중국인은 이름에 회(檜)자를 쓰지 않습니다. 진회의 회자를 이름에 쓰면 진회가 생각나니까요."

이민족의 침입으로부터 나라를 지켜낸 악비에 대한 한족의 사랑은 이처럼 크고 깊었다. 진국은 차 박사에게 물었다.

"지금도 중국에서는 우리나라의 이순신 장군처럼 외세의 침입을 물리친 영웅으로 악비 장군을 칭송하고 있습니까?"

"동북공정이 시작하기 전에는 악비 장군이 우리나라의 이순신 장군처럼 영웅으로 칭송받았습니다. 그런데 동북공정이 시작되면서 상황이 달라졌습니다. 외세를 물리친 악비 장군이 영웅이 되면 그 외세인 금나라는 외적이 되는 것입니다. 금나라가 외세가 되면 청나라도 외세가 되는 것이죠. 그래서 2002년 중국 당국은 동북공정을 시작하면서 악비가 더이상 민족의 영웅이 아니라는 고등중학교 역사 헌장을 발표합니다."

진국은 역사의 아이러니라고 생각했다. 중국인들이 마음속으로는 악비를 영웅으로 취급하지만, 겉으로 말하지 못하게 한다는 것이 한편으로는 우스웠다. 차 박사는 진국의 표정을 보면서 말했다.

"중국은 과거에 한족을 중심으로 하는 역사만을 강조했습니다. 소수민족의 역사에 대해서는 충분히 표현하지 않았습니다. 그런데 악비를 민족 영웅이라고 하면, 아골타의 아들 완안올출은 중국의 영웅 악비와 싸운 오랑캐 외적의 침략자가 되는 것입니다. 동북공정에 엄청난 모순이 생기게 된 것입니다. 만주의 역사를 중국 역사로 편입하는 동북공정의 역사관에서는 민족의 영웅 악비가 중국 통일의 장애물이 되어버린 것입니다."

진국은 차 박사의 말을 받아서 자신의 생각을 정리해 말했다.

"여태까지 오랑캐 외적으로 보던 북방계 나라들을 자기 국사로 포괄하려다 보니까 거기에 딜레마가 생겼다고 봅니다. 금나라를 자기네 역사로 편입시키려 하다 보니까 부득이 수천 년 내려오던 영웅의 존재감을 끌어내리고 말았네요. 금나라 역사를 자기네 역사에 편입시키려는 그 궁색함을 보면 동북공정이 얼마나 허구인가를 명백히 알 수 있겠습니다."

결론을 내리고 나니 진국은 속이 뻥 뚫린 것처럼 시원해졌다. 중원을 빼앗기고 황제가 포로가 되는 치욕을 한족들에게 안겨준 이민족의 나라 금나라, 더구나 금태조 아골타의 시조가 신라 마의태자의 후손이라는 것은 중국의 야심 찬 동북공정의 역사관을 근본부터 뒤흔드는 것이었다. 진국이 생각에 잠겨있을 때 차 박사 웃으며 말을 거들었다.

"이것이 현재 중국이 동북공정으로 겪고 있는 악비의 딜레마입니다."

진국은 차 박사가 왜 항저우까지 오자고 재촉했는지 그 이유를 이제야 알 것 같았다.

누루하치[61]가 금의 불씨를 다시 살리다

금나라의 마지막 황제인 완안승린(完顏承麟)은 몽골군에게 성이 함락되자, 아들인 완안귀덕(完顏歸德)에게 아골타에게서부터 내려오던 황실의 상징 금인을 주며 말했다.

"너는 오늘 밤 가족들을 이끌고 이 성을 빠져나가서 우리 조상의 터전인 복간수의 완안 마을로 가거라. 몽골군이 거기까지는 오지 않을 것이다. 거기에서 우리의 시조인 함보 할아버지께서 힘을 키우셨던 것처럼 훗날을 준비해. 우리의 후손 가운데 금나라 대제국을 다시 한번 만들 사람이 나올 것이다. 이 금인이 우리를 지켜 줄 것이다. 다시 대제국을 만드는 날, 이 금인을 승리의 상징으로 들어 올려라."

완안귀덕은 금인을 가슴에 품고 먼 길을 떠났다. 그가 일행과 함께 복간수의 완안 마을에 도착하자 고향을 지키던 완안 마을 주민들은 함보의 뿌리가 돌아왔다며 크게 환영했다. 마의태자의 후손들은 잡초처럼 밟으면 더욱 세게 일어나는 본능을 이어오고 있었다. 금나라가 멸망한 후에

---

61 청나라를 건국한 초대 황제 청 태조(재위 1616~1626년). 여진을 통일하고 금나라를 잇는다는 의미로 후금을 세웠다. 정식 이름은 애신각라 누루하치(愛新覺羅 奴兒哈赤).

그 후손들은 완안 마을로 돌아가서 함보가 그랬던 것처럼 처음부터 새로 시작했다. 마의태자의 영혼이 그들에게 힘을 불어넣은 것 같았다. 세월이 흘러 조상의 뜻을 일으켜 세울 인물이 태어났으니 그가 누루하치(奴兒哈赤)였다.

1559년 누루하치는 탑극세(塔克世)의 아들로 태어났다. 누루하치의 아버지 탑극세는 조상이 머물던 완안 마을에서 함보처럼 족장으로 지내고 있었다. 그런데 변방을 지키는 명나라 군사와 다투다가 큰 부상을 입고 중태에 빠졌다. 탑극세는 죽으면서 누루하치에게 조상의 족보와 금인을 넘겨주었다. 탑극세가 죽은 후, 누루하치는 아버지를 죽게 한 명나라에 대한 복수심으로 타올랐다. 어느 날 복수의 칼날을 갈면서 어둠 속에서 눈물을 흘리고 있을 때, 그는 금인이 계속 자신을 쳐다보고 있는 것을 느꼈다. 금인이 그에게 무엇인가를 이야기하고 싶어하는 것 같았다. 누루하치는 금인을 보면서 결심했다

"우리 조상의 뜻을 내가 이어가야 한다. 이렇게 안주할 것이 아니라 조상들이 그렇게 꿈꾸었던 대제국을 내가 만들어야 한다. 그것이 이 금인이 나에게 이야기하고자 하는 내용이다. 내가 새로운 대제국을 만드는 날에 아버님 말씀처럼 이 금인을 모든 백성 앞에서 높이 들어 올리리라."

누루하치는 아골타 할아버지가 세운 금나라를 다시 일으키고, 함보 할아버지가 말씀하신 대제국을 만들겠다고 금인에게 맹세했다. 그는 함보 할아버지가 완안여진에서 처음 시행한 맹안모극제를 발전시켜 기마민족의 전통을 그대로 이어받아 팔기제도(八旗制度)[62]를 시행했다. 이 제

---

62 청 태조, 누르하치가 17세기 초에 설립했다고 전하며 청 제국이 중원을 통일한 후, 청 제국의 제도 중심으로 발전했다. 초기의 팔기제도는 만주족의 전통적인 군역 및 봉급 지급의 단위, 장비의 관할권, 봉토의 관할권을 나누는 등 주로 행정적 편의에 의해 나뉜 것이다.

도는 평상시에는 밭 갈고 사냥하며 평범한 생활을 하다가, 전시 동원령이 내리면 그들이 속한 팔기군의 깃발을 들고 자신들이 타던 말에 올라 그대로 전선으로 내닫는 체제였다. 국가 위기에 대처하는 기동력에 있어서 대단히 신속한 장점을 가진 제도였다. 팔기에는 제각기 고유한 색깔이 있었다. 정황(正黃), 정홍(正紅), 정람(正藍), 정백(正白), 양황(鑲黃), 양홍(鑲紅), 양람(鑲藍), 양백(鑲白)이었다. 팔기제도는 군사와 경제가 일체화된 사회 체제로서, 누루하치는 팔기의 최고 통수권자였다. 팔기군 제도로 힘을 키웠다고 판단한 누루하치는 마침내 아버지 복수의 명분으로 명나라에 선전포고를 하고 푸순(撫順)을 점령했다. 곧이어 청하(淸河) 지방의 한족들을 멀리 서쪽으로 내쫓고, 이 지역을 완전히 점령해 버렸다. 아골타 할아버지가 이룬 옛 여진의 땅을 완전히 수복한 것이다.

1618년 아골타의 16대손이자 마의태자의 22대손인 누루하치가 조상의 뜻을 이어받아 금나라를 다시 세웠다. 역사가들은 이를 후금이라 불렀으며, 후금은 중원을 점령한 후에 애신각라의 나라 청을 건국했다. 누르하치는 여진족의 이름을 문수보살에서 딴 만주(滿州)로 고치고, 금나라 세종 황제가 만들었던 여진 문자를 개량한 만주 문자를 정비했다.

누루하치가 금나라를 다시 세우던 날, 그는 조상 대대로 내려오는 금인을 똑바로 쳐다보았다. 갑자기 금인에 희미하게 새겨진 애신각라가 빛이 났다. 누루하치는 눈이 부셔서 눈을 뜰 수가 없었다. 누루하치는 잠시 눈을 감았다. 그런데 머릿속에 또렷하게 마의태자가 새긴 네 글자가 각인되었다. 애신각라(愛新覺羅). 누루하치는 무슨 뜻인지 곰곰이 생각했다. 글자대로 풀이하면 '신(新)을 사랑하고, 라(羅)를 생각해라'였다. 누루하치는 한림원의 학사를 찾았다. 그리고 애신각라의 의미를 물었다. 그는 누루하치에게 대답했다.

"신라를 사랑하고 신라를 생각하라는 의미입니다."

누루하치는 자신의 뿌리가 신라에 있음을 알고, 애신각라를 자신의 뿌리로 삼았다. 자신의 뿌리는 김(金)이지만 김과 애신각라는 동일어로 사용하게 해서 자신의 뿌리를 잊지 않게 했다. 누루하치는 금인이 자신의 뿌리라는 것을 만천하에 공표하면서 자신의 성을 애신각라로 고쳐 불렀다. 누루하치 이후 모든 청나라 황제의 성은 애신각라로 표시하게 되었다. 김씨는 완안을 거쳐 애신각라로 새롭게 태어난 것이다. 애신각라가 곧 김을 뜻했다.

누루하치는 조상에 대한 사랑이 각별했다. 그는 자신의 뿌리가 신라에서 왔다는 것을 역사서에 남기도록 명했으며, 그 당시 고향 땅에 세워진 조선에 대해서도 항상 우호적인 자세를 취했다. 누루하치는 중원을 점령하고 명나라를 멸망시켰을 때, 조선을 멸하지 않고 존속시킨 이유에 대해 이야기했다.

"한수 이북은 우리의 선조가 태어난 땅이니 보존시켜라."

누루하치는 조선에 사신을 보내서 소중화 사상과 사대주의에 물든 조선을 꾸짖기도 했다.

"본래 우리는 마의태자의 후손으로 그대들과 같은 나라였거늘 어찌하여 동족을 따르지 않고 명나라를 돕는가?"

그리고 조선에서 임진왜란이 발발했을 때, 누루하치는 다음과 같은 내용의 편지를 선조에게 보냈다.

"부모의 나라를 침략한 왜구들을 수장시키겠습니다."

누루하치가 자신의 뿌리를 잊지 않고 그리워했다는 역사적 사실은 여러 군데서 발견할 수 있다. 그리고 누루하치는 역사서에서도 자신의 뿌리에 대해 기록하라고 명시했다. 청나라 국편 공식 역사서인《흠정만주원류고(欽定滿洲源流考)》[63]에 다음과 같은 기록이 나오고 있다.

"사서를 보니 신라 왕실인 김씨가 수십 세를 이어왔고 금이 신라로부터 온 것은 의심할 바 없다. 금나라 국호 또한 김씨 성을 취한 것이다."[64]

누루하치는 후금을 건국하고, 황제의 상징으로 금인을 들어 올렸다. 그 금인에 새겨진 애신각라 글자가 빛나고 있었다. 마의태자의 꿈이 다시 한 번 실현되는 순간이었다. 애신각라는 지금의 중국 영토를 만든 청나라의 4대 황제 강희제, 애신각라 현엽(愛新覺羅 玄燁)으로 이어졌고, 1912년 마지막 황제 선통제(宣統帝)까지 지속됐다. 마지막 황제의 이름이 애신각라 부의(愛新覺羅 溥儀)였다.

63 《흠정만주원류고》는 만주족의 정체성을 강조한 역사책으로 건륭 42년인 1777년 대학사 아구이, 우민 중 등이 칙명을 받들어 이듬해인 1778년에 완성했다.

64 《흠정만주원류고》'.以史傳按之, 新羅王金姓, 相傳數十世, 則金之自新羅來無疑. 建國之名, 亦應取此.

애신각라의 비밀

차 박사와 진국이 항저우의 호텔에서 아침 식사를 하는데, 다급하게 진국의 휴대폰이 목이 마른 듯이 비틀거리며 울렸다. 전화기 너머로 들리는 목소리는 다급했다.

"진국아, 빨리 베이징으로 날아와. 빅 뉴스다. 김술 교수가 찾았단다. 빨리 와라."

허둥대는 명대 선배의 목소리를 듣자, 진국은 온몸에 소름이 돋았다. 진국과 차 박사는 아침을 먹는 둥 마는 둥 서둘러 마치고 공항에서 첫 비행기를 타고 베이징으로 향했다. 다시 찾은 베이징의 하늘은 스모그를 껴안은 채 잔뜩 찌푸리고 있었다. 진실을 가리듯이 베이징의 미세먼지는 사람들의 가슴을 꽉 메운 채 숨쉬기조차 힘들게 했다. 공항에서 조명대 선배는 초조한 듯 그들을 기다리고 있었다. 진국은 명대 선배를 차 박사에게 인사시켰다.

"선배님, 지난번에 전화로 말씀드렸던 차경일 박사님이십니다."

명대는 깍듯하게 인사했다.

"진국의 방송국 선배 조명대 피디입니다. 박사님 소문은 중국에서도 잘 알려져 있습니다. 저번에 동북공정 포럼 때문에 중국 정부에서는 요주의 인물로 꼽히고 있습니다. 박사님, 조심하셔야 합니다."

차 박사는 엷은 미소로 답했다.

"저도 잘 알고 있습니다. 하지만 그 무엇도 진실을 이길 수 없습니다."

"교수님 존경합니다. 교수님 같은 용기 있는 학자분이 드뭅니다. 중국의 압력에 슬그머니 비위나 맞춰주는 양심 없는 학자들만 중국에 많이 와 있습니다. 교수님을 만나 뵈어서 정말 영광입니다."

명대는 진국이 당황해할 정도로 차 박사에게 존경을 표했다. 그것은 그의 진심이었다. 그런데 공항에서 세 명이 대화하는 것을 계속 지켜보는 이가 있었다. 명대는 눈치를 채고 급히 방송국 로고가 찍힌 차량에 올랐다.

"중국에서는 택시도 안전하지가 않습니다."

명대는 차 안에서 조심스럽게 입을 열었다.

"어제 연락을 받았는데, 김술 교수가 드디어 찾았다고 흥분이 되어서 전화를 했어."

진국은 침을 꿀꺽 삼켰다.

"김륭이란 사람인데 자신이 청 황실의 후손이라면서, 애신각라가 새겨진 제천금인의 금동상을 세상에 알리고 싶다는 거야. 네가 그렇게 찾고 싶어 하던 동상이 아닌가 해서 아침 일찍부터 전화했다. 전화는 도청될 수 있기 때문에 자세히 이야기하지는 못했어."

애신각라가 새겨진 금동상이라는 말을 들었을 때 진국은 등뼈가 오싹했다. 그것은 마의태자가 할아버지 효종랑에게 받은 금인에 자신이 '신라를 사랑하고 신라를 생각하라'라는 애신각라(愛新覺羅)를 새겨서 후손에게 남긴 것으로, 절체절명의 순간에 마의태자가 의지했던 상징이었다. 그것이 아직 남겨져서 후손에게 전달되고 있었다니, 진국은 운명처럼 느껴졌다. 10여 년 전부터 청나라 황제의 성이 애신각라이고 청 황실의 후손들이 김씨 성을 함께 사용하고 있다는 것을 알고, 미친 사람이라는 소리까지 들으며 그 미스터리를 파헤치기 시작했던 진국이었다. 옛말에 간절히 원하면 이루어진다는 말처럼, 그렇게 목매달던 진국에게 그 순간이 다가온 것이다.

진국이 차 안에서 지난 일을 회상하고 있을 때, 차 박사가 진국의 어깨를 툭 쳤다.

"김 피디님은 무슨 생각이 그렇게 깊은지, 내가 말을 해도 대답도 하지 않네요."

진국은 무안해서 얼굴에 억지웃음을 띠었다.

"제가 한 번 생각에 빠지면 헤어나오지를 못해요. 그래서 사교성이 없다는 소리를 꽤 듣습니다. 교수님 죄송합니다."

"아니에요, 죄송할 것까지는 없구요. 애신각라가 새겨진 금동상이라는 말에 김 피디님이 혼을 뺏긴 것 같군요."

진국은 정신을 차리고 차 박사에게 물었다.

"교수님, 저는 지금도 이해할 수 없는 부분이 있습니다."

"무엇을 이해할 수 없다는 것입니까?"

진국은 감정을 가라앉히고 말했다.

"청나라 황실의 공식 역사서에도 청나라의 시조는 신라에서 왔다고 분명히 밝히고 있고, 청나라 황실의 성인 김을 애신각라로 했고, 그 애신각라가 지금 청 황실의 후손들이 김씨로 살아가고 있는데도 아직도 우리의 사학자들은 애신각라가 우연히 여진어의 한자 표기로 사용되었다고 말하고 있습니다. 어떻게 이런 우연이 계속 겹쳐질 수 있다는 것입니까? 신라와 애신각라와 김, 이 세 가지가 매번 우연히 동시에 겹쳐졌다는 말입니까? 애신각라의 한자에 신라가 들어가 있는 것도 우연이라는 말입니까? 한자를 조금이라도 아는 사람은 애신각라의 한자를 풀이하면 '신라를 사랑하고 신라를 생각하다'인 것을 알 수 있습니다. 이 모든 것을 우연한 일로 몰고 간다는 게 말이 되는 것일까요? 저는 도저히 이해할 수가 없습니다."

차 박사가 조용히 이야기했다.

"제가 대신 사죄드리겠습니다. 역사학자들은 절대 자신의 오류를 인정하지 않습니다. 자신의 학설이 잘못되었다는 것을 알면서도 끝까지 고집하는 것이 우리나라 역사학자들의 현주소입니다. 그들은 그것을 학자적 양심이라는 명목으로 정당화시킵니다."

진국은 그토록 찾아다녔던 금인을 찾았다고 생각하니 아직도 애신각라를 인정하지 않는 우리나라 역사학자들의 모순과 오류에 더욱 화가 치밀어 올랐다. 명대가 진국의 화를 풀어주려고 애쓰는 가운데, 자동차는 진국의 심정처럼 꽉 막힌 베이징의 도로를 뚫고 지나가고 있었다.

자동차는 베이징의 좁은 골목을 지나 전통 찻집에 도착했다. 청나라 양식의 고풍스러운 가게였다. 안을 들어가니 구석진 곳에 김술 교수가 조심스럽게 앉아 있었다. 진국은 먼저 김술 교수에게 감사의 말을 전했다.

"김술 교수님께서 이렇게 신경 써 주셔서 감사드립니다."

"아닙니다. 우리 조상들의 이야기이고 우리의 뿌리를 찾는 일인데 저희가 도울 수 있는 일을 도와야 한다고 생각했습니다. 지난 번에 김 피디님을 만나 뵌 이후 많은 생각을 하게 되었습니다. 저 멀리 한국에서 조상의 뿌리를 찾기 위해서 저렇게 고생하는데, 우리 청 황실에서 비겁하게 숨어서 지낸다는 것이 부끄러웠습니다. 그래서 몇 달 동안 종친회를 다

뒤졌습니다. 그런데 한 분이 제게 연락을 주셨습니다."

김술 교수는 옆의 차 박사와 인사한 후에 말했다.

"진실을 밝히기 위해서 위험을 무릅쓰는 교수님을 뵐 때 저희는 부끄러움을 느낍니다. 차 교수님이 함께 계신다고 해서 더욱 용기를 내었습니다."

차 박사는 김술 교수에게 말했다.

"과분한 찬사에 부끄럽습니다."

김술 교수와 차 박사가 이야기하는 사이에 가게 문이 열리며 70대로 보이는 노신사 한 분이 들어왔다. 김술 교수가 먼저 인사한 후, 진국 일행에게 소개했다.

"이분은 우리 청 황실의 종손으로서 김륭(金隆)이라고 하시는 분이십니다."

김륭은 가볍게 고개 숙여 인사한 후 조심스럽게 입을 열었다.

"저는 청 황실의 직계 후손으로 대대로 내려오는 가보 두 개를 가지고 있습니다. 이천 년을 이어오는 청 황실의 족보와 애신각라는 글자가 새겨진 제천금인의 금동상 금인입니다."

김륭의 이야기를 듣자 진국은 호흡이 멎는 것 같았다. 김륭은 말하면서 조심스럽게 주위를 계속 살폈다. 그리고 그의 낡은 휴대폰을 열어 사진 몇 장을 보여주었다.

"마지막 황제, 애신각라 부의가 돌아가시면서 금인의 행방은 묘연했습니다. 중국 정부는 청 황실의 모든 것을 뺏어갔습니다. 그러나 금인은 우리의 목숨과도 같은 것이었습니다."

차 박사는 김륭의 손을 덥썩 잡았다. 휴대폰 사진에는 한자로 가득히 채워진 족보와 소중하게 싸매어져 있는 보자기 꾸러미가 담겨 있었다.

"큰 용기를 내어주셔서 고맙습니다. 제가 반드시 역사적 진실을 밝혀내고 말겠습니다."

김룡은 생각에 잠기며 조용히 이야기했다.

"우리는 금인의 비밀을 알고 싶습니다. 우리 조상들이 왜 이렇게 작은 동상에 목숨을 걸고 싸웠는지. 그래서 거기에 새겨진 글씨의 비밀을 밝히고 싶은 것입니다."

진국이 말했다.

"제가 목숨을 걸고 밝히겠습니다."

옆에 있던 명대가 거들었다.

"기자회견을 열어서 중국 공안 당국의 방해를 막아야 합니다. 내일 당장 기자회견을 생방송으로 내보내면 저들도 함부로 할 수 없을 것입니다."

진국은 입술이 바짝 말라가고 있었다. 입술에 침을 한 번 바르고 말했다.

"선배님, 기자회견장은 어디가 좋겠습니까?"

"사람이 많고 공개적인 장소인 호텔이 좋을 것 같다."

모두 고개를 끄덕일 때, 진국은 가슴이 뛰었다.

역시 초조한 듯, 땀을 흘리는 김룡의 모습을 보고 진국이 물었다.

"어디 몸이 좋지 않으신가요?"

김룡은 눈을 부릅뜨고 말했다.

"이천 년의 비밀이 풀린다고 생각하니 가슴이 뜨거워집니다. 이제야 조상들을 뵐 면목이 생기는 것 같습니다."

진국은 말없이 김룡을 바라봤다. 같은 김씨 성을 가진 사람으로서 뜨거운 피가 둘을 감싸는 것 같았다.

"그러면 내일 나오실 때 금인과 족보 원본을 가지고 나와 주시기 바랍니다."

"네, 저희가 목숨을 걸고 지켜온 것을 보여드리겠습니다."

찻집 구석에서 처음부터 끝까지 이들을 지켜보던 이가 바쁘게 전화를 걸고 있었다. 호텔로 돌아온 진국은 그날 밤 잠이 오지 않았다. 눈을 감으면 마의태자가 보이고, 함보가 보이고, 아골타가 보이고, 누루하치가 보였다. 뜬눈으로 밤을 새운 진국은 새벽에 해가 뜨는 것을 보고서야 깜빡 잠이 들었다.

중국사회과학원 감찰국

베이징시 둥청구 지엔궈먼(建国门)에 위치한 중국사회과학원(中國社會科學院)[65]은 중국의 국경 안에서 전개된 모든 역사를 중국의 역사로 편입하려는 동북공정의 핵심 주체였다. 중국사회과학원 소속 변강사지연구중심(邊疆史地研究中心)이 주관이 되어 일을 추진해 가고 있었다. 사회과학원의 감찰국(監察局)이 바삐 움직였다. 그들은 이미 차 박사와 진국의 모든 동선을 파악하고 있었다. 진국과 차 박사의 통신장비와 SNS를 추적하고 있었다. 쑨웬 감찰국장은 부하들에게 지시를 내렸다.

"모든 수단을 동원해서라도 저들의 접촉을 막아라. 그리고 단 한 건의 서류도 저들에게 넘어가서는 안 된다. 이것은 당의 명령이다."

그들은 모두 압수했다고 생각한 청 황실의 문서와 금인이 남아있다는 사실을 전해 듣고 사무실이 발칵 뒤집힐 정도였다. 감찰국은 이 사실을 국무원 원장에게 보고했다. 동북공정을 주관하고 있는 국무원 원장으로서는 상상할 수 없는 상황이 눈앞에 벌어지고 있는 것이었다. 중국 공산

---

65 중화인민공화국 국무원 직속의 국립 연구기관으로 동북공정을 주관하고 있다. 동북공정은 동북변강사여현상계열연구공정(東北邊疆史與現狀系列研究工程)의 줄임말로 동북 변경 지역의 역사와 현상에 관한 체계적인 연구 과제다.

당의 방침이 모든 소수민족을 한족의 역사에 편입해서 하나의 중국을 만드는 것이며, 이것이 당의 중요한 목표였다. 소수민족들의 분리 독립운동이 벌어지면 중국은 쪼개지고 그들이 주장하는 중화민족의 원래 영토였던 명나라 시절의 국토로 돌아갈 수밖에 없다. 지금의 중국 영토는 만주족 청나라 강희제 황제 때 만들어진 것이었다. 그들은 자신들이 오랑캐라고 불렀던 만리장성 이북의 이민족 땅을 잃을 수 있다는 위기감에 사로잡혔다. 만리장성은 진시황이 중국을 처음 통일한 후에 북방 오랑캐를 막기 위해 쌓기 시작한 것이었다. 지금의 중국 영토에서 만리장성 이북의 땅을 잃는다면 중국은 국토의 3분의 1을 잃는 셈이었다. 만리장성 이북의 땅은 원래 한족의 땅이 아니었다. 중국 국무원의 감찰실은 바쁘게 움직였다.

이튿날 카메라와 조명을 챙기느라 명대는 새벽부터 분주했다. 명대는 중국의 사정을 잘 알기에 양복 차림에 방송국 신분증을 부착하고 방송국 로고가 찍힌 대형 카메라를 어깨에 메고 출발했다. 그런데 만나기로 한 호텔 회견장에 도착한 진국과 차 박사는 김룡을 찾을 수 없었다. 수십 번 전화해도 상대의 전화기는 꺼져 있는 상태였다. 직감적으로 위기감을 느낀 명대는 김술 교수와 함께 김룡의 집으로 향했다.

베이징 외곽에 자리 잡은 청나라 양식의 오래된 집에는 경찰의 폴리스라인이 쳐진 가운데 구급차와 경찰차가 뒤범벅되어 아수라장이 되어있었다. 진국은 무언가가 잘못되었다는 느낌을 받았다. 차 박사는 발을 동동 구르며 쳐다보고 있는 이웃집 주민에게 다급히 물었다.

"어찌 된 일입니까?"

"강도가 들었어요. 온 집 안을 다 뒤져서 뭔가를 훔쳐갔는데, 물건만 가져가면 되지 왜 사람을 다치게 해요?."

"쓰러진 주인은 어떻게 되었습니까?"

"칠십이 넘은 노인이 끝까지 물건을 빼앗기지 않으려고 싸운 것 같아요. 화가 난 강도가 주인을 칼로 찌르고 물건을 뺏어갔다고 하네요. 그 물건이 무엇이길래 사람 목숨보다 소중한 것일까요? 물건만 넘겨주었으면 다치지 않았을 텐데."

이웃 주민은 아쉬운 듯 말끝을 흐렸다. 차 박사는 김룡의 상태가 궁금해서 재차 물었다.

"생명에는 지장이 없겠지요?"

"모르겠습니다. 피를 너무 많이 흘렸다고 하는데 온몸이 피범벅이었습니다. 앰뷸런스로 병원에 실려 갔는데 걱정입니다. 참말로 법 없이도 사는 착한 분이셨는데 어찌 이런 일이 생겼을까요."

이웃집 주민은 자신의 일처럼 안타까워했다. 그 사이에 하나의 눈길이 계속 진국과 차 박사를 노려보고 있었다. 명대는 진국과 차 박사에게 슬쩍 눈치를 주며 속삭였다.

"박사님, 우리도 여기를 빠져나가야 할 것 같습니다."

김술 교수도 당황한 기색이 역력히 보였다. 그녀도 급하게 자리를 뜨면서 진국과 차 박사에게 말했다.

"몸조심하십시오. 저들이 가만두지 않을 것입니다."

김술 교수는 눈치를 보면서 군중들 사이로 빠져나갔다. 불안한 낌새를 챈 진국이 서둘러 택시를 잡았다. 얼마 후 호텔에 도착한 세 사람은 조심스럽게 주위를 살피며 방으로 들어왔다. 진국이 마음을 가라앉히고 먼저 입을 열었다.

"교수님, 지금 제 눈으로 확인을 하고도 믿기지 않습니다. 말로만 동북공정을 들었고, 중국의 학자들이 이론적으로 연구하는 것으로만 생각했습니다. 그런데 국가 차원에서 사람을 죽이려 하면서까지 이렇게 목숨을 걸고 하는 일인지는 정말 몰랐습니다."

차 박사도 땀을 닦으며 말했다.

"우리나라는 그냥 말로만 동북공정을 반박하지만 중국 공산당은 국가 차원에서 밀어붙이고 있습니다. 동북공정의 최종 관할 부서가 어딘지 아세요?"

"동북 3성이라는 지방기관 아닌가요?"

"아닙니다. 중국 공산당 국무원에서 총괄하고 있습니다. 국무원은 중국 최고의 권력기관으로 중국의 모든 행정은 국무원으로부터 나옵니다. 외부로는 동북공정이 동북 3성에서 주관하는 것처럼 위장하고 있지만 실제로는 최고 권력기관인 국무원에서 모든 지시를 내리고 있습니다."

"김륭 선생의 집을 쳐들어간 사람도, 지금 우리를 미행하고 감시하는 이들 모두가 국무원 사람일까요?"

명대가 끼어들었다.

"내 생각에는 국무원 감찰국 사람들인 것 같아. 박사님 생각은 어떠세요?"

"제 생각에도 우리를 계속 미행하고 도청했던 이들이 감찰국 사람들 같습니다. 예전에 저를 협박했던 사람도 국무원 감찰국 사람이었습니다."

진국은 차 박사도 위험해질 수 있다고 생각하니 목소리가 떨렸다.

"우리 영사관에 도움을 청해야 할까요?"

"영사관에 알리면 일이 더 복잡하게 꼬일 수 있습니다. 지금 저들은 우리의 모든 통신장비를 도청하고 있을 것입니다. 우리의 일거수일투족이 저들에게 보고되고 있겠죠."

"지금 중요한 것은 저들의 감시를 피해서 김륭 선생님이 어떻게 되었는지 확인하는 일 같습니다."

"모든 것이 도청되는데 어떻게 저들의 감시를 피할 수 있을까요?"

셋은 머리를 맞대고 이 난국을 어떻게 뚫고 나갈지 고민했다. 진국의 생각은 수천 갈래 의문으로 흩어지고 있었다.

'중국의 거대한 음모세력이 애신각라의 흔적을 지우기 위해 작업에 들어간 것일까? 제천금인, 애신각라의 비밀은 이대로 영원히 묻혀버리는 것일까? 신라의 비밀을 밝히고 마의태자의 존재를 밝힐 유일한 단서인 금인은 어디로 사라진 걸까?'

사라진 금인

그 후 김룡의 소식은 어디에서도 들을 수가 없었다. 철저한 통제 사회에
서 사람이 강도를 당하고 사라진 것은 뉴스거리가 되지 못했다. 김룡의
소식을 듣기 위해 근처의 모든 병원을 수소문했지만, 그는 없었다. 병원
문을 나설 때마다 진국은 김룡이 살아있기만을 간절히 기도했다. 진국은
명대에게 부탁했다.

"선배, 모든 정보망을 동원해서 김룡 선생이 어떻게 되었는지 빨리 알
아봐 줘요. 저 때문에 강도를 당한 것 같아서 숨을 쉴 수가 없습니다."

명대는 베이징지사 보도국 기자의 도움을 받아 쑨웬 감찰국장의 전화
번호를 알아내어 전화를 걸었다. 쑨웬 감찰국장은 전화를 받지 않고 비서
가 사무적으로 응대했다.

"감찰국장님에게 전해드리겠습니다."

명대가 더 말하려 했지만, 전화는 끊겼다. 그리고 감찰국장으로부터
전화는 오지 않았다. 명대는 베이징지사로 돌아가서 보도국을 통해 알아
보겠다면서 먼저 자리를 뜨고 진국과 차 박사는 호텔로 돌아가기 위해서
택시를 잡았다. 차 박사와 진국은 택시 안에서 흥분을 가라앉히려고 호흡
을 가다듬었다. 그런데 택시는 호텔로 가지 않고 구석진 곳으로 향하고

있었다. 그 순간 택시기사의 눈빛이 섬뜩했다. 진국은 처음 당해보는 일이라 등에 식은땀이 흘렀다. 택시는 후미진 골목 건물 앞에 섰다. 건물 입구에는 검은색 정장을 입은 사람들이 진국과 차 박사를 정중하게 안내하며 낯선 방으로 이끌었다.

명대는 진국에게 계속 전화를 하는데도 응답이 없자 불안한 생각이 들어 호텔을 찾았다. 그러나 진국은 호텔 객실에도 밤이 늦도록 돌아오지 않았다. 명대는 무슨 일이 생겼다는 것을 직감하고 다시 국무원 감찰국으로 전화해서 항의했다. 감찰국 직원의 답변은 고압적이었다.

"당신이 근거 없이 계속 전화하면, 당신을 중국 국가기관 모독죄로 추방시킬 수 있으니까, 조심하시오."

일종의 경고이자 협박이었다. 명대는 급한 마음에 한국 영사관을 찾았다. 영사관은 외교 경로를 통해서 찾는 시늉만 내었지, 적극적이지 않았다. 영사관 직원이 명대에게 물었다

"중국 국무원 감찰반에 납치된 것 같다고 이야기하셨는데. 김진국 피디와 차경일 박사는 중국에서 무슨 일을 하고 있었습니까?"

옆에서 컴퓨터 조회를 하고 있던 다른 직원이 말했다.

"차경일 박사는 중국의 요주의 인물입니다. 동북공정의 파괴자로 그가 오면 감시의 대상이 됩니다."

명대는 사실대로 모든 것을 이야기했다. 명대의 이야기를 듣고, 영사관 직원의 중얼거리던 소리가 명대의 귀를 거슬리게 했다

"이러한 민감한 시기에 왜 중국의 동북공정을 건드리려고 했을까?"

"무슨 말씀이십니까?"

"사드 문제로 악화된 한중관계가 우리의 외교적 노력으로 풀리려고 하

는 이 시점에 이런 문제가 발생해서 속이 상해서 혼자 중얼거린 겁니다."

명대는 벌컥 화가 났다

"지금 사람이 실종되었는데 그런 이야기가 나올 수 있습니까?"

"아직 실종되었는지 모르지 않습니까? 조금만 더 기다려 봅시다. 우리도 외교 경로를 통해서 알아보고 있습니다."

진국은 형광등이 하나 켜진 방에서 혼자 한참을 앉아 있었다. 몇 시간이 지난 후, 양복을 입은 남자가 들어왔다. 그 남자는 먼저 진국에게 담배를 권했다. 진국이 담배를 거부하자, 남자는 진국 앞에 앉으며 말했다.

"김진국 피디님 반갑습니다. 저는 국무원 감찰국 소속 이영린입니다."

영린은 유창한 한국말을 하는데, 억양으로 봐서 조선족이 아닐까 하고 진국은 생각했다.

"무엇 때문에 나를 납치한 것입니까?"

영린은 담배를 한 번 내뱉고는 말했다.

"우리는 김 피디님을 납치한 것이 아닙니다. 김 피디님과 조용히 대화하고 싶어서 여기로 모신 것입니다."

"무슨 대화를 하고 싶은 것입니까?"

"우리의 역사를 왜곡시키지 마십시오. 여기는 중국입니다. 우리의 역사를 존중해주시기 바랍니다. 우리 당에서는 우리 땅에서 우리의 역사를 왜곡시키는 사람은 더이상 입국을 불허합니다."

"저는 역사를 왜곡시키는 것이 아니라, 역사적 진실을 밝히려는 것입니다."

영린은 비꼬듯이 말했다.

"역사는 과거의 현재입니다. 현재가 중요한 것입니다. 현재 상황을 그대로 받아들이십시오. 중국은 지금 현재의 역사가 중요합니다."

진국은 이 남자와 더이상 역사 논쟁을 하고 싶지 않았다. 그는 김륭의 상황이 궁금했다. 진국이 고민하고 있는 사이에 영린은 서류를 내밀며 말했다.

"여기에 서명하시면 이번 일은 없던 것으로 하겠습니다."

그가 내미는 서류는 진국이 중국에서 촬영한 모든 영상을 폐기처분하고 앞으로 동북공정에 역행하는 취재를 하지 않겠다는 각서였다. 진국은 그 각서를 옆에다 두고 물었다.

"김륭 선생님은 어떻게 되었습니까? 그분은 살아 계십니까?"

김륭의 이야기가 나오자, 영린은 표정이 차갑게 바뀌었다.

"그 사람은 우리와 전혀 관계가 없는 사람입니다."

진국은 간절히 사정하면서 이야기했다.

"그분만 살려주신다면 여기에 서명하겠습니다."

진국은 김륭 선생만 살릴 수 있다면 이번 프로젝트와 관련된 모든 것을 포기할 수 있다고 판단했다.

"약속하겠소. 여기에 서명하시오."

"그분의 목소리를 들려주시오. 그러면 서명하겠소."

"그분은 지금 중환자실에 있소. 내가 책임지고 살릴 테니 서명하시오."

영린은 중환자실에 누워 있는 김륭의 사진을 보여주었다. 순간 창백한 얼굴로 복잡한 기계들을 매단 채 누워 있는 그의 모습에 진국의 가슴이 덜컥 내려앉았다. 그토록 찾아 헤매던 역사의 진실이 눈앞에 있는데, 그 명분을 찾기 위해 한 사람의 생명을 위험에 빠뜨려도 되는지, 나아가 복잡하게 얽힌 국가 간의 관계를 무시할 수 있는 것인지. 펜을 쥔 진국의 손이 가늘게 떨리고 있었다.

중국 국가주석 시진핑의 한국 방문을 앞두고 중국과의 관계를 악화시키고 싶지 않은 한국 정부는 중국 정부의 눈치를 보며 이번 일을 조용히 마무리하려 했다. 다음날 베이징공항에서 만난 진국과 차 박사는 한국으로 가는 비행기를 기다리고 있었다. 차 박사가 생각이 깊은 진국에게 말했다.

"역사적으로 우리나라는 중국이 힘이 약했을 때 번성했습니다. 고려나 조선이 건국될 때도 중국의 힘이 약했기 때문에 가능했습니다. 지금 중국의 시진핑은 미국과 대결할 수 있을 정도로 힘을 키웠습니다. 20년 전만 해도 우리나라의 자본과 기술을 유치하려고 우리에게 도움을 요청하던 중국이 이제는 다시 우리를 조공이나 바치는 나라로 격하시키고 있는 것입니다. 마의태자가 부르짖었던 것처럼, 힘 없는 나라는 명분도 없고 정의도 없는 것입니다. 지금 우리나라가 그런 것 같습니다."

진국은 차 박사의 말에 동의도 부정도 하지 못한 채 멍하니 스모그가 가득 찬 베이징 하늘을 올려다보았다. 조명대 선배가 급하게 다가오는 것이 느껴졌다. 명대는 진국을 보자 끌어안았다.

"괜찮은 거지? 이 중국놈들 가만두지 않을 거야."

진국은 명대를 안심시키며 말했다.

"형, 괜찮아. 일을 키우지 말아요. 아무도 우리를 도와줄 사람이 없어요. 저는 모든 것을 포기했어요."

"네가 십 년을 준비한 프로젝트인데 이렇게 끝나서는 안 된다."

"저들이 목숨을 걸고 지키려는 것을 우리는 막을 수가 없네요. 저의 욕심 때문에 또 사람이 다치거나 죽는 것은 원하지 않습니다."

명대는 죄 없는 쓰레기통을 걷어찼다. 쓰레기통에 들어있던 오물들이 공항 바닥에 흩어졌다. 공항의 CCTV는 모든 것을 지켜보고 있었다. 명대와 작별하고 비행기에 몸을 실으니 진국은 잠이 쏟아졌다.

에필로그 : 금인의 얼굴

진국이 마음을 다스리는 데는 꼬박 1년의 세월이 걸렸다. 그 사이에 한중 정상회담이 열리면서 진국의 사건은 소리 없이 묻혔다. 명대도 베이징 특파원을 그만두고 명예퇴직 신청을 해서 방송국을 떠났다. 진국도 같이 명퇴 신청을 하려 했지만, 명대가 말렸다.

"아직까지 일할 창창한 나이에 그만두면 뭘 하겠다는 거야? 방송국 기자 출신은 정치도 하고 예능이나 드라마 피디들은 밖에서 돈도 많이 받지만, 다큐멘터리 피디는 세상에 나가면 할 일이 없어. 너라도 남아서 쓰러져 가는 방송을 잡아주기 바란다."

"선배, 제가 방송국에 남더라도 할 수 있는 일이 없어요."

"아니다. 세상은 빠르게 바뀌고 있다. 현실적인 안주보다는 역사적 진실을 요구하는 세상이 올 거다. 그때는 네가 필요할 거야."

명대의 만류에 결국 진국은 방송을 그만두지 못하고 건강상의 이유로 1년 휴직계를 제출했다. 생각을 정리할 시간이 필요했던 것이다. 진국은 혼자 고향에 내려갔다. 아내 숙진은 방송작가 일 때문에 같이 내려오지 못하고 주말에만 진국에게 들렀다. 그렇게 진국은 세상과 담을 쌓고 시간을 보내고 있었다. 세월은 진국의 마음을 모르는 채 흘러갔다. 진국은 방송에 복귀하기 전에 마지막으로 정리할 것이 하나 남아있었다. 마의태자에게 사과를 하고 방송에 복귀해야 할 것 같았다. 진국은 아내 숙진의 어깨를 감싸안았다.

"우리 경주나 다녀올까?"

진국이 휴직한 후에 정신 나간 사람처럼 멍하게 시골집에만 박혀 있는 것이 안쓰러워 숙진은 해외여행이라도 가자고 제안했지만, 진국은 거절했다. 그런 진국이 여행을 제안하니 숙진은 금방 수락했다. 방송국 작가 출신인 숙진은 남편의 괴로움을 옆에서 지켜보면서 더욱 힘들어했다. 그녀는 왜 남편이 경주로 가자고 하는지 이유를 알고 있었지만, 내색하지 않은 채 가볍게 여행하는 기분으로 짐을 챙겼다. 경주에 둘러볼 곳이 많다면서 KTX를 타지 않고 자동차로 출발했다.

경주 시내에 접어들자 수많은 왕릉이 길가에 놓여 있었다. 진국은 엄청난 규모의 신라 왕릉을 보면서 경순왕을 생각했다. 세월은 기억을 희미하게 만들지만, 유물은 그 희미해진 기억들을 되살리고 있었다. 왕릉 건너편 도로에는 상가들이 관광객들을 부르고 있었다. 학생들과 외국인들은 왕릉에는 관심이 없고 스타벅스 커피숍에만 관심이 있어 보였다. 신라 왕들이 무덤 안에서 관광객으로 넘쳐나는 스타벅스를 바라보고 있었다. 진국은 혼잣말처럼 중얼거렸다.

"역사는 그렇게 흘러가는 것이다. 우리의 인생도 이렇게 흘러가는 것이다."

진국은 자신도 모르게 눈물이 흘러나왔다. 그토록 자신이 찾고자 했던 진실은 과연 무엇이었을까? 인생은 무대 위에 올라가서 한정된 시간으로 연기하는 연기자와 같다고 했다. 연기자는 그 공연이 끝나면 항상 아쉬움이 남는다고 했다. 그리고 공연이 끝나고 조명이 꺼진 텅 빈 객석을 바라보면 자신도 모르게 눈물이 나온다고 했다. 진국의 눈물도 그런 눈물일까? 진국은 숙진이 보지 않게 조용히 눈물을 닦았다.

자동차는 어느새 월정루와 월지의 주차장으로 접어들고 있었다. 마의 태자가 거처하던 임해전(臨海殿)은 터만 남아있고 돌기둥 흔적들만이 마의태자의 추억을 간직하고 있었다. 진국과 숙진은 원형 그대로 복원한 월정루에 올랐다. 진국은 월정루에서 만났던 태자와 낙랑공주를 생각했다. 그리고 월정교 다리를 따라서 걸었다. 월정교에서 바라보는 월지는 옛 모습 그대로였다. 월지는 마의태자와 낙랑공주가 배를 띄우고 사랑을 확인한 장소였다. 옆에 있던 숙진이 진국의 마음을 헤아리고는 말했다.

"우리 저기 월지로 내려가 봐요"

월지는 역사를 품고 사랑을 품고 있었다. 월지 주위에 피어있는 무궁화가 진국의 눈길을 사로잡았다. 진국은 조용히 눈을 감고 무궁화에 입맞췄다. 마의태자와 낙랑의 향기가 진국의 마음으로 전해졌다. 아내도 진국의 마음을 알고 있었다.

"이제 훌훌 털어버리고 새롭게 시작해요"

숙진은 진국이 경주에서 마의태자의 혼령을 모두 털어버리고 새롭게 시작하기를 바라고 있었다. 진국은 신라의 유물이 보존되어 있는 곳에 가서 마의태자에게 사죄하고 싶었다. 자동차는 경주국립박물관으로 향했다. 그곳에는 신라시대의 유물이 원형 그대로 도열되어 있었다. 흉노족이 사용하던 동복을 실은 기마인물상이 있었고, 왕릉에서 발굴된 수많은 부장품들이 전시되어 있었다.

그곳에서 진국을 자석처럼 끌어당기는 것이 있었다. 진국은 귀신에

홀린 것처럼 그곳으로 다가갔다. 월지에서 발굴된 '월지출토금동판 불상
(月池出土金銅板 佛像)'⁶⁶이었다. 마의태자가 거닐던 월지에서 발굴되었다
는 금불상을 보는 순간, 벼락처럼 강렬한 빛이 진국의 머리를 스쳐 지나
갔다. 월지출토금동판 불상이 그가 그렇게 찾아 헤매던 금인의 모습이었
기 때문이다. 진국은 다리가 떨렸다. 금인을 찾아서 중국을 헤맨 세월이
영사기에 영화가 돌아가듯 그 앞에 펼쳐졌다. 귀신에 홀린 사람처럼 진국
은 중얼거렸다.

"김의 나라 신라는 금인을 불상으로 만들어서 보존한 것이었어."

숙진은 진국의 말을 못 알아듣고 떨고 있는 진국에게 걱정이 되어서
물었다.

"여보, 어디 몸이 안 좋아요? 당신 안색이 안 좋아 보여요."

"금인을 찾았어. 금인을 찾았어."

진국은 헛소리하듯이 반복해서 말을 했다. 숙진은 진국이 쳐다보고
있는 것에 시선을 돌렸다. 그곳에는 작은 금불상이 자리하고 있었다. 진국
은 무엇에 홀린 사람 같았다.

"저 금불상이 나를 보고 웃고 있어."

숙진은 금불상을 쳐다보고 번갈아 진국을 바라봤다.

"저 금불상의 모습이 당신과 너무 닮지 않았어요?"

월지에서 건진 금불상은 마의태자의 마음을 전달하고 있었다. 진국은
숙진에게 말했다.

"저 웃고 있는 금불상의 모습이 마의태자의 얼굴이 아닐까 하고 생각

---

66 월지출토금동판 불상(月池出土金銅板 佛像)은 월지에서 1975~1976년 사이에 발굴된 신라시대 금동 불
　상으로 현재 국립경주박물관에 소장되어 있으며, 대한민국 보물 제1475호로 지정되어 있다.

했어."

"금불상의 모습이 마의태자의 모습이고 당신의 모습이에요. 당신이 금인을 찾았어요. 신라 금불상이 금인이었어요."

숙진은 진국을 끌어안았다. 진국의 눈물이 숙진의 뺨을 타고 흘렀다. 마의태자가 애신각라를 새긴 금인은 찾지 못했지만, 신라 사람들은 조상으로부터 전해오는 금인을 불상으로 승화시켜 왔던 것이다. 진국의 얼굴은 금불상처럼 편안해 보였다. 마의태자의 눈물과 진국의 눈물이 하나가 되어 무지개처럼 빛났다.

그때 진국의 휴대폰이 울렸다. 중국에서 온 국제전화였다. 진국은 스마트폰을 켰다. 전화기에서 들려오는 목소리가 월지의 금동상에까지 전해졌다.

"김 피디님, 김룡입니다. 금인을 찾았습니다."

김의 나라, 그 흔적들

■ 경주 금령총 도제기마인물상

국보 제91호로 지정되어 있는 도제기마인물상(陶製騎馬
人物像)은 경주 금령총에서 1924년 출토된 한 쌍의 토우
(土偶)다. 높이는 각각 23.5cm, 21.3cm로 5~6세기 신라시
대에 만들어진 것. 마구를 갖춘 말 위에 사람이 타고 있는
형상인데, 두 토기의 인물과 말 장식에서 표현 차이가 있
는 것으로 보아 주인과 시종을 표시했음을 알 수 있다. 그
런데 이 말 엉덩이 윗부분이 있는 구리 솥(동복)이 지금까
지 훈족의 이동로에서만 발견되고 있다는 점을 논거로 유
목기마민족이었던 훈족(흉노족)과 한민족의 관련성을 추
정하고 있다. 기마인물형토기(騎馬人物形土器)라 불리기
도 하며 현재 국립중앙박물관에 소장되어 있다.

■ 김해 대성동 고분에서 출토된 오르도스형 동복

훈족이 사용하던 오르도스형 동복(銅鍑)이라는 청동
솥은 훈족의 근거지였던 몽골 지역, 북몽골 지역, 내몽
골 지역에서 많이 발굴됐고, 흉노족이 유럽으로 이동한
지역인 알타이산맥 지역, 볼가강 유역, 우랄산맥 지역,
헝가리에서 발견되었다. 가장 많이 발견된 곳은 한국의
경주와 김해 지역이다. 훈족은 청동솥을 말에 싣고 다
녔는데 신라에서도 말에 청동솥을 싣고 있는 기마인물
상이 발견되었다. 훈족이 사용했던 청동솥에 그려져 있
던 문양은 경주에서 출토된 각종 유물에 그려져 있는
문양과 비슷하다.

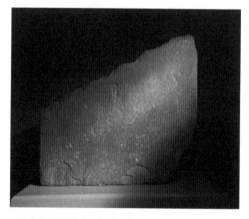

■ 국립경주박물관의 문무왕릉비 하단석

신라시대의 문무왕릉비(文武王陵碑)에는 '투후(秺侯) 제천지윤(祭
天之胤)이 7대를 전하여 15대조 성한왕(星漢王)은 그 바탕이 하늘
에서 신라로 내려왔고'라는 구절이 있다. 신라 김씨 왕족이 자신의
조상을 중국 한나라 때 투후(秺侯)를 지낸 김일제로 밝히고 있는
대목이라 할 수 있다. 여기서 성한왕 김성(金星)은 신라 김씨 왕조
의 시조로 추정되는 인물이다.

■ 중국 신나라의 화폐 화천

신나라 황제 왕망은 화폐를 개혁하면서 서기 14년 화천(貨泉)을 주조했다. 화천은 동전의 형태로 내부에 네모난 구멍이 있고, 구멍의 오른쪽에 화(貨)자, 왼쪽에 천(泉)자가 배치되어 있다. 우리나라에서 화천이 출토된 유적의 예로는 채협총(彩篋塚)·정백리 1호분 등과 낙랑토성지를 들 수 있다. 남쪽으로는 제주도 산지항(山地港)과 김해 회현리 패총에서도 화천이 출토되었다.

■ 인제군의 대왕각

강원도 인제군 상남면 김부리에 자리하고 있는 수백 년 된 사당 대왕각(大王閣). 매년 마을 사람들은 마의태자의 위패가 모셔진 이곳에서 제사를 지내고 있다.

■ 갑둔리 오층석탑

신라 부흥을 꿈꾸던 마의태자의 이야기를 담고 있는 탑. 2층 기단(基壇) 위에 5층의 탑신(塔身)을 올리고 있는데, 위층 기단에 고려 정종 2년(1036)이란 기록이 적혀 있다. 이 탑은 마의태자가 낙랑공주와 함께 강원도를 떠나 만주 벌판으로 이동한 후에 인제에 남아있던 마의태자의 추종자들이 세운 것으로 추정되고 있다. 마을 이름 갑둔리는 마의태자의 군사가 주둔했던 곳이라고 해서 갑둔리라고 불렸다.

■ 인제군 마의태자 유적비

잃어버린 나라를 되찾기 위해 애썼던 비운의 왕자 마의태자의 넋을 기리는 축제가 지금도 강원도 인제에서 매년 열리고 있다. 인제의 여러 마을에서는 여전히 마의태자를 '김부대왕'이라 하여 마을의 수호신으로 모시고 있고, '마의태자권역'이라 일컫는 주변 일대에는 마의태자 비각, 대왕각 등 마의태자와 관련된 지명과 유적 등이 남아있다.

■ 한계산성

한계산성(寒溪山城)은 인제군 북면 한계리에 위치한 산성으로 둘레가 약 1.8km이다. 해발 1430m의 안산(鞍山)에서 남쪽 계곡을 에워싼 포곡식(包谷式) 산성으로 계곡 쪽에 남문터가 있고, 성 안에는 절터 · 대궐터 · 천제단 등이 있다. 한계령을 넘는 원통과 양양 사이의 길목을 차단할 수 있는 요충에 자리했는데, 마의태자가 신라부흥운동을 할 때 성을 수축하고 군사를 훈련시켰다는 이야기가 전해지고 있다.

■ 덕주사의 마애여래입상

충청북도 제천시 한수면 송계리 덕주사에 있는 고려시대의 불상. 높이 13m로 보물 제406호로 지정되어 있다.《동국여지승람》에 의하면 덕주사는 마의태자의 누이동생 덕주공주가 건립한 절이라고 하는데, 한국전쟁 때 불타 버리고 지금은 절터만 남아있다. 신라가 패망한 후, 덕주공주가 덕주사의 마애여래입상(磨崖如來立像)이 되었다는 불상조성담이 전해지고 있다.

■ 경기도 연천에 자리한 경순왕릉

신라 제56대 왕이자 마지막 왕이었던 경순왕의 묘는 신라의 왕릉 가운데 유일하게 경주를 벗어나 다른 곳에 자리하고 있다. 경기도 연천군에 위치한 왕릉은 1950년 한국전쟁 이후 방치되었다가 1975년 사적 제244호로 지정되어 정비한 후 오늘에 이르고 있다.

■ 간쑤성에 있는 김일제 석상

중국 간쑤성(甘肅省, 감숙성) 우웨이(武威, 무위) 시의 중심인 인민공원에 위치해 있는 김일제의 대리석 동상. 한무제로부터 김(金)씨 성을 하사받았다는 김일제는 신라 김씨의 시조일 것으로 추정되는 인물이다.

■ 항저우 악비의 동상

남송 시대의 명장 악비의 묘에 우뚝 솟은 동상. 악비는 북방 여진족이 건립한 금나라에 맞서 용감히 싸웠으나, 금나라와 화친을 주장하던 재상 진회의 음모로 투옥되어 비참하게 처형당했다. 훗날 진회의 모함이었음이 밝혀지자 악비는 민족적 영웅으로 추대되었고, 그때 중국 항저우에 '악왕묘'라 불리는 웨먀오(岳庙)가 세워졌다.

■ 악비 동상 앞에 무릎 꿇고 있는 진회 부부 동상

중국 항저우의 악비 묘에 손이 묶인 채 무릎을 꿇고 앉아 있는 사람의 모습을 한 동상이 있어 눈길을 끈다. 악비를 모함했던 장본인 진회 부부 형상인데, 그 죄를 두고두고 씻게 하려고 만들어졌다. 지금은 금지되었으나 한때 이곳을 찾는 관광객들은 진회 조각상에 침을 뱉어 모욕을 가했다고 한다.

■아골타의 출하점 대첩 기념비

아골타(阿骨打)는 여진의 족장으로서 1115년 중국 금(金)나라를 건국하고 황제가 되었다. 헤이룽장성(黑龍江省, 흑룡강성) 자오위안현(肇源縣, 조원현)에 있는 아골타의 동상은 고작 3700명의 군사로 무려 10만 명의 요나라군을 상대로 대승을 거둔 출하점 전투를 기리는 기념비다.

■하얼빈 금상경역사박물관의
　금나라 태조 아골타의 동상

1961년 하얼빈 아청구(阿城区, 아성구)에 지어진 금상경역사박물관(金上京历史博物馆)은 중국 유일의 금나라 원류 문화를 주제로 한 전문성을 가진 박물관이다. 여진의 족장으로 중국을 정벌하고 금나라를 세운 아골타는 신라인의 후예로 추정되는 인물이다.

■ 투후 김일제의 묘

국립경주박물관에 보관되어 있는 문무왕릉비(文武王陵碑)는 신라의 김씨가 투후 김일제(秅侯 金日磾)의 후손이라고 적어두고 있다. 투후 김일제(기원전 134~86년)는 전한(前漢) 때 흉노족 휴저왕(休屠王)의 왕자였다. 중국 시안(西安, 서안)의 무릉박물관에 투후 김일제의 묘가 묘비와 함께 남아있다.

■ 월지출토 금동판불상

월지출토 금동판불상(月池 出土 金銅板佛像)은 월지 동쪽 언덕에 1975~1976년에 발굴된 신라시대 금동 불상으로 현재 국립경주박물관에 소장되어 있으며, 대한민국 보물 제1475호로 지정되어 있다.

마의태자 가계도

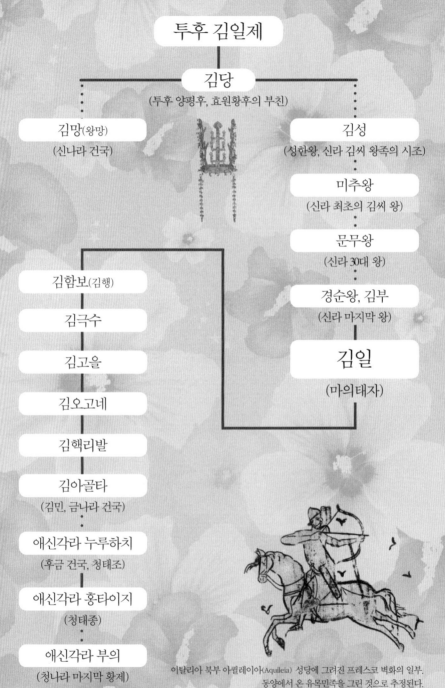

투후 김일제

김당
(투후 양평후, 효원황후의 부친)

김망(왕망)
(신나라 건국)

김성
(성한왕, 신라 김씨 왕족의 시조)

미추왕
(신라 최초의 김씨 왕)

문무왕
(신라 30대 왕)

경순왕, 김부
(신라 마지막 왕)

김함보(김행)

김극수

김고을

김오고네

김핵리발

김아골타
(김민, 금나라 건국)

애신각라 누루하치
(후금 건국, 청태조)

애신각라 홍타이지
(청태종)

애신각라 부의
(청나라 마지막 황제)

김일
(마의태자)

이탈리아 북부 아퀼레이아(Aquileia) 성당에 그려진 프레스코 벽화의 일부.
동양에서 온 유목민족을 그린 것으로 추정된다.

역사적 진실은 누가 파헤치는 것이 아니라
항상 그 자리에서 진실을 말하고 있었다.